君心向晚

5 完

目次

壹之章　異香落胎弄玄機

靜雯郡主悄悄地出了亭子，在一棵桂花樹下尋到了君之勉。她在他的三步外站定，小聲地道：「之勉哥哥，你心裡必定不願娶西南侯府的大小姐吧？真是……苦了你了！」

君之勉回頭看了她一眼，微微一笑，只是笑意不達眼底，「妳聽誰胡嚼舌根？根本沒有的事！」他心裡的確是有一個正妃人選，可現在只能壓在心底，平整成一幅絕美的畫卷，銘在心上了。但這不是他出亭子的主要原因，他只是不想被人打趣，若他不走，攝政王妃必定會拿他尋開心，他可說不過皇嬸。

靜雯郡主卻堅定地認為她猜中了君之勉的心思，心下暗喜著，之勉哥哥又同以前一樣了！以前他總是對別的女子冷冷的，唯獨只對她笑，還會說軟話哄她開心……她目光中流露出幾絲同情之色，哀怨地道：「之勉哥哥，我也不願意嫁給他，我們真是同病相憐！這世上，也只有我能理解你喜歡戲曲的心，旁人為何都覺得你不務正業呢？你明明就沒耽誤過正經事兒……」

靜雯郡主才四個月的身孕，站起來的話並不明顯，但君之勉還是回過頭，目光在她的腹部掃了一下，淡然而疏遠地道：「快要當娘的人了，該知道哪些話能說，哪些話不能說！就算是為了孩子，妳也應當好好過日子！」頓了頓，又補充道：「我唱不唱曲，不是誰想管就能管得著的，更別提旁人心裡怎麼想了，就算想破了天，我也無所謂！」說罷，便頭也不回地走了。

他實在是不想再給靜雯郡主任何希望了。因著平南侯府和蘭家幾代之前的姻親關係，加上平南侯手握重兵，是太后極力拉攏的人，因此靜雯郡主自小就是跟君之勉、君琰之和君逸之幾個世子世孫一塊兒長大的。靜雯郡主從小就喜歡黏著君之勉，而君之勉因為家中都是庶出的姊妹，關係並不親近，所以也很喜歡她這個玉雪可愛的小妹妹。雖然君之勉對靜雯郡主的感情是兄妹般的親情，但若是當初家裡給他和靜雯郡主訂了親，他們應當也會成為一對佳偶，只是許多事情一旦錯過了，就絕不可能再回頭。

何況就算當初娶了靜雯郡主，考慮的必定是家族的利益，所望的不過是平南侯手中的兵權。西南侯鎮守西南，同樣是手握兵權的將軍，娶他的女兒亦是為了家族利益，不論他會否愛上他的妻子，他都會敬重她，更不可能跟一個有夫之婦玩什麼曖昧。

靜雯郡主神情大慟，之勉哥哥提到她的身孕，這是怪她沒守住身子嗎？她也不想的，她根本不想與那個無賴圓房，是那個無賴強了她。她想搬回平南侯府住，父親和哥哥都不同意……她就是想不懷上都不可能啊！

靜雯郡主一個人站在君之勉站過的桂花樹下自怨自艾了許久，忽聽得一串銀鈴般的笑聲傳來，是歷王府、晉王府的幾位庶出小姐與孫琪、曹中妍賞完花，一面談笑一面走了過來。

靜雯郡主無聲地嗤笑，孫琪倒也是有幾分才情，聊了一陣子，就讓幾位君家小姐傾羨她的才華，相談甚歡了，可是那又如何？生不了孩子的世子妃，是不可能立得穩足的！

一行衣著華麗的小姐們說說笑笑地越走越近，每張小臉上都洋溢著青春的氣息。靜雯郡主沒有迎上去，倒是晉王府的七小姐瞧見了她，忙疾走幾步，上前挽住她的胳膊，笑盈盈地道：「郡主，方才妳怎麼不同我們一塊兒去？山那邊的雁來紅好大一片，可好看了！」

靜雯郡主順著七小姐的話道：「是嗎？我來過幾次，已經見慣了，倒不覺得有什麼！」說話間，孫琪與幾位君小姐已經走了過來，朝她二人友善地一笑，然後擦身而過。靜雯郡主壓低了聲音問道：「她真有才華嗎？」

七小姐雖是庶出，可是在京城中的名媛中也是有名的才女，她立時點頭道：「的確有才華。孫家世代書香，聽說孫學士的才華連吳太師都讚過的，想來是自幼得了父親的指點。」

靜雯郡主美麗的小臉上露出幾絲傾羨之色，卻沒有多說話。七小姐瞧得明白，便笑著拉靜雯郡主一同往前走，去追那幾位小姐，嘴裡笑道：「咱們一塊兒坐坐！」

靜雯郡主也沒推辭，與幾位君小姐和孫琪、曹中妍坐在了一塊兒。這幾位小姐算是雅人，話題聊的多是些風花雪月，自然會有吟詩作對的時候，幾輪下來，靜雯郡主便朝孫琪道：「真沒想到孫小姐這般有才學，是我目光短淺了，只看到孫小姐的出身，我這廂給孫小姐賠個不是。」

孫琪從容一笑，「郡主使不得，您說的是事實，連誤會也算不上，何談賠不是？」

靜雯郡主卻堅持道：「不行，我這個人性子直，有什麼說什麼，錯了便是錯了，向妳賠禮也是應當的！」

孫琪再三表示：「郡主過慮了，孫琪從未放在心上。」

靜雯郡主歪頭打量了孫琪幾眼，忽而笑道：「難得孫小姐如此大量，我也不堅持賠罪了！第一次見面，我送孫小姐一份禮物，就當是……給妳添妝的！」

此言一出，幾位君小姐都掩唇笑了起來，孫琪鬧了個大紅臉，雖然留在楚王府意味著什麼，大夥兒都心知肚明，可是她到底還沒有定親，就說什麼添妝，傳出去多難聽。只是靜雯郡主一臉友善親切的笑意，似乎又是在開玩笑，況且她也不是那種忸怩放不開的性子，便也跟著笑了笑。

靜雯郡主說送，還真的是送，她從自己的頭上摘下一支珍珠簪。簪子十分簡單，就是赤金托底上鑲著一顆小拇指尖大小的南珠，是用來固定頭髮的，並非只是起裝飾作用的簪子。但是南珠本就珍貴，這珠子還是罕見的淺紫色，渾圓，也不小，散發著溫潤柔和的光澤，讓人看了移不開眼，價值必定不菲。

靜雯郡主將簪子遞過去，孫琪遲疑了一下，她便笑道：「先收著我的見面禮，不然我可生氣了！我現在已經有了身子，可不能生氣，再者，難道妳還怕沒機會回我的禮？」

孫琪想想也是這樣，總有回禮的機會，這簪子再貴重，孫家也不是回不起，她便伸手接過，笑著道了謝，隨手將簪子插在髮髻間。靜雯郡主和幾位君小姐仔細瞧了瞧，很中肯地道：「妳的膚色很白，襯著很好看，不過衣裳的顏色最好能配紫色或是粉色的！」

孫琪一一應下了，靜雯郡主回頭瞧了曹中妍一眼，又隨手從頸間摘下一串項鏈，遞給她，「這個不值錢，不過是請潭柘寺的大師開過光的，我送給妳，請菩薩保佑妳一生平順！」

曹中妍瞧了一眼，是一條紅繩串了一塊小小的沉香木雕刻成的佛像，相當古樸。沉香木也分級別，就算是頂級的，這麼小一塊，價值也有限了。曹中妍見這項鏈的價值在她能回得起禮的範圍之內，便也含笑接過來，道了謝，然後學著孫琪，當即掛在了自己的頸間，表示對送禮人的尊重。

靜雯郡主滿意地笑了笑，又挑起了新的話題。

君逸之和俞筱晚手牽著手過來的時候，靜雯郡主她們的話題已經聊得差不多了，而牌桌上的攝政王妃也輸得差不多了，兩廂都散了，便坐在一塊兒聊了聊家常。

已是深秋，白日變得十分短暫，才剛到申時，天色就開始黑了。

晉王妃率先告辭：「三妹今日輸了銀子，再厚著臉皮留下用晚膳的話，必定只有蘿蔔青菜了。」

眾人都跟著笑起來，也紛紛告辭。

楚太妃便不相送了，吩咐了管事嬤嬤們，攝政王妃拉著俞筱晚的手道：「咱們兩個走走！」

俞筱晚想著攝政王妃必定是有話要同自己說，便乖順地跟著她慢慢走在眾人的後頭。

攝政王妃親切地笑道：「妳求的事兒，我會請王爺多做考量，妳只管放心，一般來說，不會連累到女眷。」

這倒是大實話，太祖皇帝並不喜歡連坐，除非是罪大惡極，才會判全家流放或是抄斬，端看到時給舅父定什麼罪名了。俞筱晚有種感覺，攝政王暫時不會公開與太后叫板。

到了二門，攝政王妃臨上馬車前，又看了看俞筱晚尚未顯露的腹部道：「胎兒總要四個月時才穩當，妳可不能學靜雯，時常往宮裡跑。」言罷一笑，扶著丫頭的手，轉身上了馬車。

待送走了客人，君逸之扶著俞筱晚，一同坐上了府內的小馬車。俞筱晚這才小聲道：「皇嬸倒是好意提醒我，可是為何她非要今日過府來呢？是不是被王爺逼的？」

昨晚才抓了舅父，今日攝政王妃就登楚王府的大門，難道不怕太后懷疑到楚王府頭上來嗎？

君逸之笑了笑道：「皇叔為人不算陰險，這應當是讓皇嬸好意來提個醒。妳當皇叔、皇嬸以後不上門來，太后就查不到咱們頭上來嗎？與其暗中遞消息，還不如直接告訴太后，他們與咱們交好，願意照應著咱們，太后總得顧忌幾分。」

同是臣子，楚王爺可遠及不上攝政王。太后若是心狠，完全可以挑個錯，處置了楚王府，但她永遠無法撼動攝政王。因為楚王爺只是先帝封的內閣大臣，而攝政王是監國的，太后只能像昨晚的計謀那樣，先壞了攝政王的名聲，再讓百官來彈劾攝政王，最後能不能將攝政王趕下臺，還是個未知數。不過可以肯定的是，若是計謀成功了，至少能將攝政王的權力架空許多——百官們若對其心不服，自然都會陽奉陰違，攝政王下達的指令，也就成了一紙空文。

沒過幾日，曹清儒被捕一事就傳遍了京城，各種各樣的說法都有，百姓們又有了新的談資，原以為事情又會拖上幾個月才能查得水落石出，可誰知這一次大理寺審案審得很快，不過五日，就將案件調查清楚了。曹清儒仗著自己的女婿是糧倉的主管，便起了貪心，想將自家發黴的米換成糧倉的好米。

此等竊賊行徑，自然為官員們所不恥，不過因為未遂，罪責也就輕了許多，徒刑是不必了，吏部與刑部一同商議之後，最後給他判了個削爵免官，罷為庶民，收回封地，並處以十萬兩銀的罰款，曹清儒的妻妾誥命也被收了回來。

與他勾結的北城指揮使也一併免了官，罷為庶民。按律，因罪被免官的官員，除非是皇帝下聖旨豁免，否則此生不能再行科考，有才華也得荒著。

事發突然，前一刻曹老夫人和武氏還在四處打聽曹清儒的處境，下一刻曹清儒就被一大隊官兵押了回來，深秋的寒天裡只穿了一身中衣，之前他穿的華衣，庶民是不能穿的。

曹老夫人和武氏還來不及與曹清儒相擁痛哭，領隊的軍官便宣了旨。曹老夫人與武氏相視一笑，心總算是落了地，這總比之前擔心的爵爺會被斬首要好得太多了。

沒了爵位，曹清儒一家自然不能再住在伯爵府中，好在並沒有抄家產。罰了十萬兩銀之後，曹清儒的手中並沒有多少現成銀子了，但是好在兩位妻子和母親的嫁妝都還在。那名軍官沒空等他們盤算清楚，連珠砲似的言明，限他們兩天之內必須搬離曹府，否則就帶人來封宅子，沒搬走的東西就充公了，若是膽敢將御賜之物帶出曹府，則按偷竊罪論處。

大戶人家的行李，沒個十天半個月怎麼收拾得完，況且還得拿單子出來對照物品，後頭宮裡賞賜的物件倒是單獨存放的，可是這宅子賜下來之時，原本是有家具有擺設的，有些又是自家添置的，這麼些年來，都有些分不清了。

到這地步，已經沒法子再將張氏關在家廟裡了，曹清儒立即將張氏放了出來，讓她與武氏、玉姨娘一起將行李收拾好，將御賜物品與自家的物品分開。一家人直忙亂了兩個白天加兩個通宵，總算是將行李都收拾好了，請了龍威鏢局的鏢師將十幾大車的家具、行李運到了新宅子裡。

曹家在商人們居住的南城買了一處宅子，裡外三進，不大，整個宅子的面積連以前曹老夫人住的延年堂都比不上。房間雖多，但都是逼仄的。曹清淮一家也跟著住在裡面，擁擠不堪。

京城地貴，寸土寸金，這處小宅子也要花費近一萬兩銀，曹清淮知道兄長的手頭緊，眼瞧著還要嫁兩個女兒，便主動地承擔了購買宅子的費用。

曹清儒看著弟弟，眼中閃著淚光，「難得三弟你不怕受牽連，還願意與大哥住在一處！你放心，大哥日後東山再起之日，必定會提攜三弟的！」

曹清淮忍不住嘀咕，你還會有東山再起的日子嗎？他也有自己的門路和人脈，這麼幾天的時間，也足夠他將暗地裡的一些事情查了個七七八八，大哥這是把太后和攝政王都給得罪了啊，這日後還能討得著好？

兄弟倆是站在宅子門外說話的，因為宅子裡是空的，好在女人的嫁妝裡不缺家具和什器。不是原本宅子裡配的家具，都從曹府搬到了小宅子裡。現在龍威鏢局的鏢師們正在幫忙安放家具，家具安放好之後，鏢師們走了，可是丫頭、婆子和僕婦還站了一院子，宅子就更顯擁擠了。

曹清儒有些皺眉，「這宅子太小了，照壁這麼小，連道二門都沒有，全是穿堂，站在大門處可以望到後院牆。」

曹清儒在大理寺的天牢裡沒受什麼苦，只是形容憔悴了一點，雖然現在已經是庶民，可是骨子裡的高貴意識還在，總覺得這宅子太小了，連內外都不能完全分開。

曹清淮免不得又在心裡嘀咕一番：大哥，你的親家若是不來退婚的話，女兒們馬上要嫁出去了，日後女婿怕是不會登門的，這宅子還用得著分什麼內外嗎？只是嘴裡還要解釋道：「京城裡要出售的空宅子本就少，咱們要得急，只能先這樣了，等日後有了更好的，再搬一次家吧！」

曹清儒也知道有多少人想在京城裡置宅子，宅子永遠比需要量要少，能買下一片地方住就不錯了，總比賃屋住好，便深深嘆了口氣。

天黑之前，主子們的房間很快分配好了，曹清儒和曹中睿占了整個外院，二進有二明二暗四間正房，曹老夫人占了一明一暗，張氏和武氏占了西側的正房，張氏用明房，武氏用暗房，兩個仇人似的女人以後就要住在一塊兒了，到了夜間，甚至呼吸之聲相聞。

石姨娘和玉姨娘住在西廂房，曹中燕和曹中雅住在採光更好的東廂房。三進給了曹清淮一家子，小武氏被攝政王府的人接走了，不用他們管著。

張氏十分不滿，她覺得自己是正妻，怎麼也應當分個一明一暗的正房。東廂房明明有三間，武氏應當住到東廂房去，又沒讓她跟姨娘們住在一塊，也算是對得住她平妻的身分了。

可是此言一出，首先反對的竟是她的女兒曹中雅，曹中雅極為不滿地道：「母親，您能不能少攪和一點？不過就是住上一兩個月，等我和三姊嫁出去後，這房子也就空出來了！現在那間東廂房要留給我的乳娘和丫頭住，總不能我出嫁的時候，陪嫁丫頭一個比一個憔悴吧？還是先想想我的事兒吧！我的嫁妝如今還存在鏢局呢，到時從哪裡發嫁呀？若從鏢局發嫁，我非被平南侯府的人笑話死不可！靜晟世子可是娶了兩個側室了，日後我怎麼壓她們一頭！」

張氏被女兒噎得半晌出不得氣，憋得一臉通紅，半晌才道：「妳三姊先嫁人，等她嫁了，她的房間就能存妳的嫁妝箱子了。」然後瞥了曹中燕和武氏一眼，「等婚期到了，就將燕兒的嫁妝箱子搬回來了，放在走廊下便是。」

武氏心中不滿，嫁妝箱子放在外面，若是夜裡被人撬開了怎麼辦？她們已經不是官宦之家了，誰知道下人中有沒有存了壞心的？可是這房間本就又少又窄小，的確是沒法子存在房間裡，她也說不出反駁的話來。

張氏還是糾結著自己的住房，一明一暗的屋子可是連在一處的，尤其是暗房，沒有對外的門，進出都得從明房通過，她可不想看著武氏在自己眼前晃來晃去，可是讓她住暗房，她又覺得掉價，眼珠一轉，便將主意打到了三進的院子裡。

「三弟他們應當不需要這麼多的房間。」

曹清淮就是一妻一妾、一兒一女，庶出的兒子才九歲，可以跟乳母住在一間房裡，就算單獨住，至少也能空出一側廂房來。

曹老夫人聽著不像話，怒道：「妳胡扯什麼？一家歸一家，何況這宅子是清淮出銀子買下的，難道他住個院子還不成嗎？」

張氏張了張嘴，她本想說她也能買下來，可是到底是捨不得自己的銀子，最終還是閉了嘴，只盼著兩個女兒出嫁後，再將房間分一分。她的嫁妝都是要留給兒子的，憑什麼讓曹清儒那個無恥之徒占她的便宜？況且睿兒現在已經那樣了，她得多花點錢，從遠地方娶個商家女或者貧家女來服侍兒子才成。

現在的張氏已經對曹清儒無比失望了，那晚的事情，她的大哥張長蔚已經告訴她了，完全是曹清儒沒本事，才會害得全家擠在這一處小院子裡，可是若讓她與曹清儒和離，她也丟不起這個臉面。再者說，大哥和侄兒們也不會願意白養著她，她這把年紀了，若無兒子依靠，過得也會十分淒涼，少不得要跟曹清儒勉強下去。

只是這樣一分完，主子們才發覺，這處宅子裡可沒多少給下人們用的房間。從曹府帶出來的丫頭、婆子、小廝、護院，沒有八百也有三百，雖然這一整天下來，曹老夫人發話把簽活契的都放了，年紀大一點的也發還身契放了，可是到了夜間，仍是有百來名僕役要安置。

曹老夫人的精神已經很疲憊了，可是仍得強打精神安置僕婦們，跟著主子們的一等丫頭、管事嬤嬤們，就在主子的房間打地鋪、睡腳榻。後頭給僕人們用的通鋪房間，凡是住五個人的，都擠上了十個，一個個地側身睡著，動都動不了。

前院的空房間全數用來分給男僕和成了親的陪房，曹清淮也大方地讓出兩個雜物間讓下人們住。

廚房裡的火灶還沒掏灰，柴火也沒買，今日夜間是沒法子做晚飯了，曹清儒只得又讓武氏拿銀子出來去酒樓飯館裡訂餐。

為了節省銀子，就連曹清儒都只用兩葷一素一湯。吃過飯，一抬頭，發現外院裡一片烏黑。曹管家和他的幾個心腹下人都被判了流放，現在管事的是曹管家的兒子，可是遠沒曹管家能幹，這會子了，竟不知道安排傭人們點燈籠。

曹清儒垂頭喪氣地回了二進，站在外院的穿堂，一眼就將二進的所有房間打量完了。有武氏和張氏這等會管事的女人，二進的走廊下都燃了燈籠，燈火通明，曹清儒心頭又是一陣煩躁，提起袍襬先去給母親請安。

杜鵑迎出來，朝曹清儒福了一福，小聲地道：「爵……老爺，老太太已經睡下了，您明日再來吧。」

曹老夫人的確是累了，早早地睡了，服侍她的丫頭、婆子們連地鋪都已經打好了，曹清儒此時進來，會非常麻煩她們。

曹清儒點了點頭，跟杜鵑道：「好生服侍老太太，該妳們的賞銀不會少。」說完轉身去了對面。

一進西側間，就聽見張氏跟曲嬤嬤抱怨：「這逼仄的房子，一抬眼就是牆壁，真是讓人氣都喘不順！明日一定要跟婆婆說一說，再如何，也得買個大宅子，餓死的駱駝比馬大，曹家這點銀子還是拿得出來的！」

曹清儒聽了更覺得煩躁，重重地哼一聲道：「妳懂什麼！財不露白，咱們現在是平頭百姓了，還擺那些個架子做什麼？要我說，明日將下人們賣一些出去，只留下母親和妳們的陪房就可以了！」

張氏冷冷一笑，「老爺可真是節省，難道曹家的世僕一個也不用嗎？那誰來服侍老爺呢？我的陪房可是只會服侍我的！」

曹清儒聽不得這種話，冷聲道：「妳的陪房難道不是拿曹家的月例銀子嗎？憑什麼只服侍妳？」

張氏笑得更加輕蔑，「哪家夫人、太太的陪房不是從夫家支銀子？難道老爺連妻子都養不起了嗎？那麼還要娶那麼多做什麼？依我看，不如將姨娘們給賣了，尤其是那年輕的，還值得幾個錢！」

曹清儒聽得火冒三丈，他進內院來，本是要跟張氏和武氏商量日後如何開源節流，其中有一條就是各自的陪房月例由各自出，反正兩位妻子都是有陪嫁莊子和店鋪的，卻沒想到還沒張嘴就被張氏給搶白了一通，連丫頭、婆子都不打算給他用，那麼他想提議日後讓妻子們往公中交點銀子，只怕也不可能如願了。

曹清儒心頭又躁又怒，看著張氏那張得意又鄙夷的臉，心火更加旺盛，原本打算商議完了就回外院睡的，這會子他卻忽然改變了主意，提腳進了裡面的暗房，就在武氏處安置了。武氏的丫頭和婆子不得不抱著棉被來到外面，陪著笑臉要求打個地鋪。

張氏冷冷一哼，「睡穿堂去，以後咱們這屋就是這個規矩了！」反正曹清儒是不可能來她這兒睡的，會被穿堂的寒風吹成冰棍的，也就是武氏的丫頭、婆子而已。

不過這邊的動靜還是被對面給聽到了，曹老夫人的房間大些，杜鵑便作主讓武氏的丫頭們睡到了外間。

張氏也不理會，婆婆喜歡被人打擾就隨她去。曹清儒也聽到了外面的對話，心裡更氣，本來對武氏也不過如此了，心裡氣不得，乾脆老著臉皮，不管外頭的張氏和一眾丫頭、婆子，要了武氏一回。

隔著薄薄的牆壁，一動一靜張氏都聽得清清楚楚，別說碧兒幾個沒出嫁的丫頭了，就連曲嬤嬤這等生養過的老嬤嬤，都被老爺給臊得渾身充血，手腳都不知該往哪裡擱才好。

半夜裡，曹清儒才起身，啞著嗓子叫「送熱水來」。張氏不顧寒冷，只披了一件外衫，趿鞋下了炕，往自己洗過臉的還存著髒水的盆子裡吐了兩口唾沫，示意曲嬤嬤再添點黃湯，然後加了熱水給送進去。

曲嬤嬤不敢違命，從夜壺裡倒了點黃湯出來，又頂著寒風開了門，從門外的小火爐上提了銅壺進來，添上熱水，端著盆子送了進去。

張氏心滿意足，回到炕上倒頭睡了。

次日一大早起來，曹中慈和曹中燕就被曹老夫人委以重任，去楚王府給俞筱晚請安，秦氏自告奮勇地同行。

俞筱晚如今睏覺，直睡到辰時初刻才起身，芍藥一面指揮丫頭們服侍少夫人，一面稟報道：「卯時二刻的時候，曹家的三舅母帶著兩位表小姐遞了帖子進來，說想給少夫人請安。因則曹家現時的情形，奴婢不敢自專，只讓她們在府中側門處的茶水間坐著，您看……」

俞筱晚看著芍藥道：「不論舅父犯了什麼事，都與後宅子裡的女眷無干，若是連咱們都不見她們了，旁人不會覺得我是大義凜然，只會覺得我冷漠無情，快去請她們進來。」

芍藥忙屈膝道：「是奴婢想左了，奴婢這就去。」

不多時，秦氏、曹中燕和曹中慈就被帶了進來。俞筱晚正在用早膳，問她們用過沒有，曹中慈笑道：「早用過了，不比妳這個孕婦，咱們寅時三刻就起身了。」

趙嬤嬤出來給秦氏等人請了安，芍藥又給讓了座，俞筱晚便問及曹家現在的情形，兩姊妹沒有瞞著，一一細述了。

俞筱晚聽得直搖頭，「都已經這樣了，還要這麼多奴婢做什麼？該放的放了，該賣的賣了，自己也能省點嚼用。」

秦氏輕嘆道：「我也是隔著房的，不好說這個話，婆婆倒是有這個意思，想留下兩位嫂子和她自己的陪房，曹府的世僕……想問問看，妳這兒要不要添人？」

俞筱晚知道是外祖母念著這麼多年的主僕情，不想將曹府的家生子都賣了，就算放人，只怕也給不了什麼遣散銀子，並不是想往她這兒安插人手，可是她仍是搖了搖頭，「王府哪裡能隨便進下人？」要也不會要曹府的，「還是都散了吧，曹府平日裡打賞不少，他們自己手頭應當也有積蓄，發還身契不用贖身，也算是恩典了。」

此事不通，秦氏又再說一事：「前兩天，忠勇公府派了人來說，燕兒的婚事……」

曹中燕低下頭，忠勇公府早就想退婚，只是尋不到理由，如今終於被他們找著了。

要麼說昨天曹中雅怎麼會那麼著急呢？就是怕自己的婚事跟三姊的一樣黃了。

話說曹家被限期搬離伯爵府後，曹老夫人和武氏首先想到的就是兩個女兒的嫁妝是歸攏好了的，若是不趕緊搬走，被封了就不妙了，於是立即請了鏢局的人來搬箱籠，先存在在鏢局的倉庫裡，封上封條，每月交上固定的保管費就成。

當時先搬的是曹中燕的嫁妝，才剛搬走，忠勇公府就差了媒人來退曹中燕的庚帖。曹清儒不想失去這門親事，於是躲著不見媒人，媒人只好無功而返。曹中雅聽到下人們的小聲議論，覺得這是因為嫁妝不在娘家之故，但是她的箱籠也跟著搬走了，她才會這般急著要取回來，哪怕把她的房間都塞滿，讓她睡在箱子上都成。

俞筱晚自是不知道這個細節，只是聽完秦氏的描述和隱約要自己出頭的意思之後，便垂下了眼簾，放下了銀箸。

初雲忙拿了溫暖濕潤的帕子為俞筱晚淨手，俞筱晚再接過初雪遞來的棉帕子抹了抹嘴角，扶著初雲的手進了東次間，請秦氏等人坐下之後，無奈地看了一眼始終垂著頭的曹中燕，緩緩地道：「不是我不幫這個忙，勛貴之家不娶犯官之女，舅父如今是因犯案而被貶為庶民，原家要退親也是情理之中的事，就是去順天府打官司，也是打不贏的。」

秦氏自然明白，羞愧地紅著臉小聲道：「大伯的意思是希望保留這門親事，就算不為正妻也行。」

俞筱晚睜大眼睛，將視線轉向曹中燕，「燕兒姊姊，妳願意嗎？為妾可就永遠低人一等了！勛貴之家的庶子可沒有爵位可承，日後若是得了父親和嫡母的眼緣，願意舉薦他入仕還好說，若是讓父親或嫡母厭棄，又無法科舉入仕，一輩子都得仰人鼻息！」

秦氏的臉上訕訕的，忙搶著道：「沒有這麼嚴重，只要燕兒伏低做小，敬奉主母，我相信人心都是肉長的。我不就有一個庶子嗎？我待他難道不好嗎？而且，事後忠勇公府又有人來說不忙著退親，我們商量過，應當是世子的意思，他幾個月前來曹府，見過燕兒……」秦氏朝俞筱晚眨了眨眼睛，「他很滿意，妳懂的！」

俞筱晚朝秦氏笑了笑，「三舅母仁慈寬厚，可並非所有主母都是如此，換作是我，是絕對做不到的。燕兒表姊，我覺得妳不如退了這門親事，找個小康之家嫁了，比強行進了國公府要好得多。就算世子對燕兒姊姊有幾分情義，可終究是個妾室，日後失寵了怎麼辦？若是正妻，好歹地位在那兒，只要生了兒子，誰也動不了，可是妾室就慘了。」

犯官之女，又是一開始就不被公婆看好的媳婦，必定會被婆家嫌棄，何必一定要去討這個屈辱？

秦氏只得說實話，「退親的話，就必定要退聘禮……」

原來是不想退聘禮，換成側室或者貴妾，也要納妾禮的，曹家至少可以留下一部分。

俞筱晚睜大了眼睛，看向秦氏道：「不是說沒抄家嗎？難道曹家拮据到了這個地步了嗎？」

秦氏忙道：「那倒也沒有，封地雖是收了，可是族裡還有百頃良田，自家也有兩處莊子，嚼用足夠了。只是歸攏物品的時候，只有兩天的時間，太匆忙了，一不留神將原家的聘禮單子弄丟了，分不清哪些是他們家的東西……現今家裡不容易，當然不想反過來賠償什麼了。」

看秦氏的表情就知道，這話她自己恐怕都不相信，聘禮單子丟了算什麼？只要東西歸攏了，到時原家自會將留底的單子拿來核對物品，堂堂忠勇公，倒不至於趁機添上幾樣，貪這點小便宜。

應該是曹清儒一家已經習慣了奢華的生活，再者本朝對勛貴們極為優厚，封地多出產好，恐怕是舅父家沒有置辦什麼田莊，若是失去封地，就只有曹姓家族分的田地了。

然而，曹清儒被免官了，無官無爵，這些良田就要往朝廷交賦稅，與其交稅給朝廷，不如放到族中其他有功名的人的名下，想來曹家的族長必定會將分給曹清儒的良田收歸族裡，只每年分一點嚼用，可那是杯水車薪。若是一下子去掉了一個大入項，又被罰了十萬兩現銀，曹清儒不急才怪。

以舅父的為人，絕對不會將自己免官一事告知父老鄉親，這京城附近，曹家也就舅父家這一支，以前曹家的族人來討職務，曹清儒從來都是安排到外地去的，從這一點上看，曹清儒倒也有些遠見。

只不過，俞筱晚素來喜愛助人為樂，舅父沒時間寫的信，她已經代為動筆了，幾天前就送去給山東曹家的本族族長，告知了他曹清儒被罷官一事。當然，俞筱晚是不會告訴秦氏的，等族長的信到了，給舅父一個「意外的驚喜」不是更好？

秦氏委婉地表示：「妳大舅父也為難，燕兒的婚事若是退了，日後就更難說親了，妳大舅父和婆婆都很急。」

這才剛剛開始呢，以後舅父還會更急的！俞筱晚暗暗地想著。

她轉頭看向曹中燕，曹中燕一直是低垂著頭的，這會子被俞筱晚盯得有些受不住了，才抬起頭來，嘴唇翕動，卻什麼都沒說出來。

俞筱晚直覺她有話要說，可能是礙於三舅母在此，覺得不便，便和氣地問道：「燕兒姊姊，妳有什麼話就直說吧，我和三舅母都不是外人，三舅母方才也說，她一直拿妳們幾姊妹當自己親生女兒看，雖然舅父被罷為庶民了，可是三舅父和三舅母還是官身，有什麼事，還是可以為妳作主的。」一說著，朝秦氏笑了笑。

先拿話圈住了秦氏再說。

秦氏不得不回應道：「是啊，燕兒妳有什麼話就直說，三嬸能幫妳的，必定會幫。」

曹中燕囁嚅了半晌，才吶吶地道：「我……我不想為妾……」

自小見慣了武氏和玉姨娘等人被張氏欺辱，也見慣了大姊曹中貞毫無原則地討好三妹，她怎麼也不希望自己和自己的孩子再如此生存，只是曹家現在成了這樣，父親前兩日難得地親自找她談話，而且還顯得分外和藹，讓她享受了一下午從來沒有享受過的父愛，當然，談話的內容不外乎要她為曹家東山再起出一份力，只是她覺得，為了一下午的孺慕之情就奉送上自己的一生，似乎有點……

有了曹中燕這句話，俞筱晚就放心了，展顏一笑道：「當然不能為妾！既然燕兒姊姊是這樣想的，那妳的婚事就包在我身上！」她很認真地同曹中燕道：「今年加開恩科，明年是真正的大比之年，年關之前會有許多舉子入京備考。以表姊現在的身分，最好是挑個寒門舉子嫁了！」

其實曹中燕的婚事，俞筱晚早就開始盤算了，她又不是不知道原家是多麼勢利的人家，原夫人是個掌控欲極強的女人，媳婦肯定想自己挑，只可惜世子是半路認回去的，之前已經有了婚約，曹家那時的家世還不錯，這才忍了，可是有了機會，怎麼都會變著法子退親。因此，在開始設計舅父的時候，俞筱晚就想到曹中燕的婚事了。

她沒想過將表姊嫁給一個日後能飛黃騰達的寒門舉子，寒窗苦讀出來的人，有時對權勢會有一種期盼，等他有能力升職之時，曹中燕犯官之女的身分，必定會成為他上升的阻力，到那時，曹中燕也不會有什麼好日子過，所以她要挑的就是一個家境貧寒、人品方正、能力普通的丈夫。讓君逸之幫忙給他在衙門謀個主薄師爺之類的職務，小夫妻倆平平和和地過日子。

人選都已經請君逸之在挑了，目前唯一的就是曹中燕的身分問題。

秦氏提了口氣到喉嚨，想阻止，可是隨即又將話給嚥下去了。關她什麼事呢？反正那些聘禮留著也沒她家的份，再說這事大伯一家本就不占理。

俞筱晚尋了個藉口，讓初雲帶曹中燕和曹中慈去西廂房挑尺頭，自己跟三舅母秦氏單獨聊一聊。

秦氏今日之所以主動請纓來楚王府，實在是因為心底裡壓了一件事，是前些日子在婆婆那兒無意間得知的，跟老爺說了之後，老爺示意她來跟俞筱晚商量。

待屋內服侍的丫頭們都退出去之後，秦氏便笑問道：「不知晚兒想說什麼？」

「是這樣的，燕兒姊姊跟著舅父，總歸是犯官之女，若是配個平民，她委屈了，可就算是寒門舉子，恐怕也不會願意沾染上犯官家屬，因此，我想請三舅母將燕兒表姊過繼到您的名下，不知三舅母可否願意？」

秦氏的眼光閃了閃，這個過繼，恐怕不是關起門來自家的事，而是要擺酒宴客，讓京城中的貴婦們都知道的那種，她想了想道：「都是曹家的女兒，叫我母親，還是叫大嫂母親，其實是差不多，我沒有意見。燕兒也不算是得寵的，妳大舅父必然也不會有意見，只是雅兒那裡恐怕不好交代，妳大舅母只怕會有意見。」

她還想到了嫁妝的問題，曹清淮在蘇杭六年，早就撈得盆滿缽滿，秦氏並不是個小氣的，可是一想到大伯子現在一副錙銖必較的俗人嘴臉，到時肯定會把給曹中燕準備的嫁妝留下，讓她給曹中燕出。她不是出不起，就是覺得嚥不下這口氣。

俞筱晚笑了笑道：「外祖母還在呢，這個家也沒分，雅兒妹妹又是嫡女，哪有過繼嫡女的？」俞筱晚沒直接提嫁妝，但是說曹老夫人還在，就是告訴三舅母，有曹老夫人在，不必擔心曹中燕的嫁妝。

秦氏想了想，爽快地答應了：「那成！不瞞妳說，老爺已經到吏部申請賜了宅子，老爺還打算搬去新宅之後，將婆婆接過去，總歸比跟著大伯要好！」

俞筱晚讚道：「三舅父和三舅母果然孝順！」

秦氏笑了笑，然後壓低了聲音告訴俞筱晚：「我前些日子無意間聽婆婆與大伯談話……」

過得片刻，曹中慈和曹中燕又被請入了東次間，俞筱晚將過繼的事告訴了曹中燕，曹中燕的心情瞬間好了許多。俞筱晚表示要留飯，眾人便在夢海閣裡聊天打發時間。

同一時間，孫琪等幾人正在春景院裡與楚王妃聊天，她們現在除了每天晨昏給楚太妃和楚王妃請安問候之外，也沒別的事兒可做了。

楚王妃如今想見王爺見不著，想見兒子見不著，原本一直是不喜歡老祖宗最後留下的這三位小姐的，可是現在除了她們，也沒別的人來跟她說話了，於是慢慢開始跟她們三人親切交談了起來。

眼瞧著晌午快到了，孫琪等人忙起身告辭。楚王妃端著王妃的身分，是從來不留飯的。

金沙送三位小姐出來，蘭淑蓉是楚太妃的侄孫女，一般中午都是陪楚太妃用膳的，因此先一步登上小馬車，去了春暉院。金沙要去廚房催菜，有一段路與孫琪和曹中妍順道，便恭敬地陪著兩位小姐往客院的方向走。

「孫小姐的這支珍珠簪子真漂亮！」金沙有點無話找話，府中的下人們都看出來了，世子妃的人選，楚太妃大約是屬意這位孫小姐，難得單獨在一起，自然要拍一拍未來世子妃的馬屁。

孫琪聞言只是莞爾一笑，「這是靜雯郡主送我的。」不過，珠子十分漂亮，因此孫琪也愛戴著。

金沙笑道：「其實是前幾日王妃說的，那天孫小姐也戴了這支簪子，您走了之後，王妃就讚過您眼光好呢，王妃最喜歡的就是南珠！」

孫琪細細一想，似乎是這麼回事，楚王妃有好幾套赤金鑲南珠的頭面，她將這話記在心裡，日後也多做幾套珍珠頭面。因為昨天楚太妃委婉地問起她父母的喜好，似乎是要上門提親，為備聘禮做準備了，若真是這樣，楚王妃就是她的婆婆了。

孫琪思及此，小臉不由得微微發熱，忙將話題往旁的事上引，「金沙姊姊平日很忙吧，不用特意送我們了。」

金沙笑了笑道：「奴婢這是要去廚房催菜，今日二少夫人舅舅家的人來了，要請客，聽說點了許多菜，奴婢怕廚房不記得今日春景院點的菜色了。」

孫琪含笑點了點頭道：「那妳忙去吧。」

正好也走到岔路口了，金沙朝孫琪和曹中妍福了福，向著廚房的方向去了。

曹中妍待金沙走後，歉意地朝孫琪笑道：「孫小姐，我就此別過，家裡來人了，我想去見見。」

孫琪微笑道：「好的，請代我問候寶郡王妃。」

目送曹中妍走遠之後，孫琪才微微一嘆，她的丫頭問菊問道：「小姐，您苦戀琰世子幾年，就要心想事成了，還嘆什麼呢？」

孫琪小臉一紅，慌張地瞧了瞧四周，好在將近晌午，客院又不是在居中的位置上，四周沒有丫頭僕婦，這才鬆了口氣，狠狠瞪了問菊一眼，「這種話是能亂說的？」

問菊嘻笑道：「小姐，您放心，奴婢是看四周無人才說的。」

那是好幾年前的事了，她家小姐一次上廟裡進香時，無意間遇見陪著楚太妃禮佛的君琰之，就芳心暗許了，一直以為這輩子兩人不會有什麼交集，哪知命運竟跟開玩笑似的，楚太妃那日發帖子到孫府，邀請小姐去楚王府做客。原本老爺和夫人都不同意，覺得這樣有些丟人，可是小姐卻說服了老爺和夫人，現在眼瞧著就要如願了，不知還有什麼好嘆氣的？

孫琪忍著羞澀，小聲地道：「我之前只想著他那個人……可是現在看來，這王府裡可不比咱們府上，太複雜了些，我也不知日後能不能應付過來。」

在問菊的心裡，自家小姐是最聰慧最和善的，自然力挺她道：「小姐沒什麼事是應付不過來的，況且您說的太複雜……奴婢也沒發覺呀，賀七小姐那件事是她的丫頭幹的嘛！」

孫琪看著問菊搖了搖頭，原本她不是個喜歡說三道四的人，可是若真個會嫁入楚王府，她的丫頭就不能是個胸中沒點成算的人，就當是現在開始培訓吧。她用纖手指了指金沙消失的方向，「方才她說的事，就有挑撥之嫌。」

見問菊不明所以的樣子，她緩緩地分析道：「金沙姑娘剛才說怕廚房裡的人只記得討好寶郡王妃，忘記王妃今日點的菜，妳說，這可能嗎？金沙跟我說這話的意思，無非是想告訴我，寶郡王妃是個很霸道的媳婦，在這府裡還能壓婆婆一頭。若是我信了，日後……嫁過來，少不得心裡會想著與寶郡王妃爭上一爭，就算不爭，心裡肯定也是防備著她的。」

問菊仔細一想，是啊，那話裡的意思，讓人一琢磨，可不就是說在廚娘的心裡，王妃的地位還比不得媳婦嗎？若是小姐成了世子妃，為了不被寶郡王妃給欺負了，當然要爭上一爭的。

問菊忙道：「那這肯定是楚王妃的意思，我聽府中的下人閒話過，王妃嫌寶郡王妃的出身低了，當著一屋子丫頭婆子的面都這樣說過寶郡王妃呢！」

孫琪笑道：「若說出身，我比寶郡王妃還要低，至少人家的父親和舅父都是伯爵，我父親才不過是個五品翰林學士。而且我看著，楚王妃是個藏不住話的人，這樣的話若真是她的意思，恐怕她自己就說出來了，不會借用丫頭的嘴。」她想了想，微微一笑，「這府中統共才幾個主子，竟不知分了幾派！」

問菊聽著有些心裡發毛了，孫府是清貴之家，奴僕不多，小姐就她一個丫頭和一個乳母，日後為了嫁入楚王府，還得再買幾個小丫頭陪嫁，但她們是去過夢海閣的，寶郡王妃的陪嫁丫頭就有十幾人，更別說媳婦子、婆子和陪房了，小姐湊不齊這個數，肯定要用王府的丫頭，可是王府的丫頭，卻不知是誰的人呢。

連楚王妃的貼身丫頭都幫別的主子說話，若是小姐身邊都是些各懷心思的丫頭，天哪，這日子可怎麼過？

孫琪卻微微一笑，端莊穩重地繼續往前走。

若是別人，她肯定會退縮，可是為了他，她是不懼的！

主僕二人轉過前方的彎道之後，一棵大樹後出現了一道頎長瀟灑的身影，正是君琰之本人。他看著彎道的盡頭，微微勾了勾唇，隨即轉過身，向著自己的滄海樓而去。

再說曹中妍，她跟孫琪分開之後便去了夢海閣，俞筱晚朝她笑道：「之前遣了人去請妳，說妳去了母妃那兒，怎麼樣，聊了些什麼？」

曹中妍靦腆地笑道：「就是聊起琴藝、詩詞什麼的，王妃讀的書多，孫小姐都佩服呢！」

母妃是國公府的嫡出小姐，當然是自小經過各種嚴格培訓的，琴棋書畫無一不精，若不然，她哪有自傲的資本？

不過讓俞筱晚好奇的是曹中妍的評判標準。女子是否有才華，是以孫琪佩服不佩服為準？

曹中妍極認真地道：「孫小姐很有學識，她父親是翰林院學士，她很小就跟著她父親開始讀四書了。」

俞筱晚的眼睛亮了亮，自小讀四書，而不是女訓、女誡，這位孫小姐應當不是個拘於俗禮之人，不過，她好奇的是，「平日裡見孫小姐似乎都不怎麼說話的啊！」

曹中妍笑道：「這才是我佩服她的地方。她有才華，只有我們在院子裡閒聊的時候多，話說得多了，才會偶爾露出一點來，從來就不像旁的小姐那般賣弄，現在連蘭小姐都佩服她，不敢隨意在她面前談論詩詞歌賦了。」

能讓曹中妍她們佩服，不敢隨意在她面前談論詩詞歌賦，又不顯得故意賣弄，這才是真正的厲害之處！俞筱晚笑彎了眼，忽地又問：「蘭小姐難道也很有才華嗎？」

曹中妍肯定地道：「有！她的畫畫得極好，女紅也極佳！」

印象中的蘭淑蓉是個怯怯的少女，俞筱晚很難將她與賣弄才華這樣的詞聯繫在一起。女紅讓人知道倒也罷了，手中拿條自己繡的帕子就能顯示出來，可是畫畫得好也能讓旁人知道，難度就大得多了，看來老祖宗挑的人都是些表裡不一的。

秦氏和曹中慈都對楚王府的世子妃會花落誰家感興趣，在一旁聽得津津有味，俞筱晚以前不在意這事，現在忽然發覺其實還挺有意思的，原也想多問問曹中妍，可是胃忽然很不舒服，她想大約是餓了，便問芍藥膳食取過來了沒有。

芍藥忙笑著回話：「已經布好了，奴婢正要請少夫人和舅夫人、表小姐們入席。少爺已經到了府門口了，剛剛才讓從文過來傳了話。」

俞筱晚這才站起身來，笑著挽起秦氏的胳膊道：「三舅母也來嘗一嘗楚王府的菜色，府中有專做江浙菜的廚子，我點了幾道，您給評評，可算正宗。」

秦氏笑道：「必定是正宗的！」

幾人說說笑笑來到西次間，君逸之剛巧進來，眾人忙向他行禮，君逸之挑眉道：「都是親戚，無須多禮。」說罷進屋，初雲和初雪跟進去服侍他更了衣，君逸之才又轉了出來，笑盈盈地坐在首位上，打量了滿桌子的菜色，跟秦氏客套了兩句，就問俞筱晚道：「妳喜歡哪道菜？我幫妳夾。」

秦氏打趣道：「這麼恩愛，真真是羨煞旁人！」

君逸之臉皮厚，才不會為了這點打趣的話紅臉，繼續給俞筱晚布菜。俞筱晚卻是有些羞澀，再者，當妻子的讓丈夫服侍，說出去總歸是不好聽，嬌蕊和嬌蘭兩個還在屋裡伺候著呢，說給母妃聽，母妃又會對她生出怨念了。

俞筱晚拉了拉君逸之的袖子，他立即停下手中的動作問：「怎麼了，不舒服嗎？」

俞筱晚本是想說「沒有」，可話才到嘴邊，胃裡忽然一陣翻騰，她臉色一變，忙用手捂住小嘴，刷的一下站起來往外走，嘴裡「唔唔」地支吾個不停。

君逸之被她唬了一跳，著急地跟在後面問：「到底怎麼了？」

秦氏道：「是孕吐吧？」

還是趙嬤嬤和蔡嬤嬤她們有經驗，不待吩咐就端了痰盂過來。俞筱晚怕氣味太衝，會妨礙到客人們用飯，硬是忍到隔壁才吐出來。

君逸之看著俞筱晚吐得天昏地暗的，纖細的脖子上都暴出了青筋，不由得大急道：「快去請太醫！」

蔡嬤嬤笑道：「少爺，孕吐是很正常的，一般過了頭三個月就會停了，沒聽說過誰孕吐還要看太醫的。」

君逸之不由得詫異道：「還要吐到三個月？」

蔡嬤嬤笑道：「算起來，少夫人這還是吐得晚的，有的人一個月左右就開始吐了。」

君逸之皺著眉問：「就沒有止吐的辦法嗎？」

蔡嬤嬤笑道：「沒有。少爺，您別擔心了，這世上的女人都是這樣過來的。」

俞筱晚好不容易止了吐，初雲忙上前來將痰盂蓋上，交給小丫頭拿出去處理了。初雪端了菊花茶給俞筱晚漱口，又拿了顆話梅給她含著，去去嘴裡的腥味。

俞筱晚含了好一會子話梅，才長長地舒了口氣，嬌弱地道：「可難受死我了！」

君逸之握著她的手道：「辛苦妳了……」

俞筱晚笑了笑，站起身來往外走，這屋子裡盡是酸腥之氣，方才她自己在吐，倒是不覺得，現在人清爽了，就覺得好臭好難聞，於是跟君逸之道：「以後我吐的時候，你去別的地方吧，太難聞了。」

君逸之斜睨了她一眼，「不，我要陪著妳！」若是他能代她，他願意這些苦楚都由他來承受，可惜他只能在一旁看著，難道還要嫌棄什麼嗎？

兩人回到西次間繼續用膳，因為俞筱晚開始孕吐了，所以秦氏特意交代她：「一餐少用一點，這樣吐起來不會太難受，吐完了再吃便是。」

蔡嬤嬤忙道：「正是這樣，閣裡已經修了小廚房，老奴讓火上時刻煨著粥和小菜便了。」

俞筱晚也覺得剛才吐得太難受了，喉嚨都要湧到嘴邊似的，因此按著三舅母的提提，只用了一點飯菜，覺得餓了再吃便是。

用過膳，秦氏就帶著曹家姊妹告辭了，俞筱晚的小臉立即就垮了下來。君逸之敏感地發覺了，便問她怎麼了，俞筱晚將丫頭們都打發了出去，才趴在他的懷裡小聲道：「今天三舅母說……曹家以前幫宮裡一位貴人幹過一件大逆不道之事，說若是被揭露出來，怕是曹家會被滿門抄斬，所以希望我能幫幫他們。」

君逸之挑眉問道：「什麼事？」

俞筱晚搖頭道：「三舅母偷聽到外祖母跟舅父聊天時談到的，應該是跟當年後宮妃嬪們爭寵有關，具體是個什麼情形，外祖母和舅父他們也沒明著說。」

「那是什麼時候的事？」

「這個……好像是十來年前了吧，先帝還健在的時候的事，而且是因此事，舅父才在攝政王面前立了大功。原本外祖母她們是不擔心的，可是現在舅父得罪了攝政王就很難說了。」

君逸之挑了挑眉，冷笑道：「別說先帝已經駕崩了，就算先帝現在還在，這種事妳又能幫上他們什麼忙？」

俞筱晚淡淡地道：「三舅母說她事後試探過外祖母幾句，外祖母的嘴咬得很緊，她希望我能幫著查查十幾年前宮裡到底發生過什麼事？聽外祖母那意思，鬧得挺大的，若是查出來了……」三舅母雖然沒有明說，但那意思就是要告訴太后，換她們三房人的平安，「那件事，應該是對攝政王不利的。」

君逸之嗯了一聲，「這些事妳別去想了，我試著查看看，能查到也不告訴他們，留到最後再說。」能查出來，若真是對攝政王不利的，就等攝政王有謀逆之舉的時候拿出來，好鋼要用在刀刃上，怎麼能只拿來換曹家一房的平安？

君逸之說他會去查，俞筱晚就不操心了，闔上眼睛，睏意漸湧，只是還沒到睡熟，胃裡又是一陣翻騰，她立即就翻身起來，趿鞋下炕。

君逸之忙躍起來，一把抱住她，揚聲喚道：「拿痰盂來！」

芍藥早得了蔡嬤嬤和趙嬤嬤的吩咐，讓人準備著痰盂呢，忙親自端了進去。

俞筱晚又吐了個翻天覆地，胃裡才消停了一點，整個人的力氣都被抽空了似的，胡亂用了點粥和菜，倒頭就睡。

君逸之瞧見她略為慘白的小臉，心裡放不下，索性不去衙門了，讓從文給告個假，反正他是紈褲子弟，每天點卯，人家還會懷疑不是。

待俞筱晚睡醒了，君逸之才正色道：「晚兒，妳就是忽然想吐，也不要這樣跳起來下地，就是吐到炕上也沒什麼，夢海閣又不是只有這一間房子，咱們在哪裡不能睡？妳這樣一驚一乍的，我覺得對腹中的孩子不好。」

俞筱晚細細一回想，也覺得自己的動作幅度是太過激烈了一點，現在小腹有些隱隱的疼痛，忙自己給自己扶了扶脈，脈象尚可，這才舒了口氣，看著逸之微笑道：「我知道了，以後會記著的。」

君逸之嚴肅地道：「我可是跟妳說認真的，妳不知道我今日在街上遇到了誰，我遇到了肖大勇。」

俞筱晚眨了幾下眼睛，才記起來是靜雯郡主的丈夫。

君逸之繼續道：「他在街上縱馬疾馳，我原是要讓人捉他的，可他說是靜雯出了事，他心裡急。靜雯本來已經沒孕吐了，這幾天不知怎的又開始吐了，好像胎兒很不穩的樣子，肖大勇就是去給她請太醫的。」

俞筱晚「啊」了一聲，雖然她對靜雯郡主的印象很不好，可是同為母親，聽說靜雯郡主腹中的胎兒危險，她還是跟著著急了一番，「太醫不知道能不能保得住？」

君逸之替她掖好被角，事不關己地道：「妳管她呢！我只是想告訴妳，孕吐也是很危險的！」

俞筱晚忙虛心受教。

過了幾天，孫琪和曹中妍來探望俞筱晚，告訴她她們聽到了確切的消息，靜雯郡主的孩子沒有保住，聽說連肖大勇都流下了男兒淚。因為他是寡母帶大的，十分孝順，況且他年紀也不小了，還想著能有一個孩子承歡母親膝下，哪知道竟這樣沒有了。

俞筱晚聽到這個傳聞，不由得深深嘆了口氣，緩緩地道：「真是可惜了，只是，孩子已經沒了，希望靜雯郡主不要太過傷心了，養好身子才是最要緊的，日後想要孩子也容易。」

曹中妍在一旁贊同道：「是呢。」

孫琪微凝了眉道：「想開些自然好，可是身在其中，不是那麼容易想開的，只希望她不要太過悲傷，傷了身子就好。」

俞筱晚嗯了一聲，曹中妍和孫琪見她似乎沒了談話的興致，就識趣地告辭了。

俞筱晚也沒留她們用膳，因為她現在吐得越來越頻繁，幾乎是聞不得一點油腥味，留客人用膳只會讓她們倒胃口。

芍藥送走了兩位小姐之後進屋，見少夫人的臉色很差，忙關心地問道：「又想吐了嗎？」

俞筱晚搖了搖頭，「胸口有些悶，可能是聽了靜雯的事，覺得有些傷感所至。」

芍藥不由得急道：「您也真是的，她又不是您的什麼人，您為她傷感什麼呀，沒得弄壞了自己的身子！」

俞筱晚笑了笑，她是忽然胸口悶而不舒服才會這麼想，之前的確是為靜雯郡主的孩子難過了一下，但也不至於到為旁人傷心難過的地步。

芍藥想了想道：「少爺還沒回來，要不要奴婢扶您到院子裡走動走動？您不是說，孕婦要多慢慢走走，對胎兒才好嗎？」

俞筱晚笑著伸出一隻手，「好吧，乾脆去前面迎迎二爺。」

到夢海閣的大門口沒多久，君逸之就回來了，瞧見小妻子笑盈盈地候在門邊，他立即笑著躍下馬背，一手扶住她的纖腰一手幫她攏碎髮，嘴裡卻問著芍藥：「今天怎麼樣？沒怎麼吐吧？」

芍藥道：「回少爺，吐了四五回呢！」

君逸之眉頭攏成一座山峰，「這樣吐可真不是個事兒，不行，我去請太醫來給妳請個脈。」

這一回俞筱晚也沒拒絕，她的脈象越來越弱了，隱隱有些滑胎的跡象，她也很擔心。她的醫術看的都是些孤本、殘本，沒有真正有系統地學過，還是請有經驗的太醫來看看比較好。

太醫很快來請了脈，開了安胎的方子，又囑咐她這段時間多躺少動，先過了頭幾個月再說。俞筱晚一一遵了醫囑，老實在家裡養胎。

靜雯郡主的孩子沒了，旁人為了她感嘆唏噓，可是她自己卻是十分高興的，她怎麼會願意幫這個無恥的賤男人生孩子？真是做夢！

養了一段日子之後，靜雯郡主的精神和體力都好了許多，太后在她靜養期間送了許多補品給她，還特意吩咐了兩位太醫隨時待命，就為了給她看診，於情於理，她都應當進宮給太后請安謝恩。

奏摺遞進去之後，太后很快差太監送了腰牌過來，靜雯郡主打扮一新，入宮給太后磕頭。

到了慈寧宮，正遇上常太醫給太后請完平安脈出來，靜雯郡主知道這位常太醫是太后的心腹，心中一動，莫不是事情已經成了？

正思忖著，魏公公出來宣召：「太后宣郡主您進去。」

靜雯郡主低頭進了內殿，恭恭敬敬地給端坐在上首的太后磕頭謝恩。

太后並沒叫起，打量了她良久，才緩緩嘆道：「妳何必自己戴那些東西？我告訴過妳不要接觸的。」

靜雯郡主忙解釋道：「回太后的話，雯兒自己戴了，她們才不會懷疑啊。只要能為太后辦事，雯兒寧死不辭。」

轉眼到了十一月中旬，俞筱晚已經懷到四個多月了，孕吐的症狀仍沒消失，雖說不上加劇，但仍然是一聞到油腥味就會吐，每天除了各式米粥，再不能用旁的食品，害得俞筱晚現在瘦成了竹竿，絕麗的小臉瘦得只餘巴掌大小，下巴尖得都有些硌手。雖然知道不吃瓜果菜肴對腹中的胎兒不好，可俞筱晚不是不想吃，而是吃不得呀。她吐到喉嚨都出紅腫出血絲了，用些略有油和鹽的食品，吞嚥之時喉嚨都會火灼一般的疼痛。

君逸之心裡著急上火，可是他又幫不上一點忙，就是想讓俞筱晚多吃一點都沒有任何辦法，智能大師偏又去了外地周遊，不知何時會回潭柘寺？

俞筱晚自己試著開了幾張方子，可能是醫者不自醫的緣故，服下之後孕吐的症狀沒有半分緩解，還令她對自己的醫術越來越沒信心。

京城中的名醫、太醫院的太醫，幾乎整個京城中略有些名氣的醫生，都被君逸之提到楚王府來過了，可是大夫們都說這是正常現象，除了開些安胎的方子，沒辦法幫寶郡王妃解除害喜的煩惱。問過有經驗的嬤嬤，也都是這樣說，然後安慰他，待到四個月的時候就好了。

可是，現在早就四個月了啊！

楚太妃和楚王府中的三位嬌客每天都會來夢海閣，慰問一番俞筱晚的近況，而楚王妃一開始覺得不能嬌慣了這個出身不高的兒媳婦，現在也開始擔心自己的金孫，經常來探訪。曹家的人就不必說了，秦氏三天兩頭地過來問候，若不是俞筱晚怕天寒，老人家容易得傷寒，曹老夫人也想過來看看俞筱晚。

這一天，剛剛送走了楚太妃和楚王妃，蔡嬤嬤和趙嬤嬤就相對感嘆道：「少夫人懷這一胎可真是辛苦。」

芍藥心有餘悸地道：「以前還聽說過有的孕婦會一直吐到生的，少夫人可千萬別是這樣啊！」

趙嬤嬤立即指著芍藥道：「快點給我呸！」

芍藥也覺得自己真是烏鴉嘴，沒事說這個，忙朝地上連「呸」了三口，默念了幾遍「壞的不靈好的靈」，這才嘆氣道：「吃食什麼的，八大菜系都換了個遍，真不知道有什麼是少夫人吃了能不吐的。」

良辰這段時間忙著跟二嬌爭奪少爺的青睞，知道少爺為了主子的身子擔心不已，因而昨日特意請了一天假，回曹家的小院問自家老子娘，要怎麼才能讓孕婦少吐一點，得了老子娘的偏方後，今日終於找著了獻殷勤的機會，忙忙地插嘴道：「婢子的老子娘那兒倒是有張偏方，不知道少夫人合用不？」

良辰漂亮的大眼睛故作羞怯地看看趙嬤嬤。雖然主子一直要她們注意著良辰，這表示主子並不相信良辰，但趙嬤嬤這會子也是病急亂投醫，便問道：「什麼方子，先說出來聽聽。」

良辰忙道：「就是用大棗十枚、陳皮一錢、紅糖一錢、紫蘇梗一錢、生薑一錢，洗淨後用水煎個一刻鐘，一日服三次。婢子的老子娘說，一般喝上三五天就會好了的。」

她老子娘以前也是孕吐得厲害，這偏方是尋了許多人才求來的，並非是大戶人家的夫人、太太們會用的名貴藥方，但有的時候一些小土方也見效。

蔡嬤嬤和趙嬤嬤都是對懷孕生子有經驗的人，細聽了這方子，覺得物品都是孕婦能用得的，而且材料讓心腹之人親自準備，仔細看著熬好後讓少夫人喝，應當可以試一試。

兩人對望一眼，知道對方都想一試，便立即差了豐兒去辦。

豐兒是從汝陽跟到京城的俞家家生子，辦事也仔細沉穩，這些材料小廚房裡都有，豐兒很快熬好了一碗湯汁，端給了芍藥，詳細稟道：「婢子親手挑的材料，一直守在火邊的，沒假託過第二人。」

芍藥笑著誇讚了豐兒一句，同趙嬤嬤一人拿根小銀勺，舀了半勺喝下，確認沒有問題，方端著托盤進了暖閣。

剛進到暖閣，在屏風處就遇上江楓端著蓋了蓋兒的痰盂出門，芍藥無聲地用嘴型問道：「又吐了？」

江楓點了點頭，芍藥繞過屏風，示意初雲和初雪將窗戶開大一點，屋內還有三位客人呢。每回吐了之後屋內總會有一股濃烈的酸腥氣味，最好是能換個房間，但俞筱晚現在吃得少，渾身無力，連走動的力氣都乏，基本都是躺在床上或是軟榻上，無法到旁的屋裡避避濁氣。如今又是寒冬了，屋裡烘著地龍，窗戶多半關著，門簾也換成了厚重的棉簾，氣味就更難消散，俞筱晚的精神就更差了，每天恨不得將門窗都打開了才好。

一開始趙嬤嬤和蔡嬤嬤擔心少夫人吹了寒風會傷風，可是俞筱晚精神差，身子骨倒還是健康的，跟兩位嬤嬤爭了半天，最後還是君逸之作主，同意每回孕吐之後，讓丫頭們將門窗都打開一盞茶的時間，讓屋內汙濁的空氣消散一下。

曹中妍和孫琪、蘭淑蓉都坐在短炕邊上，陪著俞筱晚說笑。三位嬌客倒是極有涵養的，只是接過丫頭們遞過來的嗅香，放在鼻端聞著，並未露出一絲嫌惡之色。她們三人反正閒得慌，到了冬日，楚太妃的精神頭也不大好，不讓她們久留，她們就索性帶了針線到夢海閣來，幫俞筱晚腹中的小寶寶做些小鞋子、小襪子。

俞筱晚剛剛才吐完，精神頭不是很好，臉色也差，正歪在引枕上，曹中妍輕聲細語地跟她說著話兒。芍藥端著托盤走到炕前，屈了屈膝，孫琪和蘭淑蓉忙讓開位置，芍藥將湯藥放在炕頭的小几上，含笑道：「少夫人，這是良辰的老子娘獻上的農家土方，說是治孕吐極好的，您要不要試一試？」

俞筱晚微微一笑，慘白的小臉上綻放出一抹柔弱又絕麗的笑花，看得三位嬌客都被懾了神，直著眼瞧她端起小碗，放到鼻端聞了一下味兒，便三兩口喝了下去。

曹中妍率先問道：「覺得好些嗎？」

芍藥笑著回話，「表小姐，您太心急了些，良辰的老子娘說，一日三次，得三五天才能見效。」

俞筱晚瞇著眼睛感受了一會兒，然後睜開眼笑道：「剛吐完，這會子並不想吐，胃倒是舒服了不少，想來是有用的，以後照這個方子熬了送來吧。」

一屋子的人聽說有效，都開心地笑了起來，蘭淑蓉還誇張地雙手合十道：「阿彌陀佛，總算是找到有效的方子了。」

俞筱晚掩唇輕笑，「芍藥，快將這方子抄給蘭小姐，日後她用得上的。」

蘭淑蓉立即臊紅了臉，不依地跺了跺腳，「寶郡王妃，您太壞了，哪有人……說這個的！」

俞筱晚一本正經地道：「我這可是辦好事，雖則現在說這個是尚早了些，不過這方子給妳壓箱底，倒是極好的。」

蘭淑蓉紅著臉咬了咬唇，心裡不由得翻騰了起來，拿婚事打趣什麼的，交好的閨密私底下也常常會如此，可是她們三人現在這樣不尷不尬地住在楚王府裡，為的是什麼，誰心裡都有數，也在暗暗較勁。已經到了最後的時刻了，楚太妃再猶豫，怎麼也得在臘月之前將人選定下來，總不能將客人留到年關的。這會兒最得楚太妃寵愛的寶郡王妃當著孫琪的面，只說給她方子，是不是暗示著什麼？

思及此，蘭淑蓉的臉兒就更紅了。

孫琪或是想了同樣的事兒，神情明顯的黯了一黯，隨即便收斂了低落，也跟著俞筱晚打趣起蘭淑蓉來。

三人中只曹中妍沒有轉這種心思，她一門心思想著窮書生呢。明年是正經的大比之年，聽說她的智哥哥已經中了會試第十名，春闈一般是二月底或三月初，之後還有殿試。趕考的舉子們必定會在臘月之前趕到京城，向出名的鴻儒或大臣們投遞文章，博個好印象。她很快就能見到智哥哥了。

其實俞筱晚不過就是因為蘭淑蓉說了那句話，明明交情一般，還要表現得對自己分外關心，她便有心打趣一下罷了，哪裡是在暗示什麼？

幾人在屋裡說笑了一陣子，蔡嬤嬤拿著一張大紅色燙金的名帖走進來，屈了屈膝道：「少夫人，勉世孫妃求見。」

俞筱晚真是感到萬分無奈，這位賀氏與勉世孫成親不到一個月，可是往夢海閣已經跑了七八趟了，賀氏稱是自己一見俞筱晚就感覺到親近，俞筱晚真不知道自己有哪點吸引了賀氏？

說起來，賀氏是個活潑開朗直率的姑娘，縱使有點小刁蠻，但什麼事兒都擺在臉上，不像京城裡的夫人、太太們那樣，明著一套，暗著一套，俞筱晚對她也有幾分喜愛，可是女兒家的感覺都敏感細膩，俞筱晚總覺得賀氏似乎是在暗中與自己比著什麼，這感覺就讓人有點不大爽快了……

可是人家是堂嫂，來都來了，不可能不見，她只好揚起一抹甜笑，「快請。」

話音剛落，門外就響起了賀氏的略帶沙啞的聲音：「我可是不請自來的，妳不請我也要進來。」

俞筱晚不由得笑道：「我還敢攔著堂嫂不成？」

一句話挑明了賀氏現在的身分，換成別的新媳婦，準紅透小臉，可是賀氏卻聽得眉開眼笑，「可不是嗎？幸虧我嫁給了之勉，不是逸之的哪位堂弟，不然明明比妳大上兩歲，卻還矮了妳一截！」

芍藥打起門簾，一身火紅新裝的賀氏頭一低，走了進來，她一進來，還帶來了一股濃郁的香風。

西南侯鎮守西南，當地夷族極多，聽說侯夫人就是當地一位大頭人的女兒，這位賀氏算是混血的，她生得極美，只是膚色黝黑，不過配上大大的眼睛、高挺的鼻樑、豐潤的厚唇和豐腴的身材，卻別有一種令人驚豔的野性美。

夷族的風俗與漢民不同，成親了，就完全是夫家的人，就算沒成親，孝順父母也是在父母活著的時候，父母過世了，不用守孝三年，將親人埋葬之後，就會開始自己的新生活，因此賀氏現在已經是一身標準的新婦打扮了，火紅的團花滾邊褙子、火紅的百子千孫皮裙。

不過這樣的行徑，在京城的貴婦和千金們看來，卻是極為不孝的，因此京城中的名媛們沒幾個人願意同賀氏交往。只有成親後的第三天，君之勉帶了賀氏來看望俞筱晚，賀氏發覺俞筱晚不像別的貴婦那般，明著不說，暗地裡鄙夷自己，便喜歡往楚王府來做客。當然，這只是其中的一個原因。

這會子，賀氏也正在打量俞筱晚，只見她歪在引枕上，身上蓋了一條海棠色的百子千孫被，一頭烏黑發亮的秀髮披散著，更襯得慘白的小臉如同暗夜中的曇花，絢麗而奪目。

就是病著也這麼美！賀氏一面豔羨，一面酸溜溜地想著。

她是單純直率，但不是傻子，自打她喜歡來楚王府做客之後，丈夫幾次裝作隨意地問起俞筱晚的病情，又暗示她有空多來探望俞筱晚，她怎麼會一點察覺不到丈夫心裡在想些什麼？不過人家夫妻和睦，她倒也沒吃醋吃到酸死自己的地步，但心裡暗中跟俞筱晚比較倒是時常有的。

賀氏在這廂打量俞筱晚，那三位嬌客也在打量賀氏。

這就是傳說中搶了賀五小姐親事的勉世孫妃？生得倒是很漂亮，就是漂亮得太張揚了，不像正室夫人，倒像是……

現在全京城的百姓只怕都聽說了，賀五小姐在勉世孫的喜宴上喝得酩酊大醉，爛醉如泥，在上流社會與這個傳聞同時傳出來的，還有一則消息，就是原本太后是屬意將賀五小姐與勉世孫賜婚的，偏巧西南侯上摺請求宮中賜藥救夫人，太后聽說西南侯還有位芳華正茂的嫡女，賜藥的同時就賜了婚。

三人瞧了一番之後，覺得賀氏也配得上勉世孫，不過就是規矩上恐怕還得學一學，比如說，她們站在一旁給她行禮，她卻視而不見，只顧著同寶郡王妃說話。

俞筱晚示意芍藥給賀氏安了座，因著這幾人還是頭一回見面，便指著三位小姐一一介紹了一番。

賀氏倒並非故意冷落誰，只是她一進屋就盯著俞筱晚，將她們三人當成了王府的奴婢了。這會子一聽介紹，也來了興趣，兩隻大眼睛亮晶晶地問：「她們就是妳們府中的嬌客？」

三人小臉同時紅了紅，這個話題可不好。

俞筱晚知她三人面子薄，可是賀氏卻是不知道哪些話能問、哪些話不能問的，為免兩相生怨，便含笑道：「孫小姐，妳方才不是說要去給老祖宗請安？」

孫琪忙順著這話道：「正是，孫琪告退了。」

孫琪要走，蘭淑蓉和曹中妍便也忙跟著告辭了。

賀氏有些失落，她也是女孩子，自然喜歡八卦一番，可惜人家不給她這個機會。

只得眼巴巴地看著幾人嫋嫋婷婷地朝她福了福，然後在丫頭的服侍之下，邁著優雅的步子出了屋。

俞筱晚見賀氏的腦袋扭到後頭就不扭回來了，不由得笑道：「怎麼，不想同我說話了？」

賀氏回過頭來，朝她皺了皺鼻子，「不是，我只是想，京城的美人兒真的美，就是裝得慌，成天將手捂著腹部，肚子疼嗎？」

俞筱晚噗哧一聲笑了出來，隨即又猛地蹙眉，一旁的丫頭瞧見這臉色，就知道要吐了，忙端來痰盂，跪在炕下托著。俞筱晚也做好了大吐特吐的準備，可這一回只是乾嘔了幾聲，胃裡就消停了，俞筱晚便朝芍藥笑道：「那個方子可能真有用。」

賀氏在一旁看著，蹙著眉頭問：「妳總是吐嗎？」她之前每回來的時候，都是選在下晌，那時俞筱晚的午膳用過一個多時辰了，自然沒什麼可吐的，因此這還是賀氏第一次瞧見俞筱晚孕吐，她不由得將眉頭擰得更緊，「既然會孕吐，妳為什麼還要熏煌茅香啊？那可是會讓妳吐到小產的！」

吐到小產？

俞筱晚睜大眼睛，詫異地看著賀氏問：「堂嫂，妳剛才說的什麼香……是什麼？我沒有熏香啊！」

自從俞筱晚有了身子之後，就特意去請教過有經驗的嬤嬤，嬤嬤們都說最好不要熏香，多數香料會對胎兒有影響。有些香料雖然不會對胎兒和孕婦有什麼影響，但是香料中最易摻雜別的藥物，又被熏香的氣味掩蓋，查都查不出來。因而不單是俞筱晚，就連愛熏香的君逸之都沒再熏香了，更別說賀氏說的那種聽都沒聽過的香了。

芍藥也忙表態：「勉世孫妃，您會不會聞錯了？這屋子裡可是一點香味都沒有的。少夫人聞不得一點異味，因此夢海閣不單是屋子裡不許熏香，還規定了奴婢們也不許熏香、不許往身上撒香粉抹香脂，就連太妃和王妃、幾位小姐來的時候，都會特意換上沒有熏過香的衣物。」

芍藥說完眸光閃了閃，真想直言道：要說香味，沒人比您身上的香味更重了！

不過，好在她記得自己的身分，沒有這樣直接指責賀氏。

可賀氏自小也是嬌慣著長大的，哪裡被人質疑過，當即便指著芍藥怒道：「妳不相信我？難道我騙弟妹能得了什麼好處嗎？」

「堂嫂息怒，芍藥，去換杯今年新出的大紅袍來給堂嫂嘗嘗。」

俞筱晚忙將芍藥支開，免得賀氏一怒之下要發作她，同時心念疾轉，雖然她確定屋子裡並沒熏過香，可是賀氏張口就來的話，卻讓她有些驚心。這聽都沒聽過的香料，加上大千世界無奇不有，西南又挨著諸多附屬小國，風土特產與中原是完全不一樣，她不知道的，並不表示賀氏不知啊。說不定，真的已經有人在她們沒有察覺的時候暗中下了絆子。

俞筱晚陪著笑，欠身拉賀氏坐下，虛心問道：「堂嫂，我們不是懷疑妳，只是沒聽過妳說的這個……這個香，妳能詳細跟我們說說嗎？香料是怎麼樣子的，氣味又是如何？還有，這香味，您從屋子裡哪處聞出來的，能指給我看嗎？」

俞筱晚本就生得極美，病容楚楚可憐，又帶著討好的笑容柔聲細語，瞧著真是我見猶憐，賀氏身為女子也不由得軟了心腸，心中的氣惱消散了大半。

「煌茅香不是香料，是瀾滄國特產的一種水果，味道很好，不過不能直接吃，要剝了皮，用瀾滄國特產的一種紅米浸泡上一個時辰才能吃，不然只要小小一口，就能讓人上吐下瀉到虛脫的，孕婦就更不必提了。」賀氏說著，伸出食指與拇指，比劃出一個雞蛋大小的橢圓，「這個大小，金黃的顏色，聞起來有些沉香木的味道，不過很淡。新鮮的果子能吃，削下的皮曬乾後可以當香料熏，有很淡的沉香味，不過與沉香還是有一點區別，澀一點，而且浮，不像沉香那樣沉穩悠遠。一般人聞了曬乾的皮熏的香是不會有什麼事的，不過孕婦不行，會像妳這樣吐個不停，若是用手接觸過，症狀就更厲害。」

她歪著頭細看了俞筱晚幾眼，「妳應當沒有直接接觸，聞的味兒也很淡，不然的話，妳的孩子早就沒了。」

俞筱晚聽聞之後，越發覺得自己的孕吐不同尋常了，忙又再問：「堂嫂，並非我不相信妳，而是說實話，之前我們都沒聞出這屋子裡有香味，不論是妳說的這種煌茅香，還是別的什麼香，妳到底是怎麼聞出來的？」

丫頭們都一致用力點頭，表示她們贊同主子的話。

賀氏又有些著惱了，「聞到了就是聞到了，雖然很淡！」可是一瞧見俞筱晚慘白卻又絕美的小臉，她的火氣又小了些，想了想，猛一拍額頭，「哎呀，我怎麼忘了，妳們不是我的族人，自然沒這個本事！」

賀氏只得細說了一下，因為西南多瘴氣，尤其是她們夷族生活的大森林裡，除了瘴氣還有各種蛇蟲鼠蟻等毒物，所以夷人基本上都會使毒用藥，她們從小就與各種毒藥、草藥、香料打交道，試聞過上千種氣味，味覺自然比中原的人要靈得多，不但要避開森林裡密布的各種毒花毒草，還必須可以聞到遠在幾里外的大蟒蛇吐出的腥氣，才能避過被猛獸吞入腹中的命運。因此，才會她聞到了煌茅香的氣味，而她們卻完全沒有察覺。

賀氏指著俞筱晚蓋的那床小被舉例說道：「妳說妳受不了一丁點異味，可是妳這床被子這麼香，妳不也蓋得好好的？上面熏的是留蘭香草是不是？」

芍藥這會子已經完全拋棄了之前對賀氏的懷疑，露出幾分敬佩之色，「您說得太對了，之前的確是用留蘭香草沫熏的，後來少夫人聞不得香味，奴婢特意拿到外面晾了五天，散完了氣味，才拿來給少夫人用的。」

俞筱晚驚訝了一下，提起被角，放在鼻端處用力聞了聞，似乎是有那麼一點點殘餘的留蘭香草的氣味，可是實在是淡得不能再淡了，她忍不住由衷地讚道：「天哪，我這樣聞著都費力，堂嫂妳隔著這麼遠的距離，居然能聞出來，真是太厲害了！」

賀氏被人一捧，立即得意了起來，「這有什麼，我姆媽才是真的厲害，她可是族中最厲害的蠱師呢！妳把幾十種香料混在一塊兒，我姆媽只要聞上一聞，就能逐一分辨出來！」說著神情又有些黯然，「可惜我沒學到姆媽三成的本事！」

俞筱晚忙安慰了她一番，死去何所道，托體同山阿。

夷人的習俗是不會為了逝者悲傷的，她們相信逝者會在天上看著自己關愛的孩子，因此她必須生活得幸福美滿，才會讓姆媽放心。賀氏很快就收起了悲傷的情緒，正色勸告道：「不過煌茅香可厲害了，妳只要聞過一點，就必須根治才行，不然持續很長的時間，這胎兒多半是保不住的呀。」

芍藥趁機問：「勉世孫妃這麼精通毒物香料，必定知道如何治療吧？」

賀氏臉上閃現一抹尷尬，「這個……這個東西咱們境內沒有，父親也不許商人販入境內，還是族人偷運進來一些果子，我嘗過幾次，我一位表哥很喜歡吃煌茅香。聽說解起來也很麻煩，不過我這位表哥肯定是知道的，我回去就寫信問他。」

這意思就是她不懂，俞筱晚有些失望，西南那麼遠，這信一來一去的，她的孩子還不知道能不能保得住。

賀氏怕俞筱晚想多了，忙跟她聊起了香料，教她如何分辨好壞和成色。最好最名貴的香料都是產自西南諸國，中原人再精通，也比不上當地人。兩人聊了許久，俞筱晚才知道，原來香料也是有脾氣的，有的倔強、有的不善言辭、有的多愁善感、有的就是負責逗你笑，就看你是中招呢，還是與它們成為朋友，充分利用它們的長處。

看來，有些人已經與香料成了朋友了！

俞筱晚的眸光黯淡，轉而問道：「既然堂嫂聞得出來，就請幫我看看，這香料會放在哪裡？」必須要找出來！

賀氏皺了皺鼻子，用力嗅了幾下，歪著頭露出一絲疑惑之色，「剛剛還有一點的，現在確實沒了。」

屋內的丫頭們也學著賀氏的樣子，用力抽了抽鼻翼，還相互聞了一下，確認哪裡傳出類似沉香的香味。只是眾人聞了許久，都覺得這屋內實在是沒有一點香味。

俞筱晚皺著眉問：「剛才有，現在沒有了？」她頓了頓，很認真地問道：「以前堂嫂來我這兒的時候，可曾聞到過這種香氣？」

賀氏搖了搖頭，睜大眼睛，有絲不滿地道：「我若是早就聞到了煌茅香的味道，早就會跟妳說的，難道還會害妳嗎？」

俞筱晚忙又表白一下：「並非是懷疑堂嫂，而是我想確認這東西是什麼時候到我這來的。」

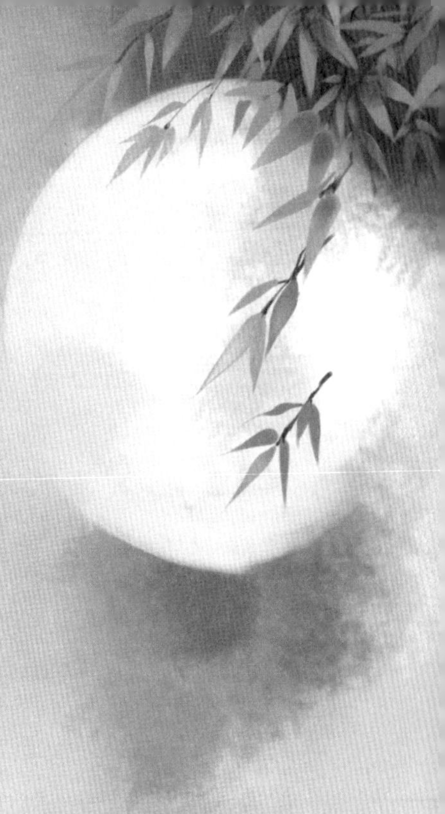

貳之章　聲色不動除奸細

俞筱晚將丫頭們打發了出去，只留下初雪和初雲，自己則半臥在短炕上，靜靜地思考。其實她早就有所懷疑，別人也孕吐的，可是像她這樣越吐越頻繁，還使得胎象越來越弱的，可就少見了。只是她仔細為自己診了脈，並沒發現什麼中毒的現象，就連太醫開的方子，她也都仔細核過，才讓趙嬤嬤她們去揀藥，自認為是防範得十分嚴密了，沒想到仍是防不勝防。

俞筱晚蹙著眉頭細細思索了許久，想找出哪裡出了漏洞。

自從俞筱晚懷有身孕之後，為防有人對楚王府的子嗣下手，夢海閣上下一直高度戒備，不論是誰送來的物品，衣物也好，器物也罷，她從來就不直接過手。送禮的人身分若是比她高貴，類似攝政王妃這般的才能將禮品帶進正房裡，通常她也會立即吩咐芍藥收到庫房裡去；若是一般的官員夫人來送禮，都是由王府的下人們在二門處就接下，然後送入倉庫了。

平日裡的吃食和用具如何精細防範就不提了，為了防止太后用張君瑤用過的手法來對付俞筱晚，這夢海閣的正房裡，連個能裝點物品的瓶兒、碟兒都沒有了，起居室裡只擺放繡屏，牆上只掛畫卷，內室裡直接什麼裝飾品都不放了，還要求丫頭們每天鋪床疊被的時候，一定要將所有棉絮都掀開看看，免得床下枕下不知何時莫名多出一個香囊什麼的。這樣防著，誰還能拿什麼香料進來熏？

最主要的是，這東西不是中原人能知道的，是西南方的附屬國的特產，若不是因為賀氏自幼生長在西南，西南邊境又與諸屬國貿易頻繁，恐怕將這種水果放在她們面前，她們也不知道它有何用處，或要如何使用，才能用來害人。

此人應當是很熟悉西南特產的人，可是她「害喜」已經有兩個多月了，自然不可能是入京一個多月的賀氏下的手，更不可能是賀氏入京之後，有誰收買了她的陪嫁丫頭婆子，再來害她。

俞筱晚心中一動，嫣然笑問：「這種水果味道很好嗎？不知西南侯爺可曾進貢給朝廷？」

賀氏為人大咧咧的，一下子並沒多想，聽俞筱晚有興趣知道，便又介紹了一番：「味道是不錯啦，甜美多汁，只不過我們那邊的水果都很好吃，煌茅香又有毒性，伺弄起來麻煩，除了我表哥，誰耐煩吃它？阿爹往京裡進貢的東西，可不能是這種一不小心會出錯的，一般阿爹都是送些香芒、鳳梨、菠蘿蜜、山竺這類好保存的水果，不好保存的也不會送入京來。」

俞筱晚輕笑了一聲，「那是自然，我想朝廷也應當時常有賞賜送去西南吧？妳喜歡什麼，我送些給妳！」

賀氏呵呵一笑，「賞賜是年年有的，自先帝過世之後，都是太后身邊的魏公公親自去宣旨的呢。我喜歡的東西可多了，不過之勉都送給我了，不用妳送了。」

魏公公經常去西南嗎？俞筱晚眸光微閃，幕後之人似乎已經呼之欲出了，可是她用的是什麼方法呢？

俞筱晚再次確認道：「這種煌茅香曬乾後的果皮，一定要用火熏才會燃出香味嗎？」

賀氏拖長了聲音「呃」了半晌，才道：「應當是的吧，我以前聞過幾次，我表哥喜歡用它熏香。」

用過午膳，賀氏要告辭了，她跟俞筱晚道：「我學得不精，不過我的奶媽跟著我姆媽學了幾十年，比我擅長，我回去問問奶媽，看她有沒有辦法幫妳。」

芍藥和初雲初雪等人聽聞，都撲通一聲朝賀氏跪下，懇請道：「還望勉世孫妃多多相助，婢子們感激不盡！」

賀氏的自尊心得到了極大的滿足，終於有讓她展示夷人特長的機會了，於是立即笑盈盈地應下。

俞筱晚笑著補充道：「還有這香要如何使用，也請幫我問一問，知道用法，我才好找出東西放在哪兒來。」然後叮囑芍藥送賀氏出去，悄悄遞了芍藥一個眼神，要她提示賀氏不要將此事說出去，免得打草驚蛇。

芍藥會意，自去送賀氏不提。

俞筱晚則叮囑在屋內聽到賀氏言論的幾個丫頭，不能將此事說出去，好在她留在屋內伺候的，都是她信得過的丫頭，況且現在她沒有得到解藥，症狀如同往常，倒也不擔心會讓幕後之人察覺。

只是，她明明已經吐了兩個多月了，賀氏來過這裡七八次，唯有今日才聞到了……

俞筱晚倏地一下坐了起來，今日，是孫琪、曹中妍、蘭淑蓉三人第一與賀氏見面，偏偏就是今日，賀氏聞到了煌茅香的味道！

俞筱晚的手不禁抖了起來，越想越覺得這個推測正確，太巧合了！不然如何解釋一開始賀氏聞到了煌茅香的氣味，之後又說屋內沒有了？因為她們三人走了！雖說她們三人每回來的時候，都特意換了一身沒有熏過香的衣服，可是這種香淡到她們這些中原人根本就分辨不出來，可是她的身體卻會受影響。

然而，是她們三人都有嫌疑，還是其中之一呢？要確定是誰，似乎是件極簡單的事，因為賀氏能聞得出來，只要明日想辦法讓她們見上一面就可以了。

不過，她暫時還不想打草驚蛇，必須先跟賀氏說好，悄悄將人指給她看才行。

思慮好了，俞筱晚頓時就感到安心了，睏意湧了上來，於是倒頭便睡。

歇了午起來，芍藥就沉著臉拿了一張名帖進來，遞給俞筱晚道：「少夫人、靜雯郡主、憐香縣主，還有幾位夫人請求見您。」

俞筱晚微挑了挑眉，靜雯郡主這是代表太后來驗收成果的嗎？還是想來試探她是否猜測出了二？

不論怎樣，她都會接招的。俞筱晚瞥了一眼帖子，淡淡吩咐道：「拿我的名帖去二門處，請她們進來。」

因為靜雯郡主算是比較生疏的客人，俞筱晚自不便躺在短炕上見客，便讓丫頭們服侍自己梳了個隨意的髮髻，靠坐在引枕上。

一盞茶後，靜雯郡主和憐香縣主乘小馬車到了夢海閣的內院正房，身後還跟著靜雯郡主的萬年跟班蔣婕、艾可心、肖昱等人。

蔣婕誇張地扶著靜雯郡主，小心地邁過門檻，然後一直扶著靜雯郡主繞過屏風。

暖閣裡的這扇十頁薄絹繡牡丹花開富貴的屏風有一個極大的好處，可以從裡面看到外面的朦朧身影，但是外面很難看清裡面，有光線也只能看到一點投影。

靜雯郡主這誇張的樣子……俞筱晚忽地想到，兩個月前靜雯郡主似乎也是因為孕吐過度而小產的，而那之前，靜雯郡主曾來過楚王府做客，她也是在那之後開始孕吐的。莫非那種香料是由靜雯郡主帶來楚王府，再由楚王府中的內應放到她的屋子裡的？靜雯郡主大概是受了太后之託，卻不知道這種香料的厲害，才會同時中了招。

正思量著，幾人走了進來，蔣婕忙搶先蹲身福了福，請了安，又小聲地道：「還請郡王妃體恤，郡主她剛剛診出有了喜脈，不方便行禮。」

俞筱晚「啊」了一聲，笑道：「這可是大喜事啊！郡主免禮，快快請坐！」

眾人在靠牆的靠背椅上依次落坐，俞筱晚遂問起靜雯郡主的身子可好之類的客套話。心裡卻在暗暗驚訝，靜雯郡主怎麼這麼快就懷上了，這才不過兩個多月，其中還包括小產後坐小月子的大半個月呢。一般人小產之後，都會休養上半年再要孩子，這肖大勇也太不愛惜靜雯郡主的身體了。

俞筱晚卻是不知，這是靜雯郡主自找的。肖大勇雖然是武夫，可是心思卻深沉細膩，很快就從妻子歡快的神情中察覺出，那個孩子是妻子不想要，想方設法流掉的，他心中惱怒，又如何會顧忌她的身體？

靜雯郡主根本就不想懷肖大勇的孩子，可她自己也真沒想到，她才剛剛落了胎，就能馬上再度懷上，簡直令人生氣。太后不是說，那種藥會讓人傷了身子，不易再孕的嗎？也正是因為如此，太后才會暗示靜雯郡主過來探望一下俞筱晚，光看太醫的脈案，太后覺得不大可信。

等俞筱晚問候了幾句，靜雯郡主敷衍著回答了，才不耐煩地道：「一切都好，多謝掛心。不過我今日來，是帶幾位朋友過來探訪一下郡王妃的，聽說郡王妃孕吐得厲害，小心像我上回那樣滑了胎。」

屋裡服侍的丫頭們聽了靜雯郡主這話，心裡都忍不住有氣，有這樣說話的嗎？好像盼著少夫人滑胎似的。

俞筱晚絕麗的小臉立即布滿了憂愁，如靜雯郡主所期盼的一般悲嘆道：「我也很擔心呢！」說著旋即又轉而關心靜雯郡主，「郡主之前可曾仔細問過太醫，為何會滑胎的嗎？現在既然有了身子，如何不在家中好生休養？」

靜雯郡主不耐煩地道：「我可沒亂吃什麼東西，太醫也說了，滑胎是常事，上一個沒了，不表示這一個也會沒了，我身子好著呢，休養什麼！」然後看著俞筱晚，有些興災樂禍地道：「妳可得當心，我看妳都瘦成竹竿了，我那會子身子還強健著呢，都保不住孩子！」

俞筱晚垂下頭，神色間更為憂傷，可是心裡卻驚訝萬分，看靜雯郡主的這個表情，似乎對前面失去的那個孩子沒有一點惋惜之情，而且現在懷了身子也並不興奮，還這般四處亂跑，好似一點也不怕再度滑胎似的，這哪裡像個要當母親的人？

肖昱在一旁插話道：「郡王妃還是要當心一點才好。」她是已經生過孩子了的，便拿了自己的一些經驗出來給俞筱晚分享。

眾人便將話題轉到了如何安胎和如何帶孩子上了。

蔣婕等幾人都已經成親了，憐香縣主已經定親了，聽說婚期就訂在正月元旦之後，可是她現在沒有一點待嫁新娘子的羞澀與幸福，仍是一臉的灰敗，不過比前次相見略好了些，看來時間是能慢慢將人心裡的傷口治癒的。

幾人就在俞筱晚這裡坐了一段時間，俞筱晚沒忍得住，當著客人的面吐了一次。靜雯郡主捂著口鼻，見她吐得額頭、脖頸上青筋直暴，心裡頓時平和滿足了，便道：「妳好好休息，我們先走了。」

芍藥代表俞筱晚將幾位貴婦送至二門，折返回來之後，小聲跟俞筱晚道：「奴婢瞧著，憐香縣主還有那幾位夫人，倒還有幾分關心少夫人，至少當著奴婢的面叮囑了幾句場面話，可是靜雯郡主卻是頭也不回上了馬車，還說是她帶著另幾位夫人來的，奴婢看著，根本不是這麼回事。」

俞筱晚搖了搖頭，「應當是她帶人過來的，只怕就是為了看我是不是真的在孕吐。」

芍藥的眉毛豎了豎，隨即想到了什麼，詫異地問道：「您是懷疑……」

「嗯。」俞筱晚輕輕地應了一聲，「妳尋了春暉院的丫頭們問一問，兩個月前靜雯郡主到王府來做客的時候，都跟些什麼人接觸過。妳親自去辦，別讓人察覺。」

靜雯郡主是不可能直接將東西放到她的房間來的，必定是通過楚王府中的人，再轉交給了孫琪、曹中妍、蘭淑蓉這三人中的一個。以前是完全沒有方向，條條件件那麼多，想查都無法查起，現在既然有了方向，自然就能一查到底。

她相信，事情只要人做過，就會留下痕跡。

芍藥點了點頭退下，俞筱晚有些脫力地闔上了眼睛，伸出手掌，輕柔而堅定地捂住自己的腹部，必須得想辦法找到那個煌茅香，就算暫時不能治好這種症狀，至少不能再加深，否則她真怕保不住孩子。

君逸之同往常一般提前下了衙，回到府中就先在外面問蔡嬤嬤：今日晚兒怎麼樣，吐了幾次、用了些什麼、可有吃菜之類，才回到暖閣內，輕手輕腳地自己換了衣裳，側身坐在炕邊，憐惜地看著俞筱晚柔弱的睡顏。

俞筱晚剛好小睡一覺醒來，睜眼見到君逸之，便揚起笑靨，身子拱了拱，將小臉擱到他的膝頭，撒嬌問道：「你猜我今日見了誰？」

「堂嫂嗎？她怎麼說的，妳仔細說給我聽聽。」

這麼大的事兒，蔡嬤嬤她們自然不敢瞞著君逸之，他只是想聽聽俞筱晚的分析。

「我估計著，那煌茅香應當是靜雯郡主拿進來的，我下午又讓人打掃了一遍屋子，沒找到任何可疑之物，因此我猜是客院中那三位小姐每日過來時，悄悄弄了些進咱們這裡。」俞筱晚說著嘆了口氣，「我已經讓芍藥安排了，晚些將夢海閣裡大搜一次。」

雖然猜測著可能是三位小姐身上衣裳用煌茅香熏過，可是也不能放過別的疑點。搜夢海閣，就是怕煌茅香被夢海閣的下人藏了起來，每天想辦法拿到她的面前，或是加到她喝的粥裡。若是只加一點點，她可沒辦法查出來，因為賀氏說過，曬乾後的果皮對普通人不起作用，就算她的所有吃食都有丫頭先嘗，也查不出來。

等排除了這個可能性，就能直接關注這三位小姐了。

君逸之摸著她的秀髮，眸光冷得能將所視之物凝成冰，「這是自然要查的，不用猜也知道幕後之人是誰，我不會放過她家的。」

俞筱晚知道君逸之已經布好局，等著蘭知存來鑽，只是一來蘭知存狡猾，二來這種事得讓蘭家陷入得深一點，才好一次將蘭家逼到懸崖邊上，急不得。

可是，她現在就想掌太后的臉幾下了，怎麼辦？

俞筱晚抬起頭來笑問道：「你前段時間不是說，陛下想查查她的底細嗎，看看朝中到底有多少她的人？」

君逸之的手一頓，嘴角微微下撇，「比想像的多得多，她……畢竟在先帝在位之時，就已經開始幫忙處理朝政了。」

俞筱晚動了動，不必她說，君逸之就知道她的意思，忙脫了鞋上炕，靠坐在引枕上，將她抱坐在自己腿上，摟緊了，不讓一絲寒風侵入。俞筱晚在他懷裡找了個舒適的位置靠著，滿足地閉上眼睛道：「可是我記得，先帝並未讓她垂簾聽政，這四五年來，她是如何同朝臣們聯繫的？」

君逸之隨口答道：「自然是暗中聯繫或通過蘭家的人，或是她自己在宮裡召見外臣。」

俞筱晚笑道：「多半應當是祕密召見吧？她既然不能理政，就沒有資格隨意見外臣，不然會被御史們彈劾。」

君逸之「嗯」了一聲，「太后掌管後宮數十年，要悄悄安排幾個外臣進宮商議事情，再簡單不過了，就是陛下才開始培植人手不過幾年，也好幾次讓我祕密進宮，太后也不可能知道。」

既然是祕密召見，自然不會讓旁人知道，太后若連這點能力都沒有，也不可能培植出這麼多的勢力來，這個答案對於俞筱晚來說，簡直就是不用回答的。

她的重點不是要問太后有沒有祕密召見過大臣，而是君逸之和陛下他們知道不知道，「你們知道？」

君逸之道：「不知道也能猜到。陛下有事要商議時，會祕密召見我們，太后有事要商議，自然會祕密召見朝臣，皇叔亦是如此。只不過想要查出來太后都跟誰接觸得最多，卻是件難辦的事。」

俞筱晚好奇地問道：「怎麼個難辦法？」

君逸之緩緩跟她解釋：「紫禁城有八個宮門，常用的有五個，每天換班四次。這些守衛宮門的侍衛，多數是三不靠，少數的那些裡面，有些是陛下的人，有些是太后的人，有些是皇叔的人。不論是誰想安排人祕密進宮，肯定要事先將某個宮門處換成自己的人，然後再讓心腹太監帶人進宮。若是外臣進宮，要在宮門處遞牌子，出入都會有記錄，就算當時全是自己人，不用記錄，可是外臣走在宮內，萬一被人發覺了，就會讓人知曉。因此我們祕密進宮時，多時是穿上太監的服飾，遇到人只要垂首請安，就能躲過去。」

「妳說，這樣怎麼查？妳一不知道人會從哪個宮門進來，二不知道會是什麼時候進來，皇宮這麼大，陛下不可能總是讓心腹太監滿宮裡轉悠，每遇到一個太監都要仔細辨認，專等人進宮，好報給陛下知道。雖說每個宮裡都有陛下的人手，可是這種人，一般不是最得太后信任之人，這種時候通常會被調開。況且，只要朝堂之上有大事發生，大家都會忙著召集心腹大臣商議對策，坐在一處，集眾人之智，就能猜測出對方會有什麼舉動，何必非要知道太后召見了誰，談了些什麼？」

俞筱晚執著地問：「若陛下有心要查，能查得到嗎？」

君逸之含笑道：「不是有句老話道：世上無難事，只怕有心人嗎？若有心要查，就派人盯著慈寧宮，一次兩次查不到，總有能查到的時候。」

俞筱晚笑問道：「那可不可以安排呢？比如說……我也不懂啦，就是讓朝中發生一點大事，讓太后必須跟自己的人商議的，然後這樣就好抓一些吧？」

君逸之想了想，「這是當然。只是沒有這個必要啊，發現了又能如何？太后現在商議的事情，多半對陛下是有利的，太后必定會說，她是為了陛下鞏固朝廷的勢力，免得被皇叔奪了權，陛下現在年紀這麼小，她不看顧著怎麼行。太后一片慈母心，陛下難道還能同太后爭辯，不讓她再管朝政嗎？現在陛下自己都不能管朝政，只能每日在內閣聽政，太后出手相助，至少目前對陛下只有好處。」

俞筱晚想了想，覺得似乎是這麼回事，可她並不是想知道太后要商議什麼，要怎麼對付攝政王和陛下在朝中的勢力，她就是單純地想搧太后幾耳光，打擊一下太后的囂張氣焰，手伸得這麼長，她懷個孩子妨礙到太后了嗎？莫非還是不死心，想安排誰嫁給逸之？若真是這個打算，就別怪她無情了。

俞筱晚鬼鬼地一笑，伸出食指朝君逸之勾了勾，君逸之聽話地將頭俯下來，兩隻漂亮的鳳目亮晶晶的，他還以為晚兒想吻他呢，豐潤的雙唇都嘟了出去，只等美人自動貼上來了。可惜俞筱晚暫時沒想這個，只是附耳笑道：「她總是個女人吧？是個孀居的女人吧？應當有婦德要守吧？不管太后想商議什麼事，可先帝沒有賜予她垂簾聽政的權力，她就只能老實當個寡婦。孀居之婦，最應當同外男隔開距離，以避嫌疑吧？」

太后敢毀她的婚姻，她就敢毀太后的名譽，管她是誰的娘！

君逸之狹長的鳳目立即瞪得溜圓，指著俞筱晚笑得賊亮賊亮的眸子道：「妳——妳這個壞傢伙，妳想毀了太后的聲譽嗎？」

俞筱晚一臉純真無辜的笑，「有何不可？其實太后現在商議的事情，或許是在幫陛下，但是她肯定也同時在培植自己的人手，商議得越多，勢力越鞏固，到時陛下想拔除，都怕傷到朝廷根本，還不如現在就將太后的手斬斷。陛下這般英明睿智，必定能將太后的勢力接過來，控制在掌心，你說是不是？」

君逸之咯咯地笑道：「這是自然！嗯，讓我想想，怎麼說服陛下呢？」

皇宮可不是他們夫妻倆能伸得進手的地方，但是陛下這般有城府的人，肯定已經慢慢在後宮培植了不少人手。後宮可是陛下的家，是他休養生息的地方，若沒幾個自己的心腹，他哪天睡到半夜，被人抹了脖子可怎麼辦？

要說服陛下幫忙查太后與誰接觸不難，難的是要成全俞筱晚的意思。太后若是婦德有虧，對陛下也極為不利，還會給先帝戴上一頂綠帽子，陛下可不見得願意呢。

俞筱晚可一點也不擔心，笑嘻嘻地親了親逸之，「相公最厲害了，我知道相公肯定有辦法給我和腹中的孩兒出口氣！」

說到他們的孩子，君逸之的眸光立即冷了幾分，握了握俞筱晚的手，堅定地道：「妳放心，就算陛下不同意，我也有辦法讓太后名譽掃地，不過是小範圍的，讓幾個宗親知曉就成了，但也足夠她難受一陣子。這樣也好，蘭家那邊也快要開始收網了，就讓她想幫幫不上，看著乾著急。」他旋即又問：「舅母可來找過妳？」

俞筱晚搖頭道：「沒有啊，只差人送過賀儀來。不過我讓古洪興他們按你說的做了，她應當直接去察看我的鋪子了，等心裡有了成算，才會來找我吧。」

君逸之「嗯」了一聲，開始仔細琢磨著怎麼說服陛下？陛下這個人，內心堅硬強大，可不是那麼好打動的，必須有個拿得出手的理由，還不能讓陛下知道他是為了給妻兒出氣。

事實證明，小皇帝年紀不大，的確是十分睿智。隔了兩天，君逸之等人去品墨齋見陛下之時，君逸之就側面提及了此事。小皇帝揮手示意他別說，之後將君逸之單獨留下問話：「你方才的意思，是想朕阻止太后再見外臣？」

君逸之早想好了託詞，忙恭敬地道：「是。臣前兩年就稟報過陛下，曾有傳言，陛下您並非先帝的骨血……」

小皇帝笑道：「此事不是已經查清了，是為了引紫衣衛出來的嗎？」

君逸之道：「雖則如此，可是普通的女子都唯恐名聲受損，但是太后卻放出這類謠言，實在是……對先帝不敬。如今陛下年紀漸長，臣以為陛下英明、睿智、果決，是為一代明君，何不從太后手中接掌她的勢力，一來可讓太后頤養天年，二來可杜絕百姓悠悠眾口。」

小皇帝蹙眉問道：「百姓們在說些什麼？」

君逸之謹慎地道：「也非百姓，而是有人曾見宮門處深夜有人出入，官員們難免有所議論，畢竟陛下您如今還沒有親政，從來沒有夜間召見過大臣，因此怕大臣們想到旁的事上去。防患未然，總是好的。」

小皇帝面色一沉，擱在膝上的雙拳握了起來。

好不容易說服了陛下，君逸之從伊人閣出來，不自禁地甩了一把額頭的虛汗。

跟陛下談話就是累，只因為陛下太聰明太敏銳了，他不能刻意將自己的真實目的隱藏起來，陛下曾說過目前還需要太后的支援，因而不見得會去查太后私下召見大臣的事；若是坦言相告，又不能說得太深，誰都不會喜歡旁人指責自己的父母，況且陛下現在年紀尚幼，未經男女之事，這方面還想不到太深，可是過得幾年呢？若是陛下回想起此事來，說不定會對他心存芥蒂。

因而他要點到太后密召外臣會令先帝蒙羞，又不能說得太過直白，只能提點幾句，最好箇中厲害之處由陛下自己思考到，幸好還有許多史料可用，史上淫穢後宮的太后可不少，陛下縱使不懂情事，也是熟讀史記的，最後終是鬆動了幾分。

以君逸之對陛下的瞭解，之後陛下必定會有所行動，可惜他們不能親臨現場觀看了，但總得找個人轉述一下才好。君逸之想了想，便將主意打到了長孫芬的頭上。

當然，現在不是去找長孫芬的時候，給太后吃點排頭的事有了著落，君逸之心情無比輕鬆，想著去景豐樓買幾樣點心，看俞筱晚能不能吃。

此時已經華燈初上，景豐樓裡賓客如雲，君逸之是景豐樓的常客，甫一現身，小二立即殷勤地迎上來問候，君逸之點了幾樣以前俞筱晚愛吃的糕點，便慵懶地靠在櫃檯上，等小二包好了糕點送過來。

君逸之相貌極為出眾，衣著又十分華麗，不必介紹，在座的賓客都能猜出他是誰，一些平日裡難得見到權貴的小百姓便開始悄悄打量，而認識的又交好的人則過來與他打招呼。剛送走了一位熟人，肖大勇冷不丁地出現在君逸之的對面，滿臉關切之色地問道：「下官聽內人說起過府上的事，不知郡王爺來此做什麼？」

外男不方便問及旁人的女眷，肖大勇只能這樣關心一下。君逸之也沒瞞著，重重嘆了口氣，實言相告：「內人食慾不振，小王想買些糕點回去，給她換換口味。」

肖大勇又表示了一下慰問，然後談起了半個月之後的平南侯府靜晟世子的大婚。靜晟世子要娶曹中雅為妻，曹中雅是俞筱晚的親表妹，靜雯郡主是曹中雅的小姑子，肖大勇與君逸之就成了拐著彎的姻親，他今日就是特意來套交情的。

君逸之並沒顯得高傲疏離，而是笑咪咪地接了話，三兩句就跟肖大勇以兄弟相稱了。談不了幾句，小二就將君逸之點好的糕點包裝好，拿了過來。

君逸之讓他記在楚王府的帳上，提起那串紙包，就向肖大勇告辭：「得，今日不得閒，小王得先回府了，改天與肖兄弟把酒言歡。」說完掉頭，又似乎想起了什麼，回頭跟肖大勇道：「小王聽內人說，靜雯又有了身子，還未及恭喜肖兄弟的，不過，你這回可千萬要注意，別讓靜雯再吃螃蟹了。」

肖大勇一怔，陪著笑裝作不懂，「螃蟹不能吃嗎？內人她似乎沒有吃過！」

君逸之詫異地一挑濃眉，「不可能吧？九月初的時候，我家老祖宗請了親戚們去府中賞菊品蟹，靜雯也去了呀！那一回內人嘴饞，就食用了一點螃蟹，結果自那回之後就一直孕吐個不停！我聽說靜雯也是從我府上回去之後就孕吐，連孩子也沒了的，難道不是食用了螃蟹嗎？」

肖大勇心中一動，螃蟹大寒，孕婦不宜食用，這是靜雯郡主懷孕之初，宮裡派來的穩婆和嬤嬤都告誡過的，肖大勇知道，靜雯郡主也知道，宴會上即使有螃蟹，應當也不會吃。而且九月楚王府請宴之時，靜雯郡主已經有了四個月的身孕，他府上早就往有親戚關係和平素關係較好的府上送了喜報，就算靜雯郡主想吃，楚王府的人也應當不會讓她吃才對。

只是不知君逸之此時提起是什麼意思？肖大勇心中各種念頭翻轉個不停，佯作驚訝地道：「寶郡王妃是因為食用了螃蟹而孕吐的嗎？」

君逸之俊美非凡的臉上露出一絲疑惑之色，道：「旁人都只三個月內孕吐的，內人如今四個多月了還在孕吐，實在是找不到原因，老祖宗推斷著是因食用螃蟹所致。剛巧內人孕吐的時間與靜雯的差不多，都是那日宴會之後開始的，我才提醒你一句。」

時間這樣巧合，有某個念頭在肖大勇的腦海裡已經成形了，他心中萬分惱怒，卻不便在君逸之的面前表露出來，只敷衍著道：「我倒不知內人也用過螃蟹，回去問她看看。」

君逸之沒再多理會，擺了擺手便揚長而去。

肖大勇目光一寒，去席面上跟自己的幾個同僚告了罪，迅速地結了帳，也出了景豐樓，翻身上馬，疾馳回府。

肖大勇回到府中，管家神態恭敬地上前請安，可是腰背挺得筆直，顯而易見，實際上管家內心裡並沒有多尊重他。

這也難怪，肖大勇自幼貧寒，又是寡母帶大的，剛剛才憑著平南侯的關係升為五品軍官，肖家哪有什麼世僕？這處宅子雖然是肖大勇的官邸，但奴僕卻都是從平南侯府調過來的，一開始肖大勇想自己買，可是被平南侯給制止了，想必也是為了就近監視他吧？

肖大勇心中冷笑，面上卻顯得平易近人，語調關切地問：「吳叔，你的咳嗽好些了嗎？」

管家恭敬地回道：「多謝老爺關心，老奴用過大夫開的方子，已經好多了。」

肖大勇又問：「夫人休息了嗎？」

管家回道：「內宅的事，小的並不清楚，老爺您回後院就知道了。」

真的不知道嗎？肖大勇笑了笑，示意自己的親兵將一個禮盒奉上，「這是我在景豐樓買的糕點，吳叔嘗嘗。」

管家接過來，道了謝。

肖大勇笑得越發親切，吳叔最愛吃紅豆，這盒紅豆糕一定會被他全部吃完，而府中時常會用羊肝熬高湯做菜，這兩種東西同食可不好。他不是要害吳叔，只是忘了提醒一下而已。

肖大勇大步進了內宅，並沒急著去看靜雯郡主，而是先去給母親請安。後宅裡的正院是給靜雯郡主住的，誰讓人家是郡主呢，品秩高啊！肖大勇的寡母就住在正院隔壁的院子裡，肖大勇陪著母親說了一會子話，才轉身出來，卻沒從大門進入正院，而是縱身一躍，翻過圍牆，潛到正房的窗下偷聽。

肖大勇一回府，管家就差人告訴了靜雯郡主，她心裡不住抱怨，與朋友吃酒為何不吃到半夜？靜雯郡主忙忙地吩咐抬熱水進來沐浴，要趕在他給母親請過安回正院之前就寢。

這會子靜雯郡主剛剛沐浴完，披散著濕髮坐在短炕上，不住地催促身後的雨鶯手腳麻利一點：「若是不能在他回來之前就寢，又要被他煩，妳給我快點！」

雨鶯手中絞乾頭髮的動作加快，嘴裡順著靜雯郡主的話道：「是啊，老爺說話就不如勉世孫簡練！」

靜雯郡主冷冷一哼，「他給之勉提鞋也不配！」又催促雨燕送菊花茶來，多放些茶葉。

雨燕陪著小心道：「主子，您懷了身子，最好別喝菊花茶，會……」

靜雯郡主白眼一翻，「我正巴不得呢，要妳去妳就去，囉囉嗦嗦地幹什麼！」

雨燕無奈，只得去泡茶。雨鶯跟雨燕兩人雖是從小一塊兒服侍靜雯郡主的，可是靜雯郡主只抬了雨燕為姨娘，而沒抬她。原本平等的兩個人，一個忽然成了半個主子，雨鶯心裡怎不嫉妒？這會子忙趁勢給主子上眼藥，「雨燕是關心您呢，老爺不知道有多想要個孩子，雨燕當然希望您這胎能順順利利的。」

這話聽得靜雯郡主勃然大怒，她的貼身丫頭居然不知道她心裡想些什麼嗎？什麼關心她，必定是鍾情於那個無賴了，處處替那個無賴著想。她恨恨地道：「居然敢背叛我！」

當初為了不讓肖大勇碰自己，靜雯郡主將自己身邊的幾個丫頭都開了臉送給肖大勇，一開始肖大勇為了表示自己尊重愛憐嫡妻，怎麼也不願接受，可是靜雯郡主一意孤行，硬是給幾個丫頭開了臉，後來她懷了身子，的確是不能同床了，肖大勇又不是吃素的和尚，自然就半推半就地一一收用了。

靜雯郡主就不想一想，女人這一輩子靠的就是男人的疼愛和兒子的出息，當通房和妾室的更是如此，既然已經是肖大勇的人了，她們還怎麼可能與她一條心。

等雨燕端了一杯滾燙的菊花茶過來，靜雯郡主抬手就將杯子打翻，茶水濺了雨燕一手，滾燙的茶水瞬間鑽入了棉襖內，燙著了皮膚。雨燕痛得不敢吱聲，撲通一聲跪下道：「奴婢該死。」

靜雯郡主指著雨燕大罵道：「我告訴妳，若敢將我喝菊花茶、吃韭黃的事告訴姓肖的，看我不把妳賣到窯子裡去！」

雨燕哭著保證不會說，靜雯郡主才一腳將她踢開，「再去沏一杯來，要快！」

雨燕忙爬起來，小跑著出了正房，才敢哭出來，抹著眼淚進茶水間。一路上小丫頭們瞧見雨燕的模樣，就知道郡主又發脾氣了，誰敢跟上去表示同情？再加上天兒這麼冷，乾脆都縮在正房的廳外當雕塑。

雨燕一個人跑進了茶水間，淚眼朦朧的拿出茶葉盒子和花茶盒子，按著主子的喜好配比著用量。冷不丁的，一個人從身後環住了雨燕的纖腰，柔聲問道：「怎麼了？受什麼委屈了？」

雨燕一聽就知道是老爺的聲音，剛要張嘴請安，就被肖大勇捂了住櫻桃小嘴，他用更為溫柔地聲音問：「燕兒受了什麼委屈，怎麼不跟為夫說？」大手也或輕或重，帶著節奏和力度地在雨燕的腰間來回摩娑。

雨燕已是經過人事的，因是靜雯郡主的貼身大丫頭，平日裡最得肖大勇疼愛，這麼一撩撥，她的小臉就慢慢紅了。肖大勇趁機吻住她，將她吻得暈頭漲腦的，眼見著火候差不多了，他又追問了一次。這一回雨燕沒瞞著，小聲地告訴了肖大勇，然後極力表示：「婢妾會小心用量，保住夫人腹中的孩子的。」

肖大勇柔情蜜意地道：「燕兒最是貼心，我自然是放心的。妳也放心，等夫人生下嫡子之後，我就讓妳給我多生幾個兒子。」

雨燕聽得兩頰生煙，心裡卻是止不住地高興，既然已經跟了他，她自然是希望能生兒防老的。

肖大勇又說了些動聽的話，從懷裡摸出一個小紙包，打開來，用小銀勺舀了黃豆大的一點，放入茶水中，笑道：「這是安胎的藥粉，妳每回給夫人沏茶的時候，放這麼多，她的胎兒就能保住了。」

雨燕知道老爺最想要個孩子，自然沒有半分懷疑，順從地接過紙包收藏好，在肖大勇的目送下，端著茶水進了正房。

這藥粉的確是有保胎的作用，但這藥粉裡還摻和了一些別的東西，是可以讓母體生產之時血崩的藥物，只要用量少，太醫也不會察覺。何況，靜雯郡主這麼不想為他生孩子，會不會願意讓太醫請平安脈還二說呢。

肖大勇的目光閃了閃，臉上幾乎要露出一絲獰笑了。靜雯，我給君之勉提鞋也不配嗎？妳不想給我生兒子嗎？那好，生完這個，妳別想再生，也別想再下床去看妳的之勉哥哥了。

說句實話，方才在窗外聽到靜雯郡主嘴裡說出這句話之時，肖大勇差點控制不住自己的雙手，若不是因為他想要個血統高貴的兒子，他恨不能親手將靜雯郡主給弄殘了才好。

初雲將窗戶推開，一股寒風就直湧了進來，雖然屋內生了火龍，可初雲仍是打了個寒顫。她忙到外間拿了一個火盆進來，放到短炕邊上，小心地問道：「少夫人覺得冷嗎？要不要奴婢將窗子關小一點？」

俞筱晚有氣無力地搖了搖頭，她剛剛才吐過，屋子裡滿是腐臭的氣味，難受得緊，她寧可讓寒風吹得兩頰凝冰，也不要聞這種難聞的氣味。

過得一盞茶之後，屋內的氣味消散乾淨，初雲和初雪忙將窗戶都關上。芍藥掀了門簾進來，向俞筱晚屈了屈膝道：「奴婢剛剛請孫小姐和曹小姐、蘭小姐回去了。」

自上回賀氏說回去幫忙問有沒有煌茅香的解藥之後，就只讓人傳過一次訊來，說是比較麻煩，她的奶娘在想辦法。這幾天俞筱晚藉口身子不適，不願見客，三位小姐不知實情，仍是每天過來問個安，都被芍藥擋在外面，不給放進來。

芍藥走到炕邊，從炕几上的小食盒裡拿出一顆話梅，餵俞筱晚吃下，才勸道：「勉世孫妃若是要寫信回西南邊疆去求藥，可不知何時才能有回音呢。這麼長的時候，您也不可能總是這樣避而不見，不如聽少爺的，到別苑去靜養一段時間？」

俞筱晚搖了搖頭，固執地道：「不去，在這裡挺好。若是去了別苑，只怕更危險。」

俞筱晚始終忘不了，當初攝政王妃送到別苑去待產的兩位孺人都中了暗算，一死一殘，孩子都沒有保住，因而她始終對別苑有種恐懼心理。

攝政王爺那麼盼著孩子出生，怎麼會沒有防範？可是他的兩位孺人卻仍是中了暗算，以前俞筱晚以為是張君瑤所為，可是現在越想越覺得不是這麼簡單。張君瑤當初對吳麗絹下手的法子多隱蔽啊，別苑那邊始終沒找到證據，王府裡也差一點就得逞了，若不是她走路之時不小心碰翻了那個花瓶，恐怕吳麗絹的孩子就保不住了，而且張君瑤還可以用同樣的方法去害攝政王妃。

先不說張君瑤怎麼能買通別苑的下人，就算害兩位孺人滑胎是藥品的功勞，可那種催產藥，聽太醫說，是極罕見的祕藥，為何偏偏被張氏給尋到了？在天橋底下買的？俞筱晚現在手中的原始藥品，多數是沈師兄幫她去天橋那兒弄來的，師兄說賣禁藥是撈偏門，賺黑心銀子的，不是特別相熟的人，人家根本不會賣給你。

只要一想到張長蔚是太后的人，俞筱晚就覺得這事只怕背後有太后的授意，那藥恐怕是太后提供的，只是繞著法子讓張氏得到罷了。否則的話，張氏想要什麼藥就能弄到什麼藥，恐怕早就將敏表哥和武氏給解決了。

雖然君逸之說過，若她去別苑，他就陪著去，可是俞筱晚仍是覺得不保險，郡王出城的話，隨身侍衛不能超過十六人，這點人手根本沒法將那麼大的別苑守得滴水不漏，帶多了就是逾制。況且誰知道別苑裡的下人，哪些被太后給收買了？太后能在攝政王的別苑裡安插人手，難道不能在楚王府的別苑裡安插人手嗎？

待在楚王府裡，好歹還知道要防著誰，總比到別苑裡，連應該防著誰都不知好。

芍藥見勸不動少夫人，也就不多勸了，安排退到一旁服侍著。

俞筱晚精神不濟，小睡了一會兒才醒過來，趙嬤嬤一臉喜氣洋洋地進來，「回主子，勉世孫妃求見。」

「快請！快請！」俞筱晚亦是一喜，讓芍藥扶著坐了起來，又吩咐初雪去請三位客居的小姐過來玩兒。

門簾一挑，賀氏帶著一身寒氣，旋風般地晃了進來，她在炕前細看了俞筱晚幾眼，蹙了蹙眉道：「妳的臉色很差啊！」

俞筱晚苦笑，「有什麼辦法，吃不了東西！」

賀氏在炕邊坐下，從懷裡掏出一支拇指粗細的小竹管，遞給俞筱晚道：「這是我奶娘配的藥水，妳想吐的時候，抹一點在鼻子下面，能緩一緩，也能暫且幫妳保住胎兒，不過當不得解藥用。我奶娘會配解藥，只是少了兩味藥材，都是瀾滄國的特產，我已經傳書回去，讓我族人幫妳去瀾滄國買了來。」她歪著頭想了想道：「這天兒太冷了，一來一回的恐怕要一個月。」

俞筱晚一怔，隨即喜道：「這麼快？」

她還以為至少兩個月呢！

賀氏得意地道：「妳當我是用飛鴿傳書呢？不是，是用我從小訓練的鷂鷹。那種藥材是瀾滄國的特產，不過邊境的集市上應當會有賣，我讓表哥買到了就用鷂鷹傳回來，若不是這天兒太冷，牠飛得會更快，半個多月就可以了。」

俞筱晚笑盈盈地道：「多謝了！」

賀氏笑嘻嘻地道：「不謝！」

俞筱晚示意芍藥，芍藥忙進了內室，拿出一個巴掌大小的精美荷包，俞筱晚接過來遞給賀氏，「堂嫂，這是我親手繡的荷包兒，給妳裝些小東西，別嫌棄。」

賀氏接過荷包一瞧，見荷包上的繡樣兒是石榴蝙蝠圖，喻意多子多福，針腳縝密細膩，繡功也極為精湛，心裡立時就喜歡了，大大方方地道：「真好看，我喜歡！」又問：「戴著這個，是不是會早生貴子？」

屋子裡的丫頭們都掩嘴輕笑了起來，賀氏也不覺得惱，只目光灼灼地看向俞筱晚。俞筱晚笑道：「堂嫂自然會早生貴子的。」

上回賀氏來的時候，就好奇地問過為什麼俞筱晚蓋的小被上繡的全是石榴、花生、紅棗之類的物品，聽說這樣是為了求子之後，她就露出過羨慕的神色，俞筱晚特意繡了這個石榴紋的荷包給她，果然正中賀氏的心意。

賀氏極為難得地紅了紅臉，又歡喜起來，忙將荷包別在腰間，換下了原來的那個，興高采烈地道：「我就想早些給之勉生個孩子，正用得上，謝謝妳啊！」

這種話她倒是不怕說的，只是屋子裡的丫頭都是沒成親的，一個個臊得紅了臉，手腳都不知道要怎麼放才好。不過人的感情是種很微妙的東西，以前她們覺得這位世孫妃有些粗鄙，口無遮攔，這會子卻因為她對主子好，就覺得她是直率可愛了。

俞筱晚趁她歡喜，就提出要求道：「一會兒堂嫂若是聞出了煌茅香的出處，私下告訴我好不好？」

賀氏奇怪地看了她一眼，隨即露出了然的神色，點頭應承道：「好的。」

俞筱晚舒了口氣，總算賀氏不是「單純」到蠢的那種人。

兩妯娌說了幾句家常，孫琪和曹中妍、蘭淑蓉就到了。三人進得門來，先在屏風外散了散寒氣，才繞到短炕處，福了禮後，蘭淑蓉就笑盈盈地問道：「二少夫人身子好些了嗎？方才我們過來的時候，芍藥姊姊還說您睡著呢！」

俞筱晚跟她們客套著：「是好些了，只是貪睡了一點。」

三人又給賀氏見了禮，才坐下與俞筱晚寒暄。賀氏一直用古怪的眼神時不時打量曹中妍，直瞧得曹中妍心裡有些發毛，硬著頭皮問道：「不知……勉世孫妃有何指教？」

賀氏笑嘻嘻地道：「沒啊，我就是覺得妳生得漂亮。」她頓了頓道：「妳這個金項圈好漂亮啊，能給我看看嗎？」

曹中妍忙從脖子上將項圈取下來，雙手呈給賀氏道：「其實沒什麼特別的，這個項圈的樣式是湖北一帶流行的，可能京城中不多見吧。」

賀氏拿在手裡，隨意看了兩眼，就還給了她，臉上有些疑惑，目光盯了曹中妍的脖子幾眼。俞筱晚看在眼中，多半猜到了，便打圓場道：「難得湊到一處兒，不如由我做東，請大家吃上一頓，一會兒我讓相公叫上大哥，怎麼樣？」

三位小姐一聽君琰之會來，忙找藉口拒絕，越是緊要關頭，越要顯得矜持，不能上趕著往上巴結，自己是來應聘世子妃的，又不是為了來當妾的。

俞筱晚卻故作不允，還讓芍藥差個人去前面通知一聲，告訴少爺，回來後先去請君琰之。

三位小姐一聽便坐不住了，忙各尋了藉口，起身告辭。

俞筱晚只好顯出幾分失望地道：「那好吧，下回有機會再說吧。」

送走了三位嬌客，俞筱晚將小丫頭們都打發了出去，屋內只留下心腹之人，這才問道：「堂嫂，妳剛才聞到煌茅香了嗎？」

賀氏肯定地道：「是妳那個表妹身上有煌茅香的味道，從脖子那兒出來的，可是那個項圈上沒有。哦，我忘了跟妳說了，我奶娘說，如果將些吸味的東西放在煌茅香上熏上半個月，就能存住煌茅香的味道，越是吸味的東西，熏得越久，存得越久。」

俞筱晚點了點頭，笑著道了謝。賀氏見她精神不是太好的樣子，也沒留飯，便告辭走了。

俞筱晚獨自想了一想，歇了午後，讓人請了曹中妍過來。

曹中妍不知表姊找自己何事，只是見表姊用一種莫名深沉的眼神看著自己，心裡就有一種說不出來的驚惶感，半晌後，才硬著頭皮問道：「表姊……是不舒服嗎？」

俞筱晚莞爾一笑，「不是，只是覺得妍兒生得真的很漂亮。」

一天之內兩個人用古怪的目光看她，然後都是誇她生得漂亮，曹中妍再笨也知道有什麼地方不對勁了，急忙忙地問道：「表姊，若是……妍兒做錯了什麼事，還請表姊明示，妍兒一定改正！」

這樣膽小的性子，怎麼可能當太后的喉舌？俞筱晚搖了搖頭，輕聲問道：「九月初時，府裡開宴的時候，聽說妳後來與幾位君小姐和靜雯郡主坐在一處說過話兒？」

因為當時小姐們不喜丫頭們跟在身後，因此王府的丫頭們只看到幾位小姐坐在一處聊得很開心，倒沒見到靜雯郡主送禮的情形。

曹中妍忙點了點頭，「是啊，靜雯郡主挺和氣的，還向我和孫小姐道了歉，送了我們東西呢！」

俞筱晚心中一動，笑盈盈地問：「哦，這樣啊，她送了妳什麼？」

曹中妍從衣領子裡將貼身戴著的那塊木雕佛像拿出來，給俞筱晚看了看，笑著道：「聽說還是潭柘寺的方丈大師開的光。」

俞筱晚遠遠了打量一眼，就斷定必是這個東西！木塊最是吸水吸味的，何況還是沉香木，氣味本來就與煌茅香相近，若不是十分懂的當地居民，恐怕都會被矇騙了去。

芍藥忙拿了竹管出來，俞筱晚打開塞兒，用指尖頂著竹管的口子，沾了些藥水，再抹到鼻下。俞筱晚悄悄遞了個眼色給芍藥，芍藥便故作欣賞地仔細看了那塊小木牌幾眼，跟俞筱晚道：「若是少爺也去幫少夫人您求塊這樣開過光的木牌就好了。」

俞筱晚笑嗔了芍藥一眼，「少混說，潭柘寺的住持大師可不是隨意能請得動的，說出去只會讓二爺為難。」

曹中妍一聽，忙將牌子摘了下來，遞給俞筱晚道：「表姊若是用得著，我就送給您吧。也是我不想事兒，表姊現在身子這麼差，我早就應當讓您戴著這塊木牌，佛祖才會保佑您。」

俞筱晚也沒推辭，笑著示意芍藥接過，嘴裡說道：「那就多謝表妹了。」

芍藥拿了牌子，卻不給俞筱晚戴上，而是道：「奴婢聽說，開過光的物品都是有靈性的，會跟主人，這牌子之前靜雯郡主戴過，表小姐也戴過，不如先放到神龕上供上幾日，再給少夫人戴上？」

俞筱晚便道：「妳既然懂這個，就由妳安排吧。」

曹中妍自然是沒什麼異議的，又跟俞筱晚說起了閒話，俞筱晚聽說靜雯郡主還送給孫琪一支珍珠簪子時，不由得想道：堂嫂可沒說孫琪戴的簪子上有煌茅香，莫非是太后故意如此，一真一假迷惑人？還是說孫小姐那支簪子上另有藥物？

俞筱晚邊與曹中妍閒聊，邊轉著心思，最後還是決定教導曹中妍幾句：「妍兒心地單純是極好的，不過，以後陌生人送的東西不要隨便接著，更不要隨身戴著。」笑了笑又道：「我不是說靜雯郡主送的東西不好，而是說，這是個常識。」

曹中妍也不是沒想法的人，自然知道表姊這是意有所指，暗暗心驚，只記得點頭，不敢多問。

俞筱晚也沒往深裡說，這事還得先蓋著，免得太后知道一計不成又生一計。這會子她無比希望小皇帝能快點行動，將太后給關起來，不要再放出來害人了。

君逸之慣常性提早一點下衙，這個提早一點，也就是他在衙門裡用過午膳，然後歇小半個時辰，讓隨從跟順天府尹交代一聲，便打道回府。若午膳是在府中用的，那下午一般就直接不去衙門了。

回到府中，君逸之就感覺到趙嬤嬤、芍藥她們都是一臉掩飾不住的喜悅，心裡就升起了些許期盼，笑問道：「可是堂嫂來過？」

芍藥屈了屈膝，回道：「回少爺的話，正是呢，勉世孫妃上午來看望了少夫人。」

君逸之聽罷，興沖沖地挑了簾子進暖閣，先換了身乾爽暖和的常衣，再擠到炕上摟著俞筱晚問：「怎麼樣？堂嫂是不是帶解藥過來了？」

俞筱晚搖頭笑道：「沒呢，她說還差兩味藥材，已經傳訊回去，讓她的族人送過來了，最多一個月吧。」

君逸之聽著眉頭大蹙，「還要一個月？那這一個月怎麼辦？還是住到別苑去吧。」

俞筱晚笑著推辭道：「我已經將東西找出來，讓芍藥收好了。現在只要護好，不會有事的。堂嫂的奶娘已經給我配了些藥水，能緩和保胎，不必住到別苑去。」

為這事兩人不知討論過多少次了，俞筱晚總不願意挪窩，君逸之聽了她的理由，也不敢拍著胸脯保證別苑就一定比楚王府安全，這也是沒辦法的事。不過聽說有了能保胎的藥水，他這才開心了些，「若有了保胎的藥水，那還算好。對了，妳說東西找出來了，是誰拿進來的，妳告訴我。」

他的表情很嚴肅，往常流光異彩的鳳目裡迸射出冰涼的寒光，彷彿要將那人給生吞活剝了似的。

俞筱晚忙安撫地握住他的手，一五一十地細述：「……所以啦，妍兒只是被人利用了！」說著又嘆了口氣，「太后實在是太厲害了！」

先是讓人將孫琪和曹中妍兩人引到陶然亭，然後再讓靜雯郡主語出不屑，貶低她二人的出身，將眾人的視線引到世子妃的人選上去。至少在當時，俞筱晚和君逸之等人都認為靜雯郡主的目的是抬高蘭淑蓉的身分，而且當時獨獨沒有引蘭淑蓉去陶然亭，顯得蘭淑蓉格外矜持端莊，使得這結論看起來就更加合情合理。

誰知道，這一切的一切，不過是為了讓後來靜雯郡主送首飾給孫、曹二人更顯得合乎情理罷了。

若是一開始靜雯郡主就送禮給孫琪和曹中妍二人，先不說她二人會不會收下，就算是收下了，恐怕楚王府的人也會暗著告誡幾句，不讓她倆將首飾戴出來。因為實在是太不合情理了，哪有平輩初次見面送見面禮的？這見面禮用腳趾頭想，都知道有問題。

可是有了前面的一番波折，這首飾就送得自然合理了。

一名高貴的郡主發覺自己以出身來評判一個人顯得淺薄了，為了表示歉意，也同時為了不讓這兩位日後可能會成為楚王世子妃的女子，對她心存芥蒂，便贈送一份首飾作為賠禮。孫曹二人就算想拒絕，也不好意思，否則好像是她倆小心眼地不願意原諒靜雯郡主似的。

更重要的是，這兩樣首飾是從靜雯郡主自己身上摘下來的，將所有人的目光都轉移了，幾乎就沒人想到這首飾會有什麼問題。

俞筱晚一面分析給君逸之聽，一面嘆息，「太后的心思真是縝密，難怪你們都忘了她是女人，而將她當成了一個對手。」明知後宮裡深夜有外臣出入，也沒人想過太后的品行有什麼問題，想的都是太后是不是又在策劃什麼，要如何應對之類。

君逸之蹙著眉頭問：「孫小姐的那支簪子，妳問過沒？」

俞筱晚道：「我還沒問，到底不熟。」

今日問曹中妍的時候，若不是俞筱晚直覺曹中妍並不知情，她也不會那樣直截了當地問曹中妍，而是會採取迂迴的方式，問得隱諱，得出真相的時間自然就會長一些。不過俞筱晚也懷疑太后在孫琪的那支簪子上作了手腳，只是現在不想打草驚蛇，得找個合適的藉口，才能將她的簪子給拿來，而且俞筱晚如今懷了身孕，她到底不敢接觸可能有毒的物品，還得找個懂用毒的人來才行。

「也不知智能大師雲遊，什麼時候會回京？」

君逸之想了想道：「我派人去潭柘寺留了話，他若是回了京，應當會傳訊給我，不過這可難說，他不是俗家人，不一定會在新年之前趕回來。」

俞筱晚想著，賀氏只怕是會用毒的，而聽賀氏的口氣，她的奶娘更加厲害，就是不知道請她們來幫忙，會不會驚動太后。賀氏是西南侯的嫡長女多少嬌縱了些，脾氣直率，交往時自然是好的，可是就怕她藏不住話，不是故意要說，而是不知道什麼時候就被人給套了出去。倒是那個奶娘……

俞筱晚笑道：「不如明日我請堂嫂過來一趟，我私下跟她的奶娘說說話，看看有沒有辦法。」

君逸之自然知道俞筱晚的用意，便笑道：「那好，我也請勉堂兄一起，正式一點，堂嫂帶的人才會多一點。」

這樣才不會讓旁人察覺出不妥來，因為之前幾次，賀氏都只帶了幾個丫頭出來，不知道為什麼她的奶娘總沒跟著。

談完正事，君逸之親暱地用鼻尖在晚兒的小臉上蹭了蹭道：「我也有個好消息要告訴妳，我讓小姑姑請長孫芬住到宮裡去了。」

俞筱晚不解地問：「這算是什麼好消息呀。」

君逸之鬼鬼地一笑，「妳說呢？陛下應當是想要行動了，今日讓御史上書，說河北道修河堤的款項有些不明去向，懇請朝廷派人去徹查帳目。河北道的水利工程一直是工部的黃大人在辦，他是太后的人，不論是否真有其事，太后都不會坐視不理，必定會要尋人入宮商議。這麼好的戲，我多想親自去看看，可惜要在家中陪妳，所以才讓小姑姑請了長孫芬入宮，讓長孫芬瞧好了熱鬧，說給我們聽。」

俞筱晚回頭瞅著君逸之笑道：「你真不打算進宮看熱鬧？」

以君逸之的武功，若是不惹事，悄悄進宮一趟是完全沒問題，不會有人發覺的。

君逸之呵呵一笑，親了親俞筱晚的小臉道：「真是什麼都瞞不過妳！我自然要去瞧一瞧熱鬧的，只是太后畢竟是陛下的母后，我怕陛下心軟，所以讓長孫芬跟小姑姑去當個見證。」

俞筱晚想了想道：「不會給長孫姑娘帶來什麼麻煩吧？」

君逸之搖頭笑道：「不會，長孫芬時常跟陛下見面，關係很不錯，再者陛下也不是那種心胸狹窄之人，妳放心好了！」

君逸之說完正事，又開始胡鬧了，一面撫著晚兒的肚子，一面念念有詞：「乖兒子，好兒子，乖乖待在娘親的肚子裡啊，不要跑出來玩！日後等你出生了，爹爹會帶你出去玩的！」

俞筱晚聽著就咯咯地笑了起來，「等他出生你就帶他出去玩嗎？他哪分得清天南地北，得等他再大一點嘛！」

君逸之做了個「噓」的動作，壓低了聲音道：「我不就是哄哄他！」

俞筱晚笑得在他懷裡打滾，難得的精神好。

小夫妻倆笑鬧了一陣子，俞筱晚又有些不適，君逸之忙揚聲道：「來人，拿痰盂來！」

芍藥忙領著幾個二等丫頭進了暖閣，這一回俞筱晚沒吐多少，沒以往那般難受，含了顆話梅在嘴裡，笑嘻嘻地道：「看起來那藥水挺不錯的！」

君逸之蹙著眉道：「可惜是治標不治本，只盼著堂嫂那邊能快一點！」他撇了撇嘴道：「那是什麼鷹，居然怕冷，真是沒用！」

俞筱晚嗔了他一眼，「這話可別在堂嫂面前說！」賀氏是小孩子心性，怕不得跟君逸之吵起來。

君逸之笑了笑道：「我自然知道。」

芍藥等氣味散得差不多了，便將門簾放下，窗戶關上，跟在後頭湊趣道：「幸虧上回勉世孫妃是上午來的，不然恐怕少夫人還要受很多罪呢！」

俞筱晚也笑道：「可不是，這就叫趕巧了。」

君逸之挑了挑眉，「這話怎麼說的啊？」

芍藥笑道：「孕婦一般都是早晨和上午吐啊，下午不怎麼吐的，以前勉世孫妃都是下晌來，少夫人沒在她面前吐過，也沒跟曹小姐打過照面的。」

君逸之「哦」了一聲，俞筱晚聽了這話，心頭卻是一凜，她居然漏了這個！孕婦的確是早晨吐得多，所以上午她大吐特吐，下午卻不怎麼吐，蔡嬤嬤和趙嬤嬤她們都不覺得奇怪，可是現在一想，她之所以會上午吐得凶，恐怕是因為曹中妍都是上午來的緣故。太后居然連這個都算到了，可是這也得府中有人安排著，不然她們三個也不可能每天都是上午來。

俞筱晚只提了一句：「那是因為妍兒她們都上午來的。」

君逸之立即就明白了，他刷的一下站起來。俞筱晚嚇了一跳，忙拉著他的衣袖問：「你要幹什麼去？」

君逸之朝她安撫地笑笑，「我去查查客院的事，妳放心，我不會驚動任何人，只是覺得，有些人必須得受點教訓才是。」

君逸之出門之後，便招了從文等人去查一下客院那邊的情況，自己則去了春暉院，想與老祖宗談一談，希望老祖宗能快點大嫂的人選定下來，先將人送回去，免得再生事端。

這會子楚王爺正在春暉院裡跟楚太妃請安。楚王爺是為了朝堂之上御史們彈劾工部侍郎黃大人一事來找老祖宗商量的。工部有尚書，但是內閣的幾位大臣，每人都分管了一項細務，楚王爺負責的就是工部。這次的事雖說彈劾的是黃大人，可是他和工部尚書身為直接主管，也多少要負一點責任。

楚王爺別的不怕，就怕火燒到自己身上來，「孩兒這段時間忙於庶務，沒有仔細核過工部遞上來的帳目了，可別上面有孩兒的簽名才好。孩兒有時一忙起來，看不細緻簽字也是有的。」

楚太妃蹙了蹙眉道：「既然內閣已經決定開始查帳了，你就先放寬心，讓他們查著。你不是工部尚書，只是督管工部，就算讓你簽名，也是簽在複核一項上，不會與你有多少關係。倒是瑋之和皓之他們兩個，有沒有什麼讓人鑽空子的地方？速讓他們自查一下，他倆的職務是你推薦去的，若是出了紕漏，就會著落到你的頭上。」

楚王爺忙忙地應道：「還是母妃顧慮得周到，一會兒孩兒就將兩個侄兒叫來商議。」

楚太妃「嗯」了一聲，「你也不必太擔心，查黃大人……我想多半是攝政王與太后叫板上了，應當不會連累到你這兒。」

正說著，門外的丫頭通報二少爺過來請安，兩人就都止了話題。

君逸之見父王也在，倒不好再說了，只得坐在一旁聽著。

楚太妃先問了君逸之俞筱晚的身子狀況，這才與王爺繼續談起另一個的話題，商量世子妃人選之事。

不能再拖了，眼瞧著要進臘月了，總不能將客人留到過年，楚太妃的意思是選孫琪為正妃，蘭淑蓉和曹中妍為側室。因為君琰之現在只是世子，只有一個正妃的名額，側妃和庶妃得等他繼承了王位之後，才能上表請封。

君逸之在一旁聽得眼睛一睜，詫異地道：「老祖宗，您打算一下子給大哥選三個啊？」

楚太妃笑盈盈地看著乖孫道：「怎麼？不行嗎？孫小姐舉止大方、沉穩貞靜、端莊淑雅，為正妃是最合適的；曹小姐是你大哥自己選的，我也挺喜歡這個孩子，只是她個性柔弱了些，是不適合為正妃的；淑蓉丫頭嘛，對孫小姐倒是十分服氣的……」楚太妃笑了笑，「選一個蘭家的姑娘，對楚王府只有好處。」

意思就是，太后總是會想塞人進來的，不如就將太后挑出的這個蘭淑蓉給娶進府來，反正經過她的觀察，孫琪能壓制得住蘭淑蓉。

「呃……也不是……」君逸之撓了撓頭髮，實在是不知道要怎麼跟老祖宗說，大哥留曹中妍，並不是那個意思，而是別的意思，只不過現在曹家倒了，一時不方便送她回去而已。

想了半晌，君逸之總算是想到了一點，「婚姻大事雖是父母之言，可是老祖宗您素來寬厚仁慈，還是先問一問大哥的意思吧，畢竟是他要跟未來大嫂過一生的。」

楚太妃笑道：「我當然要問琰之的意思，已經讓人去請琰之了，只不過先跟你父王商量一下，看你父王可有異議。」

楚王爺忙恭敬地表示：「孩兒一切聽母妃的。」

兒子如此孝順，楚太妃心滿意足地微微一笑，隨即又緩聲教導道：「王爺已經是一朝之重臣了，萬事必須心中有丘壑。王爺是琰之的父親，孫兒媳婦的人選，本當由王爺和媳婦來拿主意才是，我只是看著王爺日理萬機，才在一旁幫著掌掌眼。」

楚太妃是覺得兒子太過老實懦弱了，朝中的許多大事還要來問她的意思，萬一哪天自己兩腿一蹬，他要如何是好？倒是兩個孫兒琰之和逸之，她是一點也不擔心的，只盼著他倆能早日為她添幾個曾孫，讓她享享四代同堂的天倫之樂罷了。

說話間君琰之便到了，楚太妃將自己的打算跟琰之說了，也將君琰之嚇了一跳，有些怔然地道：「不用這麼多吧？」他頓了頓，組織了一下言辭，笑著道：「老祖宗疼惜孫兒，孫兒是知道的，不過也不用急於一時，反正到臘月還有小半個月，咱們可以再看看。孫兒是覺得，一下子就將正室側室都娶回來了，吵吵鬧鬧的，其實並不利於家宅安寧。」

君琰之說著朝弟弟遞了個眼神，要君逸之幫自己說幾句話。

楚太妃對此持不同意見，「我倒是覺得同時娶回家來，讓她們早些知道自己的身分，當正妃的不要想著獨寵，當側室的明確自己的身分，萬事不要妄圖越過正室去，才是利於家宅安寧的。」頓了頓，她睇了君逸之一眼，笑著補充道：「琰之，你必須要知道，你與逸之不同，你是必須有子嗣的。」

這話裡的意思就是，君琰之必須有兒子，而且君逸之就不一定。換種說法就是，若是晚兒生的是女兒，她也不會逼著君逸之納妾。

君逸之剛張開的唇，立即又合上了，抱著歉意看了哥哥一眼，不能怪他沒義氣，老祖宗說剛才那句話，一是讓他安心，表明不會給他們小夫妻添堵；二是警告他，若是他現在幫大哥說話，老祖宗就會轉而拿子嗣之事來逼他。晚兒是他的妻子，是他要一生呵護的人，他總得先顧及晚兒的利益，而且他相信大哥若是不想，自有本事拒絕。是吧？是吧？

君琰之差點沒被這個不講兄弟情的弟弟給氣得七竅生煙，狠狠地瞪了君逸之一眼，垂著頭想了想，才抬頭道：「即便如此，一正一側也足夠了，人多了孫兒也難以應付。老祖宗是看透世情的人，應當知道女人間的小心思才是。」

楚太妃其實也沒真想讓孫兒一下子娶那麼多，不過是先漫天要價，才好討價還價，當下便順著這話道：「若是如此，就再看一看吧，曹小姐和蘭小姐，最終選誰。」

君逸之仔細盯了大哥一眼，總覺得大哥說一正一側的時候，心裡似乎已經定了人選。只是……罷了，關他什麼事呢。

談完了此事，一家人又閒聊了一會兒，楚王爺還有些公務要與幕僚們談一談，便與母妃告辭。君逸之擔心俞筱晚，也跟在父王身後出了院子。

楚王爺難得與兒子並肩漫步，和氣地問起二兒媳婦的狀況：「可曾好了些？」

君逸之道：「還是原來那個樣子。」

楚王爺不由得搖頭嘆氣，「怎麼這麼辛苦，想當年你母妃生你大哥的時候，不知多輕鬆，後來懷你就辛苦了些。」頓了頓，淡淡地道了句：「有空去給你母妃請個安。」

他也知道這兄弟倆對妻子避而不見的事，只是在他看來，有自己教訓妻子就足夠了，兒子們沒必要摻和。

君逸之只「哦」了一聲，沒說去不去。

楚王爺忍不住想教訓他兩句，可是一瞧見君逸之輕佻地斜著眼、挑著眉，一副隨你怎麼說，我該怎麼辦就怎麼辦的無賴樣子，頓時又洩了氣。這兩個兒子似乎都不是他能左右的，老二直接就跟他唱反調，老大看著孝順聽話，其實心裡頭主意堅定得很，陽奉陰違的把戲沒少玩。

罷了罷了，反正老妻是個少教訓的，這會子似乎還沒完全相通，冷冷她也好。

君逸之向父王告辭之後，正要折回夢海閣，冷不防的君琰之從後趕上，用力拍了他一記，惡狠狠地道：「看我為難很高興？」

君逸之立即喊冤：「哪裡啊！我只是覺得，大哥你自己也有心要娶一個側妃的，何必跟老祖宗過不去呢？不就是多一個蘭淑蓉嗎？」

君琰之瞪了他一眼，「滑頭！」卻沒反駁。

為了彌補，君逸之主動地從懷裡掏出一疊紙，交給大哥，「這是那個姓田的舉子的資料，已經入京了，現在寄居在城外的大安寺內。」

君琰之皺了皺眉道：「怎麼不住在大寺廟裡？」

京城內外的寺廟都會給入京趕考的舉子們提供住宿的服務，大寺廟香火鼎盛，對寒貧的舉子多半是免費供給食宿的，但大安寺是一個不大不小的寺廟，是不提供免費食宿的。當然，免費的吃食和住宿環境，自然都比不上交費的，但總歸是比住客棧要便宜。只是聽說這個叫田智的舉子，家中很是清寒，難道能交給廟裡食奉嗎？

君逸之翻開那疊紙張的其中一頁，指著一行字道：「他考中舉人之後，就有家鄉的富戶資助，自然不用去大寺廟裡借用免費的食宿了。」

君琰之的眼神一黯，君逸之兩眼流露出幾分好奇之色，「大哥，你打算幹什麼？」

「什麼也不幹！」君琰之說完，收起資料，揚長而去。

君逸之嘿嘿笑了兩聲。大哥一臉打歪主意的樣子，還說他什麼也不幹，我會相信才怪了！

君逸之眼珠一轉，笑著拍了拍從文的肩問：「從文，你說我大哥他會怎麼辦？」

從文一臉無辜的表情，「主子啊，小的怎麼會知道世子爺想幹什麼？小的連您們在說什麼都沒聽懂呢！」

君逸之非常有耐心地解說道：「是這樣，我大哥應該是看上一個小姑娘了，不過這個小姑娘呢，有個意中人。現在這個意中人來了京城，你說我大哥他會幹什麼？嗯，說出來給爺聽聽，說得對了，爺給你許門好親事。」

從文非常無奈地翻了一個白眼，才緩緩地道：「小的是不知道世子爺想幹什麼，不過若是換成小的，就會想辦法設個局，讓這個小姑娘認為她的意中人喜歡上了別人，然後……」

話沒說完，就被君逸之一巴掌拍在腦門上，「卑鄙！無恥！下流！我大哥才不是你這種無賴！」

君逸之說完頭也不回地走了。

從文揉了揉腦門子，心裡頭抱怨道：我不想說，非要我說，說了又要罵！再者說了，這個主意卑鄙嗎？卑鄙嗎？我怎麼不覺得？要是初雲喜歡上了別人，我肯定要用這一招的！等等，要是世子爺真的用這一招的話，我能不能求少爺給我指婚？

且不說從文如何打著自己的小算盤，君逸之派了平安等人查了客院的情況之後，知道府中有幾名丫頭與幾位客人的丫頭交往比較密切，出主意讓三位小姐每天上午去夢海閣的就是其中兩人，一個是金沙，一個是周側妃院子裡的一名二等丫頭，叫小英的。

蔡嬤嬤很快就將小英的家世給調查清楚了，「是王府的家生子，平日裡不算是周側妃面前得臉的，每日沒住在春蓼院內，落鎖前回後巷自己家裡。性子比較老實，在春蓼院裡跟大小丫頭們處得都不錯，跟馬姨娘、章姨娘的丫頭們也處得不錯，沒什麼特別交好的。」

大概是同為側室之故，周側妃與楚王爺的兩位侍妾走得比較近，三人時常串門子，丫頭們自然就交好了。

君逸之笑了笑，從懷裡掏出一個金錠，交給蔡嬤嬤，「讓平安瞅準時候放到後院的路上。」

蔡嬤嬤接過金錠，福了福出去了。

俞筱晚笑問道：「這是要幹什麼？一個金錠要將小英抓起來嗎？」

君逸之笑道：「給周側妃一個教訓，她要培養一個伶俐的丫頭也不容易，少一個是一個。」

用過晚膳，天色已經黑得伸手不見五指了，還下起了鵝毛大雪。小英將手頭的事忙完，將茶水房幾個小火爐加了煤球，銅壺添上新水，擱在小爐上，跟接班的丫頭交代了一聲，便撐起雨傘，提了燈籠，跟管事嬤嬤打了聲招呼，回自己家去。

快走到西角門的時候，路旁草叢裡忽地閃現一道金光，小英忙將手中的燈籠移過去，只見雪地裡露出一角金黃色的東西，小英心中一動，忙蹲下用手撥開旁邊的雪，露出一只小金元寶。

肯定是方才燈籠的光照在金錠上，讓金錠閃了一下光。

小英心頭暗喜，四下看看，見無人路過，忙將金元寶撿起來，收到腰間的荷包裡。她想了想，覺得不保險，就忍著寒冷，從領口塞到內衣裡，她在那處縫了個口袋，用來放些貼身的金貴物品。這麼一錠金子，足有五六兩重，足夠她打一套金頭面了——又多了一套壓箱底的嫁妝！

小英喜孜孜地來到西角門，將腰牌摘下來遞給看守的婆子，記錄出院子的時辰。婆子將腰牌還給她，手續辦完，小英正要出院門，冷不丁的身後有人喚道：「且慢，問妳個事。」

小英頓足回首，見侍衛總領齊正山帶了五六個侍衛走過來。小英只當是日常的巡邏詢問，便笑嘻嘻地朝齊正山福了福，「齊總領安，下了雪還這麼辛苦地巡邏呀！」

伸手不打笑臉人，齊正山也回了小英一笑，「職責所在，有什麼辦法，別說下雪了，就是雪崩也得巡邏呀。例行公事，讓這婆子給妳搜搜身。」

小英怔了一下，隨即又鎮定地張開雙臂，胳肢窩卻有意識地夾著，因為那錠金元寶就放在胳肢窩下。

那個婆子上下搜了一遍，朝齊正山笑道：「回總領的話，沒有什麼特別的。」

齊正山拿劍鞘隔空指了指小英的腋下，「這裡沒搜到。」

小英心頭一緊，那個婆子又上前來，這回不容她再夾著胳膊，那麼一團東西，自然是搜了出來。

齊正山將臉一板，「這是什麼！妳一個二等丫頭，哪裡來這麼大的金元寶？」

小英忙上前一步，悄悄塞了一塊銀子給齊正山，這是她今日才得的賞賜，陪著笑臉道：「齊總領，這是個誤會，是婢子剛才在路上撿到的，本該交回給主子處置，只是快要落鎖了，天兒又冷又黑，婢子才打算明日再交給主子。」

齊正山卻用力一推，將那錠銀子推了回去，冷著臉道：「妳這是偷盜，這事兒我可作不了主，妳自己去跟老祖宗解釋吧！」

小英頓時就急得哭了出來，想求齊正山網開一面，可是齊正山已經一揮手，讓侍衛們押著她，大步朝春暉院而去了。

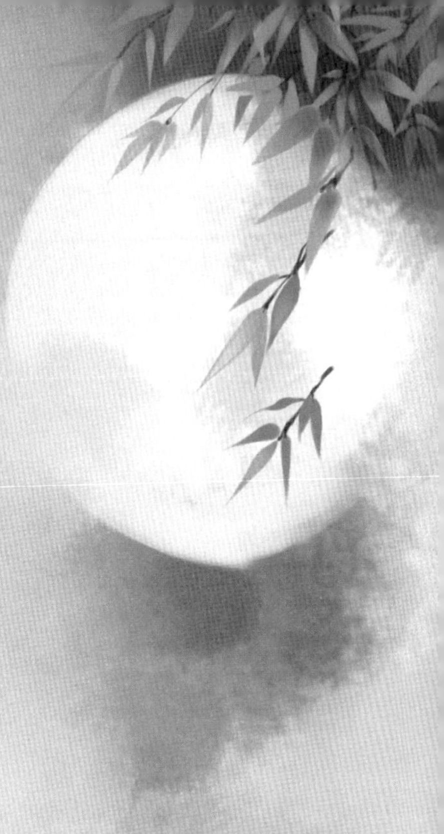

參之章　設套捉姦收皇權

楚太妃用過晚膳，君逸之就跑來見她，將俞筱晚調查到的事說與老祖宗聽。楚太妃一聽心頭大怒，一巴掌拍在小几上，「太后到底想幹什麼！」

君逸之忙幫老祖宗順背，小聲地道：「晚兒說，她覺得太后並不只是想讓她小產而已，她說她覺得太后還在試探著什麼。」

楚太妃瞅著君逸之問：「怎麼說？」

君逸之道：「晚兒分析的，孫兒也覺得有道理。她說太后明明這麼有手段，可是上回賀七小姐的事卻留了許多痕跡，似乎就是在等咱們去查似的。而這件事也是如此，明明安排得天衣無縫的，卻又讓靜雯再來王府，難道不怕咱們產生什麼聯想嗎？晚兒說，她覺得是太后認為那種煌茅香咱們無藥可解，所以故意讓靜雯來，讓咱們心中生疑的。」

楚太妃皺眉想了會子，緩緩點頭道：「的確是有這個感覺。」與摸不著頭腦的孫兒和孫兒媳婦不同，楚太妃大約知道是怎麼回事，「太后還是不放心楚王府，這是在試探咱們府中的虛實呢！」

正討論著，就聽得丫頭們通報道：「老祖宗，齊總領求見，說他抓到了一個賊。」

楚太妃眉頭一蹙，君逸之卻是一喜，附耳小聲嘀咕了幾句，楚太妃好氣又好笑地嗔道：「胡鬧！」

待楚太妃允了，齊正山便押了小英進來，小英自然是要辯白一通，可是她明明藏得那麼隱密，又沒在搜身之時主動說出來，怎麼也掩蓋不了她想貪下金元寶的事實。

不多時，她的主子周側妃就被請過來了，弄清事情的原委之後，周側妃立即撲通一聲跪下，誠惶誠恐地道：「是妾身管束無方，才讓院中的丫頭犯下錯處，還請太妃將這個丫頭好生教導！」

君逸之嗤笑道：「周側妃倒是說得輕巧，楚王府有多少奴婢？每一個都讓老祖宗來教導，老祖宗不是會被妳們這些無用的主子給累壞身子去？還是說，周側妃故意不管束奴婢，就是想勞累老祖宗來著？」

這個罪名可就大了，跟不孝是一樣的。周側妃忙朝楚太妃表白道：「妾身絕無此意，妾身不敢勞累太妃，這個丫頭就讓妾身來教訓她吧！」說罷朝屋內的掌事嬤嬤道：「將小英拖下去大打二十大板，罰半年月銀！」

君逸之又有話說了：「哎呦，老祖宗還在這裡呢，要怎麼罰難道不應當是老祖宗來定？什麼話都讓周側妃您給說了去，是想說老祖宗不會管理後宅嗎？」

周側妃一怔，再笨也知道二少爺這是針對她的，不由得含淚道：「二少爺，妾身並沒有這個意思！」一邊說邊抹起了眼淚，她雖然已經三十餘歲，可是保養得極好，是個嬌弱弱的美人，這麼梨花帶雨的，仍舊柔弱可憐。

君逸之扯了扯嘴角，朝老祖宗撒嬌道：「老祖宗，我只是就事論事，周側妃怎麼就哭起來了，若是一會兒父王來了，說我不敬長輩，您可要給我作證喔！」

楚太妃笑道：「這是自然，你又沒有說錯一句話，只是有些人喜歡哭哭啼啼博人同情罷了。」這下子周側妃連眼淚都不敢掉了，忙拿帕子抹了抹眼角道：「妾身不敢！」

楚太妃蹙眉道：「妳不敢什麼？不敢起來嗎？跪在這兒，是想讓王爺覺得我這個當婆婆的苛待妳嗎？我何時讓妳跪了？妳這是想挑撥我們母子的感情嗎？」

楚太妃在這楚王府裡，素來是說一不二的主。高傲如同楚王妃，在婆婆面前也怯得很，素來溫和柔弱的周側妃就更不必提了，慌忙道：「不、不是，妾身……」這才發覺無論說什麼似乎都不對了，忙磕了個頭，自己爬了起來，又坐回繡墩上，細聲細氣地道：「老祖宗，妾身的意思是，妾身不會管教奴婢，還請老祖宗教教妾身！」

楚太妃耷拉著眼皮子道：「拾到金子不上交給主子是品行的問題，這要我怎麼教妳？」

周側妃垂下頭不敢應話了，有所謂上梁不正下梁歪，再深入探討下去，就成了她的品行有問題了。小英做的的確不對，可周側妃心裡覺得委屈，她院子裡丫頭婆子大大小小加起來，沒三十也有二十餘，哪可能個個管得著、管得好？況且小英是王府的家生子，難道品行不好，不是王府老人家的錯嗎？

當然，這種話周側妃是不敢說出口的。

嬌杏在外面通報了一聲，將門簾一挑，楚王爺總算是來了，身後還跟著馬姨娘。他今日本是要宿在馬姨娘那兒的，聽到母妃有請，忙不迭地跑過來，就見周側妃兩眼紅紅的，兩眼巴巴地看著他，欲言又止，望之令人生憐。而老祖宗卻是半闔了眼，靠在引枕上，整個人都縮在炕上。君逸之神情閒適輕鬆，有一下沒一下地捏著小几上的松子仁兒往嘴裡扔。齊正山腰佩長刀，垂手肅立在南牆一側，屋子裡的空地上，還跪趴著一個梳雙丫髻的丫頭。

楚王爺直覺情形不對，忙陪著笑問道：「母妃，這是怎麼了？」

楚太妃將身子往引枕上靠了靠，指著炕頭道：「王爺坐。」

君逸之站起身來，將位子讓給父王，楚太妃拉著他坐到自己身邊。楚王爺隔著炕几，與楚太妃面對面坐下，馬姨娘低著頭在王爺身旁站好。

楚太妃瞥了馬姨娘一眼，目光中有些不滿。按說她這正院正房，可不是侍妾們能進來的地方，馬姨娘應當自己自覺地站在外間候著，可是人是兒子帶進來的，她怎麼也得給兒子幾分臉面，只得按下不發作。

齊正山低頭稟道：「下官巡視至西角門時，正遇上丫頭小英出府，下官便依照慣例抽查，讓婆子搜身，哪知從小英的身上搜出一個五兩重的金元寶，這才將其拿下，報與太妃，小英自稱這錠金元寶是她拾到的。」

二等丫頭也是常在主子面前露臉的，楚王爺對小英有印象，便轉而斥責周側妃道：「居然想昧下拾到的金子，妳是怎麼調教丫頭的？」

周側妃忙站起來垂手肅立，等王爺發作完了，才拿帕子捂著嘴，小聲哽咽道：「是妾身管教不嚴，請王爺責罰！」

楚王爺重重地哼了一聲，然後轉向楚太妃，陪著笑道：「此事就請母妃操心處置了吧。」

楚太妃對兒子的態度極為滿意，斂容正色道：「男主外女主內，這後宅裡頭的事，原本不當由王爺來操心，今晚特意將王爺請過來，只是為了告訴王爺，現在朝中有些不穩的因素，王爺的一言一行都要極為慎重，方能不讓旁人揪到錯處。就是這王府後宅裡，也必須謹言慎行，像拾金而昧這種類似偷竊的行徑，就必須嚴懲。」

這番話說得楚王爺神情一震，是啊，工部正在查官員貪墨工程銀子之事，自己身為主管此事的內閣大臣，多少有些督管不力之嫌，若是府中也傳出丫頭拾金昧之之事，恐怕旁人會拿來大作文章，認為自己就是這種縱容屬下貪墨之人。

楚王爺想清其中關鍵，忙起身朝母妃深深一揖，方坐下道：「多虧母妃提醒，孩兒才不至於授人以柄，那麼此事交由孩兒來辦吧！」說罷吩咐道：「將小英重杖二十，打發回去，永不錄用！」

一直低著頭的小英聽到如此重罰，嚇得當即大哭了起來，「王爺，饒了奴婢這一回吧，奴婢再也不敢了，奴婢願罰月銀一年啊！」邊哭邊跪爬幾步，想去拉王爺的衫襬求情，被齊正山一腳踹倒在地，斥道：「哭什麼，想衝撞主子們嗎？還不拉她下去！」

吳嬤嬤挑起門簾，喚了幾個粗使婆子進來，將小英堵住嘴拖了下去。

周側妃被王爺這麼重的處罰給驚呆了。永不錄用，就表示小英再也沒法子賺錢貼補家用了，當奴婢的手頭都只有這麼寬裕，若是小英沒法子賺錢，不但自家的爹娘會嫌棄，就連婚事都不好說。

周側妃忙低下頭，恨不得化為影子貼到牆上，只要老祖宗和王爺不想起她就好。

可惜偏偏事與願違，楚太妃將目光轉向了周側妃，淡淡地道：「周側妃，妳管束下人不嚴，也當受罰，妳可服氣？」

周側妃忙惶恐地道：「妾身服氣，心服口服，請老祖宗處罰。」

楚太妃點了點頭道：「就罰妳禁足三個月，不得出春蓼院一步，將金剛經和心經各抄一百遍。另外，妳院中的丫頭們，我派吳嬤嬤和鄭嬤嬤去教導三個月。妳既然不會調教人，就讓我來給妳操這個心吧。」

別的處罰都沒有什麼，就是這禁足……周側妃惶然地抬起頭來，可憐兮兮地看著楚太妃，哀求道：「禁足之時，老祖宗能否通融一二，讓妾身去姑爺府中參加外孫的百日宴？」

周側妃所生的庶長女嫁給戶部侍郎的嫡子，前不久生了一個大胖小子，下個月就是百日宴了，若周側妃不能出席，就表示周側妃在王府中不受寵了，沒地位了，這會直接影響到女兒在夫家的地位。

周側妃自認為這個要求不過分，而且楚太妃並非是不通情理之人，必定會答應，哪知楚太妃只是淡淡地道：「曾外孫那邊的百日宴，自有王妃代表王府過去，妳不必操心，認真在春蓼院中抄寫佛經便是了。」

周側妃聞言大急，這怎麼行？怎麼能讓王妃代她去？她忙懇求道：「老祖宗容稟，前頭的洗三禮、滿月酒都是妾身去的，到百日宴時卻換成了王妃姊姊過去，要怎麼跟姑爺一家解釋才好？還不知姑爺家的人會怎麼猜測！而且妾身也有好些日子沒見到大姑奶奶和小外孫了，想與他們親近親近，求老祖宗成全！」

周側妃只差沒直說，我不是普通官宦之家那種出不得檯面的妾室，我是堂堂的親王側妃啊，大姑爺也要正經叫我一聲岳母大人的！親外孫的百日宴，若是由楚王妃代我去，不知姑爺家的人會怎麼猜測我？又會怎麼對待大姑奶奶？

只是楚太妃已經拿定了主意，不論周側妃怎樣悽楚地哀求都不為所動，只冷淡地道：「到時讓王妃告訴大姑爺一家，就說妳病了，怕過了病氣給小孩子，才沒過來的，有誰會胡亂猜測？」

周側妃聽了這話，心中更加焦急，稱病這個藉口真是太差了。王家本就是有意要攀著楚王府的，若是聽說她病了，大姑爺一定會帶著大姑奶奶過府來探望她，到時她若裝得不像，就會穿幫，到那時只怕情形會更糟……她的女兒會不會因此而受到姑爺冷落？若是由此而多出了幾個庶子庶女，那可怎麼辦哪？王家沒有爵位，嫡子可沒律法嚴格保護著，若是日後被庶子壓了一頭，這可如何是好？

「太妃，求您通融一下吧……」周側妃哭得嗓子都有些啞了，她哀婉地看向楚王爺，楚王爺卻只是低頭看著手中的甜白瓷茶杯。

倒是平素交好的馬姨娘，同情地瞥了周側妃一眼，楚太妃淡然中隱含淩厲的目光就掃了過來。馬姨娘慌得忙垂頭看地，再不敢流露出半分情緒。

君逸之被周側妃哭得煩躁，皺著眉頭道：「周側妃，天兒晚了，老祖宗要歇息了。」

楚王爺忙起身告辭，周側妃無法再糾纏，蒼白著一張臉，由丫頭扶著給太妃和王爺施了禮，又由丫頭扶著回去了。

君逸之心情極好地哼著小曲回了夢海閣，俞筱晚正靠在短炕上看書，一面等他，見他眉飛色舞的，便知事兒是成了，於是笑問道：「怎麼處置周側妃？」

君逸之挑眉笑道：「也沒什麼，就是讓她禁足，抄經書。」

俞筱晚略一思忖，便笑道：「我記得再過陣子就是她外孫的百日宴了吧？」

周側妃平日裡老老實實的，抓不著錯處，可是不能去參加外孫的百日宴，旁的親戚們會怎麼想她？大姑父家的人又會怎麼想？人家可是為了攀上楚王府，才來求娶大姑奶奶的。雖說現在大姑奶奶已經生了嫡子，但是普通的官宦之家，可沒有一定是由嫡子繼承家業的說法。對於一個母親來說，打擊她的女兒，比打擊她更為嚴重吧？

的確是早就應該讓周側妃知道，沒有楚王府的支持，她和她的女兒還能得到什麼好？若周側妃再不老實一點，這還只是開始呢！

俞筱晚搖頭笑道：「這樣的處罰還不算重？」

「一般般啦！」君逸之笑著親了她幾下，將她抱到床上，幫她將被角掖好，附耳輕聲道：「我去宮裡看看！」

俞筱晚的眼睛亮晶晶的，小聲回道：「看清楚一點，回來跟我說得詳細一點！」

「那當然！」

君逸之笑著應下，去屏風後換了身夜行衣，裹上華麗的外裳，大搖大擺地出府了。

不過這一夜君逸之並沒有任何收穫，太后沒有密召哪位大臣入宮商議對策，或許是覺得這不過是些許小事，手下的大臣們足以應付。

君逸之也不著急，只是將幾張小紙片裝在信封裡，讓人送去黃大人的府上。黃大人看到信封裡的紙片時，駭得大冬天的汗濕了衣背，慌忙乘了轎子出府，去尋人問計了。

韓世昭與長孫羽、君逸之三人正站在東大街一處茶樓三樓雅間臨街的窗邊，看著黃大人家的轎子一溜煙地從街上穿過，沒入車馬潮中。

長孫羽嘖嘖道：「逸之，你到底給他看了什麼，把他嚇成這個樣子？」

君逸之嘿嘿一笑，「是他貪墨銀子、賄賂官員的證據。他很聰明，知道不可吃獨食，因此還有不少官員從他手中分到過銀子，這些人有的是太后的人，有的卻不是，我既然能拿到這個證據，他當然要找人商量，看看是誰拿到了證據，免得他們一夥被人給連鍋端了。」

韓世昭蹙眉想了想道：「可是現在朝中不宜大換血。」

大換血會讓朝局動盪，就算皇帝已經掌權了，也不能一下子換太多官員，只能慢慢來。

君逸之懶洋洋地道：「這我知道，這些證據我不會拿出來，我不過就是逼他去求見太后而已，他或者別的什麼人都行。」

長孫羽拋媚眼似的斜睨了君逸之一眼，「你就喜歡公報私仇！」

君逸之痞痞地一笑，「有本事別讓我找到公報私仇的機會啊！」說罷搖頭晃腦地走了。

長孫羽打了個寒顫，然後問韓世昭：「我怎麼突然覺得惟芳請我妹子入宮，也是這小子幹的好事？」

韓世昭同情地看著長孫羽，「你猜對了。」

長孫羽頓時憤怒了，「我說你這個人是怎麼回事？我妹子不是你的未婚妻嗎？你明明知道那小子不懷好意，還不出面阻止？得罪太后的事能隨便幹的嗎？」

韓世昭無奈地道：「我知道的時候，芬兒已經入宮了啊！」

長孫羽一把揪住韓世昭的衣襟，惡狠狠地道：「我不管，你必須負責我妹子的安全，不能讓太后遷怒於她！」

韓世昭的表情更加無奈了，「這是當然，逸之那傢伙就是算計著要我幫他，才哄著芬兒入宮的。」

長孫羽想了想，點頭道：「這的確像是逸之這個無恥之徒會幹的事！」他忽地想到了什麼，重重地呸了一口，「我呸，他這樣算計芬兒，咱們兩個都去幫了他的忙，可是一點好處都撈不著，真是太小氣了！」

「的確是很小氣，就是怕你找他要報酬嘛！」韓世昭贊同地點了點頭。

「就是，不就是一塊血玉嗎？要了幾回都不給，真是個眼皮淺的！」長孫羽狠狠地鄙視君逸之。

韓世昭鬱悶地看著長孫羽，思忖道：難道你真的不知道嗎？就是因為你平時要價太高太狠，他才不得不出此下策的！

是夜，君逸之將夜行衣穿在裡面，外裹一件華麗的深色錦袍，繫著炫目的紫貂皮兜帽大氅，大搖大擺地出了府。

初雲嘰著小嘴嘀咕了一句：「少夫人這才好了那麼一丁點兒，少爺就在府裡頭待不住了。」

蔡嬤嬤盯著初雲道：「初雲姑娘這句話要不要告訴給少夫人去？」

初雲吐了吐舌頭，忙拉著蔡嬤嬤告饒：「嬤嬤原諒我這一次吧，我以後再也不敢了。少夫人已經安置了，沒得吵醒她的道理。」

蔡嬤嬤拿指尖戳了戳初雲的額頭，「以後記得說話前先在嘴裡轉三圈，看這話能說不能說。」

良辰聽到此言，心裡便活動開了，待初雲出了正屋，去小廚房看紫米粥的時候，跟在初雲的身後進了小廚房，討好地笑道：「初雲姑娘這個時辰還不歇著？」

初雲笑道：「晚膳過了才一個多時辰，恐怕過一會兒少夫人又會吐的，我得將粥準備好，待少夫人安頓了再歇著。」

良辰繼續問著：「可是少爺出府了，若是半夜回來，不就又會吵醒少夫人？」

初雲搖頭笑道：「哪能呢，他們又不睡一塊兒，少爺是睡在榻上的。」

這麼說是分床睡的了，而且已經分了四個多月了，難怪這兩天少爺總是夜裡出去，快凌晨才回來。良辰心中一喜，面上儘量不顯現出來，嘴裡應付道：「哦，難怪內室裡燒了火炕，還要火盆。」

初雲仔細地看火，沒再搭理良辰，見紫米粥都熬得差不多了，便讓江楓送到屋內去。

從小廚房出來，要繞過一個七字形的迴廊，才能轉到正屋的走廊上。初雲小聲地問江楓：「剛才廚房窗外可有人？」

江楓也小聲回道：「有，應該是嬌蘭、嬌蕊兩位姊姊。」

初雲安心了，「那就好。」

俞筱晚這會子並未安置，而是靠坐在炕頭上，拿著幾個小瓶兒在手中擺弄，見到初雲端著小托盤進來，便笑問道：「怎麼樣？」

初雲笑嘻嘻地回道：「嬌蕊、嬌蘭和良辰都聽到了。」

俞筱晚不屑地笑了笑，這三個丫頭心裡想著什麼，當她不知道呢！只不過是前陣子實在是太難受了，才沒空理她們，由著她們在君逸之面前撒嬌賣癡，現在她多少舒服了一點，不整治她們，還真怕王府裡別的丫頭都有樣學樣去。

初雲將小几安放在俞筱晚跟前，把紫米粥端到几上。俞筱晚聞著香甜可口，可是吃下肚去，又多半會吐出來，因而只敢忍著餓，吃了小半碗，便讓初雲將碗收走了。

屋內的牆角處放置了一個火盆，專門用來熱粥的。初雲將粥碗隔水放在火盆上，回頭，又見主子在擺弄那些個小瓶子，就不由得急道：「少夫人，您還是少碰這些！」

俞筱晚微微一笑，「好，我聽初雲的，初雲也是為我好是不是？」

初雲不由得紅了小臉，嗔道：「這您也要打趣奴婢，奴婢知道您懂這些，可是您現在有身子，能不碰還是不碰的好，沒事拿出來做什麼？」

俞筱晚笑笑沒說話，只示意初雲將瓶子收好。

方才君逸之出門之前，她特意找了兩種藥粉給他，一種是媚藥，一種是讓人渾身搔癢的藥，讓君逸之看著用。太后身邊有極出色的暗衛，想將藥撒在太后的身上自然是不可能的，可是那名奉召入宮的官員卻是可以下手的。

這會子，君逸之正伏在一棵大樹上，俯視著慈寧宮的方向。他等得有些無聊，就問身邊的從文道：「你說，會是哪位大人來啊？」

從文撇了撇嘴道：「主子您這麼英明睿智的人都猜不到，小的這麼蠢笨，怎麼可能猜到！」

君逸之故作慈愛地摸了摸從文的後腦勺，目光中露出幾分欣慰，「雖然你是蠢笨了一點，但是幸得你在主子我的教導之下，尚有幾分自知之明，還算不得太蠢。」

從文用力朝天翻了個白眼，君逸之奇怪地問：「我讓你監視著東北方，你監視老天爺幹什麼？還是你得了上三白，兩眼只能朝天？」

從文忙將目光調正，免得主子說出更讓他抓狂的話來。

君逸之又逗了從文幾句，從文這會子學乖了，怎麼也不再開口，君逸之便道：「真無聊！」

又候了一盞茶的功夫，宮內傳出梆鼓聲，已經是亥正了。君逸之想，這個時辰應當差不多了。果不其然，就見兩名太監沿著牆根快步往慈寧宮的方向走了過來。

君逸之瞧著前面那人的身影，像是太后身邊的魏公公，後面那人也是一身太監打扮，但是將頭埋得極低，幾乎要扎到自己胸膛裡去了，必定是外臣無疑。他往四周看了看，嘿嘿一笑，推了推從文問道：「兩件事，一件去長春宮請惟芳長公主，一件是給那傢伙上點藥。主子我大方寬厚，讓你先選。」

從文低著頭道：「我選下藥。」

君逸之聽得直搖頭，「就知道你喜歡幹這種事。」從懷裡摸出兩個小瓷瓶，交給從文，「不記得什麼是什麼了，你隨意選著用吧。省著點，最主要的是不能太露痕跡。」

從文無語地抽了抽嘴角，看著主子縱身一躍，順著牆根下的陰影，沒入漆黑的夜色之中。

君逸之摸到了長春宮，估量著長孫芬應當是住在配殿裡，便直接到了配殿的後窗下，用小刀挑開窗戶紙，瞇著眼打量了一下，用長而有力的手指在窗櫺上或輕或重地敲擊幾下。長孫芬聽到後，也敲了敲床柱回應，君逸之便一貓腰回去找從文。

一直找到慈寧宮大殿外的一處廊柱後，才找到從文。從文剛將一些藥粉吹到那名官員的臉上和手上，沒辦法，因為魏公公也是一位高手，從文不敢靠得太近，還是趁到了殿外，魏公公先進去稟報的當兒，才得了手。他小聲稟報給主子：「是張長蔚，張大人。」

君逸之點了點頭，四下張望了一下，打量著沒有暗衛，兩人這才躍上屋簷，找到太后所在的宮殿，伏在琉璃瓦上，一個倒掛金勾，從敞開透氣的小天窗處，居高臨下地準備欣賞大戲。

太后正在與張長蔚小聲地商量著對策，太后原以為黃大人不過是從商戶手中接點孝敬罷了，並沒想到黃大人真的從工程中挪用了銀子。她也想過官員貪墨的事，並採取了相應的對策，讓幾個官員相互監督，只是沒想到，黃大人將這些官員都拉下了水。

事情發展到這個地步，讓太后有些措手不及，可是她畢竟是在大風大浪裡過來的人，相較於惶恐不安的張長蔚，太后並沒那麼慌張，思忖了片刻後，問道：「黃卿能確定那些人拿銀子時簽名的冊子在他自己手上嗎？」

張長蔚緊張地道：「冊子還在，可是黃大人說……似乎是謄抄的。」

「帳面上呢？」

「帳面上都是抹平了的，黃大人說，請的最好的帳房先生，不會被查出來。」

太后安了心，「那就好。」

張長蔚支吾道：「只是實際上的銀子……差了幾萬兩。」

太后冷笑一聲，「差了幾萬兩？張卿說這話的意思，是想讓哀家給他補上嗎？」說著聲色俱厲，「你回去告訴黃海，若是還想當這個官，就馬上給哀家賣房子賣地，將這幾萬兩銀子補上，否則哀家能抬舉他，亦能將他踩入塵埃之中！」

張長蔚抹著額頭的冷汗道：「是是是，臣一定將太后的口諭傳達給黃大人，只是……黃大人特意來找臣說，銀子大約要過一個月才能湊齊，他之前的銀子已經拿去放了，總要到年關……就是讓商戶先預交明年的保證金，也得到年關的時候。」

太后想了想，斬釘截鐵地道：「先拖，若是有人拿那本記錄來指摘，就讓所有人死咬著不承認便是！哼，難道銀子上還刻了字，指稱哪個是從工部的庫房到黃卿手中再到旁人手中的嗎？」

拖就一個字，但有時真的很好使，只要到了年關，從商戶那兒預支的銀子、放出去的銀子就都能到帳，足以填補上工程款中的漏洞了。

太后繼續指點道：「工部還有其他的官員，你速讓人去查一查，哀家就不相信了，旁人就那麼清白無辜？查出一個，就讓御史彈劾一個，哀家倒要看看，朝廷能撤掉多少個。」

法不責眾，這也是一條有利的武器，鬧得越大，越不好收拾，最終朝廷只能讓官員們將吞下去的銀子吐出來，然後不了了之。

張長蔚眼光發亮，滿面驚嘆且欽佩之色，「太后英明！」

這表情驚訝中隱含欽佩，欽佩中又帶著幾分發自肺腑的崇敬，是張長蔚慣常在太后面前做的，分寸總是拿捏得剛剛好。不會太露，太露顯得虛假；也不會太淺，太淺則太后無法分辨。不需任何多餘的語言，太后都能感知他對她的景仰有如滔滔江水，綿延不絕，而且又不是用旁人那種露骨的連篇馬屁表達出來的，彷彿是無意之中心情的流露，更顯得真實可信，張長蔚也因此格外得太后的青眼。

只是今天這表情做起來卻有幾分猙獰的味道，太后幾不可察地蹙了蹙眉，「張卿是吏部尚書，調查工部官員貪墨一事，本也是張卿的分內職責，想來不會出任何差錯的吧？」

張長蔚「咬牙切齒」地道：「是！」

太后的面色沉了下來，「張卿可是有何異議？」

「沒……臣沒……有異議。」

說得咬牙切齒且斷斷續續，太后的面色越發沉了，但是聲音還是放得很柔和，顯示她是多麼的平易近人，「張卿若有別的看法，也可說出來，與哀家探詢一二。」

這一回張長蔚連回答都不回答了，只用鼻腔「唔」了一聲，可是從他僵硬的面頰上就能看出，後槽牙咬得有多緊。

太后正要發怒，殿外忽然傳來一陣聲響，太后不滿地蹙眉問道：「去看看是怎麼回事。」

魏公公忙躬身退出去，不一會兒折返回來，小聲稟道：「長公主帶著長孫小姐求見，言道有重要之事相告。」

人都已經到了殿外，而且鬧了一會子了，看來惟芳長公主不見到她不會甘心。若惟芳長公主不走，張長蔚也走不了，太后只略一沉吟，便道：「傳。」

張長蔚忙垂下頭，就想往屏風後躲，那裡是放恭桶的地方，可還沒等他走到屏風處，惟芳長公主就牽著長孫芬的手，神色焦急地走了進來。張長蔚只得憋著一張苦瓜臉，退到太后身後，充當太監。

惟芳長公主只草草福了福，便道：「母后容稟，芬兒她方才做了個可怕的夢，與母后您有關的！」說著催促長孫芬：「妳快說與母后聽！」
世人都篤信夢兆，太后一聽這夢是與自己有關的，也關注了起來，示意長孫芬仔細描述。不論是怎樣的情形都但說無妨，她自會找高僧解夢。
長孫芬忙稟道：「臣女夢見太后冬至那日去寺廟祈福，百姓們無不簇擁膜拜，可是……可是卻忽然躥出幾名刺客，將、將……請太后恕臣女不敢直言，猶記得夢中，漫天漫地的白雪被鮮血染成紅色，風吹幾里都帶著血腥之氣……臣女被夢中景象驚醒，故而特來稟報太后。」
太后和魏公公聞言，俱是一驚，後日便是冬至，太后的確是打算到相國寺大做法事，為百姓祈福並施捨米糧的。
民間素來有冬至大如年的說法，每到十一月冬至這一日，百姓們要更易新衣，備辦飲酒，享祀先祖，祈求來年闔家團圓、豐收富庶。朝廷也會休沐一日，官員們慶賀往來，闔家團聚，如同過年一般。
尤其今年夏季大旱，收成銳減，攝政王因為趁機頒下一系列惠民政策，而深得百姓擁戴，先前太后就想用計調換米糧，將攝政王的名聲敗壞掉，可惜沒有成功，而如今已經入冬，早先備下的米糧已經發放下去，百姓們對攝政王更是感激，太后不得不趁冬至的時機收攏民心。
只是這種打算太后還壓在心底，怕提早說出來，被攝政王搶了先。攝政王府也時常開棚施粥，收攏民心，她不想讓人學了她去。卻不曾想，這沒說出口的打算，竟在長孫芬的夢中出現，而且還如此兇險，怎不讓太后驚心？
太后罕見地顫抖著聲音問道：「妳可夢見了那幾名刺客的音容？」
長孫芬嬌軀一顫，似乎回想到了什麼可怕之事。太后和魏公公睜圓了眼睛盯著她，只盼她將刺客的容顏說出來，好防患於未然。

長孫芬閉了閉眼睛，有些害怕地道：「他們五人都蒙著臉，只是後來在打鬥中，其中兩人的面巾被侍衛們挑下，臣女記得，一人顴骨上有一個大黑痣，另一人沒什麼特點，只記得他生得眉目清秀。」

這說了跟沒說一樣，魏公公焦急地問：「請長孫小姐再仔細想想，還有沒有別的特徵，比如身高、拿刀拿劍的姿勢等等。」

長孫芬想仔細描述，可又有些詞窮，比劃了半天沒說明白，便指著將頭埋到胸前的張長蔚道：「不如請那位小公公過來一下，臣女對照著他來說，能說得更清晰些。」

太后和魏公公、張長蔚三人都心中一顫，這個要求可真不好！因為長孫太保是朝中一品大員，張長蔚可沒少去長孫府上拍馬獻殷勤，況且張長蔚又算是長輩一級的，每逢年關張長蔚去長孫府上拜年之時，長孫太保都會讓兒女們出來，給叔叔、伯伯們請安，長孫芬是認識張長蔚的！

魏公公忙涎著臉往前走上幾步，笑道：「不如長孫小姐對照著奴才來說吧。」

長孫芬抱著歉意地道：「實在對不住，魏公公您福態福相，與刺客的形容不符。」

這魏公公年歲大了，臉和肚皮已經是滾瓜溜圓，遠不如保養得宜的張長蔚挺拔，長孫芬拿這一點來說，魏公公也反駁不得。

惟芳長公主是個急性子，見張長蔚不但不動，還站在母后身後扭來扭去，一點沒個莊重，心頭火起，大喝一聲：「叫你出來，聽見沒有！」

太后低喝一聲：「惟芳，妳就快要成親了，這火爆性子可得改改！」

她不好說惟芳長公主喝斥一個「太監」有何不對，只是這個「太監」的確是不能到長孫芬的面前去，這時候好不後悔，剛才應當尋個藉口，先讓張長蔚到殿外候著的。可是，當時也是怕擦身而過的時候被長孫芬認出來。

惟芳長公主平白被母后斥了一句，對這個「太監」越發不滿，嘟著小嘴道：「母后，孩兒只是覺得這個死太監居然不願為母后分憂，實在是太過分了。」她是個行動派，嘴裡一邊說，就一邊躥過去，伸手去揪張長蔚的耳朵，要將他揪到長孫芬的面前去。

這個動作對於張長蔚來說可不得了，還並非光是怕自己的身分暴露的問題，早在與太后商議正事的時候，他就覺得身子有些不妥當，躁熱得厲害，而且又有些癢，尤其是某處，當時尚能忍住，可現在已經有些忍耐不住的架勢，恨不得將背抵在石柱上用力地蹭，方能解癢。更為可惡的是，那話兒已經高高地支起了擎天一柱，現在隱在陰影處還沒什麼，若是被揪到燈火之下，一眼就能瞧出不妥來，就算這內殿裡的人都不認識他，也知道他不是個太監。

更為麻煩的是，他看到惟芳長公主朝他走過來，他竟有種想衝上前去抱住她的衝動，當然，理智尚存，殺了張長蔚，他也是斷斷不敢的。

君逸之和從文兩個人的角度不同，看到的情形自然不同。君逸之忍不住笑彎了兩隻鳳目，問從文道：「你給他下的是什麼藥？」

從文撇嘴道：「主子您忘了，您說不記得瓶子裡是什麼藥了，小的就兩種都挑了些，量也不敢大了，好叫他留下些神智。」

君逸之摸摸從文的後腦勺，「乖從文，總算沒白跟主子我一場，慢慢學聰明了。」

兩個人用傳音入密交談，倒也不怕有人聽了去，只是動作幅度不敢大了，太后身邊必定是有暗衛戒備的。

內殿裡頭，惟芳長公主已經揪住了張長蔚的耳朵，一把將他從太后身後拖出來，再抬腿一踹，踢得張長蔚往前一撲，趴在長孫芬面前的金磚地面上。

長孫芬忍著笑，正色道：「還請這位公公站直身子，我才好仔細分說。」

太后道：「且慢，魏公公，你去另喚一個得用的過來，這小子哀家今日才教訓了一番，杖了三十下，這會子只怕是站不直的。」

惟芳長公主正巧走過來，聽說這個太監是才受了罰了，便伸腿踢了一腳，「原來是個犯事的！」

張長蔚被這一腳踢得猛然撲到地磚上，某處一陣疼痛過後，就極快地湧上一股無比舒坦的顫慄感，他心中又驚又怕又慌，可是身體卻背叛了自己的意識，情不自禁地順著之前的感覺，挺了腰在地上拱了拱，那話兒在金磚上一摩擦，渾身上下每一個毛孔都有說不出的暢快，根本就不想起身，只想這樣在地上一直拱一直拱……還誇張地大聲「啊——」了出來，那聲調有說不出的曖昧和興奮。

雖說惟芳長公主和長孫芬都是未出閣的少女，並不知道這聲音裡包含了什麼涵義？可是聽在耳朵裡卻覺得無比怪異，耳根子也古怪地熱了紅了。太后是經過情事的，魏公公是立在窗外記過《君恩冊》的，都聽出了不對勁，驚疑地互望一眼，心中頓時生出了不好的預感。

魏公公見機得快，立即大喝道：「還不快滾出去，自去執事房領板子！長公主不過小罰一下，你叫得這般淒慘，是想免了對長公主不敬的罰嗎？」

趴在地上無比舒坦的張長蔚，對身體的反應又是驚懼，又是無法抗拒，他心中察覺到了一絲大事不妙的氣息，因而強忍著對金磚地板的無限愛意，掙扎著爬跪起來，以頭觸地，彷彿在等著太后和長公主的處罰。

太后也感到事情有些不妙，用意味不明的目光盯著長孫芬，淡淡地道：「時辰已晚，長孫小姐今夜仔細回想一下，明日再來稟報吧。」

長孫芬不敢表露出任何情緒，只乖順地蹲身一福，「臣女謹遵太后口諭。」

惟芳長公主的眸光微微一閃，也跟著蹲身朝母后福了一禮，正要退出內殿，卻聽得外殿傳來唱駕之聲：「皇上駕到。」

太后的目光一厲，狠狠瞪了魏公公和張長蔚一眼，同時示意他們不必再掩飾了，有些事情攤開了說，比捂著要好。

這樣的想法是沒錯的，雖然她半夜召見大臣的確是不對，可是她一片慈母之心，把握朝政也是為了皇帝，小皇帝縱使有些不滿，卻也指責她不得，至少現在指責她不得。哼，小小的年紀，居然就敢算計起自己的母親來了！太后認定今日之事是小皇帝的算計，卻也並不擔心。她自有說辭可以堵得小皇帝啞口無言，可是太后沒算到的是，張長蔚目前的狀況，不論怎樣跟皇帝解釋都是解釋不通的。

還沒等張長蔚站起身來褪下外面罩著的太監服，小皇帝就神色焦急地疾步走了進來，惟芳長公主和長孫芬向他見禮，他也只是擺了擺手，道了聲「平身」，幾步搶上前去，仔細端詳了太后一眼，才大鬆了一口氣似的道：「母后平安無事，兒臣就放心了。」

太后似笑非笑地道：「勞皇兒牽掛了，現已夜深，陛下明日還要早朝，為何不早些歇息，何故到母后這兒來？」然後抬頭瞥了皇帝身後的韓世昭一眼，帶著些鄙夷地笑道：「韓大人還未出宮嗎？外臣夜宿宮中，傳出去可不好聽啊！」

想抓我的把柄嗎？先扣一頂大帽子給你們再說。

韓世昭忙叩拜道：「下臣不敢，下臣是奉旨入宮的。」

小皇帝笑盈盈挨著太后坐下，解釋道：「母后多慮了，孩兒是傳韓大人進宮來弈棋的，一會兒韓大人就會出宮。孩兒只是聽說母后這裡出了事，才特意過來看一看。」

太后淡然笑道：「母后好得很，不知孩兒從何處聽說母后這裡出了事？」

小皇帝忙道：「是這樣的，孩兒聽說亥時初刻，宮門處還進來了一名太監，且是由魏公公親自領到慈寧宮的。若不是有急事，母后何須深夜召已出宮的太監入宮呢？」

太后的眼睛一瞇，心中恚怒，皇兒真是越來越大膽了，居然敢當著她的面直接明說他在宮中已經有自己的人手？已經可以知道她的一舉一動了？

太后正要反擊回去，忽聽韓世昭驚訝地道：「張大人？您為何在這裡？」

原來是韓世昭起身的時候，「無意間」往這邊瞥了一下，一眼就認出了張長蔚，說完才發覺自己說出了什麼大逆不道的話似的，滿面驚惶地抬頭看了皇帝和太后一眼，又驚恐地垂下頭去。

那神情分明就是在說，張長蔚深夜在此，必定是有不可告人之事，比直接說太后與人私通還要更惡劣！

長孫芬也配合地驚叫一聲，伸手捂住小嘴訝然道：「原來是張伯父，難怪剛才……」

小皇帝面色一沉，「剛才如何？」

長孫芬支吾著道：「就……就是臣女想請這位小公公配合臣女之時，他不願意……」

太后蹙眉搶斷道：「他是哀家密召入宮的，為的是商議如何遏制朝中不可抗之勢力，當然不願意給妳當個太監呼喝。」

小皇帝用一種不敢置信的神色瞧著太后，半晌才問道：「方才的情形到底是如何的？皇姊，妳告訴朕。」

韓世昭半夜跑來，就是懇求他將長孫芬摘出去，因而小皇帝問的是惟芳長公主。反正惟芳長公主的賜婚懿旨已經頒下，太后不可能再給惟芳長公主設什麼絆子，況且太后還要拉攏長孫太保，更不可能為難她。

此時，惟芳長公主瞧瞧韓世昭，又瞧瞧長孫芬，再瞧瞧皇帝弟弟，知道自己被人利用了，心有不甘地撇了撇嘴，可是事已至此，現在退出去，太后也不會饒了她，還不如力挺到底。看這樣子，皇帝弟弟已經打算給太后一個教訓了，而她日後是要靠著皇帝弟弟的。

於是，惟芳長公主就嘴快地將事情經過略說一遍，然後看著張長蔚恨恨地道：「張大人就算是有事要密報母后，也該給皇帝請安問候吧？」

這說的是到現在張長蔚還跪在地上，以頭觸地，沒給皇帝叩首的事。

張長蔚此時的體內正有一股熱潮翻湧著，恨得他真想一頭撞死才好，他不是不想給皇上請安啊，而是他現在不能說話，一張嘴就會情不自禁地「啊」出來，身體也會不自禁地扭動，害他只能牙關緊咬，用力憋過這一股勁再做計較。他憋得渾身都在顫抖，撐在地面的手臂更是抖得如同風中殘葉，瞧在旁人的眼裡，就是心虛的表現。

小皇帝蹙眉看向張長蔚道：「既是母后宣召入宮的，張愛卿且平身吧。」

張長蔚仍是不動，臉色越發紅了。

太后自是不知道中了媚藥的人如何的痛苦，她只覺得張長蔚真是個沒用的，這時候了還抖個什麼勁？於是大喝一聲：「張長蔚，皇上讓你平身，你還跪著幹什麼？」

韓世昭此時已經站了起來，走過去強行將張長蔚扶了起來，還笑盈盈地幫張長蔚除下那身太監服，「這件衣裳張大人可莫再穿了，您才納了一房小妾，可謂雄風不老呢！」

就見張長蔚渾身猛然一顫，腰下湧現一小團濕痕，空氣中也極快地漫出一股淫腥之氣。韓世昭似乎被驚到了，慌忙退開一大步。張長蔚面色灰敗，而太后的臉色，則頓時白得猶如最上等的生宣。

居然在這種時候，行這種齷齪之事！

這幾乎就是一巴掌搧在太后的臉上！

剛剛還在說，宣召張長蔚入宮是為了朝中不穩定的因素而商議對策，可是張長蔚居然當著小皇帝的面洩了。一個大男人，好端端地談論政事怎麼會如此？換成誰，都不會相信太后和張長蔚之前並未有任何交集。你若說太后與張長蔚之間有曖昧，估計十個人裡有十一個會相信。

惟芳長公主和長孫芬都將頭低到幾乎要折斷了脖子，還唯恐自己惹了人眼，肩膀也縮了起來。韓世昭也儘量將自己移到一處燈影之下，儘量離張長蔚遠一點，再遠一點。

就連窗外的君逸之都大皺眉頭，張長蔚這廝怎麼這麼沒有用？這下可麻煩了，陛下非剝了我的皮不可！

他找俞筱晚要藥粉時，特意強調要藥效不太顯著的，他原是想讓張長蔚中點媚藥，但偏又可以極力忍住，只是神情會十分不自然，讓小皇帝瞧出一二分來，也好叫小皇帝知道，必須阻止太后再與外臣接觸，就算太后沒有別的心思，這些外臣的心裡想些什麼卻也難說，可是他真沒想到，張長蔚的忍耐力居然這麼差！

君逸之自然是不能理解張長蔚的，張長蔚本就偏好女色，府中姬妾不少，以前還有個愛吃醋、家世又不錯的夫人壓抑一二，這兩年張夫人被他關進了家廟，早就沒再忍過性子，隨心所欲慣了，方才被惟芳長公主踢倒在地之時，又觸發了張長蔚的高點，自然就無法再忍耐了。

而當事人之一的太后，已經不知該做如何反應了。就算她是太后，是小皇帝的親生母親，若是敢對先帝不忠不貞，小皇帝也必會為了臉面，私下處置了她。太后保養得宜的面容上雖是一派鎮定自若，可是內心裡的驚濤駭浪，卻足以將其堅強的神智毀滅。

張長蔚來了這麼一齣，她要怎麼辯白自己？太后面色慘白，看向張長蔚的目光，恨不得將其碎屍萬段，這個沒用的東西！方才覺得張長蔚的情形有些不對勁，太后自然也懷疑到了某些事上，可是總覺得張長蔚應當有點成算，知道無論如何都得忍著，就算將自己的大腿掐青了也得忍著，哪知他竟會……可惡！明明並沒有中毒多深！若是中了極為厲害的媚藥，必定會神智不清，可是張長蔚的神智明明是清醒的！

太后恨得指甲深深地掐入自己掌心，心念疾轉，想要尋找到一個突破口，將自己和張長蔚的關係給摘清楚，只是……真是難啊！她已經錯失了良機，應當在小皇帝一進殿的時候就喝問張長蔚，讓小皇兒知道張長蔚被人施了暗手，可惜她太過相信張長蔚的忍耐力了。

小皇帝雖然還未經男女之事，但是深宮內院裡長大的人，不會單純得連這都不懂，俊逸的小臉頓時沉了下來，難道母后果真……

不，不會！小皇帝命令自己冷靜下來，認真地思考了一下，不會！

若母后真與張長蔚有什麼，這會子張長蔚應當躲在鳳榻之下才對，而不是穿著太監服，當眾自歡，應當……是讓人下了點藥吧？會幹這種無賴之事的，多半是君逸之了。

小皇帝氣惱地抿了抿嘴角，就算想提醒朕太后夜見外臣，茲事體大，也不必這般吧？這要是傳出去，母后的名聲就……他抬眼四下一掃，暗中長舒一口氣，好在都是些管得住嘴的自己人，可是逸之這傢伙也太大膽了，簡直就是……不將君威放在眼裡！

韓世昭自然知道這時節留在殿內，那是自找苦吃，忙給惟芳長公主和長孫芬使了個眼色。惟芳長公主也知道此地不可久留，忙拉著長孫芬一同蹲身行禮，「若太后與陛下再無差遣，臣女告退。」

韓世昭也施禮道：「微臣先去殿外等候陛下。」

「嗯，世昭先去殿外候著，皇姊與長孫小姐先行退下吧。」小皇帝揮了揮手，讓他們退下，這才將目光轉向一臉灰敗的張長蔚。

張長蔚自知自己離死期不遠了，他當時多想忍住啊，可是有些事情不是他想忍就能忍的。悔恨及懼怕湧上心頭，鼻涕眼淚流了滿面，那神情要多狼狽有多狼狽。見小皇帝看向自己，張長蔚忙撲通一聲跪到地上，哽咽著道：「陛下，請陛下相信微臣，微臣與太后是清白的！微臣入宮，的確是為了政務，魏公公可以作證啊！」

這個蠢才，不知道先說自己被人施了暗手，卻說這些個越抹越黑的東西！

太后聽得心中一窒，眼前一黑，身子就不由得晃了一晃。魏公公忙上前扶住太后，焦急地道：「太后！太后！陛下，太后暈倒了！」他倒是知道要以太后的身體不適，來喚起小皇帝的孝順之心，給太后緩衝之機。

小皇帝果然還是關心自己的母后，立即使人去傳太醫，並與魏公公一同扶著太后，轉過紫檀木座的八扇面大屏風，讓太后在炕上躺下。

魏公公看著小皇帝親手幫太后掖好被角，心念一動，撲通一聲跪下，抹著淚道：「陛下，奴才斗膽，有幾句衝撞的話，奴才不得不說，還請陛下寬宏大量，聽完之後再賜奴才死罪！太后為了您，那真是日日夜夜勞心勞力，如今您尚有幾年才能親政，可是攝政王爺卻已在朝野內外聲譽日隆，若不是為了您將來能坐穩江山，太后何至於放著清福不享，要操勞那些政事呢？」

「原本昨個起太后的鳳體就有些違和，今日更是頭暈眼花，連坐都坐不起，可是還堅持夜召張大人入宮，就是為了商量冬至去相國寺祈福一事！太后想為百姓祈福，並施米糧，也是為了讓百姓們感激陛下您的恩德，忠心擁護您！只是太后知道陛下您孝順，必定擔心天寒地凍，太后的鳳體恐會染疾，必定不會同意太后冒著寒風去相國寺，這才不想先行告知陛下，並非要隱瞞您什麼啊！」

魏公公是個會說話的，並沒替太后和張長蔚辯解什麼，只從太后的一片慈母心說起，先說了太后身子不適。坐都坐不起，如何還能與外臣苟且？再者，張長蔚入宮商討的是冬至祈福一事，只是因為太后怕皇帝因為「孝心」，不讓自己去，才瞞下來，並不是時常召外臣入宮的。

跪在屏風外的張長蔚本就是個圓滑狡詐之徒，這會子已經漸漸冷靜下來，聽到魏公公的話後，立即知道自己說錯了什麼，忙在外面喊冤：「是啊，陛下，臣對先帝一片忠誠，恨不能追隨了先帝而去，又怎敢對太后有半絲褻瀆？今日之事，是有人對微臣下了媚藥，想抹黑太后啊！」

總算是說到點子上了！太后心裡跟著一鬆，微微張開眼睛，小皇帝忙湊上前問道：「母后可覺得好了些？太醫就快到了，讓太醫給您請個脈，也好安了孩兒的心。」

太后慈愛地一笑，伸出手去，輕輕地撫摸著皇兒的小臉，徐徐說道：「母后只要看著皇兒你好好的，母后就安心了。」

小皇帝眸光一閃，俊逸的小臉上露出些許尷尬和愧疚來。

太后心中更是輕鬆了，她的兒子，她親手拉扯大的兒子，她還是很瞭解的。她猜測著今夜之事是小皇帝一手布下的，旁人也沒這個能力，小皇帝恐怕是不想讓她再沾手朝政！哼，什麼男主外女主內，她偏偏不信這個邪！

只不過，太后也知道，別說她沒什麼證據，就算她有證據，也不能拿這來質問皇帝，因為古有明訓，後宮不得干政，只憑這一句，她就辯不過小皇帝。況且這世間對女子的要求極為苛刻，不論背後的原因是怎樣的，只要發生了剛才那樣的事情，她的名節也就毀了，換成了普通官宦之家的夫人，只怕會被夫家暗地裡處死，或是自己自掛東南枝去。

再者，若是她與小皇帝針鋒相對，必定會讓小皇帝離她離得越來越遠，但若是用溫情來軟化小皇帝，他必定會心生愧疚，或許她還能索要到一點補償。

正思量間，值夜的太醫應召而來，張長蔚極有眼色地又穿上了那身太監服，跪趴在地上，充當內侍。

屋內雖有燈火，但太醫無心左右張望，只專心為太后請了脈，磕頭稟道：「啟稟太后娘娘、陛下，太后娘娘的脈象浮而虛滑、弱而無力，實為勞心所致。微臣先開一張養氣養心的方子，先服三日，三日後，微臣再請一次脈。」

小皇帝立即揮手讓太醫下去開藥，心腹的呂公公親自領了太醫退下，將內殿的閒雜人等清除乾淨。

在魏公公和小皇帝的幫助下，太后「虛弱」地坐了起來，緩緩地對小皇帝道：「皇兒，為了母后的清白，張大人今夜之事還是要查個明白才好。皇兒你如今年紀小，可能不會在意，待日後你年紀大了，又懷疑起母后來了，母后如何到九泉之下見你的父皇？」說罷，眼眶都紅了起來。

魏公公也陪在一旁抹眼淚。

小皇帝果然越發愧疚了，立即沉聲喚了暗衛出來，讓他給張長蔚驗一驗。

暗衛們多少都學了些治毒防毒的本事，給張長蔚把了把脈後，回稟道：「稟陛下，屬下未從張大人的脈象中找到曾中過藥的痕跡。」

太后心中一驚，斷然道：「你是不是弄錯了？還是你根本不懂？張大人若是沒有中過藥，怎麼可能出此醜態？」說著回頭吩咐魏公公：「叫巽過來看看。」

話音方落，巽的身影就從某處陰影之中剝離了下來，按著太后的吩咐，也給張長蔚把了把脈，同樣搖頭道：「張大人並未中任何藥粉。」

太后急怒，斥道：「你可看仔細了？」

張長蔚也急忙呼冤，君逸之在窗外看得直發笑，原來晚兒的藥粉這麼靈啊，居然都查不出來。這一下，看張長蔚要怎麼替自己辯解？

巽沉默片刻，總算是想起一條理由，沉聲道：「屬下聽聞，有些媚藥只是作為催情之用，對身體並無妨害，若是洩過之後，恐怕無法再查驗出來。」

他的這一說法並未得到小皇帝的暗衛贊同，「這麼短的時間之內，總會有些跡象，但是張大人的脈象沒有任何特別之處。」

兩名暗衛爭執不下，但兩人都只是受過一些下毒用毒的訓練，在這一方面算不得權威——當然，也不可能拿到權威面前去問，因而小皇帝垂了頭一直不出聲，待兩人爭辯了幾句之後，才冷聲道：「都退下！」

兩名暗衛抱拳行禮後，同時隱了身形。

張長蔚自然是沒法子洗白自己了，支吾了片刻後，只好稱是自己之前喝了點小酒。

太后被這一結論氣得不輕，暗罵異是個榆木腦袋，明明將事情的前因後果聽得明明白白，還不知變通，就算沒有診出來，一開始也要說是中了藥啊！

可是轉念一想，若說張長蔚中了藥，自己又會落入另一種窘境。小皇帝必定會猜測，原本私召大臣入後宮就是不對了，還召了一名中了媚藥的大臣，若不是小皇帝及時趕到，張長蔚會不會獸性大發撲過來？

太后前後想了想，只得偃旗息鼓，佯裝憤怒地質問張長蔚：「明知哀家召你商議大事，你為何要飲酒？」

張長蔚忙痛哭流涕地解釋一番。

小皇帝不理會張長蔚在外頭將頭磕得砰砰直響，小聲地安撫太后道：「母后不必擔心，今夜之事並無外人知曉，孩兒相信母后，也絕不會讓任何人壞了母后的清譽。」

太后聽了這話，深感心安，含淚笑瞅著小皇帝道：「只要皇兒不懷疑母后就好。」

「孩兒自然是相信母后的。」小皇帝說得極為順溜，眸光一沉，話鋒一轉，「只是為了母后的清譽，只得委屈張大人了。」

話音方落，屏風上投影出幾道人影，看裝扮就是小皇帝的暗衛，幾人手腳麻利地將張長蔚一夾，飛身躍了出去。太后見狀，心中一驚，「怎麼？皇兒你……」

小皇帝沉聲道：「張大人夜間外行，不慎路遇劫匪，被害身亡，朕自然會撫恤他的家眷，嚴查兇手，母后只管放心。」

太后急忙道：「皇兒，為人君者，要嚴、要厲，但更要仁……」

話未說完，就被小皇帝微笑著打斷，他伸出自己尚未完全長開的小手，輕輕按住太后緊攥著雲錦被面的手，滿臉都是關懷和心疼，「母后，為了母后的聲譽，孩兒寧可當一回的暴君，只要母后一切平安和順。」

說得多麼的孝順、溫情，太后的目光看似慈愛，實則犀利，甚至帶著幾分逼迫地注視著小皇帝，而小皇帝也滿面孺慕，目光堅定地回望太后。

母子兩人的目光在空中無言地激戰良久……

吏部尚書，多麼重要的職位，她好不容易才將自己的人手安排到這個職位之上，幾乎就等於將朝廷中大半的官員捏在手上，卻被小皇帝一句話就給毀了，而她還……反駁不得。

太后憋了半晌氣，直到胸口都悶痛了，才緩緩地收回了目光，笑了出來，似讚賞又似評判地道：「皇兒真的長大了。」

她也想通了，張長蔚當著她的面自瀆，本就是對她的汙辱，同時也是對先帝的極大汙辱，若是不讓小皇帝出了這口惡氣，只怕小皇帝會對她心生芥蒂。

死了就死了吧，正好將吏部的好位置騰出來一個，讓蘭知存升遷到吏部……當然，想一下子就從從四品升到從一品的吏部尚書是沒可能的，但是曹清儒這個吏部侍郎下臺之後，朝中升了一名吏部侍郎上去，現在可以再挪動一次，將侍郎提升為尚書，將蘭知存的職位提升為正三品的吏部右侍郎。

但是這請摺書得由別的官員提出來，找誰比較好呢？要立場公正，又要在朝中有威望……

太后在這廂盤算得歡快，小皇帝露出純真開心的笑容，「是孩兒不該，一直躲在母后身後，讓母后為孩兒遮風擋雨，原來母后竟為了孩兒如此操勞。」

太后握住兒子的手，慈愛地笑道：「天下間的母親都是這樣的。」

小皇帝感動地回握住母親的手，誓言般地道：「母后且寬心，孩兒是男子，而且孩兒已經長大了，理當由孩兒來保護母后才是，怎能再讓母后為孩兒操勞？以後，母后就安心地在慈寧宮靜養鳳體，不必再操心國事、家事。孩兒已經想過了，孩兒要永遠孝順母后，要讓母后同所有百姓家的母親一樣，無須為任何事擔心，只要頤養天年。」

話聽到這裡，太后的心中忽然生出些不好的預感，忙搶斷道：「母后就是個勞碌命，若是皇兒不讓母后為你做些事，母后夜夜都會睡不香甜。」

小皇帝感動地笑道：「孩兒自然還是要母后相助的，母后深諳佛理，孩兒還想請母后多為孩兒誦幾遍佛經，多為百姓們多做幾場法事。當然，這些都得等母后身子康復之後再說。母后現在病重，還是需要靜養，至於後宮之中的瑣碎雜事，孩兒想著，先讓宋太妃與何太妃一同掌管著後宮事務，等母后康復了，再由母后來操勞，讓她二人協助，您看如何？」

誦佛經？安心靜養？這不等於就是軟禁？

太后眼光一厲，冷聲笑道：「原來皇兒早就將母后給安排好了，想拿走母后掌握後宮的權力。是不是等皇兒大婚之後，母后就要將宮中的事務轉交給皇后來處置呢？再甚者，是不是日後連內外命婦都不允母后召見，直接將母后軟禁呢？」

小皇帝聞言似乎吃了一驚，一下站起來，有些受傷地看著太后道：「母后為何要做如此想法？

孩兒是見母后病得坐都坐不起，才想讓母后靜養一段時間，以表孝心的。母后怎能認為孩兒是不讓母后掌管後宮，想軟禁母后？母后是這後宮之首，無論將來皇后是誰，都不可能蓋過母后去，這後宮本就當是由母后來掌握，只是孩兒怕母后太過操勞，才想讓兩位太妃來協助母后罷了。再者，母后要為父皇守節，本就不會離開後宮半步，孩兒何須軟禁母后？若母后再如此想孩兒，那孩兒以後都無臉來見母后了。」

太后倒抽了一口涼氣，定定地看著滿臉受傷之色，彷彿她再質疑一句，就會掉頭哭著跑開的兒子。他尚未長開的俊逸小臉上，還有著些許的嬰兒肥，虛歲也不過才十三，連稱聲少年都有些勉強，完全是一副小孩子的樣子，可是她卻知道，能說出這麼一番話來的人，絕不可能是個孩子！

太后原以為自己直接質問之後，小皇帝會因面子薄，不得不低頭認錯，哪知他竟然會說出這麼多大道理來，不但抬出兩位太妃，明為協助，實為監視，還祭出先帝，將她困在這後宮之中，暗示她出宮就是不為先帝守節！

這還是個十二歲的孩子嗎？是不是她一直還拿皇帝當個孩子，因而忽略了，他其實已經長成為一個有謀有略的少年？

太后眼神凌厲地逼視著小皇帝，一字一頓地道：「皇兒一片孝心，可是若後宮由兩位太妃來理事的話，母后擔心皇兒會被大臣們指責不孝呢！」

小皇帝平和地含笑回視，「怎麼會？兩位太妃只是暫且幫母后打理一段時間，並非永遠執掌後宮，況且母后要靜養，朕會下旨讓內外命婦們不得入宮來打擾母后，旁人也不會知道這段時間是太妃理事。」

原來還要斷了她與外界的聯繫！

太后深呼吸幾下，運了幾回氣，總算是壓下了心頭的狂怒，微微笑道：「既然是皇兒的一片孝心，也好，哀家的確是累了倦了，休養一段時間也好。」

若皇帝真的跑出去，真的「無臉再來見她」，太后在這宮中的日子也不會太好過。雖然小皇帝年紀尚小，雖然她在後宮經營了數十年，有把握鎮住後宮中的人，可是難保有些小心思的奴才會在她失了勢以後，巴結小皇帝。若是那樣，就更難拿捏這宮中的奴才們了。另外，最重要的還是攝政王，小皇帝再聰明，到底年紀尚幼，可是攝政王卻是成年人，而且名正言順地掌政四年了，朝堂內外不知已經安下了多少人手，他才是太后心中的大敵。她們母子之間有隔閡，若是讓攝政王知曉了，只怕又會生事。

人心，最是難測啊！

太后決定先妥協了這一回，就讓小皇帝以為她怕了他好了。

初步達成了協定，小皇帝開心地扶著太后躺下，溫言勸慰太后早些歇息，細緻又入微地叮囑了魏公公許久，才帶著呂公公擺駕回乾清宮。

一路上小皇帝都板著小臉，他在生氣，生氣母后果然想要掌控自己。什麼冬至祈福施米，僅有兩天的時間了，他卻聽都沒聽母后說過，什麼怕他孝順不敢坦言相告，明明就是想自己一個人沽名釣譽。

韓世昭小心地跟在皇帝身後，直到小皇帝問他，蘭家這些天有什麼動向之時，他才回話道：「聽說在大量購米。」

小皇帝的腳步一滯，向著夜空冷冷一笑，「原來是讓蘭家得名聲。」然後大踏步向前，再無多話。

踏入乾清宮的正殿，小皇帝的腳步一頓，忽然問道：「張長蔚真的沒有中過媚藥？真的有洩過後便查驗不出的媚藥？」

這話問的是暗衛，韓世昭心中一驚，急忙想著要怎麼幫君逸之開脫一下。讓外臣對著太后意淫，可是褻瀆太后之罪啊！君逸之這傢伙，怎麼辦事不經腦子，這麼大膽的事都敢做？雖然坐實了張長蔚的罪名，可是他怎麼不想一想，累及到太后，陛下怎麼會饒過他？陛下畢竟與太后是親母子啊！

暗衛聽到召喚，閃身出來，一五一十地回答道：「屬下聽脈，沒有聽到中過媚藥的痕跡。師父們說過，剛剛才洩過的話是能查驗出來的，極少有宣洩一次就能將體內的藥效全數清除的情況。」

小皇帝皺了皺眉頭，他原本是極生君逸之的氣，可是聽說張長蔚沒有中媚藥，心中又有些猶疑不決，是不是君逸之並沒動過手腳？按說，君逸之的膽子應當沒有這麼大吧？

韓世昭趁機進言，言道張長蔚時常出入秦樓楚館，那些地方時常會熏些催情的香料、加料的美酒以挽留顧客，或許張長蔚是從那裡出來，直接入宮的也難說……側面為君逸之說了幾句情。

小皇帝淡淡地道：「那就讓人去查一查，張長蔚今夜入宮之前都去過哪裡、做了些什麼。」

韓世昭低了頭不回應，他與君逸之是朋友，調查與他有關的事，自然要避嫌。呂公公親自接下此任，小皇帝才對韓世昭道：「拿了腰牌速速回府吧，沒多久就得起來早朝了。」頓了頓又道：「長孫小姐那裡，明日一早，朕會安排好的。」

韓世昭忙謝了恩，接過呂公公遞來的腰牌，疾馳回府。

而慈寧宮中，太后盯著黑暗中分不清花色的床頂，久久無法入睡，腦中千思萬慮。

讓她坐在這後宮之中安享晚年，她怎麼甘心？

她自小就天資聰穎，膽識過人，生下來的時候，聽說還朝霞滿天，是為吉兆。相士說她的八字「貴不可言」，家裡人都認為她是當娘娘的命，因而對她的培養格外的用心。猶記得那一年，她被賜予先帝，還痛哭了好幾天，因為當時的先帝，在祖皇帝的一眾皇子之中並不見得多出色，身體還差，怎麼看都沒有登基的可能。

可是她又是個倔強的性子，不願屈從命運，既然只能嫁給先帝，她就要努力拚一拚，搏一搏。是她長袖善舞，與京城中的貴婦們周旋，為先帝贏取了大量的擁護，是她陪在病弱的先帝身邊，一份一份地批著奏摺，接見朝臣。她原本不懂政治，因為再出色的女子，家人也不會教她這些男人們才能學的東西，她的政治見識都是先帝教的，連先帝都說，她若是男子，可以封王拜相。

已經學會的本事，她怎麼願意空置在這後宮之中。享受過振臂一呼，應者雲集的尊榮，見識過一言九鼎，無不敢從的威嚴，她怎麼甘心只在這後宮之中，與那群庸俗的女子為伍？

等著吧，她會讓小皇帝知道，沒有她的支持，他是坐不穩這個江山的！

太后陡然張開眼睛，低聲問：「魏長海？」

魏公公忙披上衣，一溜煙地跑進內殿，小聲應道：「太后有何吩咐？」

太后疲倦地閉上眼睛，「明日一早讓長孫小姐過來陪陪哀家。」

她動不了兒子，也得讓膽敢挑戰她權威的人吃點苦頭。說完，太后就睡著了。

次日停了雪，窗外一片銀裝素裹，太后過了辰時才起身，睜開眼睛的第一件事就是問魏公公：「長孫小姐呢？在殿外候著嗎？」

魏公公為難地遲疑道：「陛下……一早就讓長孫小姐出宮了，說是太后您要靜養，宮裡不便留她。而且陛下還吩咐了，旁人一概不得來慈寧宮打擾太后您靜養，也不讓宮外的人過來請安，下了旨，說一切待太后您……康復之後再說。」

「砰」一聲，太后將面前的水盆打翻在地，嚇得服侍她的幾名宮女撲通一聲趴跪在地上，不住嘴地道：「奴婢該死！奴婢該死！」

魏公公踢了她們一人一腳，「收拾乾淨滾下去！」

宮女們慌忙爬起來，將地面上的水收拾乾淨了，又服侍著太后換了身新衣，倉皇地退了出去。

太后這才發作道：「他——他居然這樣對待我這個母親！」一激動，連「哀家」的自稱都忘了，「這是想軟禁我嗎？他、他才多大，就這樣對待我？待日後娶了媳婦，還不會反了天去？」

魏公公忙勸慰太后道：「太后，您且息怒，萬事沒有您的鳳體重要啊！您還要長命百歲，奴才要服侍您一輩子的！」魏公公體貼地扶著太后坐到暖烘烘的短炕上，「您也說了，陛下年紀尚幼，以前多麼孝順您，對您從來都是言聽計從的，哪裡會想到軟禁您？要奴才說啊，必定是有人從中挑撥的！」

太后冷著臉道：「韓世昭！」想了想，又瞇著眼睛自言自語道：「長孫芬必定也參與了……惟芳邀請長孫芬入宮小住的，雖然是跟哀家說想多瞭解一下長孫府的人，但她跟長孫芬原先並沒有多親近，怎麼會忽然想到要請長孫芬？」

魏公公也跟著猜測了一會兒，遲疑地道：「會不會是……韓大人他建議的？他不是才同長孫小姐定了親嗎？」

太后搖了搖頭，緩緩地靠到引枕上，冷冷一笑，「這事是惟芳她自己說起來的，還求了哀家兩天，哀家才應允了她，並不是長孫芬要求入宮的，不可能是韓世昭的主意，他也不可能讓自己的未婚妻涉險。」

魏公公又繼續猜測道：「或許就是陛下親口同長公主殿下說的。要不要請長公主過來，您證實一下？」

太后思索了一歇，仍舊搖頭，「不像。當時哀家仔細看了在場所有人的表情，惟芳似乎很吃驚，應當是不知情的。況且，皇帝建議她請長孫芬入宮小住，不是太怪了嗎？惟芳自己心中就會生疑，昨夜恐怕就不會帶著長孫芬來慈寧宮了。」

魏公公道：「太后所慮甚是，不如讓奴才先去查查這些日子以來出入宮的記錄，看看誰到過長春宮。」

太后仔細尋思了一圈，沉聲道：「不必了，不會留下什麼記錄的，近日來宮中並無宴會，也沒哪位妃嬪來求旨讓娘家人入宮陪伴，怎麼會有人出入？其實細細一想，也不是沒有可疑之人。惟芳素來就跟攝政王妃和君逸之兩個親近，要有什麼事兒，必定是他們挑唆的。昨夜的事兒若是攝政王妃指使的，來的就必不會是皇兒了。因此，必定是逸之唆使著惟芳邀長孫芬入宮。」

魏公公忙奉迎道：「太后英明。」

太后冷冷一笑，卻不接受這個讚美，「若哀家真的英明，昨夜也不會被人擺上一道了！」她的眸光陰沉得有如暴風雨之前的天空，君逸之這個傢伙怎麼會幫皇兒辦事？是皇兒暗中利用了他，還是他的玩世不恭都是裝出來的？不論怎樣，都不能放過這條線索！

太后擰眉問道：「逸之媳婦都吐了兩個多月了，怎麼還沒落胎？你讓她去試探試探，若是她們已經尋到解藥了，就再下一份！這次不必這般隱蔽了，敢同哀家作對，就要有承擔得起後果的準備！」

昨夜想了許多，這會子太后已經不像昨夜那般憤怒了。不讓旁人來見她，不讓她出宮，小皇帝是想將她在朝中的人手都換一遍嗎？當她真的就無法影響朝政了嗎？真是太小看她了！她不但要左右朝局，還要斬斷小皇帝的手臂，讓他知道，她是他的母后！

太后低聲吩咐道：「送道密旨給蘭家，讓他們收集工部其他官員的貪墨證據，尤其是君瑋之和君皓之兩人的。」怎麼也要把內閣大臣給拖下水，越多越好，「另外，通知知存，讓他密切注意君逸之此人，探清他的底細，最好多與逸之結交，哀家倒要想瞧瞧，他是真好色，還是假好色！」

太后跟著又發出了幾道指令，都是意在將工部黃大人貪墨一案的水攪渾，她的手下已經失去了一員大將，不能再失去一個高官了。同時還讓幾位官員開始活動，為蘭知存進入吏部做準備。

魏公公得了令，立即下去辦事，太后則閉目養神。既然皇兒想讓她歇著，她就歇一陣子好了，等朝堂之上鬧得不可開交之際，自會有人來求見她，就如同先帝剛剛駕崩之時，朝中忠君的大臣們時常來求見她一般。

昨晚君逸之回府的時候，俞筱晚早就已經安睡了，一早醒來，就從君逸之的嘴裡聽說了全部的經過，她咯咯笑了一會子，「這就叫一藥還一藥！」

君逸之忍不住問道：「妳的藥，為何暗衛們查驗不出？」

俞筱晚笑道：「我特意給你兩種藥粉，就知道你會兩種都用。這兩種藥粉有些相剋之處，一同用了，就不大容易查驗得出來。不過，也是這些暗衛並不精通用毒之故，若是江湖中的使毒高手，還是能驗出來的。呵呵，這下太后的臉可丟大了，跟送頂綠帽給先帝可沒多大區別了。」心中忽地一動，隨即斂容問道：「那、那陛下會不會處置你？畢竟太后是他的母親。」

「我知道，陛下心裡肯定怪我。」君逸之很能理解，就像他的母妃，許多作為他也看不慣，可是若旁人敢指責母妃，他肯定會生氣。

不過事已至此，時光再倒流一次，君逸之仍是會給張長蔚下藥，他也不否認，他本就是想噁心噁心太后的，雖然中間因張長蔚的定力不足，鬧得大了些，也算是他倒楣，可是既然做了，就擔著吧。

君逸之滿不在乎地道：「罷了，已經如此了，反正暗衛們沒有查驗出來，陛下問我的話，我是不會承認的，可是陛下若要處置我，也只能受著。」

正好，前陣子小皇帝同他說，日後想讓他來當紫衣衛的首領，他還不願意呢。紫衣衛的首領是隨時要候命，隨時要準備為皇帝拋頭顱灑熱血。他不是不願追隨陛下，可是他想當個正經的朝臣，至少可以多在家中陪陪晚兒和孩子。有了昨夜那一齣，陛下必定不會放心他當紫衣衛首領了，這麼膽大包天，連太后都敢褻瀆，日後手中有了人馬，恐怕更管束不住了。

君逸之今日連衙門都懶得去，安心在府中等著皇帝召見——當然是在品墨齋召見。可是等了一天，沒有等到陛下，卻等到了一則關於張長蔚的消息，昨夜張長蔚錦衣夜行，被幾個賊人打劫，因反抗而被殺。

順天府尹很快就抓到了那幾個賊人，賊人也對罪行供認不諱，平民百姓膽敢殺害朝廷重臣，當庭判了個斬立決。

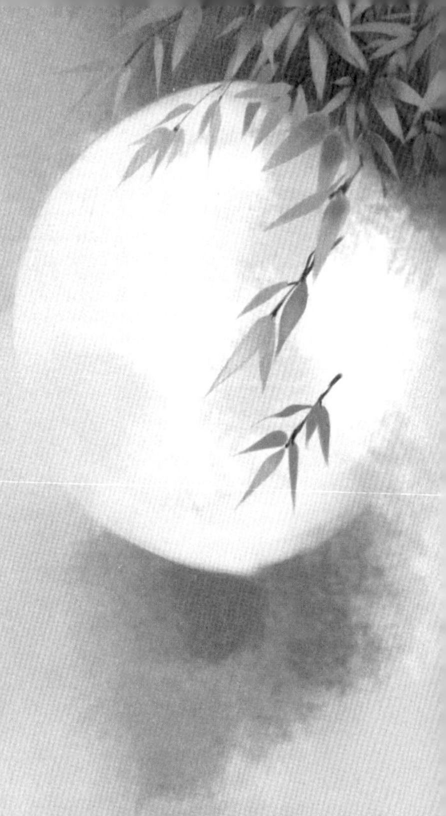

肆之章　世子試探埋情意

事情的真相如何，君逸之、俞筱晚等人都是心知肚明的，深宮中那一幕醜劇，朝中的大臣們雖然不知曉，可是也都懷疑張長蔚的死因可疑，只不過沒人會將張長蔚的死跟太后聯繫在一起，多半都猜測是得罪了哪個仇家。

早朝的時候，張長蔚的死訊傳到朝堂之上，朝廷裡的撫恤很快就發賞了下來，陛下和攝政王都親派了內侍過府探望，安撫張家後人，並下旨奪情，只讓張長蔚的兩個嫡子守孝一年，一年後，每人到吏部領一個輕閒的官職。

消息很快就傳到了楚王府，君逸之齜牙道：「那兩個傢伙倒是蒙了父蔭了！」

俞筱晚倒覺得沒什麼，「總要掩飾一下，況且，朝中像張家兄弟這樣吃閒飯的還少了嗎？多他兩人也不算什麼！」

君逸之伸手就去捏她的小鼻子，「妳是在說我吧？」

俞筱晚咯咯地笑，「我可沒這麼說，你若是覺得自己是個吃閒飯的，那我也不反對！」

君逸之鼓著腮幫子，作勢要撓她的癢癢，手還沒碰到俞筱晚呢，她就已經笑得有些岔氣了。君逸之再不敢逗她，忙將她抱在懷裡，緩緩地順背，「好了好了，別笑了，小心肚子裡的兒子！真是天可憐見的，沒少受折騰！」

俞筱晚也知道這樣大笑不好，趴在他懷裡，努力忍了笑，抬起頭來就嬌瞪君逸之一眼，「還好意思說，明明是你害的！」

君逸之連忙承認：「是是是，是我的不是，求求夫人饒了我這一回！」

小夫妻正在屋內調笑，就聽得豐兒在暖閣外通稟道：「二少爺、二少夫人，太妃、王妃和蘭夫人、蘭小姐、孫小姐和表小姐來了。」

俞筱晚忙喚了初雲和初雪進來幫忙整理髮髻、釵環，手指縮入袖口，摸了摸那支小竹管，心念一動，先將竹管取出來，沾了些藥水抹在鼻下。心中又是一動，招手讓初雲將她的小藥匣子拿了出來，挑了一瓶藥粉收入袖筒中。

君逸之整理好衣襟，就先迎了出去。來的都是通人情的，知道俞筱晚此時恐怕不適宜見客，便也沒急著進去，而是站在廳堂裡問君逸之俞筱晚的身體近來如何。

君逸之一一答了，初雲從內挑起門簾，福了福身恭迎道：「二少夫人不方便下炕，要婢子代為請罪。」

楚太妃走在最前面，進了屋，就慈愛地笑道：「都知道妳身子不好，才特意來看妳的，哪用妳請罪？」

蘭夫人是客人，自不會說怪罪的話來，就是楚王妃長嘆一聲，「我就說妳身子不好，之前就是近半年沒有訊兒，現在好不容易有了，又保得這般艱難，哪像當年我懷琰之的時候，七八個月的身子了，走路還像一陣風似的。」

俞筱晚垂下眼簾恭聽，心中萬般無奈。婆婆只要見到她，就一定要將自己當年的英「雌」事蹟說一遍，就是想說她沒福分，不會生。還當著未來大嫂的面，真不知是不是日後不希望看到她們妯娌和睦。

君逸之瞥了母妃一眼，心裡同樣無奈，只是有客人在，他不好說母妃什麼，就求助地看了老祖宗一眼。

楚太妃淡淡地瞥了兒媳一眼，淡聲道：「女子最講究的是溫良恭儉、舉止嫻靜，就是妳沒懷身子，也不能走路一陣風似的。若是當年叫我瞧見了，必定要教導妳一番。」

楚王妃的臉皮頓時漲得通紅，這話等於是在說她舉止無度，還暗指了她當面一套背面一套，若不然，楚太妃怎麼沒見過她「走路一陣風」的樣子？

蘭夫人想著，過繼的女兒日後是要嫁入楚王府的，將來楚王妃就是她的婆婆，可不能讓婆婆丟臉的樣子給準媳婦瞧了去，日後婆媳兩個可沒法子親近，忙笑著向楚太妃道：「不過就是個說法，表嫂的意思應該是說她懷到七八個月了，還沒有什麼不適之狀。」

說話間眾人依次落了坐。

楚太妃介紹道：「妳表舅母今日本是來請咱們府上到定國公府參加宴會的，聽說妳連炕也下不了，就特意過來看望妳。」

俞筱晚忙道：「讓表舅母掛心了。」

蘭夫人看向俞筱晚，目光中飽含同情與心疼，「天可憐見的，都瘦成這樣子了，太醫難道都瞧不好嗎？」

俞筱晚恭敬地回道：「太醫說這是難免的，只是我害喜害得比較嚴重罷了。」

蘭夫人嘆息著安慰了幾句，從自己的手上脫下一串菩提子的佛珠，一手握住俞筱晚的纖腕，就要往她手上戴，「這是我在佛前求的，開過光的，送給妳護身，請菩薩保佑妳們母子平安。」

俞筱晚手腕一轉，就掙脫了出來，含笑道：「多謝表舅母厚愛，只是晚兒已經有了一塊開過光的木牌，若是再戴上這一串，恐怕不妥。菩薩只要拜一個就好，拜多了，菩薩會覺得我貪心。」說著身子往後一縮，不讓蘭夫人碰到自己。

蘭夫人搆不著俞筱晚，只得朝君逸之道：「我一片心意，你們只管收下，哪有什麼貪心不貪心的說法？」

君逸之懶洋洋地道：「真不必了！晚兒的那塊木牌，還是靜雯送給妍兒，妍兒再轉送給晚兒的！」

曹中妍也忙在一旁證明，「是啊，靜雯郡主還說，木牌是潭柘寺的住持大師開的光呢！」

蘭夫人的目光微閃，「可以給我瞧瞧嗎？」

俞筱晚笑著道：「壓在枕頭下了，請了大師過問，說是不要移動，可以睡得安穩些。」

「原來是這樣。」蘭夫人這才將手串收回，卻未重新戴回腕上，目光定定地鎖著俞筱晚，似乎想從她的臉上看出些什麼來。

俞筱晚只是柔柔地笑著，帶著幾分虛弱，目光不閃亦不躲，倒叫蘭夫人拿捏不準了。按說，若是俞筱晚直接戴了那塊木牌，該早就落了胎才是，怎麼只是孕吐不止呢？她恐怕已經知道了些什麼，做了處理，只不過那東西可是難得的事物，在京城恐怕也找不出人來治。

只剛才那幾句話，雙方都互探了個虛實。俞筱晚沒賀氏那麼靈敏的嗅覺，不知道那串菩提子上是不是也熏了煌茅香，可是也弄清楚了，蘭夫人是知情的，甚至還想再來害她一次。

既然如此，來而不往非禮也！

俞筱晚招呼丫頭們多拿些果子、糕點、拼盤進來，「請表舅母嘗嘗，這是我店子裡自己製的醃果。」邊說邊將一盤今冬新製的楊梅推到蘭夫人面前，手指不小心碰了一下蘭夫人拿在掌心的絹絲手帕，「這是今冬才製的楊梅，前兩年打賭輸了，全都給了惟芳長公主一人品嘗。」

「嗯，這事兒我知道！嘖嘖，看這色澤，就讓人滿嘴生津了！」蘭夫人滿嘴地讚著，卻不伸手去取。

楚王妃是喜歡吃俞筱晚店裡的醃果的，拿手捏了一塊桃脯，放入嘴中，楚太妃也拿了一顆醃楊梅吃。蘭夫人這才取了塊桃脯，品了品，點頭讚道：「的確好吃，難怪現在宮中都到妳的店裡買醃果，妳的嫁妝可算是全京城的媳婦中最豐足的了。」

話題這麼快就轉到了銀子上，看來蘭家真是動了心思了。俞筱晚羞澀一笑，垂頭道：「哪有表舅母說的這麼豐足，不過是賺些小錢，買束珠花戴罷了。」

蘭夫人有心想提與她合股的事，就看著楚太妃笑道：「姑母，您真是會挑孫兒媳婦，不但生得漂亮，還這麼能幹。我那幾個媳婦可就不成了，連蘭家自己的店鋪都管不好。說起來，我記得晚兒丫頭最賺錢的，似乎是那家綢緞坊吧？」

俞筱晚謙虛地笑道：「不過是託了師傅的福。」

因為打著金大娘的旗號，才會賓客如雲，而且標價越貴的越有人買。

蘭夫人趁機道：「蘭家在北市口也有家綢緞店，哪天讓掌櫃的跟妳家大掌櫃學一學，也好將生意挽回幾分。」

楚太妃到底是蘭家人，聽到蘭夫人這語氣，便不由得問起了店鋪的生意：「難道不好了嗎？以前雖算不上最賺的，卻也是盈利頗豐。」

蘭夫人微嘆，「說起來愧疚，我可沒晚兒這麼能幹，接手鋪子好些年了，生意日漸蕭條，現在京城裡的人一說買成衣，誰不是去晚兒的鋪子？我就常跟婆婆說，不如咱們家的鋪子入了晚兒那的股，當成分號好了。」

從學習經驗直接蹦到了入股。

蘭夫人說完，充滿期待地看向楚太妃，以自己家的店鋪入股，她覺得她們沒占便宜，晚兒也沒吃虧，反正晚兒的鋪子生意好，早晚是要開分店的，是件雙贏的事。

楚太妃聽完卻垂下眼簾，只專心地喝茶，似乎沒聽見。難怪方才在春暉院的時候，外甥媳婦就總是提及做生意的事，口口聲聲要做大，就得開分店，原來是打的這個主意。可是她怎麼不想想，孫兒媳婦的嫁妝，自己有開口說話的權力嗎？

蘭夫人只好將目光又轉向俞筱晚，「晚兒，妳覺得呢？妳的鋪子生意這麼好，遲早是要開分店的，不是嗎？鋪子和人工都由我們出了，只那家店的生意，咱們五五分帳。京城裡是寸土寸金的，妳有錢也不一定能買到店鋪，租也很麻煩，而我們蘭家剛巧有店面，咱們各取所需。妳若是不放心，可以派個帳房過來，咱們每一筆生意都算得清清楚楚，怎麼樣？這個條件還是不錯的吧？」

不是還有貨品嗎？還要借用金大娘的金字招牌，就只出一間店面和幾個夥計，就要分五成？還「只那家店的生意」，難不成原本蘭家還打算租一間鋪子給我，分我所有的利潤？

俞筱晚笑著說道：「條件自然是不錯的，只是表舅母過謙了，晚兒聽說蘭家的店子很賺錢的，況且晚兒的綢緞鋪子可不是京城最賺的，最賺的是隆慶行。」畢竟她的鋪子只做高檔生意，比不得大江南北都有分號的隆慶行貨色齊全，三六九等的人群都能找到合適自己的料子，「晚兒心力有限，暫不打算開分店，不如表舅母去與隆慶行的老闆商議一下，入隆慶行的股吧。這麼好的條件，隆慶行的老闆一定會動心的。」

楚太妃正將茶杯送入嘴邊，聽了這話差點沒噴出來，強行忍住了，才含笑轉著話題：「晚兒現在的確是不宜多操勞，外頭的事就交給那些管事，讓逸之幫妳管著，妳安心養胎才是正經。」

楚王妃難得地附和婆婆：「是啊，我盼這個孫子可是盼得脖子都長了。」

俞筱晚忙恭謹地應了。

蘭夫人聽著心中有絲憤懣，不過就是借借她店鋪的名聲而已，還這般推三阻四的，明明是親戚，為何不能相互幫襯一二？還要將鋪子交給逸之那個渾小子去打理！那小子渾到什麼地步，不說入股，就連派個管事去學習的話都不必提了。

可惜這種心思蘭夫人又說不出口，只能一個人生悶氣。那邊的祖孫幾人聊得熱火朝天的，也沒注意到她是不是心情不佳，蘭夫人氣悶地揉了揉胸口，也不記得自己一早兒警醒自己的話了，端起長几上的茶杯就喝了幾大口。

溫熱的茶水下了肚，蘭夫人的氣順了些，就開始繞著彎子問俞筱晚這醃果的配方。

醃果誰家的廚娘都會做，可是還沒人做得這麼好吃，差別就在配方上。別說俞筱晚是真不知道，就算知道配方，也不會告訴蘭夫人。以為自己是長輩，她就要捧著配方孝敬她嗎？

蘭夫人問了一會子，俞筱晚始終不說，卻忽然用手捂住嘴，「唔唔」地亂叫，小丫頭們嚇得忙捧了痰盂過來。

因為蘭夫人與俞筱晚坐在對面，感覺到一股酸臭氣撲面而來，忙拿手帕捂住了口鼻。

楚太妃和楚王妃關心俞筱晚肚子裡的孩子，站起來退到一旁，卻不出去，蘭夫人總不能一個人跑出去，只得拿帕子用力捂著口鼻，可是一絲絲一縷縷的酸臭氣還是鑽了進來。等丫頭們開了窗，又過了會子，見楚太妃和楚王妃都開始跟晚兒說話了，她才將手帕放下，小心翼翼地吸了口氣，覺得沒什麼臭味兒了，忙露出一抹關切之色，也上前說了幾句暖人心的問候話。

俞筱晚不好意思極了，「真是對不住，想吐的時候，忍也忍不住，讓老祖宗、母妃和表舅母受罪了。」

三人連道無妨，俞筱晚不好意思地給君逸之使眼色。

君逸之收到俞筱晚的眼色，忙拉著楚太妃坐下，「老祖宗別站著說話。」又讓丫頭們將窗戶關上，「快關上，抬幾個火盆進來，屋子裡太冷了。」

這麼一番忙碌，客人自然不方便立即告辭，又坐了一會子，蘭夫人忽然覺得肚子咕咕咕地響了起來。她臉色微變，她不是孕婦，自然不能在人前失儀，正要開口告辭，卻忽然無法阻擋地放了一個響亮的屁。

楚太妃和俞筱晚幾人都面不改色，彷彿沒有聽見，可是在心底裡素來就不待見蘭家人的楚王妃，卻是明顯地露出了鄙夷的神色。

蘭夫人頓時就尷尬難堪了，可是還沒容她想出什麼話來圓，肚子裡就一陣驚天動地的翻騰，駭得蘭夫人用力捂住腹部，綠著臉問道：「恭桶在哪裡？」

芍藥忙上前一步扶住蘭夫人，「夫人請隨奴婢來。」

暖閣後面也有恭桶，可是暖閣裡還有君逸之這個成年男子在，當然不能在暖閣裡用。芍藥扶著蘭夫人往西廂房去，蘭夫人一開始還盡力保持著儀態，可是出了大廳之後，玄關告急，她也顧不得了，不斷催促著芍藥快些，夾緊屁股飛奔。

楚太妃和楚王妃坐在暖閣裡，跟俞筱晚、孫琪、蘭淑蓉和曹中妍說話，一等就是小半個時辰。冬天裡天黑得早，窗外已經燃起了燈籠，可是蘭夫人還不見回來。

正要差個丫頭去問一問，就見蘭夫人扶著芍藥的手，虛弱地走了進來，神色間卻是有絲凌厲，坐下後，就盯著俞筱晚問道：「晚兒，妳這兒的茶水是不是有問題？」

俞筱晚大吃一驚，「表舅母怎麼這樣說？」

「哼！我好端端的，在妳這兒喝了幾口茶就開始拉肚子，難道不是妳的茶水有問題嗎？」俞筱晚忙道：「表舅母若是懷疑茶水，不如請人來驗一驗，這杯茶，丫頭們還沒有動過的。」

蘭夫人回頭看向蘭淑蓉，蘭淑蓉悄悄點了點頭，她便高傲地道：「那好，我就去請位太醫來驗一驗。」

蘭家如今非同尋常，算得上是本朝最尊貴的人家了，太醫一宣就到，驗了驗後，垂手回道：「回蘭夫人的話，這茶水沒有問題。」

蘭家去宣的，自然是她們信得過的太醫，聽到這個結論，蘭夫人也作聲不得，忽然又指著小几上的果脯問：「這些呢？也給我驗一驗！」

楚王妃差一點就要發作，被兒子拉了一把。楚太妃板著臉，蹙了蹙眉，明顯的不悅。

等太醫驗過後說沒問題，楚王妃就忍不住說了出來：「這些茶水、果脯我和老祖宗可都是用了的，怎麼就妳一個人有事？別不是在妳們蘭家吃了什麼不乾淨的，想賴在我們楚王府的頭上吧？」

她原本還要再說上蘭家幾句難聽的話，忽然想起老祖宗就是蘭家人，忙忙地住了嘴。

蘭夫人神色也極是尷尬，她自己要給俞筱晚下藥，自然就有些疑神疑鬼。這會子聽了楚王妃的話，也懷疑是不是在家的時候吃了什麼不乾淨的東西？

不對，應當是在這中了暗算！若是晚兒能發覺那塊木牌的祕密，就一定會對自己下手，可是找不到證據！

蘭夫人總算是體會到，什麼叫「啞巴吃黃蓮，有苦難言」了。見屋裡所有人都瞧著自己，只得向俞筱晚賠禮道歉，表示是自己性子多疑，讓她受了委屈。

俞筱晚神色怯怯的，慌亂地擺手表示，「表舅母是長輩，您向晚兒賠罪，晚兒如何當得？」況且我的確是給您下了點藥，這幾天您就坐在恭桶上度過吧，所以不必賠罪了，手帕一定要記得堅持使用啊！

君逸之說話可就沒那麼好聽了，怪聲怪調地道：「表舅母怎麼好端端地懷疑咱們給您下藥呢？難道是您曾見過旁人這般給人下藥，還是曾經這樣給人下藥呢？」

蘭夫人呼吸一滯，忙陪著笑道：「是我的錯！」

楚太妃冷著聲道：「逸之，罷了，大概是你表舅母多心慣了，你就別跟婦道人家計較了！」

這話比搧蘭夫人一巴掌還要讓她難受，她居然連個京城裡出名的混帳都不如了，還需要那個混帳別跟她計較！

君逸之重重地哼一聲，「好走，不送！表舅母以後別來我這夢海閣了，我可不喜歡動不動有人來驗我這的茶水、果子、點心！」

蘭夫人這段時間被旁的官夫人們捧得有些飄飄然了，哪曾被人這樣下逐客令？臉上掛不住，可是楚太妃都不出來幫她打圓場，她只得用力忍了氣，敷衍著向俞筱晚說了聲「好好養身子」，便氣沖沖地走了。

楚太妃用力閉了閉眼睛，再張開來，瞧不出任何情緒，和顏悅色地拍了拍俞筱晚的手道：「妳受委屈了！」

俞筱晚指了指蘭夫人故意遺失在小几下的那串菩提子，「還請老祖宗幫忙還給表舅母。」

楚太妃的眼中閃過一絲怒意，握住俞筱晚的手道：「晚兒，妳放心，我一定會還給她的。」

俞筱晚含著笑道：「老祖宗這麼疼晚兒，是晚兒的福氣！」

楚太妃也笑了起來，摸了摸她的小臉道：「妳是個好孩子，老祖宗當然疼妳！老祖宗就是喜歡妳這性子，該回擊的時候，絕不能手軟！」

俞筱晚恭謹地表示受教。楚王妃在一旁看得一頭霧水，可是她又不敢問婆婆，免得招來一頓白眼。

次日是冬至，蘭家大開粥棚，廣施米糧，的確是得了不少的好名聲。君逸之又等了一天，不見小皇帝召見，這才溜達去找韓世昭。

韓世昭捶了他胸口一記道：「你不知道嗎？張家在打官司，聽說之前受寵的那位側室，就是用媚藥勾引張大人，張大人那晚是從閆氏屋裡出去的。」

君逸之聞言眼睛一亮，這麼說，陛下是沒將此事跟他聯繫在一塊了。他呵呵地笑道：「多謝你了。」

韓世昭淡淡地道：「我又沒做什麼，不過是奠拜的時候提醒了一下張夫人小心家產罷了。不用你謝我，只要你少慫恿芬兒幹危險的事就成了。」

君逸之呵呵直笑，「好咧！」心中又補充道：其實是你家芬兒喜歡幹這種冒險的事，若是下回她來找我，可不關我的事了！

說起張長蔚的夫人，這一回倒是因禍得福，兩個嫡出兒子在接到父親的死訊後，第一件事就是先去家廟將母親放了出來。張長蔚的父母早就作古，如今張府裡頭最大的就是張夫人了。之前張長蔚最寵愛的那位側室是這兩年娶的，一進府就當了家，可就是一夕之間，手中的權力盡數被收回。張夫人連孝服都只是隨意披在身上，就開始盤算家產，核算完後，張夫人怒了，府中居然少了許多銀子，都讓那個側室給挪到自己娘家去了。

那位側室是出身書香門第的良家子，父親和祖父都有秀才的功名，是張長蔚贈以納妾之資，大辦了酒宴，從側門抬進府的。張夫人不能賣了她，也不能打罵，於是一紙訴狀，將其告上了順天府。

俞筱晚每日躺在夢海閣，都聽說了張家的官司，這是今年冬天京城裡最炙手可熱的新聞了。這幾天因為吐得少了些，每回吐的時候，也沒那麼挖心掏肺，她的精神好了許多，就坐在短炕上與幾個心腹的丫頭，一面做針線，一面閒話家常。

芍藥每隔兩天就會回家住一夜，因而對張府的近況最為熟悉，這會子正笑著道：「那閆氏一門如今都算是富戶了，住的是寬敞的大宅院，買了十來個下人，還有四間鋪子，每月可以坐收租金，不用勞作也過得舒坦。以前閆家清貧得很，若不然，世代書香的門第，為何要讓女兒為妾？但是閆氏過手的地契都有先張大人的簽字，順天府尹說，既是饋贈，就不算侵占，送回娘家的銀兩也都是張大人從帳房裡提出來的，順天府尹也說不算侵占，只讓閆氏交還了幾件沒有手續證明的首飾，張夫人氣得當堂昏倒了。」

初雲驚訝地問道：「聽說侵占了幾萬兩銀子的財物哪，只退了幾件首飾？」

「可不只有幾件首飾！」芍藥放下手中的活計，兩手在空中比劃出一張長長的單子，「聽說先張大人從張府的庫房裡尋了好多寶貝給那閆氏，面料、尺頭、首飾、擺件，應有盡有。閆氏也是個厲害的，讓人列了清單，請先張大人簽了字的，還讓管家也簽了字。但凡是從府庫中拿的東西都是有數、有簽名的，只有幾樣首飾是先張大人從張夫人的首飾匣子裡直接拿的，就還給了張夫人。」

俞筱晚聽得直搖頭，「這下子，張夫人怕是要不回了。」

「官司已經結了，還怎麼要回來？兩位小張大人都是要當官的人了，名聲要緊，聽說……」芍藥的小臉紅了紅，偷瞄了初雲和初雪一眼，含糊地道：「聽說兩位小張大人與閆氏的關係不錯，還勸著張夫人不要再爭了。」

看芍藥那個又羞又窘的表情，俞筱晚的內心頓時生出無數個邪惡的猜想，只怕這個閆氏與兩位張公子是不大乾淨清楚的，張夫人難道不會氣死？還有張氏，聽說現在小宅子裡張氏說的話還挺管用的，因為曹氏家族裡的田產已經被族長收回了，曹家罰了十萬兩現銀之後，幾乎就已經空了，現在多半靠著張氏的幾個田莊和店鋪過日子，只是現在張氏娘家的頂梁柱倒了，之前又與張夫人交了惡，侄子與姑母總不會比兄妹親近，不知道舅父還會不會買張氏的帳？

俞筱晚隨即想到，好久沒見到外祖母了，不知她的身體怎麼樣？在前世的時候，外祖母是今年年初就過世了，現如今多活了大半年，希望還能繼續健健康康地活下去。

她正想著下午差芍藥和趙嬤嬤去一趟曹家，三舅母秦氏就遞了名帖進來，俞筱晚忙讓芍藥去二門處迎秦氏進來。

秦氏滿面喜氣洋洋的，給俞筱晚見了禮後，就拿起晚兒膝上小針線簍子裡的小衣服瞧，含笑道：「晚兒的針線真是不錯，這麼細密還不扎手！」

俞筱晚笑道：「我特意將針腳縫得鬆一點，就是怕硌著小孩子的皮膚。」

秦氏側身坐到短炕上，拿著小衣服翻來覆去地看。芍藥瞅著三舅夫人是有話要說，於是帶著丫頭們退了出去。

秦氏瞧了瞧晃動的門簾，對俞筱晚笑道：「晚兒真是會調教人，丫頭們一個比一個伶俐！」

俞筱晚只笑了笑，沒應話，秦氏就自己接著道：「老爺的宅子賜下來了，我請人算了黃道吉日，打算臘月初三搬過去。」

俞筱晚忙恭喜三舅母，秦氏卻皺起了眉頭，「可是婆婆卻不願跟我們搬過去。」

因為之前俞筱晚請三舅父和三舅母照顧曹老夫人，秦氏勸了她許久，她卻說沒有長子尚在卻跟著幼子生活的道理，秦氏才特意來告知一聲，也希望俞筱晚能想法子勸勸婆婆。若是曹清儒還有個一官半職，秦氏是巴不得不跟婆婆住在一塊兒的，可是現在曹清儒被貶為平民，老爺有大宅子，卻還讓母親住在逼仄的小房子裡，傳出去，外人都會說老爺不孝。

俞筱晚大概也能明白外祖母的意思，大約是怕跟著三舅父搬走了，三舅父就不會再回小宅子裡去。她住在舅父身邊，三舅父礙於孝道，一個月裡總要去看望她一兩次，她也好讓三舅父照應一下舅父。

老話都說慈母疼衰兒，恐怕外祖母這些日子看著舅父落魄的樣子，心裡早忘了舅父是不是罪有應得了。

俞筱晚淡淡地道：「外祖母說她不願跟著你們走，恐怕是有心結的，妳們只要答應日後有機會就會幫舅父起復，外祖母一定會答應的。」

秦氏聽得一怔，支吾道：「起復這等事……」都被貶為平民了，哪還會有可能？

俞筱晚淡笑著道：「只不過是口頭答應推薦一下，起復不起復的，也得由吏部上摺子，內閣大臣們商議著辦，又不是三舅父能左右的。」頓了頓，又補充道：「外祖母其實心裡也明白，不過就是擔心罷了。」

秦氏聽了這話也明白了，便笑著應下，又說起了兩位姑娘的婚事：「燕兒說要謝謝郡王爺和郡王妃，郡王爺上回幫忙選的人家的確是不錯，小康之家，人口簡單，公爹婆婆又不在了，上面還有大哥大嫂，燕兒不用主持什麼事務，省心。男方是舉子，今年要參加大比的，前途無量。」

前途無量是不大可能的，特意選了沒太多才能的，免得升了官，起花花心思。俞筱晚但笑不語，聽秦氏繼續說到曹中雅的婚事：「再三天就是大婚了，婆婆的意思是包家客棧發嫁。」

恐怕是不想平南侯府的人看見那麼小的宅子，而對曹中雅生出什麼鄙視之心來。可是誰又不知道曹家現在的狀況，包下再大再奢華的客棧也沒用，白白浪費銀子。

張氏和曹清儒其實是希望曹中雅能從楚王府或者楚王家的別苑發嫁，表示女兒娘家還是有靠山的。秦氏特意挑了這個頭，就是希望俞筱晚說句不贊成的話，可惜俞筱晚只是微笑著傾聽，根本沒有接話的意思，秦氏就有些不好意思開口了。

支吾著問起曹中妍：「妍兒丫頭不知會在王府裡住到幾時，再過十日就是臘月了。說起來，還是晚兒妳有體面，妍兒可以在王府借住這麼久。」

俞筱晚沒給秦氏鑽空子的機會，只是笑道：「妍兒不像燕兒表姊和雅兒表妹，她在京城沒地方住，我就讓她多留一陣子。開了年，化了凍之後，再讓人送她回鄉。」

相較於秦氏的急切，俞筱晚一派雲淡風輕，冷淡地道：「三舅母不覺得嫁給普通人家為正妻，也好過到王府來做妾嗎？」

「噯。」秦氏一臉「這妳就不懂了」的表情，「嫁給世子為妾室，可與嫁給一般的官宦為妾室是不一樣的。只要妍兒運氣好，生個一兒半女的，日後世子承繼王位之後，她就可以升為側妃，這不是光宗耀祖的事嗎？」

她自己的女兒不就是許給勉世孫為妾了嗎？

俞筱晚也不同秦氏爭辯，只笑道：「一會兒妍兒就會過來了，不如三舅母自己問她願不願意為妾吧。」

不多時，曹中妍就嫋嫋婷婷地過來了，給俞筱晚和秦氏請了安，文靜地坐在炕邊的小繡墩上。

俞筱晚開門見山地問道：「妍兒，三舅母說，妳年紀也不小了，父母又不在京城，想作主為妳說門親事！妳是願意嫁給普通人呢，還是願意嫁入豪門為妾？」

秦氏有些尷尬地低頭喝水，曹中妍驚訝地睜大眼睛，隨即低下頭悶悶地道：「妍兒想、想過完年回家，妍兒是不會給人當妾的。」

別說她心裡有一個人，就是沒有，在京城裡，她肯定也是說不上好親事的。伯父不會讓她嫁給沒前程的人，可是父親的官職又太低了，她不可能嫁入好人家為正妻。若是為妾，她是怎麼也不幹的，還不如回家，讓父母給她作主。

秦氏就更顯尷尬了，只得安撫曹中妍道：「妳別著急，萬事……聽妳表姊的。」

暖閣外，君琰之與君逸之兩兄弟剛巧聽到了曹中妍的回答。君琰之的眸光黯了黯，唇角的笑容也淡了幾分。

豐兒給兩位少爺屈膝請了安，向門內通稟了一聲，將厚重的棉門簾掀起來。

俞筱晚坐正了身子，秦氏與曹中妍都站了起來，給君琰之和君逸之請安。

俞筱晚笑道：「大哥來了，快請坐。」

君琰之的目光從曹中妍的小臉上一掠而過，向俞筱晚笑道：「剛巧在夢海閣外遇上了逸之，我想著好些日子沒問候過弟妹了，便與弟弟一同進來坐坐。」說著笑看了看屋內諸人，溫和地問道：「不打擾吧？」

俞筱晚笑道：「哪能呢，我們也就是閒聊天，大哥快請坐！」

秦氏將自己坐的主客位讓出來，君琰之坐在緊挨著炕邊的黃花梨八仙椅上。君逸之上炕與俞筱晚坐在一塊，秦氏就坐到了君琰之對面的小凳上。曹中妍也將小繡墩搬到了三伯母身邊，挨著伯母坐下。

君逸之笑著向俞筱晚解釋道：「剛從府外回來，急著回起居室換衣裳，一會兒我還要出去。」

俞筱晚知道他今日是出門去問那日的事情，陛下到底打算怎麼處置他的？可是當著屋內這麼多人，又不好開口。君逸之知道妻子擔心什麼，就笑道：「我在外頭聽到個傳言，說來讓妳樂呵樂呵。聽說張大人的側室出身不高，是用了些下作手段嫁與張大人的，聽說遇害那晚，也是從那側室的屋內出去的。外頭的百姓都說，若不是那側室，張大人也不至於虛得腳軟，被賊人給追上剁了。」

「逸之！」君琰之低喊了一聲，有些薄責地盯了弟弟一眼，又掃了滿面緋紅的曹中妍一眼，「外頭亂傳的東西也拿到府內來說！」

俞筱晚倒是聽懂了，促狹地拿手指戳了戳逸之的掌心——呵呵，挨罵了吧？

秦氏忙拿帕子捂著嘴笑道：「世子爺，這可不是亂傳的東西，是張夫人和那側室在順天府的公堂上相互對罵時自己說出來的。」

君琰之無奈地抬眼瞥了弟弟一眼，君逸之笑嘻嘻地跟晚兒告辭，「知存表哥約我去滿春樓喝酒，我先走了。」

滿春樓也是京城中數一數二的花樓，秦氏真沒想到寶郡王爺敢這般當面說出來，不由得同情地瞥了俞筱晚一眼。

君琰之也跟著站起來，溫和地笑道：「弟妹好好靜養，為兄改日再來。」

君逸之進內室換了身華麗炫目的圓立領海棠紫雲錦暗金松紋的長衫，俞筱晚起身跟了進去，拿出一個小瓷瓶，擰開瓶蓋兒，點了幾滴帶著幽香的液體在君逸之的衣襟和衣袖上。

君逸之好奇地問：「這是什麼？」

俞筱晚淘氣地笑道：「解藥！皇上不是有那種會讓人神智迷亂的香料嗎？我猜應當是宮裡的方子，恐怕太后也有，若是蘭知存用上了怎麼辦？滴在衣襟上，就能除了那魔障，若是覺得頭還暈，有些心神不寧，就聞聞袖子，袖子上我多滴了幾滴的。」

君逸之伸手取過那只小瓶，「妳都給我好了，這麼小氣做什麼？」

俞筱晚笑道：「幾滴足夠了，香味能保持一整天。」不過也沒搶回來，只叮囑他省著點用，配製起來很麻煩的。

披上那件更為炫目的紫貂皮大氅，君逸之與大哥一同出去了。

出了夢海閣，君逸之就邀請君琰之，「大哥跟我一塊去吧，蘭知存做東，咱們好好地宰他一刀！這小子最近春風得意，聽說會補吏部侍郎的缺呢！」

君琰之答應了，與君逸之一同上了馬車，聽聞蘭知存又要升了，到底是自家親戚，多少還是關心的，劍眉微微一攏，「升得太快可不是什麼好事！」

君逸之不屑地笑道：「他覺得是好事……」壓低了聲音補充道：「是那塊風水寶地帶來的福氣。」

君逸之著人去蘭府打聽過了，現在老國公和國公爺都特別相信那塊風水寶地能給蘭府帶來永世的繁華富貴。這也很正常，人一般都是越老越信命運啊風水啊這些的，蘭知存可能只有這麼相信，不過家裡有這麼兩位老人家天天在耳根邊上念叨，加之自己又升遷得快捷通順，恐怕多多少少也會受影響。

只是現在太后被軟禁，戶部和吏部又在徹查工部官員貪墨的案子，蘭知存可能不敢在公款上打主意。前天蘭夫人跑過來問合股的事，肯定就是要籌集銀子建山莊了。

對付蘭家的事，君逸之並未跟大哥細說過，君琰之只是大約知道弟弟在謀劃著什麼，聽到他那興災樂禍的語氣，就不由笑道：「你別那麼衝動，小心老祖宗知道了，扒了你的皮。」

君逸之恨恨地道：「老祖宗才不會，前天表舅母來的時候又想給晚兒下藥，哼，連老祖宗都生氣了，一開始還打算衝進宮去質問太后呢，是我讓老祖宗稍安勿躁的，我哪裡衝動了？」

君逸之忽而想了什麼，關切地道：「晚兒說，靜雯送給孫小姐的那支簪子恐怕也有問題，只是我們現在不想驚動太后和周側妃，不便直說。上回晚兒想借那支簪子，說照那支的款式打一支，誰知讓蘭小姐半途給打斷了。你想個辦法告知孫小姐一下，小心以後你們生孩子麻煩。」

那天俞筱晚尋了個藉口要借那支簪子，說是喜歡那個式樣。蘭淑蓉想拍馬屁，就從自己頭上拔下一支，說她這支的款式是今年宮裡新出的，借給俞筱晚做模子。那支簪的確有些特別，俞筱晚不好拒絕，只得接了。況且，靜雯郡主送的那支簪幾乎就是沒式樣，花型托底上鑲一顆淺紫的南珠，她若是堅持要孫琪的那支，似乎就有些古怪了。

君琰之淡淡地道：「其實弟妹已經告知她了，一支沒有任何花色的簪子，還要借了做模子，這其中的古怪她都猜不出來的話，那除非我直說，否則怎麼提醒也沒用。」

君逸之古怪地盯了大哥一眼，嘀咕道：「你對孫小姐也太苛刻了一點，智者千慮，必有一失，何況她只是個十幾歲的小姑娘……」

君琰之微微一嘆，「這與年齡無關，她……若是要做楚王府的世子妃，就必須得有足夠智慧和自保的能力，這一點，你應當比我更清楚。」

君逸之的眸光也黯了黯，是啊，誰讓他們的父親是當朝的內閣大臣呢？誰讓現在皇帝年紀還這麼小，不能執政呢？不說攝政王心裡有何想法，就說朝中的官員們，都分成了無數派。官員們雖然沒機會問鼎那張龍椅，可都會為了自己家族的勢力，各打各的小算盤。像楚王爺這樣想做純臣的，若是皇帝強大，那是極好的，可目前這種狀況之下，就非常地礙某些人的事了。

因為對那些人來說，你占著那個能左右朝局的關鍵位置，卻又不能為他所用，就是他的絆腳石，是必須一腳踢開的障礙。

若不然，京城裡的郡王爺兩隻手都數不過來，為何就他的妻子懷個孩子要受那麼多的苦，傷那麼大的神？大哥的妻子就更不必提了，長子總比次子要重要，長媳也比次媳要金貴。

君逸之搖了搖頭，安慰地拍了拍大哥的肩頭，「我覺得孫小姐已經足夠聰慧了，不過經驗不足而已，你可以慢慢教她。」頓了頓，又問道：「側妃的話，你打算選哪個？蘭淑蓉的性子倒是不錯，就是……唉，我現在討厭見到表舅母！」

君琰之沒回答這個問題，只是淡淡地道：「那個叫田智的舉子我見過了，的確是有才華的。」

君逸之驚訝地打斷大哥的話，「大哥，你『親自』去見田智？」

「嗯。」君琰之不覺得這有什麼值得弟弟驚訝的，「不過，也沒她說的那般好，算不上經天緯地之才，上榜沒問題，想當二榜進士，還得看運氣。」

君逸之擠擠眼，促狹地笑道：「她說的？哪個她呀？」

君琰之用力白了弟弟一眼，有些鬱悶地道：「還會有誰？跟她說不了兩句話，就會談到她的智哥哥！」

他從來沒有在女人的面前這樣隱形過，以前就算他身子十分虛弱，恐命不久矣之時，至少他的世子頭銜和俊逸的外貌還有些吸引力，不至於讓小姐們視若無睹。偏偏在曹中妍面前，他就只是一個能聽得懂她說話的人罷了，無關乎身分，更無關乎情愛了。

可是看見她清澈純淨的雙眸，或是談到田智之時，小臉上幸福羞澀的笑容，卻讓他甘願當個傾訴的對象，只為了能與她多說幾句話，多幾次見面。不過君琰之也知道，曹中妍太單純，並不適合做他的正妃，就算他能在這府裡護好她，可是出了楚王府之後呢？別的不說，每三年一壽，身為世子妃都要入宮拜見太后的，太后或旁人會不會刁難她？她能不能保全自己不受傷害？這些都是極麻煩又極重要的問題。

因此，若要將她留在身邊，他只能給她側妃之位，將她保護在後院裡，可是她卻說「妍兒是不會給人當妾的」。

君琰之現在都有些糾結了，他到底該不該爭取呢？看了一眼車廂壁上精美的雕花，君琰之用一種很輕很輕的聲音道：「我讓田智將文章投給石大人。」

君逸之睜大眼睛，「不會是戶部左侍郎石大人吧？就是家裡有個極挑剔的女兒，快十八了還沒許親，每逢大比都要去士林轉悠、挑女婿的那個石大人？」

「就是這個石大人，石大人是個愛才的人。」君琰之說得臉不紅，氣不喘，「你這樣看著我幹什麼？難道田智去投篇文章就會被看中嗎？就算石大人看中了他，他若心中有人，拒絕就是了，難道石大人還敢強搶民男嗎？」

戶部侍郎是個很高的官職，油水也十足，石大人這般寵著女兒，必定也會對女婿極好，將來在官場上也會十分照應，可以說，成了石家的女婿就幾乎等於平步青雲了，難得的是只挑人品和才華，不挑門第，其實許多入京趕考的舉子，都希望能被石大人選中。

可是……君逸之無語凝噎，半晌才道：「許多人可以禁得住小誘惑，若是不拿耀眼的榮華富貴來引誘，還是挺不錯的，能禁得住大誘惑的人，畢竟不多。」

君琰之輕笑，「這就是所謂的不是不背叛，只是籌碼不足以令人動心嗎？田智既然入京趕考，難道不是希望能升官發財、封妻蔭子嗎？這樣的誘惑遲早會有，他若是禁不住，也不配娶曹姑娘！」

君逸之看著大哥，篤定地道：「那個田智肯定生得一表人才。」

君琰之中肯地評價，「的確是一表人才，不過比我差一點，所以曹姑娘可以為了田智拒絕我，田智就應當能為了曹姑娘拒絕平步青雲的機會。」

君逸之想了想，點頭贊同，「也有幾分道理！」

君琰之不滿地截斷，「是十分有道理，況且你不是總說弟妹很喜歡這個表妹嗎？你這個當表姊夫的，也當幫表妹掌掌眼。」

君逸之抽了抽嘴角，「有大哥你幫著掌眼就行了，我就不多事了！」

說話間到了滿春樓，君逸之想了想，將俞筱晚給的那個小瓶拿出來，滴了幾滴在大哥的衣袖上，告知他用法。

蘭知存早就候在大廳裡了，聽到外面的小廝報楚王府的馬車到了，立即迎了出來，笑容滿面地道：「怎麼換身衣裳這麼久，當罰三杯！」

君逸之笑嘻嘻地道：「出門的時候遇上我大哥，就等他一塊兒來了。」

蘭知存這才瞧見跟在君逸之身後下車的君琰之，忙抱拳拱手道：「好久沒見表哥了，近來身子可好？」

君琰之溫和地笑道：「好多了，多謝掛心。」

蘭知存走到兄弟倆中間，一手拉上一人，笑咪咪地道：「咱們是親戚，說這些就太見外了！」上到三樓的雅間，屋裡已經坐了七八名京中的貴族子弟，都是熟人，相互打過招呼，君氏兄弟就盤腿在席上坐下來。蘭知存拍了拍手，笑著對君逸之兄弟道：「我讓這兒的嬤嬤將她的珍藏拿出來，讓逸之你見識一下。」

滿春樓的老鴇子很快帶了兩名少女進來，一個一身湖綠色春衫，一個一身鵝黃色紗衣，皆是香肩半露，好不撩人。好在屋裡溫暖如春，不然少女露出來的皮膚，非凍成青紫色不可。

蘭知存指著鵝黃色紗衣的少女道：「這個叫玉嬌，還未出臺的，逸之你瞧瞧，比之如煙姑娘如何？」

君逸之滿臉色笑，上上下下打量了半晌，用輕佻的目光將玉嬌的外裳剝光，瞧得玉嬌連腳趾頭都紅了，才呵呵地笑道：「不錯不錯，比起如煙來，一點也不差，而且還更年輕！」

蘭知存笑得意味深長，「難得還能入你的眼，就讓玉嬌伺候你吧！」

玉嬌聽了吩咐，無骨蛇似的偎進君逸之的懷裡。她生得的確極美，單論起容貌來，半點不比俞筱晚遜色，而且與俞筱晚有幾分相似，年紀卻比俞筱晚要小上一兩歲，粉嫩可口，又風情無限。

君逸之色授魂予般的將她緊緊摟入懷中，大手在她的臀上用力一拍，「真是生得國色天香，爺叫妳嬌嬌怎麼樣？」

玉嬌原就聽說過寶郡王爺的美名，今日一見，才知道傳言還不及他本人一半有風采，一顆芳心就此淪落了一半，當下含羞帶怯地道：「爺叫奴家什麼都成！」

君逸之笑著掐了掐她的小臉蛋，回頭吩咐從文：「去將我放在馬車上的那個黑匣子拿來！」旋即又轉頭朝玉嬌笑道：「爺賞妳件首飾！」

另一個叫玉柔的湖綠色春衫的少女，嫋嫋婷婷地坐到了君琰之的身邊，她也生得十分美麗，不過比起玉嬌就遜色了許多。君琰之有些吃味地看著蘭知存道：「我知道你與逸之的情分深些，可是也不能偏心成這個樣子。」

君逸之一聽大哥有意見了，忙道：「是啊，知存，我今日是特意帶大哥來開開葷的，你讓嬤嬤再配個絕色給大哥！」

蘭知存苦笑道：「哪有這麼多的絕色，玉嬌是最出眾的一個，現下還是清倌，若是逸之你滿意，我就包下送你了！」

君逸之一聽只一個，就大方地道：「大哥，我讓給你！」說著拍了拍玉嬌的小臉，「去，服侍我大哥去，答應賞妳的不會少，哄得我大哥開心了，另有重賞！」

玉嬌聞言，悄眼瞄向蘭知存，她今天的任務可是陪伴君逸之，而不是君琰之，可是客人發了話，她是沒資格拒絕的。

蘭知存也十分為難，若是堅持只能送給君逸之，恐怕會讓他察覺他們是有心試探，只得暗示玉嬌撒嬌賣癡。

玉嬌會意，大大的杏眼立即盈滿了淚水，拉著君逸之的袖子，嬌聲道：「郡王爺這麼快就厭棄奴家了嗎？為何要將奴家讓給旁人？」

君逸之笑嘻嘻地解釋道：「大哥可不是旁人，嬌嬌，妳說錯話了喔，當罰三杯！方才知存要罰爺三杯，爺罰妳替爺喝下！」

被美人冷落的君琰之可沒那麼好的脾氣，笑容頓時就冷了下來，「看來在玉嬌姑娘的心裡，本世子是不配讓妳服侍的？」

玉嬌冷不丁地打了個哆嗦，真沒想到笑起來那麼溫和的世子竟能瞬間陰狠成這個樣子，好像是殺慣人的狂魔一般，她忙嬌聲致歉：「世子爺誤會了……」

蘭知存也出來打圓場，「琰表哥，是我的不是，沒考慮周全，還請你們兄弟萬莫因此而生隙！」

君琰之不屑地輕笑，「一個玩物而已，哪值得我們兄弟生隙！」

君逸之也笑道：「就是，就算大哥連如煙也要一同要了去，我也是雙手奉送！」說著毫不溫柔地將玉嬌一推，「過去服侍我大哥！」

蘭知存只得給玉嬌使了個眼色，讓她去服侍君琰之，免得讓人生疑。玉柔就自動地坐到了君逸之的身邊，不過她的確是比玉嬌長得差了些，君逸之明顯對她就少了幾分熱情，一雙漂亮至極的鳳目，只往玉嬌的臉上溜，極少回眸來看玉柔。

君琰之似乎也發現了弟弟的目光，笑盈盈地建議道：「一會兒咱們兄弟一塊玩吧。」

君逸之眼睛一亮，「好啊，正好比比誰更持久！」然後無恥地擠擠眼睛，附在大哥的耳邊小聲道：「我喜歡用鞭子的，大哥喜歡什麼樣的工具，先讓人準備著。」

這聲音雖小，不過屋內的人還是聽得到，立即有同道中人兩眼放光地插話進來，大肆探討各種工具的優缺點。

玉嬌聽得臉色一白，求助地看向蘭知存。她還是處子，如果初次就服侍兩個喜歡玩虐的男人，不知會不會殘了去。可是蘭知存卻已經轉過頭去跟別的朋友閒聊了，偶爾還要加入討論一番，哪有功夫理她。

再說楚王府內，秦氏待君家兄弟走後，才關切地看著俞筱晚道：「嗯……晚兒，其實寶郡王爺對妳還是不錯的，外頭的女人再怎麼嬌媚，身分在那兒，是不能收進府來的，總歸比納妾要好。」

敢情秦氏以為她會十分傷心，這才努力安慰呢！俞筱晚配合地做出黯然的神色，秦氏又再安慰了幾句，只是她的任務還沒完成，就磨蹭著不想走。

俞筱晚乾脆直說了：「雅兒表妹要包客棧發嫁，若是銀兩不足，我出二百兩吧。」

只是包一天，這個價足夠了。

秦氏只得硬著頭皮道：「若是府上有空著的院子……借住一日可好？」

俞筱晚乾脆地道：「三舅母，您也知道，我不過是個新媳婦，哪有這個臉面讓表妹住到空院子裡去？況且我現在身子弱，禁不得折騰，好不容易才說服了郡王爺單獨去送親，若是雅兒表妹住到王府的別苑裡，郡王爺肯定就不會去送親了。」

是人去比較重要，還是住到一間空房子裡比較重要，你們自己選吧！

秦氏聽說寶郡王爺會親自參加酒宴，覺得自己這趟任務也算是完成了，立即笑道：「那好，我就這麼跟婆婆回話了。這點銀子曹家還是拿得出來的，您已經給雅兒添箱了，這些銀子就不用了。」說完又壓低了聲音，極小聲地問：「上回我說的那事兒，您……查了沒？」

俞筱晚也壓低了聲音，「我使人問過，十幾年前，宮裡頭鬧得很大的事就是端妃難產，一屍兩命的事，也不知那孩子是男是女。」端妃的身分尊貴，自然不可能剖屍查驗的。

秦氏聽得心驚肉跳，「天呀，大哥他怎麼跟這種事情扯上了？真真是要害死咱們一家人哪！」

俞筱晚溫和地安慰道：「先帝已經過世了，對小皇帝來說，一個還未及出生的兄弟或許不是那麼要緊，這事當年沒揭穿，過了十幾年了，誰還記得？」

秦氏焦急地道：「這可不一樣，現在妳舅父他是將太后和攝政王爺都給得罪了，不怕一萬就怕萬一！」

俞筱晚沉吟道：「的確是有這個顧慮，十幾年前的事真不好查了，所以三舅母應當多去探探外祖母的口風，總好過咱們在這裡亂猜測，若是有了眉目，就來跟我商量。」

秦氏一想，也是這個理，便告辭回去了。

俞筱晚小憩了一會兒，就聽初雲稟道：「少夫人，平安求見，說少爺有話要告訴您。」

俞筱晚請了平安進來，將丫頭們都打發了出去。一聽君逸之要她幹的事，忍不住失笑，「好，我換身衣裳就過去！」

俞筱晚換了身外出的厚衣裳，帶著平安和從武兩名侍衛，以及會武功的江字輩四個丫頭，殺氣騰騰地闖入了滿春樓。

滿春樓的嬤嬤瞧見俞筱晚這通身的氣度和風風火火的氣勢，就知道定是哪家的少奶奶來滿春樓鬧事來了，於是忙上前阻攔。俞筱晚厲眼一瞪，櫻桃小嘴陰森森地迸出一個字來：「滾！」

嬤嬤沒見過這麼漂亮又這麼陰狠的貴婦，只見她一身煙霞紫的雲錦如意雲紋錦袍，外披一件翻毛白狐皮大氅，如畫的眉眼凝著冰霜，嫣紅的小嘴緊緊抿著，絕美的小臉上寫滿了「人擋殺人，佛擋殺佛」幾個大字。

嬤嬤不由得往後退了一步，又勉強支撐著上前來，陪著笑問：「請問，您是……」

嬤嬤香味又嗆又濃，俞筱晚厭惡地拿絲帕掩住口鼻。初雲氣喘吁吁地跑進來，一把將嬤嬤推開，橫眉豎目地道：「憑妳還不配問我家夫人的名字！快說，蘭世子的包間在哪裡？」

嬤嬤心中一顫，想到俞筱晚的身分了，忙陪笑道：「這位夫人，包間裡有許多外男，恐怕您……」

俞筱晚懶得跟她囉嗦，她若是個怕見外男的女子，根本就不會跑到這兒來鬧場子，乾脆一揮手，讓平安和從武將擋路的人全都踢開，扶著兩位丫頭的手，蹬蹬蹬上了樓。

初雲和初雪一直不住地念叨：「您慢一點，不著急，小心孩子！」

俞筱晚「唔」了一聲，她自己的身體自己心裡有數，這陣子吐得少了，吃得好了，體力恢復了許多，上個樓什麼的不在話下，打人也有力氣，只要不碰著腹部。

站在走道上，平安和從武就負責一間間屋子推開門進去看。沒多久，齊正山帶著一隊楚王府的侍衛趕了過來，俞筱晚命令他們一間一間地搜人，不到半盞茶的功夫，就找到了三樓的這個大雅間。

平安「砰」的一腳踢開房門，俞筱晚一眼就瞧見一名湖綠色薄衫的少女正跟君逸之挨挨蹭蹭的，心頭火起，假戲也真做了三分，抄起江楓手中的皮鞭，就狠狠揮了過去。

君逸之騰一下跳開了，少女卻被鞭尾掃到手臂，疼得拚命乾嚎，滿屋子的美人兒都配合地尖叫了起來。

俞筱晚板著小臉，冷聲道：「齊總領，把這些吵死人的東西都給我丟出去，哪個敢再叫就直接往樓下扔！」

美人們心中一顫，只見俞筱晚身後的侍衛一個個殺氣騰騰，當即就嚇得不敢再叫了，一個個的比小貓還乖。

齊正山還不知要不要遵令，瞥了君逸之一眼，頓時呆住。就見君逸之彎著一雙漂亮的鳳目，滿臉討好的笑容，慢慢往俞筱晚身邊靠，狗腿的樣子就差搖尾巴了，「夫人，別生氣了好不好？小心肚子裡的兒子呀，咱們回家去好不好？」

俞筱晚冷笑著看向逸之，「二爺捨得回去嗎？」

君逸之點頭如同小雞啄米，「捨得！捨得！其實我一點也不想來，是知存他逼我來的，總歸是親戚，我也不好拒絕他，其實我真的一點也不想來！這些女人跟夫人妳一比，就跟癩蛤蟆似的，我看著都想吐！」然後一指玉嬌，「尤其是那個，一看就是媚俗做作的風塵女子，還敢自稱絕色，我瞧著就噁心，立即推給大哥了！」

君琰之抽了抽嘴角，「原來是你不想要才給我的！」

玉嬌怕挨鞭子，立即將頭埋到几案上。

君逸之總算小心地蹭到了俞筱晚身邊，忙伸出手去摟她的纖腰，順勢撒嬌，「這裡人好多啊，會嚇著寶寶的，咱們回去吧！」

俞筱晚聽了這話，拿出沾了生薑汁的帕子往眼角一抹，淚水瞬間飆了出來，狠狠一把揪住君逸之的耳垂，擰了幾個圈，咬牙地哭道：「你說，你當初是怎麼答應我的？說了此生只愛我一個，只敬我一個，只……我一個，你剛剛在幹麼？明明知道人家懷孩子懷得這麼辛苦……嗚嗚嗚……」

君逸之疼得齜牙咧嘴，拚命求饒，「什麼都沒幹，我碰都沒碰她們，真的！不信，妳、妳問問他們……問、問大哥也行！」然後努力摘清自己，手指著蘭知存道：「都是表弟，是他非要我陪陪他，他最愛喝花酒了！夫人，妳要相信我，我其實一點也不喜歡，是表弟這個假正經喜歡妓子……」

屋內的少年們都看呆了，先是被俞筱晚的美貌驚呆了，之後就是被君逸之的這副窩囊樣子嚇傻了。他們真沒想到，在外面拽得二五八萬似的，連靜晟世子的臉都敢劃花的寶郡王爺，竟然這麼懼內？那耳朵都被夫人擰成花卷了，他都不敢反抗，還將責任都往別人身上推！

因之前俞筱晚大張旗鼓地闖房間搜人，幾乎整個滿春樓的客人都被驚動了，這會子雅間門外聚了許多人，君逸之又是一疊聲地稱蘭知存假正經什麼的。

蘭知存瞧著不像話，忙上前幾步，先讓老鴇子將客人們趕走，將房門關上，朝俞筱晚作了個揖道：「這位是表嫂吧？」

俞筱晚沒鬆開揪著君逸之耳朵的手，盯了蘭知存一眼，高傲地一揚下巴，「你是蘭世子？」

蘭知存瀟灑地笑道：「不敢，表嫂同表兄一樣，叫我知存就可以了。」

俞筱晚重重地哼一聲，「我們二爺說……是你請客？」

蘭知存風度翩翩地一笑，「然也，其實只是……」

蘭知存話音未落，眼前驀然出現一隻粉拳，隨即右眼眶感到一陣劇痛，腦袋被這隻粉拳的力度衝擊得往後一仰。若不是後面的狐朋狗友接住了他，蘭知存極有可能跌坐在地。好不容易穩定住身子，突然發覺眼前的世界僅餘左邊一半，右邊完全看不到了。

居然敢打他！從來沒有人敢打他，況且還是當眾被一名女子打了！面子裡子悉數被踐踏，蘭知存氣得下顎繃緊，咬牙道：「妳——」

俞筱晚將粉拳在他左眼前揮了揮，駭得蘭知存往後了退一步，這才冷聲道：「本不想打你，不過不打怕你不長記性！以後想喝花酒你自己來，再敢叫上我們二爺，我就打爆你另外一隻眼！」

君逸之大拍馬屁，「夫人好厲害啊，夫人教訓得極是啊，就是他把我帶壞的！」說著回頭朝蘭知存無辜地笑笑，那意思彷彿是在說：這個不能怪我啊，不是我打你的！

俞筱晚也不給君逸之面子，冷哼道：「蒼蠅不叮無縫的蛋！」

「他是蒼蠅沒錯，可我是好蛋，一點縫都沒有的好蛋！」君逸之諂媚地笑道：「夫人真是英姿颯爽啊，可是要小心肚子裡的兒子，讓為夫抱妳回去好不好？」

俞筱晚高傲地一揚小下巴，鬆開揪著他耳垂的玉手。君逸之忙將她打橫抱起，回頭跟大哥告別：「大哥，你慢慢玩，我先回去了！」

君琰之摸了摸鼻子，「呃……我跟你們一塊回去算了！」言罷還依依不捨地瞅了玉嬌一眼。玉嬌一想起這位爺的嗜好，嚇得一縮肩膀，退後幾步，君琰之只得無奈地走了。

一行人下了樓，滿春樓的嬤嬤顫抖著滿身肥肉迎上前來，哭喪著臉道：「寶郡王爺，尊夫人……讓人砸壞了許多扇門……」

初雲一把推開嬤嬤，鄙夷地道：「找我們二爺幹什麼？三樓的蘭大人有銀子！」

君逸之嘻嘻地笑道：「沒錯，是蘭大人請爺來的，說了今晚的銀子都是他付！」

嬤嬤的圓臉拉長成了苦瓜，又不敢攔著，眼睜睜看著他們一行人上了馬車，揚長而去，這才蹬蹬蹬跑上三樓，去請蘭大人的示下。

玉嬌正拿了熱毛巾為蘭知存敷眼睛，蘭知存現在就如同戴了一隻大黑眼罩，那樣子要多滑稽有多滑稽，不過嬤嬤不敢露出半分嘲笑之色，陪著笑臉上前小聲道：「蘭大人，那個……寶郡王妃讓人砸了好幾扇房門，那個……他們說，銀子由您來出……」

蘭知存一把推開玉嬌的手，瞪著沒腫的左眼看了嬤嬤半晌，才緩緩地吐出一口氣，「多少銀子？記在帳上吧。」

嬤嬤頓時安心了，點頭哈腰地退了下去。要試探的事情沒試探出來，還白白賠了近百兩銀子，蘭知存一肚子怨氣，再沒心情喝花酒，打馬回了定國公府。

定國公正在蘭夫人的房裡商量正事，同屋的還有嫡次子蘭知儀。定國公差了人在二門處等著長子，蘭知存一回府，就被請到了上房。

蘭夫人一瞧見兒子英俊的臉上一個巨大的黑圈，右眼睛腫成了一條縫，頓時就尖叫了起來，「存兒，這、這是誰幹的？」

蘭知存咬牙切齒地道：「寶郡王妃。」

蘭知儀也表示了同情，不過心裡卻暗笑，大哥怎麼連個女人都打不過？

蘭夫人恨道：「又是她！」她連著拉了幾日的肚子，到現在還手軟腳軟的。雖然沒有證據，可蘭夫人就是覺得是俞筱晚給她下了瀉藥，「不行，得趕緊將消息傳給太后，不能讓太后被這個女人給壓過頭了去！」

蘭知存疲倦地點了點頭，「孩兒知道，那個女人哪裡溫柔怯懦了？明明就是個潑婦！」他自有辦法傳祕訊入宮，這個不急，反倒是建山莊的事，「父親想到怎樣開源了沒有？」

定國公蹙眉道：「暫時還沒有，不過也快了。這陣子著人去打聽了，寶郡王妃的幾店鋪子，現在的總管事是一個叫古洪興的，是前詹事府詹事陳大人的管家，蘭山與他是舊識。這陣子我讓蘭山多與古洪興交好，看看他們店裡都是怎樣做生意的。」

隨即又嘆氣道：「只是，就算學會了又如何？做生意賺銀子，再快，也得存個三年兩載的才能湊夠建山莊的銀子，為父還是想能快些弄到銀子，年前就開始動工是最好。」

蘭知存陰沉著俊臉道：「孩兒會想辦法。」

蘭夫人又叮囑：「有空多提攜一下你弟弟，打虎親兄弟，上陣父子兵，日後知儀可是你的左膀右臂。」

蘭知存點了點頭，「孩兒知道。」又看向弟弟道：「知儀以後辦事用心一點，哥哥自會提攜你。」

蘭知儀忙道了謝，心裡卻有些不服氣，非是我辦事不用心，而是為了捧你上位，太后祖姑母將好辦又領功的差事都交給你去辦了，到我手中只有那種不顯眼的差事，我辦得再好也博不到名聲。

蘭知存這會子又怒又倦，自不會去猜測弟弟心裡想了些什麼，辭別了父母回到自己的屋內，就先提筆寫了一封密報送入宮中。

太后仔細閱讀密報之後，轉手交給了魏公公，「你怎麼看？」

密報上，蘭知存除了將事情完整描述之外，還附上了自己的分析與評判。魏公公仔細思量了一番，恭謹地道：「奴才覺得蘭世子分析的有道理，那種下作的話都說得出來，可見寶郡王爺的確是時常出入秦樓楚館的，為人也……不羈得很！」

太后攏著眉頭問：「琰之怎麼也是這個樣子？」

「男人嘛，不風流枉少年啊！況且琰世子以前身子弱，聽說連個通房都沒有，到底是二十餘歲的人了，憋得狠了，有些過也是常有的！」

太后邊聽邊點了點頭，思慮了一番，指點魏公公去傳話，強調道：「喜歡妓子跟暗中為皇上辦事並不衝突，讓知存還是要多注意逸之。還有，瑋之和皓之兩人的事快些查，一定要參上楚王一本。」至於寶郡王妃俞筱晚，既然這個女人懂些藥性，只怕一時難以再下手，待有機會再整治，「她可以暫且放一放，辦大事要緊！」

所有人都以為太后不希望楚王府有嫡孫，其實太后根本沒這個意思，一個旁支的皇室血脈而已，男孫再多，也不可能染指皇位，她不過就是要試探試探楚王府的虛實罷了。

因為知己知彼，方才百戰百勝。

京中的各大王府、豪門勳貴府中，太后都安排有人手，基本上她都將實力摸清楚了，要拉攏利用或要警惕防範，心裡都有個數，只除了楚王府。十數年前她就動過幾次手，可是都被躲了過去，卻都是因為運氣好，並不是因為楚王爺有什麼本事。若是一次兩次也就罷了，次次如此，太后心裡很不踏實，她從不相信過於巧合的事情。

若是楚王府一點防禦能力也沒有，沒了嫡孫也是活該，可是試到現在，似乎都是俞筱晚那個女人自己躲過去的。若真是俞筱晚有本事，太后倒不覺得有什麼關係，一個女人而已，終生離不開後院那幾畝地，翻不出什麼浪花來，憑她的身分，一句話就能要了俞筱晚的命。太后擔心的是，俞筱晚的聰慧是有心人弄出來的假像，因而這結論仍是讓她很不放心。

只不過，現在有更要緊的事要做，試探楚王府的事可以暫且放一放了。

俞筱晚自那晚撒潑闖入滿春樓之後，潑婦名聲就傳遍了京城，與她的名聲齊頭並進的，還有君逸之懼內的名聲。幾乎所有男人都鄙夷不已，這樣被夫人當眾打罵，還算是個男人嗎？

而君逸之因為「很受傷」，在家裡窩了幾天躲清閒，期間就只出府過一趟，參加曹中雅和靜晟世子的喜宴，然而就是這一趟出門，使得他幾乎與楚王妃母子反目。

事情是這樣的，楚王妃現在雖然很少出府，也見不著王爺和兩個兒子，可是消息還是靈通的，初聞此事，簡直沒被驚得背過氣去。她倒不是在意俞筱晚打了蘭知存，她在意的是，俞筱晚竟敢當眾打罵兒子，而且逸之還不敢反抗。

這還得了！

楚王妃立即讓郭嬤嬤去將俞筱晚帶來問話，「不許她找藉口，連花樓都敢闖了，什麼身子不適都是假的！」

郭嬤嬤建議王妃至少待二少爺出府再說，於是就壓到了曹中雅出嫁那一日，恰巧那天楚太妃也要上廟裡敬香，這府裡就是楚王妃最大。

俞筱晚聽到召喚，忙換了衣裳去春景院聽訓。

因為俞筱晚懷著身子，楚王妃也不敢體罰她，只是絮絮叨叨地數落了她一個多時辰，無非就是說她善妒、沒有婦德、多言、對夫君無禮。俞筱晚有一搭沒一搭地聽著，垂頭做恭敬狀，只盼著婆婆說完，她好回去補眠。

哪知楚王妃最後竟直接下令，「妳不讓逸之去外面鬆泛，就應主動給他納妾！當然這我也不強行要求了，妾室不要，通房總得安排兩個吧？今晚我就作主，將嬌蕊和嬌蘭開了臉，妳先在這裡喝她倆敬的茶，然後帶回去調教調教。」

楚王妃覺得自己已經非常開明了，還有一下午的時間，俞筱晚可以隨便拿捏兩個通房丫頭，過足正妻的癮。

原本俞筱晚當著楚王妃的面答應下來，然後回頭跟君逸之說，讓君逸之出面擺平婆婆就好了，偏偏郭嬤嬤要在一旁生事，附和個不停，張口就是「老奴僭越了，不得不說一句」，然後劈里啪啦一大堆。很明顯，楚王妃今日的作派是被郭嬤嬤給鼓動的。

俞筱晚也是個彆扭的人，心中一躁，偏就要頂上，她秀眉一抬，滿眼無辜地看向楚王妃，緩緩地道：「回母妃的話，抬通房丫頭的事，媳婦不能答應您。二爺已經說過了，他不要通房丫頭。夫為妻綱，三綱五常乃是人之根本，媳婦不能不聽夫君的話。」

這話就是說，她必須得聽君逸之的，不納妾、不抬通房，可您的話與逸之的話相悖，不好意思，我不能聽從了，因為三綱裡可沒有婆婆為媳婦之綱的說法。

楚王妃沒料到媳婦敢跟自己頂嘴，驚得倒抽了一口涼氣，激動地看向郭嬤嬤，指著俞筱晚道：「妳、妳見過這樣的媳婦沒？妳見過沒？居然敢頂撞婆婆，這是從哪裡學來的規矩？沒娘教的人就是少修養！」

郭嬤嬤也是一臉的難以置信，一面幫楚王妃順背，一面責怪地同俞筱晚道：「二少夫人，恕嬤嬤逾矩說您一句，您既是二少爺的妻子，就應當主動為二少爺納妾，這才是賢慧大度的大家閨秀！王妃教導您如何當個好妻子，您就應當仔細恭謹地聽著記著，哪還能……」

「閉嘴！」俞筱晚一聽婆婆又扯上自己的娘親，心裡更躁，哪還願聽郭嬤嬤左一句右一句的廢話，當下冷冷地看著郭嬤嬤道：「嬤嬤既然知道自己逾矩了，就少說兩句！這府裡誰人不知道郭嬤嬤妳喜歡多嘴多舌，母妃現下被父王冷落，都是為妳所累，妳若要真是個忠心耿耿的奴才，就去父王面前以死謝罪，求父王與母妃重歸於好，說不定還能讓父王高看妳一眼……再這般嚼舌下去，若是害得母妃被父王完全嫌棄了，世子爺和二爺都不會放過妳！」

其實俞筱晚是多麼地想罵上楚王妃兩句，只是當媳婦的不能對婆婆無理，只能藉著罵郭嬤嬤來敲打婆婆，希望婆婆能暫時聰明一下，聽懂她話裡的意思。

郭嬤嬤老臉漲得通紅，目光閃爍不停，不敢再吱聲。只是楚王妃是個死要面子的性子，她覺得俞筱晚當著她的面罵郭嬤嬤，就是眼裡沒有她。哪家的晚輩不是對長輩面前的管事嬤嬤和大丫頭禮讓三分的，還不是看著長輩的臉面？

楚王妃抖著手指著俞筱晚道：「別以為妳現在懷了身子，我就不能罰妳……」

俞筱晚真是懶得跟這個蠢人說話了，淡淡地截斷道：「婆婆您當然可以罰媳婦，不過媳婦我還真是要勸您一句，別罰我算了。不然出了什麼岔子，太婆婆不會放過您，父王也不會放過您。啊，對不住，媳婦的性子直了些，不會拐著彎說話，媳婦其實是想說，為了母妃您好，您還是安心在院子裡反思一下，為何父王現在見都不願意見您，可千萬別父王好不容易來一趟春景院，就是為了處罰您來的。」

這不是火上澆油嗎？沒錯啊，俞筱晚就是要火上澆油，好意指點婆婆，婆婆還不聽，她可不想再受氣了，聽說孕婦生悶氣，對胎兒是很不好的。

楚王妃氣了個倒仰，俞筱晚也知道再留下去，非跟婆婆吵起來不可，不管原因是什麼，當媳婦的跟婆婆吵架就是不對，還是三十六計走為上策。她趁楚王妃氣得沒想到如何回罵她之際，立即起身屈膝福了福，「母妃好好休息，媳婦告退。」

也不管楚王妃應允不應允，當即扶著初雪的手往外走。

楚王妃氣得大罵，「站住！不許走！」

俞筱晚只當沒聽見，腳下走得更快。

「給我攔住她！」

暖閣裡服侍著的婆子們遲疑著上前，站起一排，堵住大門。俞筱晚不管不顧地往這些婆子身上倒，手緊緊捂著小腹，嘴裡「哎喲哎喲」地直叫喚。婆子們都嚇壞了，生恐二少夫人倒在自己身上。二少夫人懷得本就不穩，再弄出個一二三來，她們非被二少爺打死不可。這麼一閃神，婆子們自然就讓開了，俞筱晚立即麻溜地從人縫間閃了出去，坐上小暖轎，回了夢海閣，任誰來請都死不出屋。

直到夜間，君逸之回府，聽說了此事之後，立即跑去找楚王妃大吵一架，要她少管夢海閣的事，回來又跟俞筱晚道歉。俞筱晚搖頭苦笑，「這也不關你的事，其實就是母妃耳根子軟，喜歡聽人挑唆，我真覺得要將郭嬤嬤給趕出府去才好。母妃身邊換個明事理的嬤嬤，時刻提點一二，對母妃只有好處。」

「這是自然。」君逸之挨著晚兒坐下，有些發愁地道：「母妃很信任郭嬤嬤，郭嬤嬤又是個年老成精的，只會在無人的時候在母妃面前嚼舌根，平素裡並沒任何逾矩之處，捏不到她的錯處。」

「沒有就造出來。」俞筱晚好整以暇地道：「反正郭嬤嬤手腳絕不會乾淨，若她真是幫太后辦事，或者是幫周側妃辦事的，她總要拿到了好處，才會甘心賣命。」

這種好處說白了就是金子、銀子，但應該還有別的獎勵，比如給郭嬤嬤的兒子一個小官之類的空頭許諾，只是這個許諾操作起來很麻煩。雖然脫了奴籍之後，男子就可以當官，但必須是一家子沒有賤籍之人才行，也就是說，必須郭嬤嬤一家人都脫了奴籍，她的兒子才能當官。可是賣身契在楚王妃的手裡，誰敢說楚王妃一定願意給她一家子脫籍？

俞筱晚尋思了一會兒，「錢財上的事好說，郭嬤嬤家裡的財產，必定比她應得的、能得的要多得多，找個人將她丈夫管的店鋪的帳目動一動，尋到藉口去搜屋，他們就有口難辯了。只是要讓母妃對她死心，就必須從她與宮裡或者周側妃的聯繫上下手。」

君逸之道：「逼她與她的靠山聯繫就成了。」

俞筱晚好奇地問：「怎麼逼呢？」

君逸之笑了笑，「今天的事兒，妳沒告訴老祖宗吧？我去跟老祖宗說，讓老祖宗去跟父王說，讓父王出面，說要把郭嬤嬤一家子發賣出去，如此母妃必會攔著，這樣拖上一兩天，郭嬤嬤為了自保，必然要跟她的靠山聯繫。」

俞筱晚笑道：「就是這樣，無中生有！」

君逸之立即去找老祖宗，哪知楚王爺也正好在老祖宗那兒，滿面愁容，害君逸之到嘴邊的話說不出口。

楚王爺坐在那兒，一個勁兒地嘆氣，君逸之小心翼翼地問道：「父王，您怎麼了？」

楚太妃也微嘆，「一會兒等你叔父、堂兄、琰之他們來了，一塊兒說，大家一起想個法子。」

不多時，楚王爺的親弟弟仁郡王爺和君瑋之、君皓之兄弟垂頭喪氣地來了，待君琰之到後，一家人坐在一處，聽楚王爺說今日朝堂之上的事。今日一上朝，御史就彈劾了楚王爺，說他任人唯親，將侄子君瑋之和君皓之兩兄弟升入工部，放縱子侄貪墨公款，要求吏部和大理寺立案調查。

君瑋之鬱悶透了，「我和皓之根本沒有貪墨，不過是拿了些商戶的回贈，這是慣例，工部哪個官員沒有拿過的？怎麼偏偏就找上了我們兄弟倆？」

所謂水至清則無魚，其實這種小慣例在哪裡都存在，就是御膳房的廚子，也都會收商戶的年禮，一般只要不是從公款的帳面上挪用銀子、購買的價格也沒有明顯高於市面上的均價，這種事是不會有人查的。若是要查，必然就是楚王爺惹了誰的眼，讓人看不慣了。

楚太妃沉聲問：「你們一共拿了多少。」

君瑋之和君皓之報了一個數，因他二人調到工部，也不過幾個月的時間，數目其實是很小的，不過人家是拿著事情的性質在這兒說話，並非是說銀兩的多少。君瑋之頓了頓又道：「其實這個月廣緣坊的老闆就打算多給我一些分成的，我覺得這樣不妥，堅持沒收，卻沒料到……哼，肯定是早有預謀！」

君逸之和大哥對望了眼，真心覺得這個數目不多，便朝大哥打了個手勢，君琰之便微笑道：「這個數目算不上什麼，廣緣坊若是曾打算多送你銀子，恐怕是受人指使，可以從這裡去查。」

君瑋之忙道：「那就請堂兄多多相助了。」

君琰之略一點頭，看著父王笑道：「父王不必憂心，此事就交給孩兒吧。」

楚王爺聽說兒子願意攬下來，當即就輕鬆地舒了口氣，「琰之，你要人手的話，只管吩咐齊正山便是，他這個人還是有些本事的。府中的幾個幕僚，你用得著就直管吩咐。」

君琰之笑著應下，說好三日後解決此事，請父王在朝堂上頂住三日，不要讓兩位堂弟被關到大理寺去。進了那種地方，沒罪都會供出些事來。

楚王爺自然是一口應下。

散了之後，君逸之便跟大哥回了滄海樓，兩人商議了一番，才回夢海閣。

俞筱晚正等著他就寢呢，君逸之將父王和叔父一家被彈劾之事告訴她。俞筱晚蹙著眉頭想了許久，都不記得曹中睿曾在她面前提過貪墨案的事。前世的時候，朝堂裡似乎沒發生過這麼大的事，除了一些派系之間的小打小鬧，朝堂之中，表面上看起來始終很平靜。

這一世的命運似乎改變得太多了。

俞筱晚問道：「那你們打算怎麼查？」

「打算先去偷廣緣坊的帳冊，商戶們送了銀子都會做記錄，也會讓官員們簽個押，免得日後官員們說自己沒拿。只要有了這個帳冊，我想應當不止工部的官員收過禮，就可以讓他們出面保下堂兄。御史只有彈劾之權，最後如何處置，是要由內閣商議或在朝堂之上討論的。」

「法不責眾嗎？」俞筱晚仔細想了想，蹙了眉道：「不是說，你們之前曾彈劾過一位黃大人嗎？我怎麼覺得跟這事有關係呢？」

君逸之唔了一聲，「我們也覺得是太后的人幹的，想反擊或者報復一下，這很正常。」

俞筱晚覺得太后不是個隨意報復的人，「你想一想，那種帳冊可能裡面會有許多不可告人的事，若是要拿出來當證物，必定會牽上許多官員，恐怕到最後會連黃大人也放過去。」

君逸之笑道：「這種事應當都是分開記帳的，送禮是一本、賄賂是一本，我們只摘清兩位堂兄，不會管黃大人的事。」

「恐怕沒這麼簡單呢！」俞筱晚說道，「帳目要怎麼記是個人的習慣，這種帳冊應當都是保密的，還分成兩本、三本，多難保管？我總覺得太后是想將水攪混了，好保下黃大人。」

君逸之想了想道：「妳說的也有道理，我再跟大哥商量一下，繞過黃大人的事。太后的手不能再伸到朝堂裡了，她的人一定要清出去。」

俞筱晚嗯了一聲，打了個哈欠，她雖然有直覺，可是真要想對策就難了些，畢竟不懂朝政，不過她管理了幾間店鋪，倒是對記帳有些經驗，「這種帳冊，簽押的人王不見王的，老闆們都有分寸，不會讓誰看到旁人的簽名，應當是一個從前往後記，一個從後往前記，若是能讓老闆分開就好了，可惜分開的話，也會讓人看出來。」

君逸之眼睛瞇了瞇，轉著心思，沒再說話。

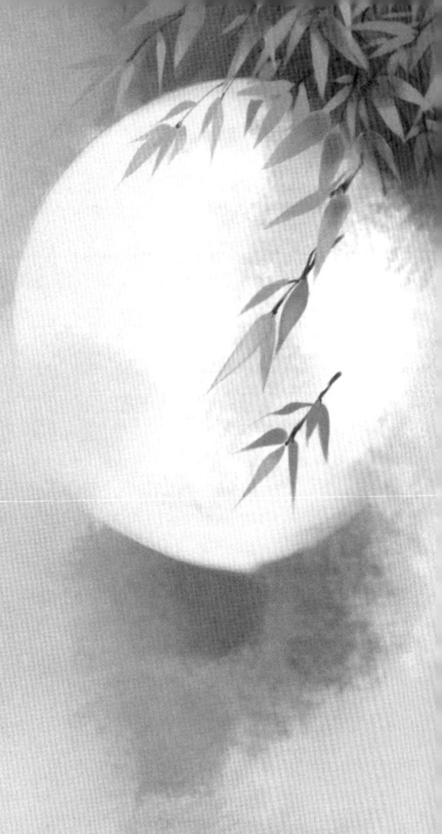

伍之章　佛經書頁夾詭祕

第二日，君逸之精神抖擻地跑去找大哥，將俞筱晚的顧慮告訴他。

君琰之想了想道：「這倒也有可能，若真是全記在一個冊子上，我們就會得罪許多官員，反倒將父王給害了。若是交一半的帳冊上去，又會顯得我們藏了私，心中有鬼的官員會更忌憚我們。」旋即凝神思索，「只是若是我們請帳房先生來做帳冊，就怕讓人抓著把柄。」

世上沒有不透風的牆，因而不到萬不得已，不能自己動手。

君逸之想了想，緩緩地道：「不知道廣緣坊的老闆有什麼特別在意的人或事？」

君琰之的眼睛一亮，「只要抓住這些人或事，就能逼他將帳冊一分為二，長年做帳的人總比我們有辦法，況且是他自己經手的，也算不得假帳。」

君逸之笑嘻嘻地拍了拍兄長的肩道：「大哥，這件事就交給你了，我還另有要事。」

君琰之好奇地問了一句，君逸之答道：「給蘭家弄點風波去。」

君逸之出了府門，乘轎來到了北大街一處極為雅致的茶樓，這間茶樓裡，每天上午和下午有兩場說書，說書的先生口才極好，平常的段子到了他的嘴裡，都會讓人聽得津津有味。

從文在大堂靠牆角的地方點了一張桌子，拂了灰塵，請君逸之坐下，自己和從武兩人站在主子身後。小二殷勤地過來侍奉，君逸之點了茶樓裡最好的點心和茶水，問道：「今日說什麼段子？」

小二笑咪咪地回話：「回爺的話，說的是隋唐演義。」

君逸之丟了老大一錠銀元寶給小二，「賞你的！」

小二驚喜萬分，連連謝賞，一溜煙地跑下去準備點心和茶水了。

「表兄好大的手筆！」一個清脆的男聲忽地響起。

君逸之轉頭一瞧，來人是一名十五六歲的少年，生得唇紅齒白，眉目俊逸，原來是蘭知儀，便笑道：「知儀也來聽書？有位子沒，一塊兒坐吧！」

蘭知儀微笑著坐下，好奇地問道：「我怎麼不知道表兄你喜歡聽書？」

君逸之嘿嘿一笑，「現在喜歡聽了唄！」

雖然他沒主動解釋，可是那有些尷尬又有些閃躲的眼神都在告訴蘭知儀，家有惡婦，不許我喝花酒，只能來聽書解解悶，不然老待在家裡會發霉。

蘭知儀自認為了然地笑道：「聽書也挺有趣的，我就每日裡來聽書。」然後介紹了一番這間茶樓每段場次的說書先生的特點，聊了幾句，靠梁柱那一桌有人喊他，就隔著兩張桌子。蘭知儀便歉意地道：「我約了朋友，改日再同表兄聊。」

君逸之點了點頭，蘭知儀略一拱手，與同伴坐到一塊兒去了。

從文嘖嘖幾聲，搖了搖頭。

君逸之回頭瞥了從文一眼，漫不經心地問道：「又怎麼了？」

「沒怎麼。」從文就是個話嘮，剛說完沒什麼，跟著就蹦出一長串，「小的是覺得，知儀表少爺比起知存世子來，不論是相貌還是氣度都要略強些，可惜他晚生了一年，不然世子之位就是他的了。」

君逸之懶洋洋地道：「我也這麼覺得，大哥還說知儀的才華極佳，又有衝勁，比保守的知存還要強些。其實一般的爵位又不一定非要嫡長子承爵，我聽說渭南侯家還是庶子承爵呢，只是他家喜歡學著皇家的作派罷了。」

從文嘖嘖地道：「可惜了！」

君逸之回頭白了從文一眼，「關你屁事，人家好歹是國公府的嫡公子，用得著你可惜！」

從文一本正經地小聲道：「少爺，話可不是這麼說的，您是皇家血脈，有郡王的封號，將來知儀表少爺可是什麼都沒有，當官這事上還得讓著知存世子，難道不可惜嗎？」

君逸之沒答話，因為說書先生已經坐到場中央的說書檯上了。

從武暗暗拉了拉從文，小聲勸道：「你別這麼嘴快，少爺是不計較，若是世子爺，你這樣亂說勳貴之家的家事，非送你幾板子不可！」

從文撓了撓後腦勺，嘿嘿一笑，再不多話。

蘭知儀和同伴的那桌上，一位黃衫的馬臉公子問了個問題，蘭知儀沒有反應，馬臉公子推了推他，「知儀兄，想什麼呢？」

蘭知儀忙笑道：「哦，沒想什麼，我忽然有些不舒服，先告辭了。今日算我做東，一會我跟掌櫃打個招呼，記在我的帳上，各位要什麼只管取用。」說完就帶著隨從出了茶樓。

蘭知儀在街上走了一會兒，忽然看著一棵光禿禿的柳樹發呆，隨從忙問道：「公子，您怎麼了？」

蘭知儀搖了搖頭，「回吧。」

回到府中，蘭知儀就被叫到前書房，父母和兄長都在，要商量籌集銀子的事。

定國公言道：「蘭山問了古管事，古管事說，一開始他們店裡的生意也不好，就用了個辦法招攬人氣。我覺得這個方法可行。」

俞筱晚店裡用的招攬人氣的方法，就是請人來假扮顧客，大量購買店裡的貨品。其實轉頭就從後門送回店裡，但是卻讓圍觀的百姓覺得這家店的貨品是真的好。

蘭夫人道：「這方法好是好，就是見效慢。寶郡王妃的店子也是用了半年的時間才將人氣給拉上去，我可不想等那麼久，所以我和國公爺商量了一下，就用她這個辦法，咱們換一換。」

蘭氏兄弟都洗耳恭聽，蘭夫人便解釋了一番。蘭家不是有一庫房的御賜物品嗎？賣又賣不掉，送又不能送，擺出來怕壞了，真是一點也不實惠，不如由信得過的人開間鋪子，將這些東西都放在鋪子裡賣。當然，不能賣給外人，會殺頭的，只讓宮中採買的公公來買，然後再回頭賞賜給他們，這樣就能拿到銀子，又不會丟了御賜的物品。

蘭知存一聽完就斷然道：「不行，若是被人察覺了，一樣會被彈劾！」

蘭夫人忙解釋道：「宮裡的人都聽你太后祖姑母的，店子只讓咱們的親信管著，怎麼可能會被人知道？這是來銀子最快的方法。反正買入宮中的物品多半都是鎖在庫房裡，日後賞下來或是慢慢拿出宮來都成。至於咱們家的御賜物品，又不抄家，誰個知道咱們多了一件還是少了一件？」

蘭知儀也贊成，「這個法子不錯，來銀子快，還沒風險，我贊成。」

蘭知存還有事要與幕僚商議，不耐煩多說，就撂了一句話：「我不贊成，此事不能辦！」說罷就走了。

這計謀是定國公「舉一反三」出來的，臉皮就有些掛不住，蘭知儀輕哼道：「大哥也真是的，雖然咱家就他的官最大，但那是因為先祖不讓父親當官，否則哪輪到他？外人都說大哥太過保守了，真是一點都沒說錯！」

定國公聽著小兒子的話，覺得真是深得他心，他不是沒有才能啊，他不是不會謀算啊，他只是因為祖上的鐵令，不能入朝為官啊！雖然他現在已經是定國公了，不算皇親宗室的話，滿朝勳貴就數他的爵位高了，可是他沒有官職，沒有官職就沒有實權，沒有實權就沒有人奉承，光一個爵位有什麼用？

定國公搖頭嘆道：「是啊，太后還總是誇讚知存謹慎、智慮，凡事三思而後行，可他也思慮得太多了，就是過於保守，不知把握時機了。」說著，拿食指點了點桌面，「馬上要進臘月了，宮裡會大賞勳貴之家，庫房裡的器物必定不夠用，一定會要採買，這麼好的機會不知把握，等到下回再採買又是明年年底了。況且就算不建山莊，這一回冬至日咱們府上施米糧用去了整整三萬兩銀子，雖是賺了些好名聲，可是沒有太后來坐鎮，總是差了幾分，總得將本錢要回來吧？咱們是將銀子花在百姓身上的，從宮裡頭要回來不為過吧？」

蘭知儀用力點頭，「父親所言極是，孩兒也覺得此計可行。咱們家興旺了，對大哥的前程也只有好處，他怎麼就想不明白呢？」

定國公憤然道：「就是！」說著將一本帳冊摔出來，翻開一頁指給蘭知儀看，「你瞧瞧，他每月要花多少銀子宴請官員？不多賺些銀子回來，難道一家子供著他一個，別人都只喝西北風嗎？」

蘭知儀看了幾筆帳之後，心中頓時不平衡了起來。官員的俸祿並不高，勳貴之家靠的都是封地上的收益，明知家裡人多地少，大哥還將他所有的俸祿都拿去花在交際應酬上，還要府中的公款倒貼些給他，憑什麼啊！我的銀子不夠用，就只能用自己的私房錢？

「大哥的花銷這麼大，咱們跟太后說明白了，太后應當會幫我們的！」

於是定國公便拍板道：「就這麼辦，夫人明日就想辦法魏公公接觸，讓他私下幫咱們辦，回頭多給他些好處。」

蘭夫人也贊成這個法子，不過她在太后面前受訓最久，常聽太后說長子如何如何出眾，因而最聽長子的話，就遲疑地道：「存兒他不贊成啊，不如明日咱們再跟他商議商議？」

定國公怒道：「我說了就這麼辦，妳聽不懂嗎？這個府中誰是家長？他只是世子，我才是國公！」

蘭夫人不敢多話了，忙連聲應道：「好好好，明日我就去跟魏公公說，最好咱們還是聽著太后的意思，若是太后不允……」

定國公蹙眉道：「太后不允，咱們自然是沒法子的！」必須宮中有人經手此事，否則就會穿幫。

蘭夫人見丈夫並未打算一意孤行，總算是放了心。

同一時間，俞筱晚正在暖閣裡接見古洪興和俞文飆二人。古洪興小聲地稟報：「小人都按郡王妃交代的說了，蘭家的人應當會用那個法子。」

「那就好。」俞筱晚點了點頭，仔細思量了一會子，慢慢地問道：「宮裡那人，你有把握嗎？」

古洪興笑道：「有把握，小人以前的主子可是詹事府的詹事，小人常跟著主子入宮覲見太后、小太子，跟宮裡的大小總管們都很熟。」

俞筱晚叮囑道：「還是要謹慎，你也提醒他一下，留證據的時候千萬別讓人發覺了。」

要瞞過太后可不是容易的事情，不過惟芳長公主已經站到小皇帝這邊來了，在宮裡頭會幫忙，加上現在惟芳長公主的母妃正幫著掌管後宮，行事自然就方便一些。

正事商議完了，俞文飆就關切地問：「郡王妃最近身子如何？」

俞筱晚沉吟了一下，實話實說：「沒有加劇，但也沒有治好，在等解藥。」

俞文飆蹙眉道：「早知道我就親自去一趟西南了。」

俞筱晚輕笑，「多謝文伯的好意了，不過人哪有鳥飛得快，等著吧，已經過去半個月了，應該快了。」旋即想到一事，小聲地吩咐道：「有件事要請文伯幫忙。我婆婆有兩個鋪子在東城區，總管事姓郭，我要你幫我查查她手腳乾淨不乾淨，若是不乾淨，拿件證據來給我，若是沒有，就做一個證據給我。」

俞文飆沉聲道：「郡王妃放心，此事三日之內我一定辦好。」

又聊了幾句家常，古洪興和俞文飆是外男，不便久留，便告辭出府了。

待君逸之回來，俞筱晚就將好消息告訴他：「蘭家的人找上了古管事，他按你教的法子說了，蘭家應當會趁這回宮中採買器物大動手腳。」

君逸之哼著小調笑道：「只要頭一筆生意做成了，蘭家人是不會放過後面的生意，咱們只等著收線好了！」

次日一早，蘭夫人就帶著蘭知儀寫的那封聲情並茂的家信入宮探望太后。因小皇帝下了旨，宮門處的侍衛不敢放其入宮，只請了蘭夫人在宮門處的小花廳裡等著，差了人進宮去請魏公公。不過，傳話的小太監半路被惟芳長公主攔了一下，然後巧遇了慈寧宮的另一位總管太監馬公公。這位馬公公也是太后的親信，但沒那麼心腹，為人也遠比魏公公貪婪，他直覺蘭夫人今日入宮是有重要之事，想拍一拍太后的馬屁，就親自去宮門處拜見蘭夫人，聽說會有豐厚的酬勞之後，馬公公就動了心。

因為馬公公與負責管庫房的漆公公是表兄弟，平日裡的關係就十分不錯，他想著，其實這不算是什麼大事吧？出宮採買的東西，誰不是找自己相熟的商鋪去買？況且只要他們記得哪些物品是從定國公府收回來的，將這些物品再賞給定國公府……況且一年才這麼一次交易，不會出任何問題。

轉好了念頭，馬公公就入宮請示了太后一番，運用三寸不爛之舌，將其中的利益誇得無限大，將弊處縮小得不能再小，再呈上蘭知儀寫的那封信。太后仔細思量了一下，她也知道娘家在銀錢上有些短缺，現在又要供奉幾個入仕的子弟，結交朋友的花銷很大。她雖身為太后，卻也不能無緣無故賞金銀給娘家，這個方法或許可以試一試。因為蘭知儀在信中稱，這個主意是蘭家人智慧的結晶，是蘭家人商討之後的結論，因為相信蘭知存的謹慎，太后自然就往有利的方向想了。

掌管庫房的太監總管漆公公是太后的親信，只要謹慎一點，不會出什麼差錯。一年才不過一次，等日後蘭家的鋪子生意好了，銀子周轉開了，明年或許都不需要用這個辦法籌銀子了。饒是如此，太后還是將漆總管給叫了過來，仔細詢問了一遍他採買的流程，與他商議確認了不會出差錯，這才親口允了，還千叮嚀萬囑咐，一定要小心謹慎，若是發現有任何不妥，立即停止交易。

定國公和蘭夫人得了太后的允許，自然是歡天喜地地開始清理庫房中的物品，將特別珍貴的放在一旁，只挑了些宮中常用來賞人的上品瓷器、玉器、銅鑄雕花擺件等等，即便如此，略略一算，也有八萬兩銀子，夫妻倆喜孜孜地只等宮裡頭的採買時間定下來。

時光飛逝，一晃兩天過去，兩天之內，君琰之果然就逼迫廣緣坊的老闆交出了帳冊，謄抄了一份送至工部尚書的案頭，並告知原稿在自己手中。工部尚書親自召集工部的官員們，開了個小型會議，次日的早朝會上，工部的官員們一同向彈劾楚王爺及君瑋之、君皓之兩兄弟的御史開炮，稱他們不抓關係百姓生計的大事，只知盯著些細枝末節。名為清流，實為沽名釣譽之輩。

兩位御史氣得要當堂撞柱以示清白，工部的官員卻極為難得地同聲共氣，絲毫不退步。說起來，御史是個比較討人嫌的職位，旁的官員們也就相繼跳出來打圓場，兩位御史只得將彈劾的奏摺收了回去，此事不了了之。

太后在後宮裡聽到這個消息，氣得摔碎了一只前朝的古物杯，「怎麼會這麼容易就撤了摺子？」

魏公公急忙解釋道：「工部的大人們同心協力，御史也不敢犯眾怒啊！」

太后陰沉地瞇了瞇眼，「怎麼會同心協力？必定是楚王府的人動了手腳！你去找人調查一下，看看到底是怎麼回事。」

工部另有太后的眼線，況且還有位怕死的廣緣坊老闆，太后很快就將事情的經過摸清了，氣得直喘，「一群沒用的東西，貪生怕死！」

憤怒了一會兒，太后慢慢冷靜了下來，陰沉沉地道：「楚王府，很好，很好，我都打算放過你們了，是你們自己要往我眼前撞的，那就休怪我無情了！」

就在這一天，俞文飆果然帶著幾張記滿了數據的紙張，入府求見俞筱晚。俞筱晚仔細看了看紙張上的記錄，含笑道：「辛苦文伯了。」

郭嬤嬤的丈夫果然手腳不乾淨，俞筱晚將上面的某些資料略改了改，交給了君逸之。君逸之立即拿著這些證據，先找了楚太妃和楚王爺，然後才請了母妃到春暉院來，將證據亮給母妃看。

楚王妃簡直不敢相信，自己最信任的陪房居然會貪墨自己的財產，當即便道：「我要問一問郭嬤嬤！」

傳了郭嬤嬤進來，郭嬤嬤自然是矢口否認，甚至還痛哭流涕地道：「必定是有人嫉妒王妃您信任奴婢，才會故意中傷奴婢的外子，請王爺、王妃明鑑啊！」

楚太妃蹙著眉道：「好了，年頭將至，哭什麼哭！」到底是兒媳婦自己的陪嫁鋪子，要怎麼處置，她和王爺都說不上話，「媳婦，妳自己看著辦吧！」

楚王爺也道：「若是屬實，此等刁民必須要嚴懲不貸，將他一家子老小都發賣到邊疆去！」

楚王妃心中也是憤恨，但多少與郭嬤嬤有幾分情誼在，也想給郭嬤嬤一個機會，便道：「我明日就會派人去鋪子裡查帳，若妳一家子真是冤枉的，我自會幫妳查出是哪個想害妳！若妳不是冤枉的……就按王爺說的辦！」說完討好地看著楚王爺問道：「王爺，您看怎樣？」

楚王爺幾個月來頭一次和善地與楚王妃說話，「正該如此！」

呵呵，王爺終於又願意與我說話了！楚王妃心中激動，又順勢攀著王爺問道：「那不如請王爺指個會理帳的人給我，幫我去莊子裡查查帳！」

楚王爺略尋思了一會兒，推薦了一個人，「我的幕僚之中，有位善理帳的鄺先生，就派他去吧！」

「多謝王爺。」楚王妃嬌羞地道。

楚王爺握了握拳，努力壓抑住想抽風的嘴角，雖然楚王妃保養得宜，但到底已經四十餘歲，還朝他做小女兒家的嬌羞狀，讓他有些受不了，「現在就讓酈先生跟郭嬤嬤一同去鋪子吧，宜早不宜遲！」

楚王爺發了話，下面的人自然立即照辦，郭嬤嬤與酈先生坐上馬車出了楚王府。

是夜，楚王爺從外院書房回內宅，便去了春景院。兩個多月來，這是楚王爺首次踏足春景院，楚王妃激動得有些手足無措，親自迎上去，剛想服侍他更衣，就聽他道：「妳馬上換上一身外出的衣裳，咱們出去一趟。」

楚王妃一怔，「王爺，這麼晚了，去哪里呀？」

楚王爺蹙著眉道：「跟我來就是了。」

楚王妃不敢再問，換了衣裳跟楚王爺一同乘馬車出府。馬車並沒走多遠就停了下來，楚王妃在車內聽到君琰之的聲音在車廂外道：「父王、母妃，就在這裡。」

楚王妃一頭霧水地跟著楚王爺下了馬車，張眼四望，這裡不是王府的後巷嗎？後巷是專給王府的下人們建的房舍，成了家的都會住到這裡來，白天在府裡當值，晚上回家休息。

楚王爺回頭看了楚王妃一眼，叮囑道：「不要出聲。」

往巷子裡走了十幾丈，來到一處單獨的院落前，院落裡的房子還有著星點的燈光，隱約傳來壓抑的爭吵聲。楚王爺縱身一躍，跳進了院子。君琰之則抱著母妃跳了進去，潛身來到後窗下，楚王爺已經立在窗外偷聽了。

楚王妃凝神一聽，心中一凜，這不是郭嬤嬤的聲音嗎？

只聽得郭嬤嬤氣憤地道：「妳這是什麼意思？妳當初是怎麼許諾我的？我幫妳做了多少事？我親手給王妃下藥，雖然最後二少爺還是生了出來，可那是妳給的藥不行，怎麼能怪我辦事不力？我為妳賣命，如今求妳救救我一家子，妳居然不肯？」

「不是不肯！」另一個女人的聲音很熟，但是楚王妃一時想不起來，只聽這個女人不耐煩地道：「還要我解釋多少遍？這事怪你們夫妻自己貪婪，我給妳的銀子還不夠花嗎？若是你們不貪王妃鋪子裡的銀子，也就不會有今天這事了！不過，妳放心，我不會不管你們的，就算要將你們賣去外地，我主子自會將你們贖出來，還你們身契，再給你們些安身立命的本錢……」

「我呸！別以為我不知道，妳就是怕我招出妳和妳的主子，才故意這麼說！什麼事後贖買我們一家，我才不信！到時我們一家子被賣到煤窯裡，不用幾天就會被折騰死，你們連殺人滅口都免了！」郭嬤嬤說著說著就激動起來，聲音變大，意識到不妥，才又強行壓低，「我告訴妳，妳現在就去找妳主子，讓她給我想辦法，將這事兒抹了去，否則別怪我將你們供出去！」

那女人氣得聲音都抖了，「妳說供出去就供出去了？妳有證據嗎？真供出來了，你們一家也落不著好，不必等賣到煤窯，你們就得被王爺杖斃了！別以為我不知道妳心裡想的是什麼，不過就是你們一家子發賣出去的時候會將銀兩都沒收，妳怕過窮日子！妳放心，只要妳老實一點，我會跟主子說多給妳些銀子，讓你們能開個店鋪，當個老闆。」

郭嬤嬤或許真只是為了銀子才威脅一下，聽了這話就沉默了一會子，伸出兩根指頭道：「我要兩千兩銀子。」

那女人倒抽了一口涼氣，未及答話，就聽得門外傳來一聲怒吼：「憑妳也值兩千兩銀子？」

房門砰一聲被人踢開，就見楚王妃渾身燃燒著怒火，火焰一般地衝了進來，揚手就左右開弓，連甩了郭嬤嬤十幾個巴掌，直揮到自己手臂酸軟，才喘息著停了下來。

楚王妃的眼眶裡蓄滿了淚水，指著郭嬤嬤嘶吼道：「我哪裡對不起妳，妳居然想害我的逸之……妳……難怪，難怪我……生逸之的時候差點沒了命……原來是妳……」

楚王爺安慰地摟住了老妻，掃了長子一眼，「交給你了。」

君琰之笑道：「父王只管放心回去安寢，這裡交給孩兒便是。」

楚王爺狠狠地瞪了那個女人一眼——詩琳，春蓼院的管事嬤嬤，周側妃的陪嫁丫頭，「若不想皮肉受苦，就老實交代清楚！」說罷，摟著哭得上氣不接下氣的王妃走了出去。

第二日，俞筱晚照例睡到日上三竿，錯過了最精彩的審訊，只能遺憾地聽君逸之眉飛色舞地講述當時的經過。話說昨日夜裡，君琰之就連夜審訊了郭嬤嬤和詩琳，兩人都怕死也怕痛，極老實地將這些年來所犯的罪行一一供述。不但是想害楚王妃流產，還有一系列的小動作，同時交代了幾個同夥和幕後的指使人，自然是周側妃。

可惜周側妃大呼冤枉，寧可撞死，也不承認這些罪名。這兩人也拿不出實際的證據，楚太妃便以御下不嚴為由，逼迫周側妃落髮為尼，在楚王府的後佛堂裡，青燈伴古佛。

儘管詩琳和郭嬤嬤都稱家人不知情，但楚王爺還是命令將這兩家人以及她們供出來的同夥一同杖斃。聽說還傳了楚王府所有的下人觀刑。

俞筱晚略想像了一下那血淋淋的場景，就忍不住捂著嘴乾嘔了起來，最後演變成了一場驚天動地的嘔吐，老半天才回過勁來，擺了擺手道：「罷了，處置好了就成，不要再跟我說了。」

君逸之心疼地抱緊她，不輕不重地為她順背，俞筱晚總算是緩過來了，便揚起小臉問：「母妃是不是很傷心？」被最信任的人背叛，是最難以忍受的事，「要不要我去陪母妃說說話？」

君逸之低頭朝晚兒微微一笑，「晚兒有心了，一會兒我陪妳一塊去吧，現在孫小姐她們在陪母妃。哦，對了，忘了告訴妳，太妃決定先為大哥聘娶孫小姐，已經讓人去請官媒了……不想通過太后，就沒有請賜婚。」

俞筱晚咬著唇想了想，「作為世子妃，若是沒有賜婚，可真是……我去勸勸老祖宗，還是為孫小姐請道懿旨吧，也尊重些。」

君逸之笑道：「還是妳想得周到，那咱們就先去給老祖宗請安吧。」

到了春暉院，俞筱晚說明來意，楚太妃沉吟了片刻，徐徐地道：「也好，我也正好入宮會一會我那位太后妹妹。」

楚太妃請旨入宮，小皇帝知道後便批了下來。太后在慈寧宮幽居了小半個月，終於有人來探望她了，興致勃勃地接見。楚太妃凝視了太后一會兒，微笑道：「聽聞太后鳳體違和，本當早些來探望，只是陛下下了旨，要讓您靜養，我才推遲到了今日，看起來太后的精神好多了。」

太后笑道：「皇兒就是孝順，其實我身子早就好了，他就怕庶務打擾到我，怎麼也不讓我操勞。」

這是希望楚太妃能幫她將她康復的消息傳出去，早日恢復她的自由。小皇帝這會子還沒親政，沒有絕對的威嚴，對外也只能以養病為藉口，時效最長，也不過就是兩個月而已，再長，朝臣們就會有異議了。

楚太妃卻似沒聽懂太后的意思，接著她的話道：「妳有孝順的兒子多好，日後還會有個孝順的媳婦，比我有福氣啊！我到了如今這個年紀，還要操勞家務，想清閒清閒都不可能。」說著笑道：「所以我想讓琰之娶個媳婦，這樣也好有人幫襯著我打理王府。」

太后的眸光閃了閃，含著笑問：「不知三姊你看中的哪家的閨秀？」

可不是什麼千金小姐都能稱為閨秀的，在世人的心中，必須是世家大族的嫡出小姐才有這個資格被稱為閨秀。孫琪的父親不過是正五品的官員，按多數人的想法，她只能被稱為千金，不能算是閨秀。太后此言是提醒楚太妃，世子妃的出身是很重要的。

楚太妃輕輕一笑，「什麼閨秀不閨秀，我不看重身分，我只要她是個懂事聽話、能幹的人就成了。我選的是孫家的小姐，太后想必是知道她的。」

太后攏起眉頭道：「那個女孩兒是不錯，可是出身差了些，為何不選咱們自家的姑娘？淑蓉不好嗎？即使是她沒過繼到定國公夫人的名下，她兄長現在也是從四品的職位，比孫小姐的出身要好得多了。」

楚太妃淡淡地道：「我說了我不看重出身，出身好有什麼用？周側妃的出身夠好了吧？可是她都幹了些什麼？」也不避諱，將府中查出來的事都一股腦兒告訴了太后，「我已經逼她落髮為尼了，白白擔著一個好出身，卻是這麼一個狼心狗肺的東西！因此，這回選世子妃，我最看重的就是品行，別的都往後排！」

周側妃是太后指給楚王爺的，先不說她的身後是不是太后，就單憑指婚這一點，楚太妃當著太后的面罵周側妃，就等於是在打太后的臉——妳這是什麼眼光，竟將這種人指給我兒子！

太后一張老臉憋得通紅，用力握了握拳，憋著氣問：「她承認了嗎？畫押了嗎？」

楚太妃細細啜了口熱茶，才回話道：「自然是承認了，畫押什麼的就不必了，為了太后您的臉面，我們沒打算將她交給宗人府，也沒打算休了她，就讓她在佛前為自己的孽行誦經拾豆，給自己贖罪吧！至於為她跑腿辦事的那些個奴才，我一律讓人杖斃，給滿府的奴才們一個警醒！」

說周側妃沒有承認是不行的，太后必定會抓著這一點不放。若說周側妃承認了，太后肯定會要看畫押的供詞，因而楚太妃就睜著眼睛說瞎話，說周側妃承認了，至於畫押，楚王府是看在太后的體面上才不讓周側妃畫押的，這話堵得太后找不著藉口要審問周側妃。

就算是太后強行要審問又如何？反正楚太妃必定有幾個證人，證明周側妃的確是承認了罪行，結果當著太后的面又不承認，這不是出爾反爾是什麼？犯了過錯，不思悔改，還妄想蒙蔽太后，這是罪加一等的行徑。

太后氣得老半天沒出聲，才緩緩吐出一句話來：「三姊是來請旨賜婚的嗎？」

楚太妃微微一笑道：「是啊，還請太后為我家琰之和孫小姐賜婚！」

太后神態間冷淡了許多，「好吧，既然三姊已經決定了，明日就下旨。」

楚太妃謝了恩，便告辭回府了。

太后恨得一巴掌將几案上的事物全數揮到地上，這段時間真是諸事不順，「魏長海，去給我到楚王府查一查，事情怎麼會洩露出來的。」

魏公公領了命下去，半日後回來了，仔細地分說了一番，因為這在楚王府並不是個祕密。

太后沉吟道：「琰之無意中查出來的？」隨即又恨道：「怎麼用了個那種貪婪的老貨！蠢貨！」

只是此事已經多說無益了，太后想了想，冷冷一笑，明日賜婚的時候將淑蓉丫頭一同指過去，別想著將我的人都清理乾淨！

到了次日，太后賜婚的懿旨在半路被乾清宮的總管呂公公給擋了下來，他含著笑對頒旨的太監海鑫道：「陛下宣你問個話，你且先跟我來。」

海鑫忙跟著呂公公去了御書房，小皇帝笑盈盈地問：「母后近日的身子可好了些？」

海鑫趴跪在地上，忙回話道：「回皇上話，太后的身子已經大好了。」

「那就好。」小皇帝欣喜萬分地道，然後好奇地指著海鑫手裡捧著的匣子問道：「這是……要上哪兒頒旨？」

海鑫回道：「奴才是去楚王府頒旨。」

「給朕瞧瞧。」小皇帝拿過來仔細看了，微笑道：「原來是給琰之賜婚啊，不如這樣，這旨意由朕來代擬一份，這份就先存在朕這兒，一會兒朕去給太后請安的時候自會還給太后。」說完親自提筆寫了份旨意，交給海鑫去頒旨。

聖旨比懿旨神聖得多了，聖旨賜婚也比懿旨賜婚體面多了，海鑫自然不敢有異議，拿著聖旨出了宮，不過那份新的聖旨已經只餘下了孫小姐的名字。

小皇帝嘆息著搖了搖頭，「母后怎麼還是這般固執？」而後又揚聲道：「逸之，你可以出來了。」

原來是君逸之猜到太后會在懿旨上玩花樣，這才特意入宮來求小皇帝。若真讓那份懿旨頒了下去，楚王府就不能抗旨了。

事後，楚太妃聽到君逸之說原本蘭淑蓉的名字也在列，直氣得鼻孔生煙。她雖然也的確是有這種打算，但是自願的和被強迫的感覺就完全不同了。

當事人之一的君琰之倒是很平靜，鎮定地笑道：「多她一個也翻不出什麼浪花來！」

君逸之搖了搖頭，「你可別小看了女人。」說著算了算時辰，見差不多了，便向老祖宗告辭，出了府，又來到那間茶樓。

果不其然，蘭知儀的確是個愛聽書的，這會子仍是坐在老位置上。君逸之照樣裝作沒瞧見他，點了張離書檯近的桌子坐下。

蘭知儀看到君逸之，立即走過來打招呼。君逸之抬眼看見是他，就熱情地請他坐下，「聽說你最近要升官了，可喜可賀啊！」

蘭知儀謙虛地笑了笑，「不過是小升半級而已。」

君逸之呵呵地笑道：「日後還會升的，以後見了表弟要叫大人了。」

蘭知儀笑著謙虛了幾句，就將話題轉到了表嫂的店鋪上，「……出品的成衣真是漂亮！」

君逸之滿不在乎地笑道：「原來表弟你喜歡啊，那一會兒聽完了書，我帶你去挑幾件吧！這陣子你表嫂要養胎，店鋪都交給我打理了，隨便你挑！」

蘭知儀忙道：「那怎麼好意思！」

「這有什麼，咱們是親戚嘛！」

蘭知儀嘿嘿地笑了笑，心道：是親戚你還讓你夫人毆打我大哥？

不過這話只放在心底，蘭知儀的目的是要去俞筱晚的店鋪裡看一看是不是真如古洪興所言，生意馬馬虎虎，主要是靠誘騙人氣來賺銀子。

聽完戲，君逸之真的帶了蘭知儀去了俞筱晚的幾個鋪子，裡面的貨品隨他選。蘭知儀挑了幾樣，也沒貪，將店鋪的情形觀察了個仔細，這才回府報告給父母聽。

一晃過了幾日，賀氏的鷂鷹終於帶著那兩樣藥材返回了京城，賀氏的奶娘立即著手製解藥。幾天之後，賀氏就帶著製好的解藥興沖沖地來到楚王府，交給了俞筱晚，「只要每天上午服一小勺，連續七天就成了。」

俞筱晚忙向賀氏道謝，君逸之也很感謝賀氏，笑嘻嘻地要留飯。賀氏搖了搖頭道：「不了，之勉說他今日會早些回府，我要回去等他。」

俞筱晚笑道：「是呢，今日是臘八，要吃臘八粥的。」

賀氏便不多留，又風風火火地告辭走了。

君逸之笑著向俞筱晚道：「今日宮裡會開始採買年節的物品了。」

這也就意味著，離收線的時候不遠了。

定國公府的人跟漆公公商議好了採買的時間，提前一晚將器件運到店鋪之中，次日漆公公帶著人直接到了店鋪裡，將所有物品全數採買回宮。

因為是採買賞賜給勳貴之家的物品，自然是大手筆，單這一筆，蘭家就得了至少五萬兩銀子。

太后一再叮囑行事一定要小心謹慎，卻不知已經有人將每一件物品上都做了記號，卻不是為了將來再賞賜給定國公府的。

臘八之後，年關將近，京城連下了幾日的雪，整個京城都變成了銀色的世界，君逸之乾脆窩在家中陪嬌妻，並安慰受傷的母妃。

楚王妃只第一天見到君逸之的時候哭得像個淚人，緊摟著逸之說什麼「還好為娘保住了你」之類的話。君逸之這麼大個人了，還被母妃抱在懷裡又摸又拍的，心裡頭覺得萬分彆扭。不過他自小就被母妃嫌棄，難得跟母妃這般親近，也就忍著彆扭，每天帶著俞筱晚去給母妃請安。

原以為郭嬤嬤的背叛會讓楚王妃的精神狀況變得不好，哪知楚王妃是個自癒能力超強之人，傷心了不過兩天就自然地恢復了過來，還同前去安慰她的俞筱晚和君逸之說，她早就覺得郭嬤嬤有些不妥，只是看在幾十年的情分上，想給她一條生路，讓她自首罷了——顯得她十分明智。

也不想想之前是誰跟君逸之說，她之所以討厭君逸之，是因為郭嬤嬤總是暗示她，君逸之與她八字相剋之故。因一個嬤嬤的話，就對自己的親生兒子也生嫌隙，俞筱晚真不知說婆婆什麼好。

服了七日的解藥之後，俞筱晚的孕吐總算是止住了，這幾日胃口超好，每餐都吃到撐不下才罷手，似乎要將前面兩個月欠下的食物都補回來似的。

可是君逸之還是嫌她吃得少了，主要原因是，前兩天攝政王妃帶著吳麗絹過府來探望俞筱晚，吳麗絹的胎兒比俞筱晚的大兩個月，可是腹部卻大了幾倍不止。君逸之瞧見之後就立即道：「妳看妳看，人家的孩子長得多好！」

俞筱晚真是無語了，還隔著肚皮呢，就能看出人家的孩子長得好了嗎？

不過，俞筱晚是不敢像吳麗絹那樣出門亂逛的，畢竟寶郡王不比攝政王，出行之時儀仗小了許多，她總擔心太后不滿周側妃的事，會對楚王府的人不利，大約是她小人之心了吧。

兩口子都待在府裡，親親密密地聊了幾日之後就有些悶了。大概是孕婦都會變笨，俞筱晚忽地想起來，「好似太后那兒，還有皇叔那兒，許久都沒再提過玉佩和佛經的事了，難道他們已經找到真品了嗎？」

君逸之搖了搖頭道：「我哪知道，不過的確是有陣子沒提了，但是佛經只有妳舅父在找吧，皇叔那邊從來沒提過，之前陛下也一點不知道有佛經這回事。」

俞筱晚蹙著眉頭想了會子，推了推君逸之道：「你說，會不會同我舅父十幾年前辦的那件差事有關？你也說過，攝政王爺當初還稱讚了舅父來著，說明這事對攝政王爺是有利的，太后應當是不知情的，至少當年是不知情的，會不會……嗯，怎麼說呢？佛經裡藏的其實是那件事的證據，可以打擊到攝政王，因而太后才會令舅父去找？你以前不是跟我說過，那個遊方僧人可能是太醫嗎？」

君逸之想了想道：「是有這個可能，可是……十幾年前的爭寵事有多大的關係？除非是……」想了想，找不到貼切的詞來形容心裡的那種古怪感覺，就說：「我去把妳給的那幾本佛經都拿來，我們再瞧瞧有什麼祕密沒？」

四本佛經就放在夢海閣的外書房裡，君逸之很快就拿了回來，俞筱晚首先就拿起了那本金剛經，君逸之建議把它給拆了，「妳這樣捨不得，那樣捨不得的，怎麼可能找到真相？」

俞筱晚躊躇了好一會兒，才將佛經遞給他，「你說說看，要怎麼拆？」

君逸之從自己收藏的寶貝箱裡拿出一把鋒利的薄刃小刀，小心翼翼地挑開書頁邊的裝訂線。因為是手抄本，佛經的側頁沒有用漿糊沾在一塊兒。挑開裝訂線後，把整個佛經拆成了一頁一頁的紙張。

兩人逐一將紙張拿起來細看，對光看、放火燭上看，又拿了幾頁紙放一小半在水盆裡浸濕，再放在火燭上烘乾，字跡都糊了，還是沒找出什麼特別之處來。

兩人在暖閣裡忙得忘了時辰，芍藥在屋外候了許久，只得進屋來請道：「午膳已經擺好了，是現在用嗎？」

君逸之這才抬頭看時辰，果然已經是晌午了，忙拉了俞筱晚道：「走吧，先用膳。」

芍藥瞧見滿炕的零散紙張，忙過去幫忙收拾，「奴婢先把紙整理好吧。」邊說邊收拾，很快就理好了，只是將封面拿在手中多瞧了一眼。

俞筱晚剛披上外裳，正好瞧見了，就問道：「怎麼了？封面有什麼問題嗎？」

芍藥搖了搖頭笑道：「沒有，奴婢只是覺得這書的封面比較厚。」她以前是服侍曹老夫人的，老太太喜歡誦經，她沒少幫老太太整理過佛經，見得多了，就看出不同來。

俞筱晚和君逸之皆是一怔，心裡頭同時想到了一件事，會不會是封面裡藏了什麼？

匆匆用過午膳，兩人又跑回暖閣，專攻封面。

時下的封面都是用厚革紙，製紙的時候裡面加了些革料，因而厚且韌。君逸之和俞筱晚拿著封面研究了許久，覺得沒法用小刀剖開，就乾脆放在水盆之中，泡了小半個時辰，封面上的字全糊了，厚度也增加了一倍，邊緣慢慢暈開，似乎分了幾層，看起來是用幾張紙壓在一塊兒製成的。

君逸之眼睛一亮，忙將封面從水盆裡撈出來，用小刀挑起了一小角，再慢慢地、小心翼翼地分開。紙張浸過水之後會變得脆弱，君逸之小心又小心，足足過了一炷香的功夫，才將第一層揭下來。第一層是染成深藍色的厚紙，揭開之後，露出了裡面中央部分，一張豆腐塊大小的方塊，似乎是鑲在封面之中的一張薄紙。

俞筱晚和君逸之對望一眼，緊張得心都快跳到喉嚨了。君逸之伸手就要去揭那一小張紙，被俞筱晚攔住了，「還是烘乾了再拿吧，怕弄壞呢！」

君逸之覺得有道理，便拿到火燭上小心地烘烤，待乾了之後才揭下來，展開一瞧，卻是一張藥方，上面寫的是十餘種藥材和用量。君逸之很失望，遞給晚兒道：「不會是妳父親弄到的那張生子方子吧？」

想當年，俞筱晚為了去拿這張生子方子，還在汝陽老宅裡遇到了刺客呢！

俞筱晚接過方子，只溜了一眼，「不是，這是治瘧疾的那張方子。」頓了頓又補充道：「就是那個遊方僧人送給我的，你後來還與我打賭要了去的。」

因為這張方子能治瘧疾，俞筱晚在開始學醫之後就曾仔細研究過，所以很熟悉。

君逸之撇了撇嘴，「妳不是說妳手中的是原方子嗎？妳輸給我的，可是妳自己抄的！」

俞筱晚心中一動，忙趿鞋下炕，到內室的小暗匣裡取出那張珍藏的方子，仔細瞧了幾眼，嘀咕道：「藥材都是一樣的，只是有幾味藥抄的順序不一樣。」

君逸之從她手中拿過兩張藥方，仔細看了看，的確是有幾味的藥材順序不同，他思索著道：「我這樣假設，佛經裡的是遊方僧人給的原方，岳父、岳母怕妳的瘧疾沒有根治，又不小心把藥方弄掉了，所以將方子謄抄了一份。可是抄的話，就會完全按照原方的順序來抄，為何要故意將幾味藥的順序打亂？」

俞筱晚蹙眉道：「我想想……不如把這些藥材摘出來看看有沒有古怪？」

一時找不到筆墨，俞筱晚就拿了自己的眉筆，將兩張藥方中順序不同的藥材謄抄在白紙上，歪著頭打量半晌，沒瞧出什麼特別來，索性將兩張方子中順序不同的部分又完整地抄下來，這麼一瞧，就似乎有了些眉目，好像能理出一句話來，可又讓人有些弄不清楚。

君逸之忙道：「找韓二過來，他們文人最愛弄這些個藏頭藏尾的詩啊、謎啊，他肯定能看懂！」

吩咐了從文去請人，過得小半個時辰，韓世昭就頂著風雪過來了。他的確是時常玩文人的那種藏頭詩之類的遊戲，很快就從俞筱晚手中的方子裡謄抄下來的藥材上找出幾個詞來：「王葵，端未亡，易子。」都是諧音。

三人研究了一會兒，俞筱晚忽然想到，「之前不是……十幾年前不是有位端妃娘娘難產而亡嗎？難道是她沒死？」可是明明說是已經安葬了的。

有了這個推測，三人的精神大動，忙又細看從佛經封面中謄抄下來的藥材。韓世昭想了許久，卻沒有什麼發現。

俞筱晚又將注意力放到沒有變動順序的藥材之上，這麼一瞧，頓時發現了問題，「若是去掉這幾味藥，餘下的藥材製成湯藥，可能會害人命。」

君逸之心中一動，「怎麼個害法？」

俞筱晚指著其中的兩味藥道：「這兩個是有毒的，一個會讓人窒息，一個會令人麻痺。」又指著摘抄下來的藥材道：「不過原方子裡因為有這兩味藥綜合了其中的毒性，整張方子就不會有毒。若是沒有這兩味藥，應當是會毒死人的，只是藥性到底如何……我沒見過這種方子，也不敢下定論。」

君逸之極順溜地道：「那就找個人試試。」

找個人試藥？

俞筱晚被君逸之的提議嚇了一跳，連忙擺手道：「這可不成，雖然那兩味藥材可以中和毒性，但那是指同時煎熬的情況下。若是先服用了那兩味有毒的藥湯，就沒有用了，得另外配解藥才行。我看這藥方的毒性還挺大的，弄不好會出人命。」

韓世昭問道：「聽聞嫂子的醫術不錯，應當能配出解藥來吧？」

俞筱晚解釋道：「這世上沒有看著方子能配出解藥來的事，雖然萬事萬物相生相剋，但是分量會有不同。又往藥方裡多加一味藥，藥性不是兩味藥材的疊加，很可能是翻倍，甚至會變成另外一種功效。解藥的用量就不能僅是這兩味藥材的相剋之物，或許要添加別的藥材進去，添加什麼、用量多少都是要試的，要不然，江湖中怎麼會有那麼多關於藥人的傳聞呢？除非是我先琢磨出差不多的解藥，用雞鴨之類的活物先試過，再找人試還差不多。」

君逸之聽著這麼麻煩，便攏起眉心道：「這太傷神了，妳就別試了，等智能大師回京後找他來配吧。快要年頭了，他應當快回來了。」

「我先試著把解藥的方子配出來，等智能大師回來後再商議，也好節省點時間。」俞筱晚雖然對智能大師會不會回來不抱希望，但她也的確不想配解藥，因為這兩味藥材有毒性，她現下懷著身子，還是少接觸一些比較好。

韓世昭思索了一會兒道：「且不論是會讓人死亡還是昏迷，總之，這是一個害人的方子。我覺得咱們該先將前面那幾個字給參透，應當就能推斷出藥方的用途來。」

俞筱晚很相信自己的直覺，指著「端未亡」幾個字道：「我覺得這應當是指當年的端妃並未身亡，易子……」語氣頓了頓，心中有猜測，卻不是太敢明言，轉而指著壬癸兩字道：「只是壬癸又是什麼意思？若是指年分，應當是一個天干一個地支啊，這兩個字都是天干，有什麼暗示？會不會是看錯了？」

她說著，又拎起封面中藏著的那張藥方，對著光線辨認。因為泡在水裡久了，這紙張雖然有些防水的功效，但也暈開了不少字，只是因為俞筱晚對那份方子熟悉，才能一眼認出來。

三人又將藥方上的字辨認了一番，確認無誤之後，俞筱晚疑惑地問韓世昭道：「會不會不這個字是別的字？你再瞧瞧這幾味藥材還有沒用到的字。」

韓世昭搖頭道：「不論這份方子當初是誰留下來的，留下來的目的自然是希望若干年後能有人發掘出來，我是按著這個想法來猜測的。藏頭也好，諧音也罷，總得有個規律，否則寫下的暗語就是神仙也猜不出來。這裡人、事、物都有了，就缺了時，而別的藥材名並沒有與時間相仿的諧音，應當不是。」

君逸之道：「若這個是指時辰，那我們先得弄清楚，端妃娘娘到底是哪一年薨的？」

俞筱晚眼睛一亮道：「問老祖宗啊，老祖宗肯定知道！」

君逸之笑道：「端妃娘娘又不是咱們家的什麼人，老祖宗哪會記得那些？除非當時還有別的事發生。與咱們楚王府有關的，老祖宗可能還會記得，不過就算記得年分，還有月份、日期、時辰呢！」

韓世昭點了點頭道：「沒錯，還是問端妃娘娘的娘家承平侯柳家的人比較好，先弄清楚具體的年分和時辰，再來推斷這兩個字的意思。不過，這事還得緩著點查，讓芬兒去辦吧，她同柳家的三小姐交好，問起來方便。」

宮中的傳聞極少詳盡，百姓們也不敢妄議，談論起來就只是道「十幾年前」，到底是哪一年，恐怕沒幾個人能說得出來。問宮裡人，怕被太后知曉。即使是問柳家的人，也得隱諱些，不然突兀地問起十幾年前的事，旁人必定會做各種猜測。若是真有古怪倒也罷了，若是最後查不出個所以然來，只會給自己帶來極大的隱患。

雖然三人都沒人提「易子」二字，可是心裡都在想著，會不會是指小皇帝呢？攝政王已經二十有六了，年齡上不符合。康王殿下也有十七歲，似乎也久了些，唯有十二歲的小皇帝，怎麼瞧都符合……只是韓世昭和君逸之都知道，小皇帝是庚寅年生的，與壬癸兩個字都沾不上邊兒。

三人商議完之後，韓世昭便告辭離去。

俞筱晚仔細將兩張藥方收好，又看向餘下的那幾本佛經，一面翻看一面問君逸之：「你說，這裡面會不會還藏著什麼祕密？」

君逸之笑道：「這還不簡單？只要妳捨得，咱們只需按這個法子將所有佛經的封面都拆下來，不就能知道了。」

俞筱晚嘟了嘟小嘴道：「我可不覺得會有這麼多的祕密。」其實是前世的時候舅父只找她要過金剛經，她才盯著金剛經瞧，別的不過好奇一問而已，隨之又嘆了口氣，「其實問外祖母是最好的，可是她必定不會說。」她也不想問。

外祖母極看重曹家的興旺，這種有可能會害曹家滿門抄斬之事，必定會爛到肚子裡，帶進棺材裡去。再者說，她也不希望外祖母知道她想將舅父踩進塵埃裡去。許多事情她可以從旁用計，讓其自然發展，何必非要明著讓外祖母傷心？若是外祖母提前知道了，來求她放手，她放是不放？

收拾好了東西，芍藥就在門外稟道：「少夫人，孫小姐家的轎子來了，您要去客院送一送嗎？」

俞筱晚「啊」了一聲，忙道：「要的要的，快進來服侍我更衣。」

芍藥就領著初雲、初雪和七八個小丫頭，捧著銅盆、熱水等用具進到暖閣，服侍著俞筱晚換上了一身海棠紫的雲錦小襖、月華色的皮裙，披上白狐皮翻毛大氅，乘著小轎到了客院。

因為小皇帝已經下了賜婚聖旨，孫琪自不能再住在楚王府，只是因前幾日連天大雪，怕路上出意外，才沒動身。今日晌午才停了雪，孫夫人就親自帶了人來，拜見了楚太妃，謝過款待之恩，就要帶孫琪回府。

俞筱晚早就知會過夢海閣的丫頭們，若是得知了孫琪離府的確切時間，一定要來告訴她，她得送送客人。

到客院的時候，孫琪的行李都已經搬到了二門處，送上馬車了，孫夫人正拉著孫琪跟王府裡的幾個大嬤嬤說話。以楚太妃和楚王妃的身分，自不會親自來送孫琪，因而都只派了自己身邊有體面的大嬤嬤過來。

聽到丫頭通稟說「二少夫人來了」，孫夫人滿意地瞥了女兒一眼，看來琪兒還是很會做人的，在這兒住了幾個月，就與楚王府的人都這麼熟了。當然，寶郡王妃也客氣知禮，日後妯娌間也好相處。正尋思著，俞筱晚就扶著初雪的手走了進來，含著笑道：「我來遲了，真怕孫小姐已經走了呢！」

孫琪忙迎上前扶住她，「妳懷著身子，差個人來就成了，何苦親自跑這一趟！」

俞筱晚打趣道：「我這不是得趕緊趁著妳如今還是孫小姐，來端端架子嗎？下回再見，就得我向妳施禮了。」

孫琪不由得小臉一熱，嗔了俞筱晚一眼，卻不好意思回應。孫夫人一旁瞧著歡喜，之前聽說了俞筱晚上花樓暴打夫君的「事蹟」之後，心裡頭還不知多擔心女兒嫁過來會多受欺負呢！原來寶郡王妃與女兒的關係這般好，於是便替女兒回道：「郡王妃快請坐，讓您見笑了，我這女兒就是皮兒薄！」

俞筱晚由衷地讚道：「孫夫人真會教女兒，我家老祖宗這般挑剔的人，都對孫小姐讚不絕口呢！」

這話更讓孫夫人將心放到了肚子裡，臉上的笑容越發真誠了，便與俞筱晚寒暄了幾句，關心了一下她的身子。臘月天黑得早，又剛停了雪，怕路上不好走，俞筱晚便也沒多留，意思著要告辭了，「天黑了，路上看不清，還是早些啟程的好。」說著從芍藥的手中接過一個小楠木匣子，遞給孫琪道：「這是我的一點心意，還請孫小姐不要嫌棄。」

孫琪忙擺手道：「妳太客氣了，在府中叨擾這麼久，哪能再收妳的禮？」

俞筱晚含笑看著孫琪道：「有什麼不能收的？我見孫小姐喜歡珍珠首飾，就挑了一套送妳。」說著將匣子硬塞給孫琪，「這套頭面是東珠的，成色雖比不得妳那支紫色南珠的簪子，不過勝在個兒齊整。其實有句話我早就想說，以前到底生分，不敢直言，日後咱們兩個就是妯娌了，我要叫妳一聲大嫂的，就不怕妳不高興了。紫色的南珠的確少見，不過用在髮間似乎並不顯眼，白色的似乎更好些，我建議孫小姐將那只珠子拆下來，再瞧瞧用在別的什麼地方合適。」

孫琪自那日俞筱晚找她要簪子做模子之後，也嚼出話裡有些不對，這陣子沒再簪那支珠簪，今兒又聽到俞筱晚這般暗示，心中更是篤定，於是便感激地笑道：「妳說得有道理，我回去後就拆下來，請老師傅瞧瞧再打造成什麼首飾合適。」頓了頓，也不知當說什麼好。雖然賜婚了，可是還沒正式議親，皇家的婚禮又繁瑣，想是她嫁過來的時候，俞筱晚已經生了，便笑言道：「我沒什麼可回贈的，就祝妳生個可愛的麟兒。」

俞筱晚微笑著道了聲謝，便起身告辭了。

待俞筱晚走後，孫琪才打開小匣子，一瞧之下，她和母親孫夫人都吃了一驚，竟然是一套粉色的東珠頭面。每顆珠子都有小指頭大小，渾圓潤澤，赤金的托底上鑄著石榴、嬰兒等吉利花紋，工藝精湛。

孫夫人倒抽了一口涼氣，半晌才吶吶地道：「可真是貴重，沒個五六千兩銀子可打造不出來。」說完憂愁地看向女兒，「郡王妃這是什麼意思呢？」

孫琪想了想，嫣然一笑，將匣子收好，交給問菊，才轉頭同母親道：「郡王妃這是在給女兒撐場面呢！」身為楚王府的世子妃，成親的那日若是沒個拿得出手的首飾，可是會被人笑話的，可是以孫家的家境，又的確是沒這個能力，「母親也別擔心，日後女兒自有機會報答。」

俞筱晚出了孫琪的房間，又去了曹中妍那兒小坐，不多時聽到王府客院的丫頭過來回了孫琪的話後，就笑著對曹中妍道：「孫小姐是個灑脫的性子，不拘小節，我喜歡。」

曹中妍心不在焉地「哦」了一聲，俞筱晚笑問道：「怎麼了？」

曹中妍的小臉紅了紅，支吾著問道：「表姊，我何時才能回家啊，這裡就只有我了！」

蘭淑蓉在賜婚聖旨下達的當日，就委委屈屈地紅著眼眶向楚太妃拜別。楚太妃亦有幾分為難，她原本對蘭淑蓉的印象還不錯，斯斯文文、秀秀氣氣的，想拉拔娘家人一下，給蘭淑蓉謀個側妃的位置，只是聽逸之說，太后要強行將蘭淑蓉賜給琰之之後，心中對蘭淑蓉就有了些隔閡，不是很想為琰之娶蘭淑蓉了。

可是到底是自己的娘家孫女，在楚王府住了這麼久，就這麼讓她回去，日後的確是難許親，楚太妃就將蘭淑蓉調到春暉院住著，正正經經當自己的外孫女兒待著，日後旁人也就沒了嚼舌的餘地。

客院裡如今只住著孫琪和曹中妍二人，待孫琪一走，便只留下了曹中妍，不大好辦了。因而曹中妍一見到俞筱晚，就提出了搬回曹家住的要求。

俞筱晚想了想道：「過幾日三舅父就會搬到新官邸裡去，我先跟三舅母說一聲，讓她給妳備下房間，妳再搬回去吧。」

曹中妍也只能點頭應下了。

回了夢海閣，俞筱晚就同君逸之商量：「我好幾個月沒出門了……」

君逸之咬著她的耳垂笑話道：「明明前陣子才去滿春樓發了雌威的！」

俞筱晚氣惱地推開他，嬌嗔道：「那一回不算！我好幾個月沒出門了，就連貞表姊和雅兒表妹成親，我都沒回去，這回三舅父喬遷之喜，怎麼也得去捧個場才好！」

君逸之摸著下頷思索了一會子，才問道：「是哪天呀？」

之前說是臘月初，可是家具什物擺好之後，請了風水大師一瞧，又說兩處院落的布局有礙官運，忙忙地又改，俞筱晚道：「明日小舅母和三舅母會過府來探望我，應當也是為了告訴我具體時日。」

君逸之笑道：「那成，到時我多約上幾個人就方便出行了。」他也擔心俞筱離府會出什麼意外，就掰著指頭數，「韓世昭這傢伙肯定要去的，韓家與曹家也是姻親，弄不好韓夫人也會去；長孫羽跟韓世昭關係最好，又是姻親，跟著去湊個熱鬧也未為不妥，長孫芬必定也會要去，如今太后不管宮裡頭的事，小姑姑也可以去。」

反正一句話，能利用上的人都利用上。

其實俞筱晚還有一句話憋在心裡，以前舅父是十分信任張氏的，或許張氏知道些當年的事情，就算不知，也知道該找些什麼人查問，總比他們沒頭沒腦地亂猜亂想要來得快。

同一時間，曹中雅正在平南侯府的南院正房裡發脾氣，用力掐著紅兒的手臂，恨恨地問道：「妳到底打聽清楚了沒有？這個時辰了，世子爺早該下朝了，怎麼還沒回府？」

曹中雅嫁過來大半個月了，新婚夫君除了成親當日進來挑過蓋頭，就再沒進過她的房，日日歇在側室和小妾的房裡，她這個世子夫人當得名不副實，府中的下人們都開始怠慢她了。

嫁過來之後，曹中雅才知道那句老話，「得意的媳婦不如受氣的閨女」的意思，平南侯府的下人當著面甩她臉子，她卻無權處罰，侯夫人是根本懶得見她，因此沒讓她立規矩，可是也不會為她出頭。她心裡有氣，就只有往陪嫁丫頭們的身上發。

紅兒的手臂都不知被她掐過多少回了，大概青青紫紫，已經沒一塊好肉了吧。紅兒忍著疼道：「回少奶奶的話，世子爺真的沒回府。」

「肯定又是在外面喝花酒！」曹中雅恨得牙齒癢，可是又有什麼辦法？之前靜晟世子娶的兩名側室都已經有了身孕了，往外頭跑的就多了，「妳給我在二門處守著……不，讓美景去！」

她之前硬霸著美景這個漂亮丫頭，打的自然是借腹生子的主意，可是真等嫁過來了，又心有不甘。雖然以前曹中雅很討厭靜晟世子這個醜男人，可是女人就是這個樣子，不論多討厭一個男人，只要嫁給了他，就是希望能與他生兒育女、白頭偕老，何況過了兩年了，靜晟世子臉上的疤痕已經淡了許多，雖然還在，可是已經不顯眼，之前出眾的相貌又恢復了大半，因而曹中雅也能算得上是芳心暗許，總想著自己先試一試。大夫也只說是可能不是，又沒說絕對，可靜晟世子根本就不踏足她的房間。曹中雅終於決定聽乳娘的，將美景派出場了，總得先將丈夫拉到自己的院子裡來不是？

美景得了吩咐，咬了半晌下唇，才委委屈屈地收拾打扮一番，到二門處去候著。她跟著曹中雅嫁到平南侯府，因為外貌出眾，成了平南侯府的丫頭們的打擊目標，所有對曹中雅以及曹中雅的陪嫁丫頭們的不滿和不屑，都集中發作在美景的身上。她本就是個膽小怕死的性子，自然知道這個時辰二門處不知候著多少人。自己去了之後，只怕沒見到世子爺，就先被別的主子們給辦了。

美景磨磨蹭蹭地來到二門處，也不知是不是憨人的運氣格外好，偏是她到的時候，靜晟世子頎長瀟灑的身影就出現了。幾名或俏麗或嬌美的小丫頭紛紛朝他行禮，一個個嬌聲請安道：「世子爺安。」說完就一個個用濕漉漉的目光看著靜晟世子，等待世子爺問自己的話，好將世子爺請到自家主子的房裡去。

靜晟世子唇角噙著一抹淡笑，目光略掃了一圈，就放在遠處一棵雪梅之後的身影上。

靜晟世子背負雙手，幾步走到美景的面前，好整以暇地問道：「妳叫什麼？沒見過妳似的。」

美景忙蹲身回話：「婢子是大少奶奶的婢女美景，大少奶奶有事想與世子爺商議，還請世子爺移步正房。」

靜晟世子伸手勾起美景小巧的下頷，端詳了幾眼，含著笑道：「好！美景果然夠美，人如其名，可是很少在雅兒那見到妳啊！」

美景忙道：「因為婢子以前是服侍表小姐的，後來才調回給少奶奶，因此比不得紅兒姊姊和紫兒姊姊有體面……」

靜晟世子的眼睛一瞇，柔聲問：「哪個表小姐？」

「就、就是寶郡王妃，婢子服侍了表小姐三年。」

靜晟世子勾唇笑了笑，摸了摸美景的小臉道：「走吧。」

美景又驚又喜，同時又不免生出幾分得意。我一來就請動了世子爺，看來世子爺對我有些不同。

引著靜晟世子到了正房，曹中雅也是又驚又喜，同時又有幾分氣悶和嫉妒，悄悄瞪了美景一眼，打發她去沏茶，又給乳娘圓嬤嬤使了個眼色。

圓嬤嬤立即跟了出去，在茶水間裡狠狠掐了美景幾把，啐道：「小賤蹄子，妳少得意，要不要給妳開臉，可是少奶奶說了算的！」

美景哭哭啼啼地發誓絕不敢有二心，其實心裡頭恨得要死，只不敢表露出來。

圓嬤嬤這才滿意地指揮一名樣貌不及少奶奶的丫頭，端著托盤進屋。

曹中雅正與靜晟世子說著事，三叔父要搬去新的府第，父親也打算傍著三叔父居住，她想請靜晟世子陪自己一同參加三叔父的喬遷宴，也算是回門。

靜晟世子優雅地捏著杯蓋，低頭刮了刮杯中的茶葉泡子，輕啜了幾口香茗，才淡淡地道：「哪一日？都有些什麼人去？」

這是同意去了？曹中雅驚喜地道：「我回去……」一想到那個逼仄的小宅子，她的眉頭就皺了起來，忽地想到什麼，忙興奮地道：「明日三嬸子會去楚王府，跟我表姊說日子呢，我去問一問好了。」

靜晟世子只低頭飲茶，掩飾住微閃的眸光，良久才對滿懷期待的曹中雅道：「妳問清楚日子，提前告知爺一聲就是了。到時咱們先去楚王府，與妳表姊一同過去。」

曹中雅都快被幸福淹沒了，也沒到想楚王府與平南侯府相隔甚遠，為何要去楚王府接俞筱晚，而不是各去各的。

當晚靜晟世子就留在了正房，次日起來，曹中雅一臉嬌羞地服侍夫君著裝。靜晟的目光在丫頭們的臉上一掃，故作隨意地問道：「妳那個叫美景的丫頭呢？」

曹中雅臉色一變，幸福的泡沫立時消散了，抿著唇，怒視著靜晟世子道：「妳問她作什麼？不過是個賤婢！」

靜晟世子柔和隨意的表情一凝，到底是領兵的將軍，威嚴感瞬間就浮了上來，曹中雅駭得不由自主地往後退了一小步，肩膀也縮了起來。

靜晟世子眯著眼睛冷聲道：「看來還是冷落得少了，妳到現在還記不住自己的身分！別忘了，我問她也是為妳好，妳以為妳那點事能瞞得了誰？自己不能生，還不想早點抱個嫡子嗎？還是打算等我將余氏抬為平妻？嗯？」說罷一甩袖子，揚長而去。

曹中雅頓時就癱在了地上，圓嬤嬤哭著上前抱住她，「世子爺……是怎麼知道的……」

曹中雅腦中一片空白，茫然地應道：「是啊，他怎麼知道的？母親不是將所有聽到這話的丫頭們都遠遠地發賣了嗎？」她忽然將眼睛一瞪，指著紅兒道：「肯定是妳！唯一沒有賣掉的丫頭就是妳，妳告訴夫君的，妳想當姨娘是不是？妳這個賤婢！」說著就撲了上去。

紅兒嚇得邊哭邊躲，「奴婢沒有！奴婢不敢啊！」

圓嬤嬤趕緊抱住幾欲發狂的少奶奶，附耳道：「少奶奶，若是被府裡的丫頭聽到了，您以後還怎麼鎮住那群妾室？」

曹中雅心中一個激靈，神智頓時回籠了，圓嬤嬤忙趁機道：「快收拾打扮一下，要去楚王府了。」

楚王府內，俞筱晚才剛起身，曹家就遞了帖子進來，除了秦氏和武氏，居然張氏也來了，還帶著已出嫁的女兒曹中雅和未出閣的曹中燕。

俞筱晚在暖閣裡接見了曹家人，秦氏陪著笑道：「又請大師算了日子，說是臘月二十最宜入宅。」頓了頓又道：「婆婆和妳舅父、舅母她們都會一同搬過去住。」

五品官的府第雖然小，可也比曹家買的那處宅子大，曹清儒這是賴上自己的親弟弟了。偏偏曹清淮還不好推，不論曹清儒犯了什麼事，總歸還是他的親哥哥，所有人都可以鄙視曹清儒，偏他不能，還得好茶好飯地供著，謀個好名聲。只不過，名聲是好了，可是府中有這麼個臭名遠揚的人物，恐怕也沒什麼人會願意同曹清淮交往。

俞筱晚有些同情地瞥了強端著一臉笑的三舅母一眼，含笑應道：「屆時我和二爺一定去恭賀喬遷之喜。」

秦氏聽得兩眼放光，忙笑著道了謝。武氏也是有事相求的，只是張氏在此，有些話就不好說。秦氏之前與她通過氣，就代武氏說道：「燕兒的婚事定在明年年初，開了春就辦，吉日過完元宵就會請大師掐算。說起來，咱們府中的小姐們都嫁出去了，可是兩位少爺卻還沒有著落呢！啊，也不是，敏兒已經定親了，就是這婚期……不知道……晚兒，妳不是同韓五小姐處得極好嗎？開了春，韓五小姐就十六了，難道還不急著嫁嗎？」

這是想讓她幫著去問問，可是君逸之問韓世昭都沒問出個所以然來，她能問出什麼？

俞筱晚沉吟了一下，徐徐地道：「我前陣子不舒服的時候，甜雅來看望過我幾次，只是她是女兒家，我不好問她。若是小舅母著急，不如再遣了媒人上門請期，問清楚韓家的意思。若真是嫌了曹家，就主動提出退婚，還能得個人情。」

武氏一聽大急，「那、那、那……」好不容易說了這麼好的媳婦，漂亮又溫柔，出身又高貴，她怎麼願意退親？可是曹家現在是個什麼樣子，她也說不出個理由來不退婚，只急得大寒冬的一頭虛汗。

俞筱晚暗暗搖了搖頭，韓甜雅自己看上曹中敏，肯定是不願意退親的，況且韓家是什麼樣的人家，哪會隨意退親？就算這親事退得有理由，也是當年他們家有眼無珠，害得女兒成了退過親的女子，臉面上過不去！這不過是以退為進罷了，不然總這麼拖著，真等到七老八十再成親嗎？

張氏聽說曹中敏攀不上高門媳婦了，臉上頓時笑開了一朵花，從旁勸著：「就是啊，說不定韓相爺看在敏兒主動退親的分上，還會提攜他一二呢！」

倒是秦氏嚼出了俞筱晚話裡的意思，拍著胸脯保證，「這事兒我來辦，好歹我家老爺也是官身，韓相總不能不理不睬！」

張氏聽到什麼「官身」之類的話，心裡頭就極端不舒服，輕哼了一聲，回頭瞧見女兒還是神遊太虛的樣子，不由得皺了皺眉，忙調整了面部表情，笑容親切地朝俞筱晚道：「晚兒這懷象，我瞧著像是男胎。」這話是個女人就愛聽，說了準沒錯，「我有些保胎的法子，一會兒告訴妳。」

這是要單獨留下呢！

俞筱晚正好也有事要問張氏，就笑著應道：「正好要向舅母討教討教。」

秦氏就和武氏、曹中燕告辭了，留下張氏與曹中雅。

曹家那宅子逼仄，曹中雅成親之後是沒有回門的，家裡也有心搬到三老爺的府中之後，請靜晟世子過來吃個飯，一家人攀攀交情，看憑著平南侯的地位，能不能幫曹中睿弄個小官當著。因為上回的事只處置了曹清儒，曹中睿的功名並沒有被奪去，他仍是舉子，在吏部掛著名，只等有空缺了，好走馬上任。

可是候任的人遠比空缺要多，而且靜家對曹家一直是不理睬的，因而張氏急需俞筱晚和君逸之幫忙周旋。以曹清儒現在的身分，根本不配與靜晟世子說話，可是這兩位就不同了。

張氏陪著笑道：「等搬過去之後，想尋個日子請親家和靜晟世子過府用個飯，希望晚兒和表姑爺一同來坐坐。」

俞筱晚故作遲疑，「以前逸之還打過靜晟世子呢，他知道我們要去，恐怕就不會去了。」

張氏忙道：「不會不會，雅兒成親那天，寶郡王爺去送親，一開始我們也怕他們會鬧起來，但是沒有啊，靜晟世子還大大方方地與寶郡王爺交談，說以前的事一筆勾銷，今後咱們倆就是連襟了，得多多親近。」

這事兒俞筱晚是知道的，卻故意裝作剛聽過，想了想，笑道：「舅母若想請託人辦事，總得給點回報！芍藥，請靜少夫人去東次間坐坐！」

張氏一怔，芍藥極有眼色地請曹中雅移步，又帶著丫頭們退了出去，讓初雲和初雪一個守在暖閣門口，一個守在窗下，免得被人偷聽了去。

待人都走了之後，張氏才遲疑道：「我如今還能給寶郡王妃什麼回報？」

俞筱晚低頭喝著補湯，待張氏心裡七上八下地折騰夠了，才笑盈盈地道：「我不用舅母妳贈我金銀地契，我只問妳一句話，十幾年前，舅父幫宮裡的貴人辦過什麼事？」

張氏的臉色一變，慌忙地移開目光，看向地面精緻的羊毛地衣，嘴裡支吾著應付：「妳舅父十幾年前還只是個小官，辦的自然就是手中的差事了。」

俞筱晚不動聲色地看著張氏裝，淡笑道：「我記得舅父之前的職務是……嗯，詹事府左諭德，是吧？這個職務是時常能出入宮廷的吧？」

張氏的臉色越發繃得緊，勉強笑道：「是啊，不過當年……妳舅父不會迎合上司，好差事多半都是讓旁人擔著去了。」

俞筱晚輕輕一笑，「好差事壞差事，不論是什麼差事，辦完之後都是要入宮稟報給當時的皇后和太子的吧？我一直在想，舅父是從詹事府裡出來的，為何會為攝政王爺辦事，而不是太后，這不是挺奇怪的嗎？不過後來一想，也是有可能的。當年太后懷過幾胎都沒能保住，膝下無兒無女，指不定日後會如何呢，反倒是良太妃，生了長皇子，聖寵不斷，舅父會選擇幫良太妃和攝政王，在當時來說，也算是有眼光。」

張氏張嘴還要反駁，俞筱晚神色一厲，「我今日來問舅母，也是因為聽到了一些風聲，好心想拉舅父、舅母一把，妳若是不願意說，我也不勉強，只是以後也別再求到我面前！」

張氏心中一凜，緊張地問：「妳……妳聽到了什麼風聲？」

俞筱晚冷淡地道：「無非就是當初的端妃如何，孩子又如何之類。」

她不知道實情，只將話透出一點，但越是這樣，越顯得可信，讓人自行猜測的空間就越大。

張氏的臉已經白得如同一張紙了，俞筱晚不給她前思後想的機會，抬了抬手作出送客的樣子，「若是舅母沒別的事，好走，不送！」

「別……」張氏遲疑了一下，就自動地湊上前來，壓低了聲音道：「其實我知道的不多，我只知道妳舅父幫了宮中一位貴人，才得了攝政王爺的賞識。妳知道妳舅父這個人並不怎麼相信旁人，不過我可以幫妳問一個人，她必定知道。」

俞筱晚抬了抬眉，張氏繼續道：「就是印嬤嬤，她是婆婆的心腹，當年……妳舅父幹了這事後，才被她知道的。我曾聽婆婆責罵過妳舅父，婆婆的事，印嬤嬤沒有不知道的。」

俞筱晚心中激動，面上卻一點也不顯，只略抬了抬眼問道：「印嬤嬤會說嗎？」

張氏一臉陰沉地道：「妳放心，我自有辦法！」

俞筱晚不屑地輕笑道：「我有什麼不放心的？又不是我會出事！」

張氏的臉孔白了一白，的確，俞筱晚有什麼不放心的？就是曹清儒那個混帳都可以破罐子破摔，被貶為庶民的官員，就沒看過還能起復的！可是她的睿兒就不同了，雖然被何大人和攝政王給壓著，不讓再參加大比，可畢竟還有個舉子的功名在那兒，是可以當官的，因而絕不能被任何事破壞。

俞筱晚只瞧了瞧張氏的臉色，就知道自己猜對了，張氏必定會去調查清楚。

張氏走後，君逸之便回了府，換下那身青色繡銀鈒花的公服，笑盈盈地朝俞筱晚道：「妳猜我查出了什麼？」

俞筱晚好奇地問：「不過一天的時間就查出來了？」

君逸之笑著拉她坐到暖炕上，小聲道：「今日帶幾個衙吏到茶樓坐了坐，有嘴碎的正好說起他兒子的生辰與陛下的相同，我就問了問，他嘴碎，越說越多，還說他記得很清楚，端妃薨逝後一個月，陛下就出生了。」

俞筱晚眨了眨眼睛，「這說明什麼呢？隔了一個月，怎麼易子？」

君逸之摸著下頷道：「要弄清楚端妃是不是早產……」

俞筱晚眼睛一亮，是啊，不是說端妃未亡嗎？若當初是早產，那麼就極有可能被祕密地安排在了某處，待正式生產了之後，算作是太后的兒子。

只是舅父幫的是什麼忙？這麼說起來，應當算是幫太后啊，為何會得了攝政王的青眼？

端妃當年是否早產，格外重要，猶記得攝政王府的幾位孺人都是中過催產藥物的，會不會當年端妃也中了此藥？俞筱晚一直覺得當年攝政王府的事，太后才是真正的幕後黑手，太后手中必定是有這味藥，而且後宮是太后的天下啊，要使手段太容易了。

當然她不喜歡無根據的猜測，這樣太過虛無，便小聲地問道：「不知道老祖宗有沒有辦法問清楚當年之事，太醫院裡應有脈案，總有記得那事的太醫。」

脈案是不得外傳的，可是楚太妃品秩高，要求調閱自己的脈案沒問題。讓君逸之陪著太醫去取，不知有沒有機會偷看到當年的？還有端妃的娘家人，不知她們知道多少內幕？

俞筱晚想三邊同時調查，她總覺得舅父曹清儒所知的，或者說他當年的作為，只是整件事的一部分，否則這事實在是有太多的矛盾之處。

君逸之仔細想了想俞筱晚的建議，緩緩地搖了搖頭，又點了點頭，「以前我幫老祖宗取過一次脈案，那回是請智能大師來為老祖宗診脈，要借閱一下，可是我只能坐在偏廳裡等候，是不能進案館的。入宮的話，從文他們都不能帶進去，身邊又有太監服侍，我一人難以應付。不過，可以一試，若不成就罷了。」

俞筱晚這才知道，原來太醫院裡管理得這般嚴密，於是偎進君逸之的懷裡道：「若是危險就罷了，其實要不要查下去，我都猶豫了。」

她也不知該怎麼說才好，小皇帝當年年僅七歲就被冊立為太子，而朝野內外無人持有異議，只因他是太后所生的嫡子，旁人會為攝政王惋惜，卻不會為攝政王打抱不平，因為嫡庶之別有如天壤。若小皇帝真是端妃所出，那麼與攝政王就同成為庶出皇子，這朝局只怕又會動盪。這樣的局面，太后不願見，小皇帝也必不願見，唯一會感到高興的，大概就是攝政王了。

君逸之也知道天家的事能少沾染就少沾染，只是他有他的顧慮，「晚兒，金剛經在妳的手中，太后當年若真是動過手腳，必不會放過追查，除非證人已死。還記得我曾告訴妳，那名遊方僧人被人劫走了嗎？到現在還不知是誰下的手，我猜測著，只有兩種可能，一是太后，她已經將當年的證人殺了，因而才沒那麼急著追查金剛經一事；二是紫衣衛，他們恐怕是在等陛下親政之時，再將那人交予陛下處置。」

君逸之猜測那名遊方僧人多半是落入了太后的手中，若是沒有落在太后的手中，太后不可能放棄追索當年的證據，而且更會為了將證人找出來而大動干戈，可是自那遊方僧人被劫走以後，朝野上下一直風平浪靜，太后似乎沒那麼執著於金剛經和玉佩了。雖出手試探過晚兒幾回，但並不嚴苛，晚兒避過也就避過了，與傳聞中太后冷血無情的作風不符，或許太后只是想知道晚兒是不是知道真相？

君逸之頓了頓，又繼續道：「但是太后幾次三番地試探於妳，總會露出痕跡來。楚王府到底與攝政王府不同，沒有重要到能同陛下和太后爭大權的地步，太后總是針對咱們，皇叔終會瞧出異樣來。若是皇叔也知道了有這麼一份證據，恐怕也會對妳不利。我的意思是將當年的事調查清楚，交給陛下處置，所有證據都銷毀掉，不能再放在世間害人。」

不論小皇帝是誰所生，只要是先帝的骨血，又是先帝親自下旨傳承皇位，那麼小皇帝就是名正言順的皇帝，只不過事情若是在四年前揭曉，先帝會立誰為太子又未可知。也許現在坐在龍椅上的是攝政王，而小皇帝不過是個被圈禁在封地的王爺，但世事就是如此，時機錯過就是錯過了，現在小皇帝已經長大，已經有能力承擔起江山社稷，攝政王再與其爭，只會讓黎民受苦，因此必須要保證朝局的平安穩定。況且，就算時光倒回，先帝會不會立攝政王為太子都是未知數，他們自然是要忠誠於現任的帝王。

俞筱晚聽他說得在理，先將事情查清楚，再將證據都交給陛下，陛下自然會明白他們的忠心，而且陛下若真的不是太后所出，對他們只有好處。

過了兩天，就是曹清淮的喬遷之喜，俞筱晚與君逸之一早與楚太妃稟明了，到曹府去玩上一日。韓甜雅和長孫芬邀請了惟芳長公主，一同到楚王府來接俞筱晚，沒想到賀氏也來了，一進門就嘟著小嘴，不大高興的樣子。

因不急著過去，俞筱晚先請她們四人在夢海閣裡小坐了會子，請了曹中妍過來，還沒聊上兩句，就見得芍藥拿了張大紅的名帖進來，呈給俞筱晚道：「靜少夫人來接二少夫人了。」

俞筱晚聽著有些疑惑，她什麼時候與曹中雅的關係這般親密了，連回趟曹家都要相約而行？不過人都來了，總不能不見，俞筱晚便讓芍藥將曹中雅迎進來。曹中雅見到惟芳長公主也在，頓時喜逐顏開，蹲身福了一福之後，便熱絡地與惟芳長公主等人攀談起來。惟芳長公主原本對曹中雅的印象就不好，哪願意與她說話，只垂頭輕品著香茗，愛理不理的。長孫芬只拉著俞筱晚說話，只有韓甜雅厚道，兼之與曹中敏定了親，兩人日後是姑嫂，就接了曹中雅的話題聊起了家常。

可是曹中雅是個不知收斂的，她在平南侯府過得不甚如意，前兩天將美景開了臉，這兩日靜晟世子對她才算好了些，因此特別擔心別人知道她不得意，就拚命吹噓自己怎麼得寵，怎麼將一干妾室都壓得抬不起頭來。若曹中雅是在貴婦圈子裡談論這些，倒也能引起不少人的共鳴，當正妻的都看小妾們不順眼，自會與她聊到一處，可是韓甜雅還未出閣，聽這類話題都有些抹不開臉，更不可能附和，兩頰染得緋紅，曹中雅還在那兒說她的「光榮事蹟」。

俞筱晚瞧著不像話，就站起身來道：「咱們出發吧。」

韓甜雅鬆了口氣，忙起身走到俞筱晚身邊，挽著她的手臂道：「我同妳乘一輛車。」

惟芳長公主笑道：「咱們四人一輛車，可別想丟下我。」

俞筱晚笑了笑道：「自然好。」

賀氏卻不允，「我要跟妳乘一輛車。」

俞筱晚直覺賀氏是有話想同自己說，便向惟芳長公主告了罪，坐到了賀氏的馬車裡，又想起了曹中妍，挑開車簾，對曹中雅道：「雅兒妹妹，我就將妍兒託付給妳了。」

賀氏的馬車很寬敞舒適，可是坐上三個人也會略擠，曹中雅只得應承下來，與曹中妍同乘一輛馬車。

女子們在二門處上了馬車，從卸了門檻的側門處出了府。君逸之、君之勉、靜晟世子、韓世昭等人都等候在側門處，見馬車出來，便飛身上馬，左右護著馬車往曹府而去。

上了路，賀氏就壓抑不住自己的性子，拉著俞筱晚訴苦：「一大早的要我一同去曹府，算什麼？不過就是個側室罷了，算得什麼親戚！」

雖然嫁給君之勉之前，賀氏就知道有曹中慈這個側室的存在，可是沒親眼見著，總歸沒那麼不舒服，可是曹家搬入新居，自己的夫君也要去致賀，她心裡就覺得萬分委屈。雖然親王側妃的娘家也能算是親戚，可是那也是君之勉承爵之後的事，現在不過就是個貴妾罷了。賀氏在京中沒有什麼朋友，這才想找俞筱晚訴苦，頓了頓，才想起曹中慈是俞筱晚的表妹，臉上就有些訕訕的，「我、我的意思是……」

俞筱晚笑著拍了拍賀氏的手，「沒事，我明白妳的意思！」

賀氏張了張嘴，也不知該說什麼。她的父親也有幾房姬妾，她不覺得有什麼，出嫁之前，奶娘還專門就此對她進行過培訓，可是真等事情落到她頭上，她就覺得受不了。

俞筱晚轉了話題，看著賀氏頭上的百嬰玉冠道：「真漂亮啊，是在百珍樓打的嗎？」

賀氏黝黑的小臉上透出暗紅，羞澀又得意地道：「之勉送的。」

俞筱晚眉眼含笑，想也是，賀氏是西南夷人的後代，想必風俗會與中原不同，這種明顯是中原婦人最愛的求子花冠，只會是君之勉送的，而且他允賀氏叫他的名字，可見平日裡相處得十分和睦親密。俞筱晚就沒再接話，她存了一個心思，還是想勸說曹中慈放棄這門親事，畢竟當妾室低人一等，就算日後君之勉承了爵，為她請了側妃的封號，也不能改變她低賀氏一頭的事實。

沉默之中，馬車到了曹府。曹清淮的官職不高，府第不大，來的賓客也只是他的十幾位同僚，只是賓客們都沒想到，寶郡王爺、靜晟世子、勉世孫和韓相的公子都會蒞臨，一時間曹清淮覺得臉面有光，興奮得手都直抖。

女賓們被迎入了二門，秦氏帶著女兒曹中慈親迎，向著諸位女賓深深地拜下。賀氏仔細盯著曹中慈看了一會兒，小聲同俞筱晚道：「妳表姊長得很白，若是不白……」就比不上她。

俞筱晚掩唇輕笑，「妳有妳的美，何必與旁人相比？」

到了中廳，惟芳長公主和俞筱晚坐在上座。其他人依次落座之後，早先來的幾位夫人就向著長公主和寶郡王妃、世孫妃請安，然後紛紛低眉順目地開始拍馬屁。俞筱晚不耐煩這種虛偽的場合，只坐了一會兒，就尋了個藉口去看望外祖母，還叫了曹中慈、曹中妍相陪。

曹中慈扶著俞筱晚往南院裡走，介紹道：「父親將南院劃給了大伯父一家居住，今日來的都是官員，祖母和大伯父、大伯母她們就都沒過來。」她笑盈盈地介紹了一下院子裡的花草，這個是什麼陣，能增加官運，那個是什麼陣，能延長福壽，「都是請寺廟裡的大師相看的風水，應當靈驗的。」

俞筱晚含著笑道：「自然。」

曹中慈東拉西扯了一通，終於禁不住心裡的好奇，小聲地問道：「那位世孫妃，看起來好黑啊！」

俞筱晚看著曹中慈笑道：「可是眼睛很亮，而且性子直率開朗，與勉世孫琴瑟和諧。」

曹中慈臉上的笑容一滯，抿了抿唇道：「表妹就喜歡笑話我！」

俞筱晚斂了笑容，很正經地道：「我不是在笑話妳，就連妍兒都知道絕不為妾室，妳為何非要執著勉世孫？他已經是賀氏的良人了，他只不過是扶過妳一把，有必要讓妳賠上一生嗎？就算看不上京城裡的世家公子，現今京城裡多的是各地的才子，有不少家境不錯的，妳何不讓三舅父為妳相看相看？」

曹中慈將頭一扭，「貧寒之家我是不會嫁的，外地的世家之子不一樣也是三妻四妾？」

俞筱晚道：「但至少妳為正妻的話，總比低人一頭要強吧？況且丈夫日後納不納妾，納多少妾，還得看妳的手段，總比嫁給勉世孫為妾，萬事由不得妳作主要強吧？」

曹中慈只抿緊了唇，不說話，俞筱晚暗嘆了一聲。這邊說不通，再試試三舅母那邊吧，若是能說服她們母女最好，若是說不動，她也不管了，旁人自己的選擇，日後是苦是甜，都得她們自己受著。

曹老夫人才不過幾個月不見，可是面貌老了至少十來歲，兒子犯事貶官，對她的打擊很大，曾一度以為要白髮人送黑髮人了，還好老天見憐。見到俞筱晚，曹老夫人說不出的開心，眉梢眼角都是笑意，不顧俞筱晚的阻攔，硬是帶著兩個兒媳，和一眾家眷向俞筱晚行了跪拜大禮。俞筱晚側身避了避，迅速地扶起外祖母。

曹老夫人拍了拍她的手道：「該受的禮妳還是要受的，這是皇家的尊嚴，不能因情而廢。」

「嗯。」俞筱晚應了一聲，與外祖母相互扶持著，一同在炕上坐下。炕上有些涼，用手摸著，還是有微微的溫度，可見下面燒的炭火比較少。俞筱晚遲疑道：「家裡這般不濟了嗎？回頭我讓人送些炭來，專給您用。」

再怎麼也不能讓外祖母受了寒，前世外祖母就是在去年的冬季染了風寒，纏綿到開春就故去了。如今雖然還算是硬朗，但是老人家的身子禁不起折騰，一點小病就會讓閻王召了去。俞筱晚費盡心力，可不是只為了讓外祖母多活一年的。

祖孫兩人說了好一陣子的話，張氏一臉坐不住的樣子，俞筱晚便笑道：「聽說石姨娘為舅父添了個兒子？我忘了送賀儀的，一會兒去瞧瞧。」

說到小孫子，曹老夫人也露出幾分歡喜，老人家都是喜歡小孩子的，便笑道：「得蒙郡王妃親自去探望，可是他的福氣。」一抬頭，張氏立即主動請纓，「讓媳婦帶晚兒過去吧。」

俞筱晚向外祖母道了別，將手一伸，由張氏和初雲一同扶著，去石榴的房間裡坐了坐。小寶寶生得玉雪可愛，石榴卻有些憔悴。這個兒子若是在曹清儒得意的時候出生，這個老來子必定會極得曹清儒的喜愛，可惜他出生在曹家沒落之時，曹清儒只想著多一個人多一張嘴，哪裡耐煩來看他？

俞筱晚連茶都沒讓上，就被張氏請到了她的房間。這處南院也不過跟那個小宅子差不多大小，不過勝在只曹清儒一家子住，而且曹中雅出嫁了，曹中燕又過繼給了曹清淮，他們一家住著也算寬敞。張氏分到了二進的兩間上房，可以將人手打發出去，單獨與俞筱晚談話，不怕被人聽了去。

「真是嚇死我了，晚兒，妳可一定要幫忙啊！」張氏一張嘴就是心有餘悸的樣子。

俞筱晚還真是頭一回見到張氏這般緊張，心頭的預感越發不好，示意張氏快點說。張氏湊到俞筱晚的耳邊，用低得不能再低的聲音道：「妳舅父他居然……與良太妃勾結，給端妃娘娘下藥，害得端妃娘娘早產……」

俞筱晚眉頭一挑，「良太妃？妳確定？妳確定是早產？」

張氏緊張得額頭的汗都出來了，「確定，那印嬤嬤我能拿捏得住，她什麼都告訴我了。」

看張氏的樣子，恐怕是用了什麼非常的手段，俞筱晚也懶怠去問張氏是怎麼查問的，只在心裡琢磨著這幾句話。

若是良太妃向端妃下手，倒也是合理，畢竟那會子，先帝只有良太妃所出的攝政王，以及養在太后殿裡的康王兩位皇子而已。康王身子極弱，攝政王是最有利的皇位繼承人，若是端妃也生出個兒子來，還極健康的話，就會對攝政王造成威脅。當時舅父選擇投靠良太妃和攝政王也是情理之中，只是若是良太妃下的手，太后當年就應當是不知情，何來易子一說？若是良太妃易子，就更說不過去了！生都沒生出來就被弄出宮了，對攝政王沒有半點威脅，還要易什麼？

俞筱晚一面思索著，一面不動聲色地問：「早產是個什麼情形，印嬤嬤可知道？」

張氏搖了搖頭，「不知道，只知道是下了藥，讓端妃娘娘早產。早產自然容易難產，端妃娘娘薨後，只停靈一天就出殯了。」

俞筱晚再問：「舅父是怎樣下藥的呢？」

雖然那會兒曹清儒是在詹事府任職，可是也只能覲見皇后和太子，沒得見妃嬪的道理，要下藥難度太大了。

張氏似乎十分清楚，「有個太醫是妳舅父的好友，聽說事後就辭官了。妳舅父自然是見不到端妃娘娘的，這才沒被人懷疑。」

俞筱晚點了點頭，安撫張氏道：「既然是已經發生的事，也不必太擔心了。我跟二爺商量一下，看能不能幫忙掩蓋過去。」說罷便起身要離去。

張氏急得一把抓住俞筱晚的衣袖道：「妳打算怎麼掩蓋？那個太醫最好是……」她做了個殺頭的手勢，「這樣才安全！」

俞筱晚似笑非笑地道：「若是我找到了那位太醫就告訴給舅母，舅母自己去……」回了張氏一個殺頭的手勢。

也不理會張氏尷尬的神色，俞筱晚淡笑著甩開張氏的手，揚聲喚了初雲進來，回了前廳。

宴會開始之後，秦氏終於逮著一個機會，跟俞筱晚說了曹中敏的婚事：「前日我親自帶著媒人去了韓相家，表示咱們不想拖累韓五小姐，韓夫人卻又說沒退親的意思，只是覺得女兒還小，想多留兩年再嫁。我好言好語地央求了大半天，韓夫人總算是鬆了口，說道明年開春之後就請人算吉日。」

秦氏很委婉地訴說自己的辛苦，只是為了告訴俞筱晚，這事是因她盡力周旋，才得以圓滿解決。因為她發覺俞筱晚比較重視曹中敏的婚事，想在俞筱晚面前討個好印象。

俞筱晚道了聲辛苦，想了想又道：「這樣吧，若是明年開春婚期定下來了，就讓小舅母親自去送親吧。」

有未來婆婆陪著去外地成親，自然是對韓甜雅的一種尊重，但也是俞筱晚為了保全武氏的一個法子，誰知道將來曹清儒會被陛下如何處置？

秦氏沒做多想，一口應了下來，兩人才回了席。

曹府雖小，但是內外分明，俞筱晚直到離去的時候，才在二門處見到了同行的幾位男子。君逸之正與靜晟世子、君之勉幾人說著話兒，言笑晏晏，彷彿是多年的好友，彼此之間沒有一絲芥蒂似的。

發覺到夫人、小姐們出來了，靜晟世子的目光迅速在人群之中找到了俞筱晚，在俞筱晚的小臉上轉了幾圈，再瞄了一眼她尚不明顯的腹部，含著笑上前來拱手，「表姊，近日可安好？」

二十幾歲的男子喚自己表姊，俞筱晚聽著彆扭，小臉上卻絲毫不顯，微微笑道：「世子安好。」

靜晟世子自來熟地道：「叫世子太見外了，表姊叫我妹夫便是。」

俞筱晚置之不理，她沒跟靜晟世子這種心機重的人套近乎的愛好，只看向被曹清淮絆住的君逸之。原本與俞筱晚一塊的賀氏走近君之勉，想與他交談幾句。

靜晟世子就趁機走到俞筱晚的身邊，低聲道：「風雪大的時候，還是不要出城比較好。」俞筱晚有些莫名地看向靜晟世子，靜晟世子望著她微微一笑，眼睛裡有一種說不出的情緒。俞筱晚有些意外，也有些羞惱，偏過頭問秦氏：「馬車何時能過來？」

此時曹中雅已經搶步上前，堅定地站在丈夫的身邊。靜晟世子無可無不可地讓她伴著，眼睛卻一直在俞筱晚的小臉上打轉。

君逸之一面同曹清淮敷衍，一面尋找著俞筱晚，自然瞧見了靜晟世子的舉動，心頭惱怒不已，偏曹清淮還在那兒喋喋不休，他就懶得再敷衍了，眉頭一挑，眼睛一斜，「曹大人還不去催催馬車？若是晚兒受了風寒，恐怕你們曹府賠償不起！」

曹清淮這才發覺自家的小廝辦事太不力了，忙告了罪，急匆匆地去催人辦事。君逸之幾步來到俞筱晚身邊，摟過她的纖腰，將身子一側，擋住靜晟世子的目光，小聲地問：「他剛才同妳說什麼？」

俞筱晚自然知道這個他指的是誰，就輕笑道：「要我別出城！」

君逸之哼了一聲，「莫名其妙！」他們什麼時候說過要出城了？就是出府都是小心翼翼的。

俞筱晚卻有些擔心，根據她的直覺，靜晟世子提醒自己這句話，應當是沒有惡意的。雖然自己不願意出城，可是難保不會有什麼意外的事件逼得她非出城不可。

回到家中，俞筱晚就將張氏的話告訴了君逸之：「你說，會不會是太后螳螂捕蟬，黃雀在後？」

良太妃想害端妃肚子裡的孩子，被太后察覺了，原是想拿良太妃的把柄，沒曾想發覺端妃沒死，還生下了一子，就乾脆……不對，那時候太后應當是懷上孩子了，否則她怎麼會在一個月後生產？除非是太后一開始就打算要端妃的孩子，才會假裝懷孕，但是孕期有十個月那麼長，先帝又子嗣單薄，必然會十分在意這個嫡出的孩子，怎麼可能一點也不被先帝發覺？

俞筱晚甚至猜測著，太后一直沒將康王過繼到自己的名下，只是養在慈寧宮裡，極有可能康王的病就是太后的手段。若太后自己生不出兒子，哪天就康復了，可是太后有了兒子，又被冊封為太子，就沒必要一定讓他死了，就這般虛弱地活著。

君逸之摟了摟俞筱晚道：「這事待我先去一趟太醫院，看能不能找到當年的脈案再說。」

若是不能混進去翻看的話，他打算夜探太醫院。

因為事關重大，君逸之向大哥透露了一二之後，君琰之竟贊同他的決定，還打算與他一同去太醫院走一趟。

君逸之尋了藉口去了趟案館，仍是不讓他靠近案館。這一回君逸之死皮賴臉地蹭到了門口，案館不過是一個大房間，裡面放著若干個書架，上面擺滿了脈案。一疊疊地用牛皮紙袋裝著，上面有寫明年分和所屬人名。

君逸之特意要了兩份年代不同的脈案，仔細觀察了內侍取脈案的順序，估出脈案擺放的規律，就沒再多留，只將那兩張方子謄抄了一份，說是拿回府去製藥丸，此舉也沒引起誰的懷疑。

太醫院在皇宮中的外宮，靠近禁門處，方便內宮之中的妃嬪們有召之時，能以最快的速度趕到。在外宮之中最麻煩的就是侍衛太多，君逸之與君琰之兄弟二人，趁著夜色朦朧，雪色遍地，各自披了一件雙色斗篷，內裡是純白色的，外面卻是純黑色的，在屋頂跳躍的時候，就將黑色朝外，若是遇到侍衛，伏在雪地裡時，就將白色面朝外。

兩人遮遮掩掩到了太醫院，院內僅有幾名小太監在值夜，天寒地凍的，都縮在屋內不動，兩兄弟很快進入了案館。潛入之後，君逸之按著之前的猜測，很快找到了相應年分的架子，兩兄弟憑藉著超強的視力，就著天窗外的微弱雪光，一排一排地查找著端妃娘娘的脈案。

可是沒曾想，找遍了那個架子都沒找著，君琰之蹙眉道：「難道是被毀了？再找找之前端妃的脈案，不是懷孕時的。」

兩人又往前面的年分去找，花了老半天，才找了兩份出來，君琰之忙從懷裡掏出火摺子，燃了一點火光，兩人蹲在屋角，用炭筆謄抄了一份，再回到之前的那排架子上翻找了一番，確認沒有端妃的脈案，才極度不甘地回了楚王府。

俞筱晚剛醒過來，君逸之就將那份脈案放到她的眼前，「晚兒，妳瞧瞧有什麼問題沒？」

俞筱晚拿著脈案研究了一下，更確定了端妃的死因有問題，她解釋道：「看起來這位端妃娘娘的身子很健康，按說，即使是早產也應當不會有大問題。早產多半是受了什麼刺激，胎兒的頭部還沒入盆，因而容易難產，可是宮裡有的是有經驗的穩婆，只要產婦有體力，能支持得住，穩婆們就可以用按摩的手法，將胎兒的位置調整過來，除非之前就是坐胎，否則的話，應當不到會難產而亡的地步。」

君逸之洩氣地道：「妳舅母都說了是下過藥的，自然是有問題的。」

俞筱晚好笑地白了他一眼，「你沒聽明白，我是說，當時端妃應當沒死。」

產房是不潔且不吉的，因為有血光，就是普通的人家，若是有難產而亡的婦人，多半都不會停靈，就直接土葬。有些薄情的，甚至不會將人埋到祖墳裡去，怕壞了家運。端妃娘娘當時也只停靈一日，就草草下葬了，這時要動手換屍，也不是不可能的事。

但現在的問題是，小皇帝真是端妃的孩子嗎？易子，自然是兒子生出來了，被人換了。若是端妃在死前生下了孩子，良太妃應當是想辦法換成公主，可是當時端妃是一屍兩命，若是太后易子，那太后就不可能是臨時起意策畫的。

俞筱晚想了想，忽然眼睛一瞇，伸手在君逸之的肩頭戳了戳，一副有話要說，卻又捕捉不到靈感的樣子。君逸之只好啟發地問了她幾個問題，一連問了好幾個，終於問到了關鍵，俞筱晚興奮地道：「我想到了，還是要去問我舅父。若是太后易子，那麼舅父當年就應當被太后給揪出來了，不可能等到現在！」

君逸之也聽得眼睛一亮，是啊，他們都忽視了這個問題。曹清儒當年雖然投靠了良太妃和攝政王，可是事情若是被太后察覺，極有可能逼曹清儒為她辦事。

只是俞筱晚苦惱道：「只怕舅父不願意說。」說出來，就怕太后不會放過他。

「這好辦！」君逸之笑盈盈地道：「妳不記得我手中還有兩個小混混了嗎？就是跟歐陽辰一同調戲妳舅母的那兩個人！用他們，一定能逼得妳舅父說實話！妳且放心，包在我身上了！」

當初曹清儒還是大官的時候，都怕自己殺人的事情敗露，何況現在只是一個平頭百姓？

君逸之對付曹清儒這樣的無賴，就有更無賴的辦法。曹清儒果然頂不住君逸之逼供，只得將當年的事一五一十說了出來。

「我的確是被良太妃收買了，當時我一直升遷不上去，也想學著別的官員那樣討好後宮的寵妃，可是太后並不大搭理我，我就用了許多辦法，才求到了良太妃的面前。她讓我給端妃娘娘下藥，還答應日後一定保我平安，給升遷，我……就同意了。只是後來我的一舉一動，不知怎麼被太后知道了，她暗中抓了我去審問，我……頂不住刑就招供了，太后卻給了一顆藥丸，要我不要用良太妃的藥，用那味藥。」

「我不敢違背太后的意思，就將那顆藥丸給了我的好友。他是一名太醫，當時事情辦成了，端妃娘娘死了，良太妃給了我兩大筆的銀子掩口，我們也很乖覺，只是過了一個多月，我那位太醫朋友慌慌張張地跑來告訴我，說端妃沒死，還生了個兒子，要我快逃，遲了就怕沒命。可是我捨不得，我才剛升了一級，所以沒逃，想著下藥的事不是我親手下的，就算端妃娘娘回了宮，請陛下調查，也不一定能查到我的頭上，哪知端妃娘娘沒回宮，我也沒事。別的，我就真的不知道了。」

曹清儒說完，哆嗦地看向君逸之，雖然君逸之還是那副懶散的樣子，坐在椅子上，還將腿搭在桌子上，可是曹清儒卻沒來由地懼怕他，只希望說了實話後，君逸之能放過他一馬。

君逸之打量了一眼滿臉希冀的曹清儒，痞痞地笑道：「小王也只是聽到一些傳言，才會好奇來問你幾句。你放心，我會替你保守祕密的。」

曹清儒哪裡會相信，若只是好奇想問，為何會捏了他的短處來問？只是人強己弱，他不得不裝出一臉害怕的樣子，抖得厲害，陪著笑問：「敢問寶郡王爺，不知是何人在談論此事？」

君逸之側了側頭，盯著曹清儒問道：「你一定要知道？自然是皇叔要問啦！你當年辦事辦得馬馬虎虎，當皇叔一點也不知呢！」

末了，君逸之也沒告訴曹清儒，那兩名混混以及能證明他殺了歐陽辰的證人在哪裡。

曹清儒苦不堪言，可是又玩不過君逸之，只得點頭哈腰地恭送君逸之出府。待君逸之的馬車走遠了，曹清儒才收斂了臉上討好的笑容，眼眸中不自禁地流露出幾分陰狠，隨即將三弟曹清淮新為他做的灰鼠皮子大氅裹緊，徒步走出了曹府。

出了官邸林立的鴻飛巷，曹清儒雇了一輛小馬車，穿過幾條街道，停在東城區的東正街上。曹清儒下了馬車，付了銀子，背負雙手，裝模作樣地在臨街店鋪裡轉了轉，才突然拐進了一條不起眼的小巷子。

遙遙跟著的君逸之淡然一笑，「就知道他不老實！」

一個嘴嚴得跟蚌殼一樣，將祕密守了十幾年的人，只被自己嚇唬了幾下就坦言相告，他會相信才是撞邪了呢！

君逸之吩咐道：「平安、從安，你們倆跟著他，爺到茶樓裡暖和暖和去。」

平安和從安沉默地點頭，身形一縱，躍上了圍牆，悄無聲息地追蹤而去。

君逸之撫了撫身上那件風騷的紫貂皮翻毛大氅，眉飛色舞地問從文：「你說爺去哪裡坐坐才好？」

從文面無表情地道：「少爺就去那家茶樓吧。」反正也只隔了兩條街，還可以抄近道。

君逸之笑著拍了拍從文的肩，「好，就聽從文的！」

從文嘴角抽了抽，無言地轉身引路。

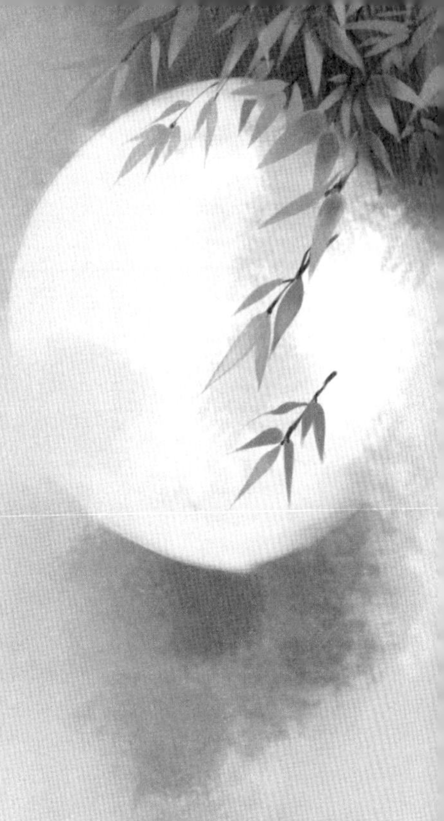

陸之章　裡外權佞通聲息

正值說書開場，茶樓裡早已是坐得滿滿當當，君逸之站在門外，將目光一掃，就瞧見蘭知儀與幾位學子裝束的年輕人坐在一處，面帶笑容，明顯在談論著什麼，而沒有聽臺上的說書。

與蘭知儀同桌的那幾人，都是要參加明年春闈的舉子。舉子之中，有方正木訥的，也有圓滑勢利的，這幾位是君逸之巧妙引薦給蘭知儀的，偏不巧都是圓滑勢利之人，聽說蘭知儀是定國公府嫡子，太后的嫡親侄孫，又是新任吏部侍郎的親弟弟，還不上趕著巴結。日後他們若是中了進士，能不能混個好官職，可都在吏部官員的手中捏著呢！

雖然隔了一兩丈遠，但君逸之還是聽到了那些人滔滔不絕的諂媚之詞。君逸之微微一笑，一個人被人捧得多了，自然就會心高氣傲起來，何況是蘭知儀這種本就有點小才能的少年？等再過得幾日，這些人又忽然全都在蘭知儀的面前問及蘭知存的時候，只怕蘭知儀會受不住這個打擊——原來這些人來討好他，為的都是他的大哥，而不是他。

可是一個已經被捧到雲端的世家公子，又怎麼甘心在旁人的眼裡，當個活在哥哥萬丈光芒之下的可憐蟲呢？

有個出色的哥哥擋在前面，弟弟再出色也會被遮掩住，這樣的道理，蘭知儀一定是拒絕懂的。

君逸之擺手示意迎上前來的小二，「罷了，改日再來！」

他優雅地旋轉過身，進了對街的一處茶樓。

君逸之跟著小二上了樓上雅間，雅間裡燒了火盆，比較暖和。點了茶水之後，他就將小二打發出去，無人的時候，從文和從武會同主子坐在一桌，三人無言地透過輕淺的紗窗，看向茶樓中堂。此間茶樓亦有說書先生，只是比對面那間的略差些罷了。

君逸之在這兒是為了等北王世子，北王世子離京去了河南，調查俞筱晚的父親原來的幕僚——現今的南陽縣令。只是這小子一去就是三四個月，直到今晨才差人來約他見面。

一會兒見到那傢伙，一定要好好地敲他一筆，玩瘋了！

沒等多久，北王世子就來了，嬉皮笑臉地朝君逸之道：「我幫你把正經事一件兩件的都辦好了，你要怎麼謝我？」

君逸之撇撇嘴，「先說說我讓你辦的事吧！」

北王世子卻不接話，自顧自地坐下，先喝了杯熱茶暖身，才笑嘻嘻地道：「我這一趟差事可辦得不容易，那個姓王的不容易套話，你不讓用刑，又不能讓他察覺，我花了多少心力啊！而且南陽的花樓裡沒一個美人，真是悶死我了！」

君逸之就知道這傢伙肯定要先討好處，只得無奈地道：「快說，說完隨便你在伊人閣裡住多久，花費算我的！」

北王世子眼睛一亮，笑嘻嘻地道：「那就多謝了。」然後才將南陽一行細細說了一遍。

只因為王縣令先前是俞筱晚父親府中的幕僚，似乎與曹清儒相識，君逸之才特意請北王世子到南陽調查王縣令。

北王世子到了南陽就擺明了身分，說是來遊玩的。王縣令得知世子爺駕到，自然是親自接他住進了縣令府中，諂媚曲迎，極盡巴結之能事。北王世子沒急著調查，端著架子讓王縣令奉承自己，在不知不覺中給王縣令一種感覺，他北王世子雖然沒有在朝中任職，但是在朝中極有人脈，隨便舉薦個人，吏部都會重用。

有了這層認知，王縣令自然就更加巴結北王世子了，金銀珠寶北王世子見得太多了，王縣令送了幾回都石沉大海。為了能求得北王世子的賞識，他便想將女兒送給世子為妾，只是他女兒長相略為平凡，北王世子這種遊戲花叢的人，哪裡看得上眼？只冷冷地拒絕了。

最後王縣令實在沒有什麼拿得出手的東西了，又見北王世子似乎在南陽待厭了，有回京的打算，便急切地將自己知道的一點「朝中的小祕密」拿出來與北王世子分享，還保證若是攝政王知道了，必定會重用北王世子。

北王世子嘿嘿一笑，「你猜他怎麼說的？他說是太后差了曹清儒到汝陽，他與曹清儒原來曾同拜在一位恩師門下，所以是舊識。曹清儒找到他，許以重金和官位，讓他在先俞大人的茶水中下了藥，俞大人在狩獵的時候忽然手足麻痺，才會從疾馳的馬上摔下。」

因為王縣令之前是俞大人的幕僚，官員們與幕僚商議政事之時，通常不會讓小廝在一旁服侍，王縣令多半是趁那時機給他下藥。

這一層最初君逸之調查的時候也曾想到，只是當時查問清楚，俞府有四位幕僚，並沒有誰單獨與俞父密議過，因此沒在此處多想，而且事後王縣令也極沉得住氣，四下找新東家，與別的幕僚言行一致，他派人跟了他半年，才收回了疑慮，將人手調回。

君逸之的目光閃了閃，這麼縝密的心思，恐怕多半還是太后的計謀，這麼說，是從端妃一事之後，曹清儒就一直是這般，一面為攝政王效力，一面為太后出力了。

真是無恥！難怪晚兒一直與這個舅父不親，原來她早就想到了父親的死因與曹清儒有關！

君逸之在心中微嘆，北王世子繼續道：「若是你要找他證明當年之事，只管跟我說一聲，他當我是他的主子呢！」

君逸之「嗯」了一聲，「另外一件事呢？」

北王世子嘿嘿一笑，「那種事我更拿手，哪有辦不好的？信都已經在路上了，估計開了春，曹家就會迎娶的！」說著露出下作的笑容，「那個丫頭可不是個老實安分的，你想送出的綠帽子，必定能送出去！」

曹中睿不是急著娶妻嗎？君逸之就惡趣味地半道上攔住了江蘭，告訴她，自己有辦法給她換個身分，讓她成為官家小姐再嫁入曹家。而且曹中睿已經被她給親自廢了，為了遮醜，也不敢聲張。不然娶個名門之女，一嚷嚷，誰都知道曹中睿是個廢人了，因此，就算曹家知道自己被算計了，也不會虧待她。那時曹家還是風光的伯爵府，江蘭的確是貪慕榮華的，哪有什麼不願意的？

至於曹中睿這個廢人能不能滿足自己，江蘭倒是不擔心的，曹家總得要一個孫子來掩飾，終究會給她一條路子，而曹家多的是小廝護衛，她只要人年輕力壯，相貌就算不如曹中睿，她也不挑。

於是北王世子就帶著江蘭去了南陽，並讓王縣令收她為義女，改名為王蘭，應下了曹家的求婚書，並交換了兩人的庚帖，只等擇期為兩人成親了。

君逸之呵呵笑了半晌，斜飛了北王世子一眼，「這事你辦得好，改日請你喝酒！」說罷就急著回府告訴俞筱晚這個好消息去。

北王世子也不攔他，笑嘻嘻地放他走了。

君逸之下樓只走了一半，就透過樓梯扶手間的空隙，看到君琰之與一位舉子裝扮，相貌英俊且氣宇軒昂的年輕人坐在牆角相談甚歡。君逸之快步下了樓，因他相貌極為出色，一時間吸引了樓下大堂裡所有客人的目光，有不認識的，就小聲問身邊的人：「這是誰啊？」

君琰之聽到動靜，下意識地回頭一掃，然後跟不認識君逸之似的，又轉頭繼續與那名舉子說話。君逸之本要朝大哥走去的步子頓時滯住，勾唇微微一笑，再度打量了那名舉子一眼，便瀟灑地抬步離去。

俞筱晚正在暖閣裡教曹中妍打花式絡子，君逸之旋風般的捲進來，瞧見曹中妍在這，就不大好說話，只嘿嘿地笑道：「晚兒這麼得閒？」

曹中妍也識趣，忙起身向俞筱晚和君逸之施了禮，小聲地道：「妍兒先回了。」

俞筱晚微笑頷首，「路上小心。」

曹中妍又施了一禮，才退了出去。君逸之便迫不及待地問道：「晚兒，妳猜我今日得了什麼好消息？」

俞筱晚的神情有一絲緊張：「你不是去問舅父了嗎？他怎麼說？」

君逸之抬了抬眉，將曹清儒的話轉述了，又說明道：「我一走，他就去尋人了，想必要商議什麼。我讓平安、從安跟著他，晚些應當就會來回報了。」然後摟緊俞筱晚，將臉埋到她頸間撒嬌，「我可幫妳整治妳那個二表哥了，妳要怎麼謝我？」

俞筱晚好奇地問道：「二……你是說睿表哥嗎？你怎麼整治他的，說給我聽聽。」待聽完君逸之的主意，她就笑了，「這真是……也好，惡人自有惡人磨，睿表哥反正不是江蘭的對手，日後只有受苦的分。」

江蘭一心衝著曹府的榮華去，若是知道曹家已經落魄了，還不知會怎麼氣惱呢！況且她現在換了身分，是官家之女，舅父一家可得罪她不起，還有兒子無能的把柄在她手中，只能眼睜睜看著她鬧騰。

曹清儒和張氏可謂是機關算盡，可是到最後，不但是自己的富貴沒保住，一心想要光宗耀祖的兒子，連傳宗接代都不成了。

俞筱晚絲毫不覺得愧疚，只關心地問起婚期會定在哪一天？最好儘早，別讓兩邊發覺了不妥而將婚事給取消了。她迫不及待地想知道，曹中睿揭開蓋頭，發覺自己娶的官家之女就是害他不能人道的罪魁禍首時，會是個什麼表情？

嗯，到時一定要讓君逸之帶她去聽牆角，最好是能進屋觀賞！

君逸之瞧見小妻子的眼睛亮晶晶的，閃爍著興奮又算計的光芒，哪會不知她心裡在想些什麼，便捏了捏她的小鼻子道：「妳放心，我一定會讓妳去看個痛快，不過，前提是妳那會兒還沒有生。」

俞筱晚一聽這話，興奮勁頓時少了許多，想了一歇，掐著君逸之的胳膊道：「那你必須想辦法，讓他們的婚期定在三月之前。」

她的預產期是四月中旬，三月之前還算是靈活的，再往後就難了。

晚膳之前，跟蹤曹清儒的平安和從安回府了，小聲地向君逸之稟報了他們偷聽到的。君逸之沉著臉色進了暖閣，將丫頭們都打發出去，小聲地告訴俞筱晚道：「陛下真的是端妃娘娘的孩子。」

原來當年太后在端妃之後，發覺懷了身孕，但因她之前連懷了幾胎都沒懷住，而且當時的太后已經快四十了，就更難保住胎兒，因此太后從一開始就打起了端妃肚子裡孩子的主意。偏偏良太妃也怕端妃生出個皇子來，小動作不斷，太后幫端妃擋了許多暗算，可是在知道良太妃有意讓端妃難產而亡之後，卻忽然想到了一個計中計。

於是太后等良太妃將所有事情都布署好之後，才黃雀在後地直接拿下曹清儒，以手中證據，逼迫曹清儒為其辦事，換下了良太妃為端妃準備的藥，只讓端妃假死。

當年端妃無端早產而亡，是為不吉，按風俗是不能葬入皇陵的，而且不能在宮中停靈，因此墳墓的選址極為草率。先帝本是頗寵端妃的，但是他本就體弱，更要離這種不吉之事遠些，所以端妃的整個葬禮先帝都未曾露面，這都給太后事後換屍提供了方便。

而端妃的「屍體」被換之後，就一直放在張長蔚的府中，由張夫人親自照料著。

原本太后與端妃的產期相隔不過幾日，可是端妃生下了兒子之後，太后的肚皮過了小半個月還是沒動靜，若是時間差得遠了，小嬰兒的樣貌會被有經驗的人瞧出不妥來，太后只好讓蘭家人祕密將嬰兒運入宮中，自己用了些催產藥，在第二天催動了生產，原本生出的也是男嬰，可惜卻是死嬰。

太后只好將端妃生的兒子充作自己的收養，將自己生的兒子託蘭家人祕密帶出宮，找了塊好地掩埋了。

今日君逸之找曹清儒逼問，雖然沒說實話，可是曹清儒卻懷疑是俞筱晚已經發覺了佛經中的祕密，只是他現在是一介草民，沒辦法找到太后，只得事後匆忙去找張夫人，要她想辦法請旨入宮，稟報給太后，請太后早做準備。

君逸之冷笑道：「張夫人那兒，晚兒妳就不用擔心了，她進不了宮的。」

只是這件事張夫人也是知情人之一，倒是讓君逸之有些吃驚。曹清儒的事瞞妻兒瞞得死緊，張長蔚倒是全心信任自己的夫人，「不過，咱們得想個法子，不動聲色地透露給陛下才好。另外，端妃娘娘……聽張夫人和妳舅父的口氣，似乎沒死。當時本欲讓張夫人殺了滅口，可她到底是婦道人家，不敢親自下手，就先回了自己屋內，讓張長蔚去，可是等張長蔚到的時候，端妃已經不見了。太后差人找過，可是一直沒找到，端妃也沒再露過面。」

君逸之說完調查出的結果，歪著頭看向俞筱晚。俞筱晚擰著眉頭思索了一會兒，小聲問道：「逸之，你……你是不是也覺得這事有些奇怪？」

君逸之的眸中流露出幾分讚賞，反問道：「妳先說說，妳覺得哪裡奇怪？」

俞筱晚掰著指頭數著，「首先，端妃娘娘是被關押在張府的，張府為了不讓旁人發覺端妃，必定是將她關在地窖之類的地方。她當時逃不掉，為何生完孩子之後卻能逃了？剛生產完，是人最脆弱的時候，就是武功高手，也不一定能一下子恢復過來，因此，必定有人助她逃跑。」

「其次，端妃的孩子是在太后小半個月後，胎兒仍沒生下來的情況之下，才被蘭家人帶入宮中去的，那說明端妃娘娘逃跑的時候，孩子應當是在她身邊的。將孩子和端妃娘娘分開關著的話，容易被人發覺，是不是？就算沒放在一塊兒，既然端妃娘娘能逃跑，作為一個母親，肯定會要想辦法找到自己的孩子再逃，對吧？若是我，就算會死，也要跟自己的孩子死在一塊兒。」

「最後，退一萬步說，端妃娘娘是自己逃的，當時的情況不允許，端妃娘娘顧不上孩子，待她養好月子之後，為何不入宮找先帝？朝中總有忠心的大臣吧？聽了端妃娘娘的申訴之後，難道不會給先帝上密摺嗎？就算別的大臣都不忠心，還有端妃的娘家人，難道她的娘家人都不幫她嗎？這說不過去呀！端妃娘娘生了皇子，當時先帝尚在，宮中無嫡子，她的皇子就有立為儲君的希望，柳家幫端妃破了太后的陰謀，怎麼說都是大功一件，柳家說不定會因此位極人臣。就算當時太后布下了天羅地網，可是陛下是在七歲那年被封為太子的，難道七年的時間裡，端妃都沒辦法接近京城嗎？」

君逸之只是一嘆，「是啊，真是令人費解，難道是端妃出了宮就……嚮往自由了？」

俞筱晚眼睛一亮，想起自己以前看過的話本，「會不會是端妃娘娘入宮之前，有一位情深意重的竹馬？因而她好不容易出了宮，又聽說太后生了一位皇子，聯想到可能是自己的孩子，才放棄入宮告御狀，與竹馬雙宿雙飛？」

君逸之想了想，無奈地承認，「的確有這種可能。」這話只能在自己的家中跟妻子說說，出去可是萬萬不能說的，「就因為有這些疑點，我真是不知該怎麼同陛下說才好。」

俞筱晚也蹙著眉頭點了點頭，「是有些為難，若是有端妃娘娘的確切消息還好，若是沒有就先不能說。」

萬一端妃真是出了宮，另外擇人而嫁，這可就是給先帝戴了綠帽，日後被陛下知道了，陛下心中恐怕會對生母產生怨恨，而且猜疑她和君逸之也知情。畢竟是醜事，縱使陛下再大度，也會令君臣離心。

俞筱晚想了想又道：「還有，以前舅父是朝中的高官，太后還能用到他，可是現在舅父已經沒了利用價值，太后就不怕舅父洩露她的祕密嗎？為何不殺人滅口？我猜想著，太后找佛經，一是找有沒有能指證她罪行的證據，二則是希望證據都是對攝政王和良太妃不利的，想用那些證據來彈劾攝政王，而舅父就是她留下的人證。對了，你說張夫人是入不了宮的，可是你安排了人監視她？就算她不入宮，也可以去找蘭家的人啊！」

君逸之笑道：「妳放心，我已經安排人手監視她，只要她敢出府，就會行動的。」

俞筱晚這才放下心來。

到了次日，長孫芬和韓世昭掩了行蹤，一同來到楚王府，長孫芬從柳家的小姐口中問出了一點當年的事兒。

她搖頭嘆道：「原來端妃娘娘是前柳家家主的私生女，生母出身不高，據說是位名妓，被柳老大人贖了身，金屋藏嬌，是位外室。因為柳老夫人精明厲害，端妃娘娘的生母直到死也沒能進柳家，後來還是柳老太君求情，柳老夫人才讓十四歲的端妃娘娘進了府。柳老夫人原是要將端妃娘娘配給某位官員為繼室的，聽柳府的老人們說，端妃娘娘心高氣傲，自是不願嫁給一個年近不惑的老男人，正巧那一年選秀，她就暗中求柳老大人遞了她的畫像與庚帖給禮部。入選是入選了，不過出身低了些，當時沒有冊封，只留在宮中當了女官。端妃娘娘很會做人，不出幾年，就將幾位大內大總管給哄好了，將她調至御書房服侍，後來才得了陛下的恩寵。一開始只是小才人，因為懷孕有功，才晉升為妃。其實端妃娘娘也不是一帆風順的，她入宮近十年才受寵。」

俞筱晚與君逸之失望又茫然地對望一眼，「這麼說，端妃娘娘沒有什麼青梅竹馬在宮外等她囉？」

韓世昭正在喝茶，聽了這話，一口茶水差點噴出來，「你們兩個想到哪裡去了？」

君逸之就將自己瞭解到的情況告知，韓世昭的臉色也古怪了起來，「這事……真是麻煩！除非我們有端妃娘娘身故的證據，才好告知陛下，不然……」

君逸之挑了挑眉道：「沒有也可能做！」

韓世昭用手指摩挲著茶杯上精緻的掐絲琺瑯花紋，緩緩地道：「做是可以做一份假的出來，就是怕端妃娘娘還在太后的手中。」

君逸之與俞筱晚聽了之後，心中不禁一震。是啊，居然忘了這一點！端妃娘娘沒出現，可是為何一直沒有太后追殺誰的消息？這就極有可能當時弄走端妃的，是太后的人。至於為什麼要將端妃關起來，有個解釋倒是能解釋得通。先帝的龍體一直虛弱，太后是能查閱陛下的脈案的，可能早就知道先帝命不久矣，因而也早就知道皇兒會極小便登基，於是為了在日後事情被小皇帝察覺時，還能鞏固自己的地位，便留個籌碼在手中。

君逸之瞇了瞇那雙異常漂亮的鳳目，「若是端妃娘娘真在太后手中，現在應當就是太后的寢宮之中，別的地方可都不保險！」現在後宮已經是太后的天下了，藏哪裡都不及藏在她自己的身邊安全，「只是，要怎麼才能搜查太后的寢宮呢？」

俞筱晚無奈地嘆氣，「先別說搜查了，就是搜出來了又能怎麼樣呢？」

太后幾乎就是有免死金牌的人，就是小皇帝知道了端妃娘娘是自己的親生母親，並且找到了，還原了十幾年前的真相，也不能拿太后怎麼樣。因為太后是小皇帝的嫡母，嫡母要將他抱養到自己的名下，也是天經地義的事。別說太后只是將端妃軟禁，就是真的殺了端妃，一個孝字壓著，小皇帝也不能為生母報仇，頂多是將太后的權力架空一些，要完全的架空，還得是他親政以後。現在說架空，都是一句空話。況且，為了不讓攝政王有可乘之機，事情還不能公開，私底下就更不可能處置太后了。

韓世昭想了想道：「事情可以壓一壓，等陛下親政之後再告知，但是現在要透點兒風給陛下，以免太后拿母子之情來脅迫陛下，也免得陛下約束太后之時，束手束腳。」

君逸之和俞筱晚都贊同這個方法，只是有些擔心，「就是怕事情會有透露出去的風險。」

太后可不是吃素的，她坐在後宮，能將勢力滲透到朝中，就不是一個簡單的人物，到底還有張夫人、曹清儒這些知情人在，她應當還會繼續關注這些人，免得事情有朝一日暴露，那麼最近君逸之去找曹清儒，雖然是謹慎了再謹慎，可也有被太后的人察覺的風險。若是讓太后知道他們在查十幾年前的舊事，肯定會有所行動。

君逸之倒不怕什麼，他武功極高，出行都會帶著侍衛，就是太后派來了殺手，也不一定能將他如何，但是俞筱晚就不同了，她那點三腳貓的功夫，如何應付得了大內侍衛？就算她不出府，誰知道這楚王府中還有沒有太后的暗線？又不知上回是不是一次清理乾淨了？

韓世昭道：「若是你們聽到了什麼風聲，覺得待在府中不安全的話，不如住到我家的莊子上去。」

畢竟在外人的眼裡，韓世昭與君逸之兩人是不對盤的，俞筱晚藏到韓家的別苑，怎麼說都比較安全。

俞筱晚的預產期在四月中旬，算起來只有四個來月了，可是若有一絲不安穩，這時日都太長了些。君逸之也不推辭，當機立斷道：「好，你先將你家的莊子準備好，一有不妥，我們就搬過去！」

韓世昭應下，與長孫芬披上兜帽大氅，由從文陪著，遮遮掩掩地從楚王府的後門，穿過一條無人的小巷，悄無聲息地離去了。

從文獨自從後門處回轉，半道遇上了三少爺君維之，忙打個千道：「三少爺安。」

君維之笑道：「從文哥哥，你今日沒事嗎？來陪我練功好不好？父王總說你的武功很高呢！」

從文瞧了君維之的侍衛盛青一眼，陪著笑道：「對不住，三少爺，二少爺還在等小的過去服侍，恕小的不能久留了。」

君維之有些不高興地嘟起小嘴，「就陪我練一回嘛，盛青無聊死了，每回都讓著我，沒意思透了！」

從文卻不願意，他若是陪三少爺練功，還不得被盛青的白眼給淹死？當下不再理會，笑著打了個千，快步跑了。

君維之恨得跺了跺腳，「壞人！」然後回頭瞪了盛青一眼，「都是你沒用，你若是肯與從文一樣，我的武功也會進展很快的！」

盛青面無表情地聽完，才回道：「小的怕傷了三少爺！」心裡反駁道：您怎麼不認清自己的身分，您是庶出的，要那麼出眾做什麼？我也是為了您好，免得日後王妃討厭您。

君維之跟盛青說不通，氣鼓鼓地跑回春鞠院。春鞠院是楚王爺兩位妾室的住處，院子不大，正房是要在名義上留給王妃和王爺的，姨娘只能住在廂房裡。因為王姨娘生了三少爺，住在房間大且採光好的東廂，馬姨娘便住在西廂。

君維之跑回姨娘屋內，大聲嚷嚷了一通，王姨娘怕死了二少爺那個魔頭，忙喝道：「小聲點，從文是二少爺的侍衛，你憑什麼指使他陪你練功？日後這種話少說！」

其實君琰之和君逸之兩兄弟對君維之雖然沒有特別親熱，但也不薄，平常挺關心疼愛他的。楚王爺也沒無視這個庶出的兒子，有空的時候，也會過問他的功課和武藝，君維之根本就沒覺得自己是庶出的，或是與兩位哥哥有什麼不同，聽了姨娘這話，心裡就老大不高興，氣鼓鼓地跑了出去。

對面西廂的馬姨娘無兒無女，非常疼愛君維之，見君維之不高興地嘟著小嘴坐在遊廊的欄杆上，就走過去關心他，聽說只是為了從文不願陪他練功這等小事，就柔聲寬慰道：「從文必定是有正經事要辦，他畢竟是二少爺的侍衛，下回有了空閒，一定會陪三少爺練功。」

君維之嘟著小嘴道：「才沒有，我親眼瞧著他帶了兩個人從風有閣拐出來的，去了後門之後，他就一個人回來了，肯定是他的朋友，他送他的朋友出府了。有時間陪他的朋友，就沒時間陪我練功嗎？」

馬姨娘一怔，「從文請了朋友入府嗎？他不過是個侍衛，哪有這種資格，三少爺您可能看錯了，應當是二少爺的朋友吧？」

君維之立即不高興地道：「才沒有，那會兒我在陶然亭上看得清清楚楚。若是二哥的朋友，怎麼會走後門呀？再說是從風有閣出來的，不是從夢海閣出來的。」

馬姨娘恍然一笑，「也是。」又寬慰了君維之幾句，拿出自己親手做的點心，哄得君維之高興了，才回屋休息。

夢海閣裡，俞筱晚挺著五個多月的大肚子，在暖閣裡來回走了幾圈，才停下來，求助似的問君逸之：「你說，這事咱們告不告訴老祖宗？」

君逸之放下手中的卷宗，搖了搖頭，「越少人知道越好。」

俞筱晚就不再問了，好奇地湊過去，「你在看什麼？」

「舉子們的文章，陛下要事先挑選出一些有真才實學的人出來。」君逸之邊看邊答，不過沒告訴她這份是曹中妍的心上人田智所做的文章。

俞筱晚見他在辦正經事，就不打擾他了，坐到短炕的另一端，拿過針線簍子，給小寶寶縫衣裳。君逸之本就不喜歡這種文職之事，看了一陣子，有些不耐煩了，便放下手中的文章，抬頭瞧了俞筱晚幾眼。

俞筱晚的小臉在日光下顯出珍珠般的光澤，輪廓優美的側面，被日光暈出了一輪光圈，如同空谷幽蘭般，寧靜而優雅。君逸之越看越愛，就從炕上爬過去，低頭輕輕含住了她的唇。

俞筱晚微微仰起頭，迎合他突如其來的熱情。君逸之吻著吻著，氣息漸漸粗重了起來，他略有薄繭的大手覆上她的雪峰，或輕或重地揉捏起來。俞筱晚在他的挑逗之下，體溫也漸漸升高，情不自禁地伸手挽住了君逸之的脖頸。

君逸之猛地放開她的唇，將大手覆上她突起的腹部，啞著聲音問道：「晚兒，妳可不可以……嗯？我問過太醫，太醫說，只要小心一點，是可以的。」

俞筱晚小臉暈紅，心中猶如住入了一隻調皮的小鹿，撲通撲通跳個不停，好久沒有與君逸之親熱了，她也很想很想！俞筱晚垂下頭，輕聲道：「現在不行，怎麼……也得到晚上……」

君逸之的眼睛頓時亮若星辰，孩子氣地伸出小拇指，「好，說好了晚上！拉勾，不許賴！」

俞筱晚噗哧一笑，啐了他一口，「說好了就不會賴，可是你得輕一點！」

君逸之笑彎了眼，連忙保證道：「放心，我也心疼兒子呢，會輕的！」說著又狠狠地親了俞筱晚一陣，又猛地彈開，誇張地道：「不行不行，我得出去，免得一會兒忍不住，就在這兒辦了妳！」說罷跳下炕，自己穿上鞋，親了親俞筱晚，就飛速跑了出去。

許是剛才那一聲叫得太大了，守在外間的丫頭婆子們見到君逸時，表情都有些不自然，臉皮薄得都紅了。

君逸之也不在意，披上大氅就出了院子。他的書房就在夢海閣的一進東廂，因他平日來得少，此時書房裡沒有生火盆，從文忙讓婆子們生幾個火盆來。君逸之一想到自己素了好幾個月，今晚終於能有大餐吃了，就有些興奮得找不著北，體內也是熱流翻滾，偏偏還得壓抑著。

從文無語地看著主子拿起書架上的書一本一本翻著，卻明顯一個字也沒看進去，只翻了一翻，就隨手丟在一旁，另外再拿一本翻，便無奈地道：「少爺，整理書架很麻煩的，您若是沒有想看的書，不如去練武場練練功呀！」

君逸之回頭瞪了從文一眼，「不行，我要保留體力！」

從文怔了一怔，隨即紅了臉，尷尬地轉過身，看向門外，揚聲問道：「火盆還沒來嗎？」

君逸之忽然促狹地一笑，走近從文問道：「小文文，你不會還是童子雞吧？少爺我在伊人閣辦事的時候，你沒趁機……嗯？」

那尾音一揚，說不出的曖昧，從文的臉燒得越發厲害，藉口去催火盆，狼狽地跑了出去。君逸之被他逗得哈哈大笑，忽然覺得鼻端一熱，伸手一摸，嗤，居然流鼻血了！他看著手指上的血痕，挑眉邪邪地一笑，小晚兒，晚上可得讓妳好好幫我滅滅火！

君逸之正四處找著絲帕，就聽得門外有人稟道：「少爺，奴婢送火盆來了！」

「進來。」

門簾一換，良辰端著一個大火盆走了進來，粉嫩的小臉被炭火烤得紅撲撲的，鼻尖上還有一層細小的薄汗，大約是嬌柔無力。她雪白的貝齒咬著紅潤的下唇，衣袖挽起，露出一小節雪白的手臂，費力地走了進來。

君逸之往榻邊一指，「放那吧！」

良辰忙將火盆端到榻邊放下，用火鉗將炭火撥了撥，讓火更旺一點，這才走至君逸之的身邊福了福，微喘著道：「少爺，火盆放好了。」

「嗯。」君逸之拿鼻音應了一聲，看著眼前的美人兒。

不可否認，良辰的相貌是十分出色的，氣質也很不錯，俏麗而不媚俗，若不是有張賣身契，你要說她是大家閨秀也是可以。

良辰察覺到少爺的注視，心跳如鼓，小臉上綻開羞澀的笑容，嬌聲問道：「少爺，奴婢給您沏茶？」

「唔。」君逸之仍然是單音節應了。

可是在良辰聽來卻有如天籟，忙挑了簾子出去，不多時，在夾間裡沏了一壺滾茶進來，取過小圓桌上的琉璃茶盞盛了一杯，也不用托盤，拿雙手捧著，扭著腰肢，嫋嫋婷婷地走近君逸之，含羞帶怯地垂頭道：「請少爺用茶。」

君逸之卻沒接過茶杯，轉身往書桌後的高背雕花楠木大椅上一坐，兩條長腿十分愜意地往書桌上一擱，挑了眉，輕佻地上下打量良辰，嘴裡調侃般地問道：「妳叫什麼來著？」

良辰激動得聲音都顫抖了，「奴婢叫良辰，是少夫人的陪嫁丫頭！」邊說邊抬頭迅速看了君逸之一眼，又慌忙嬌怯怯地垂下，神態更顯得動人。

君逸之遺憾似的道：「妳平時都在哪裡當差，我怎麼沒見過妳幾次啊？上回我還問了晚兒來著，她卻說想不起是誰來。」

原來少爺問過我，只是少夫人善妒不願告知少爺。良辰的心不淡定了，故作遲疑地咬著下唇道：「奴婢平日裡都是在正房裡負責打掃的，不過少爺在的時候，自然是不能打掃，不然會將灰塵拂到您的身上。少夫人並不是不記得奴婢，可能只是一時想不起奴婢來。」

這還告上黑狀了，一時想不起，不就是想說晚兒善妒嗎？君逸之心底裡嗤笑，面上卻是半分不顯，只色迷迷地盯著良辰看個不停。良辰心裡越發有了底，搖擺著腰肢往書桌邊蹭。

還沒等良辰靠近，君逸之就飛了一記媚眼，輕佻地道：「良辰的腰肢真是柔軟，不知妳會不會跳舞？」

良辰欣喜若狂地道：「奴婢會，奴婢習過舞。」

君逸之拿下巴指了指書房中央的空地，「那就跳一段給爺看看！」說著甩過一條漂亮的茜影紗繡花帕子，「爺喜歡看甩帕子的舞！」

良辰忙接過帕子，將茶杯放到書桌上，君逸之卻道：「涼了吧？換杯新的。」

良辰有些遲疑，可是不敢違抗少爺的命令，忙端了茶杯到小圓桌邊，又聽君逸之道：「我還是迫不及待想看良辰的舞呢！」

良辰這會子也顧不上這杯茶了，笑盈盈地轉過身，輕揚雙手，揮動手帕，扭動腰肢，開始跳舞。

君逸之瞇著眼睛欣賞，不得不說良辰的舞姿不錯，不過對於一個看慣了宮廷精湛舞蹈的人來說，還不足以讓人神魂顛倒。良辰越跳身子越熱，小臉也紅得可以滴出血來，她媚眼如絲地看著君逸之，君逸之輕佻的神情卻慢慢地正經了起來，那雙如墨玉般綻放著異彩的鳳目之中，甚至流露出幾絲毫不掩飾的輕蔑。

良辰忽然覺得有些不對勁，忙旋轉一圈，收了勢，嬌聲喘著氣問：「少爺，奴婢跳得可好？」

君逸之笑得高深莫測，「我只想知道妳身子可好？可有心跳得越來越快？可有耳鳴得聽不清我的聲音？」

良辰的確是有些聽不清君逸之的聲音了，這會子正側著耳朵，想聽清楚一點。君逸之朝她招了招手，良辰心中一喜，忙小跑著湊近，卻被逸之拿腿擋住，「站在這裡就成了！妳老實告訴爺，是誰給妳攝魂香的？」

良辰心中一凜，臉上血色更甚，結巴地道：「什、什麼香？奴婢沒聽過……」

君逸之淡淡地笑道：「妳要是老實說，我還能救妳一命，若是不說，就只能去告訴閻王了。」

良辰忽然有種寒毛倒立的感覺，結結巴巴地問：「二少爺的話是什、什麼意思？」君逸之懶洋洋地道：「就是字面上的意思。妳現在說實話，爺還能救妳一命，若是不說，可就只能跟閻王說了。現在，妳是不是覺得嘴裡有股甜腥味？」

良辰的臉色頓時慘白，小嘴一張，噴出一口鮮血來。

君逸之嘖嘖地搖頭，「不撞南牆心不死！現在要說了嗎？可別逼爺用刑啊！」

良辰慌忙道：「二少爺饒……」話未說完，就兩眼翻白，往後一倒。

君逸之忽而發覺良辰嘴邊殘留的血絲已經變成了黑色，心中一驚，一個箭步衝到良辰的身邊，晃著她的肩膀，讓她的神智清醒一點，惱怒地問：「快說，是誰給妳的？」

良辰張了張唇，卻無法出聲，呼吸也變得十分急促，猛地抓緊了君逸之的衣裳，眼睛睜得溜圓，然後手一鬆，兩腿一蹬，沒了呼吸。

君逸之探了探良辰的鼻息，惱火地將她往地上一放，回身猛踢了書桌一腳。可恨，居然就這麼死了，一點有用的線索都沒留下！

良辰端著茶杯過來的時候，他就察覺出茶裡放了攝魂香，這香是小皇帝給長孫羽騙那些入幕之賓的，他很熟悉，因而才會拋給良辰一條熏了香的帕子。帕子上的香，也是小皇帝給長孫羽的，就是怕萬一有鏢客沒受攝魂香的影響，只要噴一點這種香，就能使其血液倒流，手足無力，萬分難受。

君逸之讓良辰她跳舞，是因為帕子上只熏了些微香氣，比香粉的效用低得多，他才讓良辰運動，使得兩種香料在良辰的體內加速融合，待她萬分難受的時候，只要嚇一嚇，不怕她不招供。可是這兩種香混在一起，是絕不會死人的。

良辰一定是之前就被人下過藥了！

「從文！」君逸之揚聲一喚，從文就立即進來了。

君逸之指著良辰吩咐道：「把她放在雪裡凍一凍，先藏起來，我日後要驗屍的。」

從文二話不說，扛著良辰的屍體出去了。君逸之想了一圈，為了不打草驚蛇，還是得將良辰死訊傳出去才行，不然對方下了毒，卻聽到良辰失蹤的消息，必定會察覺到什麼，忙又吩咐從文：「把她弄個地方，裝成……不小心滑到冰水裡，或者從假山上摔下吧！」

從文道：「摔下比較合適，後園子裡的湖面上結了冰，不容易滑進去。」

君逸之揮了揮手，「你快去辦，再安排人撞見了，然後跑來報我。」

從文立即扛著良辰飛身出去，君逸之也不想再待在書房之中，快快地回了正房，小聲跟俞筱晚說了方才的事：「……那香是宮裡的，這府中應當還有太后的人。」

俞筱晚蹙了蹙眉道：「怎麼會這樣？你猜會是誰？」

君逸之嘆了口氣，「沒有線索，得先讓人暗中查一查，良辰都跟誰走得近？」

俞筱晚派了豐兒和江楓監視著良辰，待良辰的死訊傳來之後，她立即傳了二人進來仔細詢問了。

兩人都證實，良辰跟二嬌的關係很不好，但跟俞筱晚的陪嫁丫頭關係都不錯，尤其是蔡嬤嬤、趙嬤嬤、芍藥和周嫂這三個管事，馬屁拍得十分殷勤。

看來良辰是學聰明了，知道要跟身邊的人打好關係才好往上升。俞筱晚蹙了蹙眉，院子裡的人都是當初選了又選的，除了二嬌沒辦法打發，其他有些小心思的，都趁她懷孕的時機想辦法給換過一遍，怎麼還會有奸細？

君逸之道：「不著急，她不可能只在院子裡活動，總要出夢海閣的，等我讓從文他們調查過外面的情況之後再來判斷吧！」

目前也只好如此，等到了夜間，從文和平安幾個已經將良辰在夢海閣外接觸的人都調查過了。

君逸之與俞筱晚拿著資料研究，俞筱晚指著周嫂道：「這周嫂是當初張氏指給我的，她將我的墨玉閣打理得井井有條，我一直沒察覺她有什麼不妥的地方，所以嫁過來的時候也沒將她趕走。」

君逸之道：「妳是懷疑她？」

俞筱晚嘆了口氣道：「我是覺得張氏不會將沒用的人給我，當初只想知道她到底想幹什麼，才一直將她留在身邊，可是她難道是太后的人？」

君逸之指著名單上的兩個丫頭道：「還有這兩個，是父親妾室的丫頭，也應當查一查。」

俞筱晚點了點頭，「的確，不可放過一個可疑之人！」

可是想查清楚也不是容易的事情，良辰跟這兩個丫頭談得來，不過也就限於在小花園裡玩一玩，當天並沒與她們聯繫，倒是院中的人接觸得更多些。

轉眼便是新年了，俞筱晚和君逸之只得將事情先放一放，歡歡喜喜地過了年再說。

新年的時候，朝廷從臘月二十六到正月十五都會封印休朝。過了初五，各府都趁著休息之機大擺宴席。

這一日是戶部左侍郎石大人家的宴會，出於禮節，石大人給楚王也送了請柬。楚王爺不打算去，君琰之便道：「都是朝中同僚，父王如若不想去，那就由孩兒代您去吧。」

楚王爺有些發怔，他身為內閣大臣，官員們請宴都會送他一份請柬，他不去的多了，何時見過兒子要代他去？

君逸之在一旁笑著道：「我也陪大哥一塊去。」

楚王爺更加納悶了，「你們兩個怎麼了？」

君逸之無辜地道：「沒怎麼啊，只是代您去參加宴會而已。」

楚王爺盯著他倆看了一會兒，搖了搖頭道：「隨便你們，只別給我惹事。」

君逸之拍著胸脯保證道：「父王，您就放心好了，我是那種惹事的人嗎？」

你不是誰是？楚王爺瞪了兒子一眼，訓斥了幾句，才轉身出了書房。

君逸之嬉皮笑臉地將手肘擱在大哥的肩頭，「怎麼，要以世子的身分出現在田智的眼前了嗎？」上回在茶樓相見不相識，他就知道大哥肯定是隱瞞了身分接近田智的。

君琰之淡笑道：「錯了，這樣的宴會宴請的都是高官，石大人是不會請舉子們的，我不過是想知道石大人對他的印象如何而已。」

君逸之一聽沒戲看，就沒了興趣，「那我還是留在家中陪晚兒吧。」

於是石大人府中的宴會就只君琰之一人去了，君逸之待他回來，纏著問情況如何，君琰之淡笑道：「石大人的確是看上田智了，而且石小姐似乎也不反對，只不過想要看他能不能中進士。」

君逸之笑道：「你不是說田智肯定能中進士的嗎？我是不是可以恭喜大哥，你的情敵除了？」

君琰之的笑容斂了斂，「沒有，田智還不知情。」

過完年，春闈就近了，但春季極易發病，今年才一開春，京城就流行起了傷寒，有經驗的太醫立時判斷為疫症，必須將得了傷寒的人隔離進來。

不過人的動作沒有病魔的快，疫症很快肆虐了整個京城，就連楚王府中都發現了十幾例病症，好在都是些奴才，一發覺就立即打發出去了。不過楚太妃的精神頭也不大好，雖然還沒明顯的傷寒症狀，但也頭暈眼花，食慾不振。

楚王妃是沒在婆婆身邊立過規矩的，如今服侍楚太妃的是楚王爺的兩位妾室。王姨娘見楚太妃中午沒吃什麼，到了晚上又只用了一點粥，不禁擔憂地道：「老祖宗，您這樣下去可不行，還是告訴王爺吧。」

楚太妃擺了擺手道：「今日不是請了太醫來診脈嗎？太醫都說不是傷寒了，何必告訴王爺？他現在忙著京城疫症之事，已經沒好好歇過幾日了。」

馬姨娘和王姨娘一同勸了幾句，楚太妃就是不讓兒子擔心。兒子為了安撫那些親人被隔離的百姓，已經忙得暈頭轉向，何必再讓他擔心自己？

馬姨娘使了個眼色給王姨娘，王姨娘只得道：「雖然不是傷寒，可也是病啊！說句逾矩的話，婢妾們知道您擔心王爺，可是王爺素來孝順，若是不知您生病了，仍是每日過來請安，也過了病氣，可如何是好？您是咱們府中的主心骨，王爺也是咱們府中的主心骨，若是你們都病了，咱們這滿府的人該怎麼辦？」

楚太妃聽著覺得也有道理，就讓人去通知兒子，說自己病了，不要他過來請安。忽地又想到，晚兒還懷著身子呢，也不能過來請安，又使了人去通知俞筱晚和君逸之。俞筱晚卻不過老祖宗的一番心意，只差了蔡嬤嬤過來問安，自己就沒往春暉院來了。

過了兩天，楚太妃的病情越發重了，只不是傷寒，卻是極嚴重的發熱。

太醫請完脈後，酌情稟道：「老太妃還是要靜養，最好……能出府去休養。恕下官直言，您這樣的身子，很容易過了病氣給旁人。」

楚太妃覺得有道理，就讓人請了兒子媳婦過來。

楚王爺剛好下朝回府，聽王姨娘過來傳話，忙問道：「到底是何事？」

王姨娘將太醫的話告知王爺：「老祖宗想到別苑去休養，怕過了病氣給咱們。」頓了頓，又小聲道：「只是婢妾覺得，這樣會讓旁人說咱們不孝，而且別苑在城外，召太醫也不方便。現在城中這麼多百姓生了病，太醫院的太醫們都忙不過來，不可能留駐別苑專門為老祖宗請脈。」

楚王爺點了點頭道：「妳說得有道理，一會兒我去說服母妃，讓妳們去別苑避一陣子。」

到春暉院，楚太妃說了自己的意思：「我去別苑裡住一陣子，府裡的事務就先交給媳婦打理，待我病好了再回府。」

楚王爺一聽就忙惶惶地道：「母妃，您身體不適，怎能移動？還是讓她們避出去吧，兒子留下來服侍您。」

楚王妃原本心裡頭高興，聽了這話卻是心頭一沉，忙道：「王爺，臣妾也願留下來服侍母妃。」

商量來商量去，最後楚王爺拍了板，讓三個兒子和俞筱晚避到別苑去，王妃和兩位姨娘留在府中服侍太妃。

俞筱晚聽到吳嬤嬤傳的話後，怔怔地轉頭問君逸之：「真的都要去別苑嗎？」她不知怎的就想起了靜晟世子那天說的話，「風雪大的時候，還是不要出城比較好。」

君逸之沒那麼擔心，但考慮到俞筱晚安全，覺得自己一家子按父王的意思，這般無防範地去別苑，的確有些冒險，於是先去同君琰之商議了一會兒，兄弟倆一起去前院找父王，要求留在京城之中。

哪知楚王爺堅持要他們去別苑，「老祖宗這病來勢洶洶，住在一處，若是過了病氣給你們，反倒添負累，尤其是老二媳婦，之前就受了那麼多苦，現今身子那麼重了，若是再病個一場，腹中的孩子還不知會如何！」

這個理由倒是讓君逸之遲疑了，可是父王膽子小，他也不敢告訴父王太后和陛下的身分之事，就瞧了大哥一眼。君琰之想了想道：「就算要出去住，也不必住在城外的別苑，咱們在南城區不是有一處院子嗎？」

楚王爺輕嘆一聲，「城中疫症橫行，下人們時常要出府採買，若是得了疫症回來，不是一樣會過病氣給你們？再者，你們不知如今京城之中的局勢，現在人心不穩，還是去城外避一避比較好。」

君琰之詫異地問道：「難道這麼快就鬧得滿城風雨了嗎？」

普通百姓手中沒有餘錢，看病問藥又特別花錢，因而一般生病之後，多半會服些薑湯之類，自己硬挺上一陣子，直到實在堅持不住了，才會去藥房看大夫。這場疫症來得突然又猛烈，朝廷一時沒有別的辦法控制，只能將得了傷寒的病人都隔離起來，再由太醫配了預防的藥方發下去，有能力的自己配藥吃，沒能力的就到朝廷安排的藥鋪裡拿免費的湯藥。

只是為了防止相互傳染，病人隔離之後，守衛的官兵們不許病人的家人探訪，家人難免擔心病人在營房之內能不能接受治療，會不會得到照顧，兼之得了如此嚴重的傷寒，已有不少體弱的老人和孩子病死，死者家屬難免會因此而對朝廷產生抱怨。

現在京城之中的局勢並不是太穩，多數百姓人心惶惶，亦有一些心生怨恨的，開始鼓動四周的鄰居去順天府陳情，要求與病患見面，或是要求去營地照顧生病的家人。若真被哪個有心人挑唆了起來，而朝廷又不應允，很可能會鬧大成了民怨。

而最為倒楣的就是，此次內閣大臣們商議之後，指定楚王爺來督管疫症之事，若是百姓們真鬧了起來，恐怕會將矛頭指向楚王府。

楚王爺嘆道：「的確，如今進出城門都要例行檢查。我給你們辦好了路條，你們且去別苑安心住上一陣子，這疫症也鬧了大半月了，一般再過得半個來月就能控制住了。」

君逸之聽著就嘆氣，君琰之知道弟弟不好意思開口，就替他要求多調些侍衛去別苑。

楚王爺詫異地問道：「你們只是去住上幾日，要帶這麼多的侍衛幹什麼？」

君琰之道：「父王，現在得了疫症的百姓都被隔離在城外，孩兒聽說有不少百姓不滿朝廷的隔離措施。雖然離別苑有些距離，但保不住會不會有人偷跑出來，咱們多帶些侍衛，也好防範百姓們衝撞了別苑中的女眷。」

雖然朝廷調派了大批軍隊守衛著隔離營，可是君琰之的顧慮也不是沒有道理，楚王爺思索了一下，便道：「那就按制讓侍衛們護從出行吧。」

按祖制，郡王出行可有十六名侍衛隨行，而親王世子從親王級，有三十二名侍衛，一共是四十八名。此番去別苑，就將楚王府的侍衛調走了大半。

楚王爺也沒放在心上，京城之中還有五城兵馬司和御林軍，他上摺去兵部說明一下，兵部就會另調士兵過來守護王府，就算有些不滿的百姓要鬧事，也不怕他們敢衝進王府之中來。

倒是君逸之還是不放心，各王府之中的侍衛都是御前挑剩下的，武功不差，但也絕不是高手的對手，若是遇上殺手暗襲，四十八人也不見得能擋得住四人。他將自己的四位隨身侍衛都帶上，還去韓府和長孫府找韓世昭、長孫羽借了六人，扮成小廝隨行。

這十人都是頂尖的高手，君逸之這才覺得安心了些。

回府的路上，恰巧遇到了靜雯郡主從百珍齋裡出來，挺著個大肚子，面有菜色，卻只一手扶著丫頭的胳膊，一手還拿著一個小巧精美的楠木匣子。

君逸之正無聊地挑了車簾往外看，從車窗裡瞧見了，便讓馬車停下，將頭伸出車窗外，笑嘻嘻地打招呼：「靜雯，有陣子不見了，瞧妳氣色不是太好啊！這雪都沒化呢，妳就出門，不怕摔著嗎？」

靜雯郡主跟君逸之也是從小一塊兒長大的，小時候的感情還好，只是成年之後就疏遠了，加上俞筱晚的緣故，兩人之間諸多不對盤，像這樣主動來打招呼，靜雯郡主覺得君逸之是「黃鼠狼給雞拜年，不安好心」，於是立即警戒了起來，一雙杏眼睜得溜圓，盯著君逸之問道：「關你什麼事？」

君逸之嘴裡嘖嘖直嘆，搖著頭道：「我好意關心妳呢！晚兒的胎象不知懷得有多穩，可是瞧妳一臉青黃之色，想來腹中的胎兒是不大好的！妳幹麼不安心在家中養胎，城中疫症橫行，妳還四處亂跑什麼！」

靜雯郡主之所以四處亂跑，就是不想要這個孩子，可這一回婆婆和丈夫都盯得緊，會致小產的食物根本到不了她眼前，喝了不知道多少菊花茶都不頂用，連她的乳娘都要她一舉得男，好鞏固地位。

真是笑話，她堂堂的郡主下嫁給一個平民，還要用兒子來鞏固地位？

可惜身邊沒人支持她的舉動，她只能用這種法子來達成心願了。

這就是不被理解的痛苦！當下，靜雯郡主覺得自己跟君逸之是沒有共同語言的，鄙夷地撇了撇嘴，「你顧好你的晚兒就成了，我的事不用你操心！」

君逸之搖頭笑嘆，「以前咱們是有些不對盤，不過都是要當爹當娘的人了，就不能成熟穩重一點，一笑泯恩仇？我之前還跟勉堂兄打過一架呢，現在堂嫂跟晚兒不知多要好，不見面時也互傳書信！這不，這回我們去城外別苑小住，晚兒還邀上了堂嫂和堂兄呢！」

一聽到君之勉的名字，靜雯郡主的注意力立即就被調了過來，原本要踏上馬凳的腳也收了回來，趨近幾步，問道：「你、你說什麼？你們打算去城外的別苑小住？」

君逸之道：「是啊，城中疫症橫行，我怕晚兒也染上了，就去別苑小住幾日。剛巧堂嫂好似也有了滑脈，就約上她一塊去。堂嫂去了，堂兄自然也會去的，他們夫妻倆感情不知多好呢！」

感情好？靜雯郡主只覺得一股熱流迅速地沖入頭頂，轟得她三魂去了五魄。之勉哥哥跟那個粗鄙的女人感情好？

君之勉成親的時候，晉王府邀請了平南侯府，可靜雯郡主已經算是肖家的人了，而肖大勇的職位低，是沒有請柬的，她一直沒能親往新房，看清新娘子長什麼樣兒，事後就向自己的閨密們打聽，閨密們對賀氏諸多貶抑。

聽說賀氏皮膚黑、脾氣倔、舉止粗魯，靜雯郡主心中不知有多高興，只覺得之勉哥哥是生活在水深火熱之中，正等著她的救贖。

哪知今日竟從君逸之的嘴中聽說之勉哥哥與那個賀氏竟然感情好，而且賀氏還懷了身子！

靜雯郡主立時不淡定了，激動得兩頰潮紅，蹬蹬蹬地快步走到君逸之的馬車前，睜圓眼睛問：「你聽誰說他們感情好的？」

君逸之勾起唇角，風流倜儻地笑道：「這還要聽誰說嗎？堂兄特意去打了一套百嬰戲蓮的鈿子給堂嫂，晚兒瞧見了，嫉妒得不行，還道我不體貼呢！」

居然送賀氏百嬰戲蓮鈿子！靜雯郡主被這個消息深深地打擊到了。她出身權貴之家，又哪裡不懂得，雖然男人們都希望嫡妻能多給自己生幾個嫡子，但也只是順其自然，真要親自到首飾坊裡為妻子訂製求子的百嬰戲蓮鈿子，那定是感情深厚，寵妻寵得無邊的人才會這麼幹。

難道之勉哥哥真的會喜歡那個粗鄙的女人？靜雯郡主長長的指甲掐入了掌心，摳出血絲了都沒感覺到痛。

不行，我要親自去會一會賀氏，我要親眼見到他們相處，我要親自來判斷！靜雯郡主深深吸了幾口氣，壓下心底的怒火和酸楚，漾起一抹甜笑道：「這麼說你們會在城外住上一陣子了？」

君逸之笑道：「這是自然，等城裡的疫症過去了，我們再回城！」

靜雯郡主帶著些討好的笑容問道：「那我也跟你們去住一陣子好不好？」說罷露出愁苦之色，「你也知道，外子官職低微，在城外是沒有別苑的，我娘家雖有別苑，可是我一個出嫁的女兒總是回娘家住，會讓人指著外子和婆婆的脊梁骨罵，我得替他們考慮一二。可是說真的，現在城裡亂成這樣，我真是擔心腹中的孩子。」

她伸手輕撫著肚子，漂亮的小臉上露出愁容，好似很為腹中的胎兒擔憂。

君逸之立即道：「這有何難，我家別苑住多少人都成！我們打算明日一早就出城，妳大概什麼時候能來？」

靜雯郡主的眼睛一亮，笑盈盈地道：「我現在就回去收拾收拾，明日一早同你們一塊兒走。」

君逸之道：「好吧，那明日辰時初刻，咱們在西城門處見。對了，要記得到順天府辦路條，現在城門處查得嚴。」

靜雯郡主忙道：「不打緊，外子手中就有。」肖大勇就是負責守城門的軍官，沒路條她也能出去。

能跟之勉哥哥住在一處好些日子呢！靜雯郡主的心情立即飛揚了起來，眼睛亮亮的，極有禮貌地向君逸之屈了屈膝，「慢走，明日見。」

「明日見。」君逸之放下車簾，揚聲道：「回府。」

馬車開動，車廂內的君逸之笑得鳳目彎成了月牙，不論會不會有陰謀，反正拉了個墊背的，不過話說回來，到現在還看不清勉堂兄是幫誰辦事的，真的要約上堂嫂一塊兒去才好。

君逸之拿定了主意，回府就跟俞筱晚談及路遇靜雯郡主之事，要她約上賀氏一塊去別苑，「堂嫂去了，堂兄就會去。他是親王世孫，又是南城指揮使，可以帶侍衛和親兵過去，比我們方便。若是有事也多一個人擔著，沒事的話，妳也有個人說話解悶。」

俞筱晚抿嘴輕笑，「你就會找不要工錢的侍衛！」

君逸之笑嘻嘻地道：「妳不是擔心去了別苑會有事嗎？如今這情形，不去不行，我只能想法子多找些護衛過來！」

俞筱晚也覺得這樣不錯，若是別苑裡人多了，太后就算想動手也得顧慮一下，她只要捱過這兩個多月，等孩子生下來，也就不怕了。

於是俞筱晚提筆給賀氏寫了一封信，讓人送到晉王府。賀氏立即就讓楚王府的下人帶了回信過來，言道自己一定會去，明日辰時初刻在西城門處見。

俞筱晚有些驚詫地道：「還以為至少要等堂兄下了衙，她問過堂兄的意思，才能給我回信呢！」

君逸之不在意地道：「堂嫂那種性子，恐怕只記得玩，不記得要問堂兄的意思。」

俞筱晚道：「說不定堂兄正在府中，堂嫂已經問過他了。」

次日一早，齊正山安排好人手之後，向楚王爺稟明詳細隨行人員，並發誓一定保護好少爺們和二少夫人的安全，便帶著侍衛，護在馬車兩旁，在西城處與賀氏和靜雯郡主的馬車會合，一同出城，去了楚王府位於東郊的別苑。

君逸之特意吩咐繞個道，從風景優美的香山腳下走過，到了一處地兒，君逸之挑起了車簾，指著遠處，喚俞筱晚過來看，「妳瞧，那裡就是蘭家買下的風水寶地。」

俞筱晚湊到車窗邊，仔細看了看，連著香山腳下一片廣闊的土地，地面上已經堆放了許多石料、木料，有匠人在空曠的地上勞作著。

俞筱晚問道：「他們好像在雕刻吧？怎麼不先打地基？」

君逸之解釋道：「打地基要等開春化了凍之後，現在土還凍著，不能打，不過早有匠人開始雕刻和打磨石料了，蘭家的這處山莊已經開始建了。」說著嘲諷地笑道：「這些石料和木料可都是上品，是用來裝飾的，至少也得十來萬兩銀子。打了地基之後，就得採買房梁用的大木料，又得是一大筆銀子。」

俞筱晚附耳小聲問道：「你不是說他們已經那麼辦了嗎？怎麼還不抓？」

君逸之挑眉一笑，「急什麼，建個大山莊，至少得三十萬兩銀子，這還只是建莊子的費用，若是想裝飾得華麗優雅，再擺上名貴擺件和掛件，需要的銀子會更多，他們不會收手的。況且，一次交易可以說是不慎，多幹幾次之後，我倒要瞧瞧，誰還能說出開脫的理由來！」

俞筱晚噗哧一笑，不再多問。

到了別苑，君琰之和君逸之就以主人之姿，向靜雯郡主和賀氏表達了歡迎之意。主人家的住處都是現成的，昨日就讓人來收拾了，君琰之開始著手安排客人們的院子。

靜雯郡主搶著道：「我與賀姑娘住一處吧。」

賀氏一皺眉，直覺地不喜歡靜雯郡主，「叫我世孫妃，妳要叫表嫂也成。」

靜雯郡主面色一緊，俞筱晚忙和稀泥道：「郡主若想與堂嫂親近，不如住在堂嫂的院子隔壁吧。我們就住在煙藹院和煙霞院，白日裡男人們辦正事，咱們三個還能多親近親近。」

別苑裡有三個院子是連在一處的，就是煙藹院、煙霞院和煙雨院，園子裡互有小門通行，靜雯郡主來這住過，知道這一處，立時笑道：「那好吧。」

俞筱晚就先請靜雯郡主和賀氏到自己的房裡坐坐，待下人們收拾好了客院，靜雯郡主和賀氏兩人才各自回了自己的院子。

白天只顧著收拾，靜雯郡主和俞筱晚都懷了身子，容易乏，睡了一下午，到了夜間，男人們都回了別苑。對於能在餐桌上能見到君之勉，靜雯郡主激動得幾乎不能自持，覺得自己躲過肖大勇，悄悄跑到這裡小住，真是個明智的決定。

歡樂的日子總是過得飛快，靜雯郡主並沒高興幾日，肖大勇就找到了別苑來，欲接她回家。靜雯郡主死活不願，肖大勇面現怒意，「妳好端端地住到別人家中，寶郡王又是那麼個名聲，妳就不怕外人說三道四？」

對於君逸之，靜雯郡主自覺自己是清白得很，「身正不怕影子斜，我是為了腹中的孩子好，若是在城中染上了傷寒，這孩子可就保不住了！」

「妳——」肖大勇被靜雯郡主堵得沒話說，只好腆著臉去求君琰之，想夜間留下來陪妻子。

君琰之笑得很溫和，「肖大人只管住下來就是，我和二弟最是好客的。」

肖大勇忙拱手道謝，回了煙雨院，將丫頭們都打發出去之後，才低聲叮囑道：「夜裡若是聽到什麼聲音，萬不要亂動。」

夜間會有動靜？靜雯郡主心中一凜，盯著肖大勇問：「你想幹什麼？」

「妳不用管，好好在屋內待著就是。」肖大勇懶得跟她多說，叫上雨燕，去了西暖閣休息。

晚間入睡後，耳邊忽聽一陣刀劍相撞聲，俞筱晚乍然驚醒，剛坐起身，君逸之便闖了進來，連棉被帶她一把抱起就跑，邊跑邊道：「有人偷襲！」

說話間，便有幾條黑影闖入了後院，江楓等會武功的丫頭已披衣而出，執劍相迎，高喚道：「少夫人快走！」

平安一面揮劍迎敵，一面趕著馬匹過來，「少爺快上馬，世子和三少爺已經衝出去了！」

君逸之瞥了一眼戰況，微微頷首，抱著俞筱晚躍上馬背，從後門直奔入大山之中。馬背上，俞筱晚急得不行，揪著逸之的衣襟問：「怎麼回事？」

君逸之將俞筱晚穩穩地摟在懷裡，不讓她被馬匹顛簸到，一面關注著前行的狀況，一面回道：「忘了跟妳說，前兩日府中進了賊，將妳屋裡那兩張方子偷走了！」

俞筱晚半晌沒說出話來，這麼重要的事也能忘？根本就是不想說！

她側了側頭，越過君逸之的肩膀往後看去，幾名黑衣人以高超的輕功，飛速地追趕著，而身後的別苑已是一片火海，喊殺聲震天響，不知到底來了多少偷襲者。

俞筱晚心中不由自主地驚惶起來，用力抓著君逸之的衣襟，君逸之柔聲安慰道：「沒事，有我在！」

他的聲音雖輕，卻有一股安定人心的力量，俞筱晚緊張的心跳慢慢緩和了下來，目測了一下距離，還有閒心打趣道：「好在你的坐騎是萬中挑一的寶馬，他們雖然拚盡了全力，卻追之不上。」

君逸之輕笑道：「若不是不想暴露武功，我就是不要馬匹，他們也追我不上。」

楚王府在城郊還有一處別苑，只有楚王爺和兩位兒子知道，君逸之原想帶著俞筱晚去那兒，心中忽地一動，臨時改了主意，揚鞭調轉馬頭，衝向了攝政王在西郊的別苑。

攝政王的級別比之親王又要高出許多了，雖然此時王爺沒住在別苑之中，但仍是守衛森嚴。君逸之的馬匹停在別苑大門口，門內的侍衛聽到馬蹄聲，從小門裡探出頭來，瞧見是寶郡王，忙將大門打開，躬身笑問道：「郡王爺是來找王妃的嗎？」

君逸之揚唇笑道：「皇嬸在嗎？」若有攝政王妃在，這裡的護衛就更安全了。

那名侍衛一怔，隨即陪著笑道：「王妃和庶妃是今日到別苑來的，小的還以為……」

君逸之接著話道：「我正是來看望皇嬸的！」說罷跳下馬，抱著俞筱晚進了大門。

黑衣人雖然遠遠瞧見，卻不敢輕易靠近。君逸之回頭望了一眼，瞇了瞇鳳目，腳步不停地走了進去。

管家聽到訊息，隨意地披了件衣裳就迎了出來，指揮著丫頭婆子們安排了一處院落給他們。安頓下來之後，俞筱晚緊張地抓著君逸之，小聲問道：「你不怕那些人是……派來的？」

君逸之附耳輕笑，「我來，就是為了證實到底是誰派的殺手，顯然不是皇叔！」

那就只有太后了。楚王府裡果然還有太后的人，居然知道她們在查十幾年前的事，還指引著賊人拿走了她藏在首飾盒下的那兩張藥方。俞筱晚眯了眯眼睛，能知道得這麼清楚的，自然就是夢海閣的人，除了周嫂，還會是誰？

只是若是早想出賣他們，應當可以在兩個月前動手，還是資訊的傳達需要一定的時間？

俞筱晚想了一歇，忽然想到，上回與君逸之兩個將佛經都拆散了，雖然當時屋內只有他們夫妻二人，但是找到藥方之後，拆散的佛經就沒有特意收藏起來，總會被打掃房間的丫頭們瞧見。周嫂雖然管著院子，不能進正房，但是要從丫頭們的嘴裡套話卻是很容易。

而且，前兩日太后先派人去偷藥方，今晚才派殺手來追殺他們，應當是已經猜出了藥方裡的祕密，察覺到他們知道了她的祕密，要殺人滅口了。

「晚兒累了吧，咱們先歇息，有什麼事，待明早再行商議吧。」君逸之見俞筱晚久久不動，怕她顧慮太多，忙勸她。

俞筱晚點了點頭，剛一躺下，就發覺君逸之的身軀猛然僵硬，全身呈戒備狀態。

轉頭一看，前方的窗紙上透著一個不算高大的身影，手執兵器，雖然一言不發，但強大的氣勢撲面而來。

君逸之微凝了眸，催動內力細聽，忽聽外頭那人一笑，「歇下了嗎？」竟是君琰之的聲音，看來兩兄弟想到一塊兒去了。

君逸之應了一聲，君琰之離去，他才和衣躺下，摟住俞筱晚道：「睡吧。」

俞筱晚心裡還有許多問題要問，嘟囔著問了一句：「別苑裡的客人怎麼辦？」

君逸之笑道：「管他們怎麼辦？我可是出了名的紈褲，捨己救人可不是我會做的事，沒有義氣地先逃之夭夭才符合我的形象！妳不必擔心，靜雯是太后的人，堂哥會護著堂嫂，都不會有事！況且，堂嫂自己會用毒，那些殺手最好別去惹她，不然只會死得很難看！」

俞筱晚聞言一笑，的確，賀氏身邊還有一位非常會用毒，還會下蠱的奶娘呢！她還想再問，卻抵不住睏意，很快就睡熟了。君逸之睡得警覺些，不過知道平安等四人和請來的六名侍衛都在附近，也是一夜好眠。

再說楚王府的別苑之內，火光和喊殺聲沖天，靜雯郡主原是想依著肖大勇的話，窩在屋內不動，可是外頭的動靜實在太大了，她忍不住讓丫頭服侍自己起來，湊到窗邊聽動靜。忽然，她聽到有人嘶喊：「快保護世孫和世孫妃……」

靜雯郡主心頭猛跳，之勉哥哥出事了？她立即吩咐道：「快去告訴老爺，要護好勉世孫。」丫頭哆嗦著跑出去，好在西間與東間就隔著一個廳，不用到走廊上，丫頭很快就跑了回來，身後還跟著雨燕。雨燕衣裳凌亂，俏麗的小臉上嬌紅未褪，顯得是才得了一番雨露的。靜雯郡主鄙夷地哼了一聲，雨燕小臉一白，忙福身道：「回郡主的話，老爺已經去退敵了。」

「是刺客！還退敵，妳當是上戰場呢！」靜雯郡主沒好氣地瞪了雨燕一眼，想著肖大勇一早的警告，這必是太后派來的殺手，她心裡就一點也不害怕了，扶著雨燕的手往外走，「走，我們去看看！」

雨燕忙抱住靜雯郡主的胳膊道：「老爺讓您在屋內待著，免得刀劍無眼。」

靜雯郡主心中有氣，一巴掌揮過去，打得雨燕腦袋一偏，「滾開，少拿那個賤人來壓我！」說罷，揮開雨燕，另帶了雨鶯出門。

靜雯郡主只掛念之勉哥哥，想著自己是太后眼前的紅人，太后的人不可能不認識自己，便大膽地往煙霞院而去。

煙霞院內正打得火熱，君之勉執劍護在妻子身邊，他的侍衛和親兵都在院子中追擊圍堵刺客。

為什麼說是追擊圍堵呢？因為人家一發覺他這不是目標，就開始撤退，偏偏他還要讓侍衛緊跟上去，將院門給堵死，形成包圍之勢。可刺客們也不是庸手，並未落在下風，只是一時走不脫而已。君之勉看出他們不想殺自己，卻不讓侍衛們閃開，彷彿不殺死一個兩個的不甘心。

賀氏好奇又緊張地東張西望，不住地道：「我們去看看晚兒她們怎麼樣了吧？」

君之勉瞇著眼睛看了看煙靄院的方向，淡淡地道：「先殺了這些人再過去看，他們也帶了侍衛。」

哼，別以為我不知道你們請賀氏來是什麼意思，想讓我當免費侍衛，就多擔驚受怕一會兒吧！

賀氏雖然很擔心俞筱晚，不過也很聽丈夫的話，只是有些睏了，掩唇打了個哈欠，小聲道：「不知道能不能撐到那個時候？」

君之勉回頭瞧見她嬌憨的俏模樣，眸中唇角都帶上了笑意，伸手將她頰邊的碎髮順至耳後，柔聲道：「妳先進去睡吧！放心，有我在，他們不會有事！」

賀氏卻不依，抱住君之勉的胳膊直晃，「先去煙靄院吧，我奶娘她很厲害的！」

君之勉想了想，先讓奶娘過去，自己卻站著不動，捏了捏賀氏的鼻子道：「先去睡！」

這一幕，恰巧被急忙忙趕到的靜雯郡主給瞧見了，如遭雷擊。

這幾日用晚膳的時候，她天天瞧著之勉哥哥和賀氏相處的場景，賀氏纏著之勉哥哥，之勉哥哥總是冷冰冰的，她還心頭暗喜，可是眼前這一幕算是什麼？之勉哥哥怎麼能用那種帶著寵溺的目光看著黑黝黝的賀氏？這種目光不是她專屬的嗎？

嫉妒和怒火燒紅了靜雯郡主的眼睛，她似乎沒瞧見場中的刺客，直直地朝君之勉和賀氏衝過去。

場中的刺客忽然瞧見一名大肚子的美貌小婦人，心頭立時將她與俞筱晚畫上了等號，一名輕功卓絕之人，在接到上司的暗示之後，立即飛出一掌，向靜雯郡主襲去。

雨燕在靜雯跑出去之後，就立即去前方通知肖大勇。肖大勇用腳趾頭猜都知道妻子會跑哪兒去，立即就趕了過來，卻正好瞧見了這一幕。

「不！」

當著君之勉和賀氏的面，他無法亮出身分，只得飛身過來，硬生生擋下了刺客的那一掌，當場噴出一口鮮血來。他的武功不俗，內力不弱，可到底不能與從小魔鬼般訓練的殺手相比，何況夜裡還在床上消耗了大量體力，如何受得住？

靜雯郡主只是腳步滯了一下，略微回頭一瞧，就趁肖大勇纏住這名刺客的時機，再度朝君之勉衝去。

君之勉和靜雯郡主之間隔著二十餘名刺客和親兵，想走過去可不容易，肖大勇應付一名刺客都夠嗆了，哪還能顧上保護靜雯郡主？好在君之勉的侍衛立即過來相助，他才抽出空來，一把抱住妻子，就衝出了煙霞院。

斜刺裡又殺來一劍，肖大勇卻覺得自己的胸口劇痛不已，只得將不停掙扎的靜雯郡主往一匹馬背上一丟，一拍馬臀。靜雯郡主尖叫一聲，被馬匹帶了出去。

馬匹撒開蹄子狂奔，靜雯郡主只覺得耳旁的風聲呼呼地吹過，也不知跑了多久，她的馬術雖精，可是四處都有人冷不丁地衝出來，她無法控制方向，好在寶馬跑得平穩才沒掉下地。好不容易收了馬韁，令馬停下來，她仍想調轉馬頭回去幫君之勉，卻猛覺一陣陰風吹過，直覺告訴她，前方有埋伏。

靜雯郡主立即張嘴，正想表明身分，可她忘了這世上有一種武器叫石子，有一門功夫叫點穴。一道輕微的破風聲，她立即坐在馬背上，呆若木雞，隨即眼前一黑，鼻端一香，再無知覺。

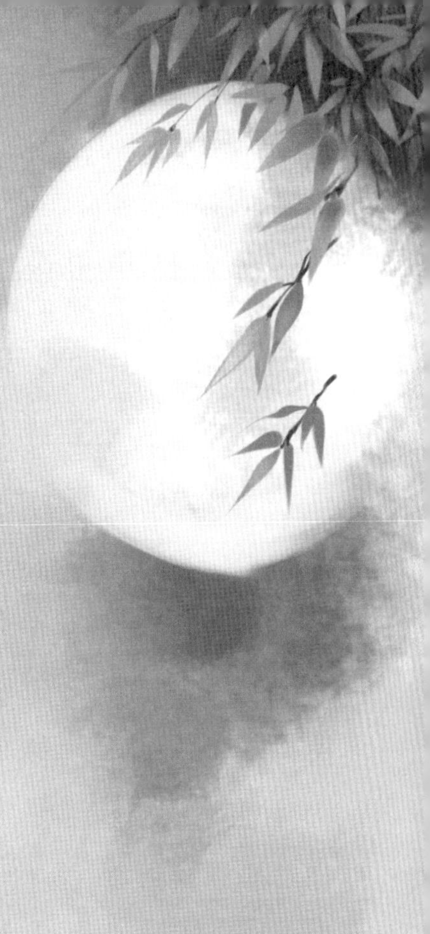

柒之章　后妃爭嫡混血脈

攝政王妃果然住在別苑，不過君逸之等人來時已是半夜，她自然早就睡下了，直到次日清晨，才從管家東方浩的嘴中得知此事，忙讓人請來了君家兄弟和俞筱晚。

「這是怎麼回事？」攝政王妃關心地拉過俞筱晚，上上下下仔細打量，見她無礙，才鬆了口氣似的問道。

君逸之眼睛一熱，俊臉上居然掛上兩行淚水，「昨夜我家的別苑遭山賊襲擊，我好不容易才帶著晚兒逃出來，幸虧皇嬸您在這，不然我們可能就葬身賊人之手了！」

三弟君維之立即揭穿他道：「才沒有，刺客一來，侍衛就將我們送上馬背了，父王給我們挑的都是千里駒，那些刺客根本追不上，我們才不會葬身賊人之手！」

攝政王妃和俞筱晚都噗哧笑了出來，君逸之的俊臉扭曲得不成形狀，瞪著三弟道：「不說話沒人拿你當啞巴！」

「好了好了，多大的事兒！」攝政王妃笑夠了，這才安撫差點暴走的君逸之，「我立即讓人送信給王爺，一定會給你們討個公道。你們就在這兒住下，晚兒是來養胎的吧？剛巧我也要住上一陣子，吳庶妃的產期將近，不方便留在城中，就算城中的疫症退了，也得住到過了月子再入城。」

俞筱晚「啊」了一聲，「吳姊姊也在嗎？我一會兒去看看她。」

攝政王妃溫柔地笑道：「先用過早膳吧，她沒這麼早起身。」

攝政王妃一面吩咐東方浩進城送信，一面讓人去楚王府的別苑瞧瞧情況。不多時，派出去的侍衛就帶回了君之勉和肖大勇。

君之勉略略說起，昨夜的刺客似乎是來找人的，沒找著就迅速地退了，他與賀氏沒受一絲傷，只是發覺君家的人都不在了，才特意留下等待消息，而肖大勇臉色白得跟宣紙一般，內傷嚴重，卻強撐著要過來，因為靜雯郡主失蹤了，他抱有一絲希望，希望她是與君家兄弟在一塊兒。

攝政王妃立即蹙眉道：「竟然失蹤了？那你趕緊回城去報訊，讓平南侯和靜晟派兵搜索這附近。」

肖大勇也擔心妻子，確切地說，是擔心妻子肚子裡的孩子，忙忙地告辭而去。君之勉覺得自己也應當表示一下關心，就追著肖大勇去了。哪知在見到靜家父子，稟明詳情之後，平南侯毫不顧忌君之勉還在一旁，朝著肖大勇當胸一腳，肖大勇還單膝跪在地上，被這一腳踢得接連翻滾了一丈遠。本就受了內傷，更是禁不住，噴出一鮮血，便昏迷了過去。

平南侯氣得指著肖大勇道：「沒用的東西，連我一腳都抵不住，難怪會讓雯兒失蹤！」

君之勉蹙了蹙眉，解釋道：「肖大人昨夜為了保護郡主，受了內傷，侯爺您誤會了。」

平南侯一怔，臉上湧上幾絲尷尬，君之勉也沒空管岳婿之間的事，只是道：「我得回營了，侯爺若有差遣，只管使個人來說一聲。」說罷，也不再留，抱拳行了禮，告辭離去。

靜晟世子一直坐著沒說話，待他走後，才朝父親道：「咱們快些跟太后通稟一下，務必保住雯兒和她肚子裡的孩子。」

畢竟殺手是太后的人派去的，可能是見雯兒大肚子，才誤以為是俞筱晚，靜晟世子並不擔心妹子會有生命危險，可是會不會吃苦就難說了。

身下的晃動讓靜雯郡主清醒了過來，她張了張嘴，卻發覺自己無法出聲，眼前一片黑暗，眼睛也被勒得難受，可見眼罩綁得有多緊，靜雯郡主恨得直咬牙。晃了一會兒，肚子越來越難受，她只得忍著。

眼上的黑布終於被摘掉，靜雯郡主還沒張開眼睛打量周圍的情況，就聽到熟悉的聲音驚道：「雯兒，怎麼是妳？」

聽這聲音不用睜眼看人，靜雯郡主也能認得出來，只是苦於說不出話來，「唔唔」地揮舞著雙手。

為免露出痕跡，派去的殺手是暗中訓練的死士，而不是平時近身侍奉的侍衛。死士們不認識俞筱晚，抓了一個同樣大肚子的靜雯郡主，還灌了啞藥。她抓俞筱晚過來，是為了問清楚關於十幾年前的事，他們到底知道了多少，有沒有告訴皇帝？

太后雙手攥緊了拳頭，用力閉了閉眼，再睜開，看向靜雯郡主道：「魏長海，拿解藥來，扶靜雯郡主坐著。」

魏公公忙用力扶著靜雯郡主坐到鋪了錦墊的地面上，從懷裡取出解藥，餵靜雯郡主喝下。藥丸服下沒一會兒，她就能出聲了。

靜雯郡主的眼睛被黑布綁得太久太緊，現在視物不清，卻知道這一定不是太后的寢宮，因為光線暗淡，身下是硬硬的地板，墊子也是硬邦邦的，沒有一點舒適華麗的感覺。

不過此時不是討論身處何地的時候，靜雯郡主覺得自己的肚子不是一般的痛，她有過滑胎的經驗，想著胎兒恐怕會不大好，忙尋著聲音，看向太后的方向，哀婉地央求道：「太后，雯兒腹中疼痛，能否宣太醫過來扶個脈？」

太后沉著臉，她還打算悄悄將靜雯郡主送出宮去，怎麼能請太醫來？魏公公知曉主子的意思，便小聲勸道：「太后還有要事，不如一會兒咱家帶個穩婆過來給郡主瞧瞧，郡主您的意思如何？」

靜雯郡主只能同意，委委屈屈地點了點頭，她倒不是擔心腹中胎兒會怎麼樣，她是怕自己會怎麼樣。

太后問了靜雯郡主幾個問題，在別苑之中，可曾聽到俞筱晚與君逸之商議過什麼事，露出過緊張擔憂之色否？

靜雯郡主捧著肚子仔細回話：「沒有，寶郡王和郡王妃成天的玩，我們住在別苑裡，天氣好時到院子裡烤鹿肉，天氣不好就在屋內打骨牌、玩雙陸。」

太后凝神思索了一會兒，魏公公見靜雯郡主的臉色越來越差，忙問太后：「奴才先扶郡主去休息一下如何？」

太后思量著道：「就去內殿吧。」

她們身處在太后寢宮內殿的密室裡，只是密室裡沒有軟榻，地上冰涼，墊了錦墊也擋不住地面的冰冷寒氣透上來。太后發覺靜雯郡主的臉色的確極差，又不能讓別人瞧見靜雯郡主此時在她的宮殿中，只好讓魏公公扶她去內殿裡休息。沒有太后的允許，小皇帝也不能進內殿的。

魏公公忙上前扶起靜雯郡主，可是靜雯郡主腹部著實痛得厲害，站著都直不起腰來，雙腿打顫，根本無法挪動腳步。

魏公公只能再扶著靜雯郡主坐下，正要出去喚心腹的穩婆過來，忽聽外面一陣嘈雜聲，有人阻攔、有人怒斥，似乎是一行人不經通傳，就想強行往裡衝。

魏公公心中一驚，太后亦是，眼睛頓時睜得溜圓，魏公公也顧不得請示了，抱起太后，打開暗門，幾步閃入內殿。

剛剛竄入帷幔之後，以攝政王和小皇帝為首的一行人就直接衝進了寢殿。太后在帷幔之後威嚴喝道：「什麼人？」

「母后恕罪，兒臣們有急事稟報！」攝政王和小皇帝同時請安道。

太后扶著魏公公的手，慢慢走了出來，在臨窗的短炕上端坐下，板著臉，看了一眼攝政王，然後將視線轉向小皇帝，威嚴地問道：「到底發生了何事，讓你們這般驚慌，不經通稟就闖進來？」

皇帝還略有些嬰兒肥的小臉上露出幾絲焦急，「母后，昨日夜間有大批刺客偷襲楚王的京郊別苑，幸虧琰世子、寶郡王和郡王妃逃到了皇兄的別苑裡，才倖免於難，可是靜雯郡主被刺客擄走了，不知去向！」

太后挑眼看著小皇帝，凝著臉色做驚怒狀，威嚴地問道：「竟有如此大膽的賊子！兩位皇兒不立即調兵尋人，到哀家的宮殿裡來做什麼？」頓了頓，微微冷淡地道：「哀家可是不能管朝政的！」

心中卻在飛速思忖著，琰之、逸之都讓攝政王保護起來了？可是當年的事，半斤對八兩，他若想拿捏哀家的錯處，哀家就說是先帝發覺了他們母子的陰謀，特意將皇兒過繼給哀家撫養的，誰能拿哀家如何？

攝政王忙回話道：「刺客們能逃的都逃了，沒逃的也都服毒自盡了，可見是一群窮兇極惡之人。兒臣來稟報母后，是希望母后能指點迷津，這些刺客的手法是否像當年的安王屬下？」將楚王別苑中報過來的資訊複述了一番，然後滿眼期待地看向太后。

雖然太后覺得攝政王必定是懷疑她，而且懷疑靜雯郡主藏在她的寢宮，才故意突然闖入寢宮來，想抓個正著，但是攝政王說的這理由合情合理，安王之亂是她和先帝一起鎮壓下去的，她也找不出什麼反駁的理由來，只得佯裝思考了一下，搖了搖頭道：「雖然咱們一直懷疑安王的餘孽未消，但應當沒有這麼多的人手才是。若想找出蛛絲馬跡，最好是去現場仔細勘查，若是短了人手，哀家借調十名近衛，讓他們去別苑勘查。魏長海，立即拿哀家的權杖，調近衛出城。」

太后極聰明地沒有順著攝政王的話，將事情賴到當年叛亂的安王餘黨身上，別人遞過來的梯子，她唯恐下去之後是汪洋大海，趁機指派了十名近衛去現場，為的自然是消滅自己人留下的痕跡。

攝政王聞言並沒反對，反而很歡迎太后派人協助調查。商議完此事，攝政王便關心地問道：

「母后才起身的嗎？可是鳳體違和？」

太后慈愛地笑道：「皇兒有心了，哀家只是春睏。」因為怕機關轉動的聲音被人聽到，這會子密室的門還是大開的，太后就有幾分趕人的意思，「快去抓刺客吧，不能讓楚王寒了心！再問一問楚王，他到底得罪了何人？」

攝政王的確是不能往再內闖了，只能先行回外宮。小皇帝想留下來陪母后說幾句話，太后卻正色告誡道：「皇兒再過幾年就要親政了，還是多去內閣聽聽大臣們商量政事才好。哀家這裡有內侍們服侍著，皇兒不必擔心。」

小皇帝略一遲疑，便恭順地應下，擺駕御書房。到了御書房，卻發覺皇兄不在，問及幾位內閣大臣，才知道是吳庶妃臨盆了，別苑裡使了人送訊，攝政王回去了。

小皇帝含著笑問：「朕是不是應當先準備好賀儀了？」又安慰楚王：「琰之和逸之都無礙，愛卿只管安心處理國事。太妃的身子可好些了？若仍是毫無好轉，朕再讓孟醫正去請個脈。」

楚王爺忙躬身謝過小皇帝的垂詢，小皇帝又安慰了幾句，沒再多留，回到自己的宮殿，立即傳韓世昭覲見，又令暗衛去攝政王的別苑問一問君逸之到底是怎麼回事？同時差遣更多的暗衛，在西城郊仔細搜索靜雯郡主的行蹤。

回想起今晨所見所聞種種，小皇帝不由得深思起來，為何楚王的別苑會招來那麼多的殺手？是否是逸之調查了什麼關係到太后和皇兄的事？今日母后與皇兄兩人的表現，讓他起了疑心。一個太急切，縱使想查清是不是安王餘孽，也不必直闖太后的宮殿，除非是想撞見什麼；一個太熱情，還沒等他們要求，就主動差遣十名近衛協助調查，是否別有居心？

趕到攝政王別苑的暗衛，卻因君逸之兄弟正陪著攝政王，而無法與君逸之進一步接觸。

產房裡傳出吳庶妃痛苦萬分的叫喊，君逸之和君琰之坐在外廳，陪著皇叔。說實話，這樣的場合，他倆待在一旁有些不倫不類，不過因為攝政王要關心生產中的妃子，還要問他倆昨夜整件事的經過，只好從權了。

而內廳之中，則由俞筱晚陪著王妃。吳麗絹這是第二胎了，比初育有了經驗，也好生產一些，只折騰了兩個多時辰，就生下一名白胖健康的小公子。眾人都喜笑顏開地向攝政王和王妃道喜，俞筱晚悄悄打量了王妃的神色一眼，外表上看不出來有任何的默然，但內心深處必定還是沮喪的吧？

賀喜完之後，俞筱晚就示意君逸之我們應當避一避，讓他們一家人說說話了。君琰之十分識趣地告辭，君逸之卻顯得對小嬰兒很感興趣的樣子，站在嬤嬤的身邊，拿玉佩下的絡子流蘇逗著小人兒玩。攝政王不由得笑著搖了搖頭，對君琰之道：「你且先回吧，他還有得玩。」

君琰之只得無奈地先行一步，君逸之硬拉著俞筱晚逗了小寶寶一會子，聽說自家父王差了管家過來，才與俞筱晚告辭，回了他們客居的院落。

君逸之向管家再三表明，自己與俞筱晚都沒有受傷，又問候了病中的老祖宗，待管家走了，這才見到等候多時的小皇帝的暗衛。兩人關在屋子裡密談，俞筱晚坐在外間手拿一卷書，悠閒地看著，幫他們守大門。

沒有等多久，君逸之就挑簾走了出來，在俞筱晚身邊坐下，壓低聲音附耳道：「陛下差人來問昨夜之事，我先與韓世昭通了訊，都據實上稟了。」

俞筱晚回頭看著君逸之，有些擔憂地道：「那兩張藥方已經被偷走了，只有張夫人和我舅父兩個證人了，不知陛下會不會相信？」

君逸之玩著俞筱晚的手指道：「沒有證人了。」

俞筱晚大吃一驚，「什麼意思？」

「就是證人都死了的意思。」君逸之看著俞筱晚，一字一頓地道：「幾天前太后就拿到藥方了，猜出了其中的祕密，便派了殺手來殺我們，怎麼會放過證人？張夫人不知何時染了傷寒，十分嚴重，聽說剛送到城外的隔離營，沒一天就嚥氣了。而妳舅父，聽說前日出門時被一輛受驚的馬車撞了，馬蹄踢到了頭部，到現在還昏迷不醒，大夫都說，醒來多半也是傻子。」

的確很高明！兩名證人都沒了，卻不是全都死了。出門被馬車撞，在京城不算是奇聞，現在又正是疫病橫行的季節，張夫人病死也不能說是有人謀害，就算小皇帝想懷疑是太后做了手腳，也沒有證據。況且，就算有證據，太后也是陛下的嫡母，先帝又不在了，子不言母過，陛下並不能讓太后為端妃贖罪，頂多變相軟禁在宮中。

太后是覺得自己已經穩操勝券了吧？

只不過，太后漏算了一點，有些事是不用證據的。只要小皇帝疑心太后不是自己的生母，並且還是殺害自己生母的殺手，就會與太后離了心，頂多與太后維持表面上的母慈子孝，再不會有孺慕之情，更別說像以前那樣對太后言聽計從了。

俞筱晚想了一歇，略有些抱怨地道：「上回你不是說會派人暗中護著舅父，不讓他出意外的嗎？」

證人何其重要啊！

君逸之攬過俞筱晚的肩頭，拿俊臉在她的小臉上蹭了蹭，嘟起嘴來撒嬌，「晚兒可真是冤枉死我了，我的確是派了人跟著曹清儒的，而且那輛馬車一衝出來，我的人就發覺了，只是半道上被人攔下了。」

俞筱晚一驚，「什麼？還有人知道這事？會是誰？而且還攔著救人，是太后的人吧？」

「不像。那人只是攔著我的人救曹清儒，之後就走了。若是太后的人，必定會殺了我的人，而且昨晚在別苑就會投毒或暗殺，可是那些殺手似乎只是想擄人。」這事君逸之已經跟韓世昭討論過了，「所以我跟韓世昭猜測著，應當是紫衣衛。」

俞筱晚一驚，「若是紫衣衛，為何要幫著太后殺證人？是太后已經得了那塊玉佩，紫衣衛不得不聽令，還是紫衣衛並不想讓陛下知道真相？」

「應當是後者吧。」君逸之微微一嘆，「先帝駕崩之前，一定交代過紫衣衛許多事情，因此，這事咱們不可再插手了。」

可是並沒有交代過他們，所以他剛才還是將事情都告訴給陛下的暗衛了，只不過，君逸之心裡覺得有些害怕，他們已是謹慎得不能再謹慎了，卻不曾想，一舉一動都落在紫衣衛的眼皮子底下。

而慈寧宮內，待皇帝的輦駕啟動，太后立即令魏公公將靜雯郡主祕密地送出宮去，當然要等晚上天黑的時候，可是靜雯郡主的肚子卻等不到那個時候，就開始汩汩地往外流血了。

之前魏公公就找來了一名穩婆，專門在密室裡服侍她。靜雯郡主痛得快要暈過去了，身下的血越流越多，她知道這個孩子肯定保不住了，但是她不能在冰冷的地面上小產，她有過經驗，上回小產的時候，太醫就仔細交代過，小產後受寒，會讓她終生不孕。靜雯郡主怕落下病根，想讓穩婆去請太醫，可是太后和魏公公早有交代，穩婆如何會答應？

靜雯郡主出自將門，自幼也學過一些武功，這會子痛得狠了，突然暴發出一股潛力，將穩婆推得滾倒在地，她則迅速地掙扎著爬到暗室的門邊，用力拍門。

這會子魏公公伺候著太后在慈寧宮的大殿裡，接受各太妃、太嬪的請安，閒聊幾句，展示一下姊妹情深。忽然，魏公公的心腹弟子，一名年輕的小公公站在殿門處，不住朝魏公公擠眉弄眼，魏公公只得請示了太后幾句，跟徒弟往內殿裡去。

剛進內殿，就聽到砰砰的拍打聲，若是被人聽見了可怎麼辦？魏公公立時一個頭有兩個大，飛速地跑進內間，將機關打開，就見靜雯郡主拖著一道血跡，爬了出來。魏公公一瞧這境況，就知道不為靜雯郡主請太醫來是不成的了，只得讓徒弟去大殿請示太后，自己則與穩婆一起善後。

太后很是沉得住氣，聽了小太監的低聲稟報之後，並未立即就表示出來，還與姊妹們閒話了幾句，才佯裝困乏之狀。

一旁的嬪妃們自是極有眼色的蹲身行禮，告辭離去，唯有良太妃卻執意留下來，要「照顧」太后。太后似笑非笑地道：「不必了，人哪，還是先顧好自己才是。命數都是天定的，閻王若真要收了哀家，妹妹再怎麼照顧也沒用。哀家聽說前幾日原吏部侍郎曹清儒出門被馬車撞得昏迷不醒，人命就是這般，操縱在閻王手中。」末了感嘆似的道：「唉，這人怎麼要尋他來問話的時候就出了事呢？」

良太妃心頭一跳，「太后有事要尋他問？不是說他已經被貶為庶民了嗎？」

太后揉著額角，狀似無意地道：「聽了些閒言碎語，說他與十幾年前宮中的一些事有關，哀家怎能讓這種詆毀後宮聲譽的流言在市井之中流傳呢？自然是要尋他來問一問清楚的，哪知他就……」說著，抬了抬眼，高深莫測地看向良太妃。

良太妃垂了眼眸，不敢回望，好在太后又道乏了，要到內室裡小憩一會兒，良太妃忙告辭離去了。

太后看著良太妃幾乎是逃離的狼狽背影，冷冷一笑。真是不自量力，自打生下皇長子之後，良太妃可沒少打她身下這張位子的主意！妄想成為正宮娘娘，鬥了這麼多年，輸了這麼多年，居然還是學不乖！隨即又喟嘆，為何攝政王承繼了先帝的睿智？若隨了良太妃，那就是個十足的蠢蛋，何足以懼？

太后扶著小太監的手進了內殿中的內室，魏公公和穩婆兩人已經將靜雯郡主抱到了太后的軟榻上躺著，下面墊了幾重厚厚的墊子，可是血水還是從側面滲了一些出來，血氣彌漫在內室之中，太后不由得蹙起了眉，心中也震驚，真的沒保住？

雖說太后寵靜雯郡主完全是看在平南侯手中的兵權之上，可到底也是自幼就帶在身邊養大的，心中也真有幾分疼惜，立即就讓小太監去太醫院請心腹的梁太醫過來。待梁太醫過來的時候，靜雯郡主已經小產了，梁太醫給她扶了脈，開了方子。麻煩也跟著來了，這方子是養氣血不錯，不過產後養氣血，和太后這樣的老太太養氣血，還是有所不同，拿方子去太醫院取藥，別的太醫肯定能看出來。

太后蹙了蹙眉，讓魏公公從她的百寶匣子裡取了一顆淡金色的小藥丸，告訴靜雯郡主：「這是紫陽真人研製了數十年才製得的五靈散，花了七七四十九日煉成，服後可使神明開朗、血氣充沛、飄飄欲仙，哀家就賜妳一丸，待入夜送出宮後，妳再拿著此方，讓丫頭們為妳揀藥煎藥吧。」

靜雯郡主下腹劇痛，不能隨心所欲地哭叫，連藥都不能吃，心裡委屈得要死，可是表面上卻一點也不敢表露出來，還得謝恩謝賞。太后眼瞧著她服下五靈散，這才滿意地笑了笑，要穩婆和魏公公服侍靜雯郡主擦身更衣，待夜間就立即送出去，並使平南侯府的人到相應的地點去接應，讓她少受些痛苦。

入了夜，俞筱晚等人就在客院裡歇下了，君逸之大概是瞧著皇叔的兒子長得漂亮，就摸著晚兒的肚子念叨了好久：「乖兒子，好好長啊，你一定要將他們都比下去！」

俞筱晚白他一眼，「若是個女兒，要豔冠群芳還說得過去，兒子要長這麼漂亮幹什麼？」

君逸之正色道：「你不明白，兒子長得好不吃虧。小時候我犯了錯，父王想責罰我，老祖宗就拚命護著我，父王氣得鬍子翹上天了，也沒可奈何！」說著滿臉得意地嘿嘿笑起來。

俞筱晚好笑地道：「是啊，日後你想責罰你兒子的時候，就等著鬍子翹上天了，也沒可奈何吧！」

君逸之一怔，發覺這真是個非常嚴肅的問題，就擰起眉頭認真思考起來。

而此時的乾清宮裡，小皇帝正聽著暗衛的稟報：「在殿外能聞到淡淡的血氣，混在熏香之中，只是內殿裡暗衛太多，屬下不敢靠得太近。」

母后的宮殿裡有血氣？小皇帝沉默地揮手將暗衛打發了下去，想著白日裡從君逸之和韓世昭那兒聽到的消息，眼中迸射出森然的寒光來。

這一回楚王府別苑的丫頭下人們的傷亡不大，俞筱晚的丫頭們都好好的，只有江柳受了些輕傷，但是侍衛的傷亡卻是一個大數字。楚王府私下給了各位侍衛撫恤金，楚王還上摺替死亡的侍衛請封，同時犒賞受傷及無恙的侍衛。

侍衛總領齊正山受了點輕傷，得了幾日假期，楚王爺還另賞了他一套在京城中的宅子，可謂收穫頗豐。他的傷勢很輕，因此讓大夫包紮一番之後，就主動擔當起了追剿刺客的任務，以報主子和聖上的恩典。

齊正山領著楚王府未受傷的一眾侍衛，騎著馬在西郊香山腳下，離別苑不遠處的林地裡來回巡視著，忽地發覺林裡傳出極細微的聲音，立即示意侍衛們下馬，悄悄掩在樹木之後。半盞茶的功夫後，一名身材高大的男子，抱著一大團事物飛馳了出來。

「站住！」

那名男子似乎是感覺到前方有危險，在離齊正山他們一丈遠處突然反身往密林深處跑。齊正山不得不跳出來喝止，並帶著侍衛們包抄上去。

那名男子一身的緊身夜行衣，單看五官十分平凡，往人群裡一丟就難以找到，但是手長腳長，衣裳之下的肌理雖然無法看清，可顯然是高手中的高手。齊正山一點也不敢大意，執劍橫在胸前，凝神與男子對峙著。那名男子只目光微微一閃，從齊正山的衣著上很快判斷出他的身分，平凡無奇的臉上立即綻開了一個大大的笑容，「總算遇到自己人了。」

齊正山不敢大意，仍舊警戒地盯著男子，男子笑道：「這是靜雯郡主，我剛巧遇上救下的。」男子是太后的暗衛，懷裡正是靜雯郡主，此時已經宵禁，他們是從城中某處大宅的祕道出城的，只是他們怎麼也沒想到，迎接他們的不是靜家的親衛，而是楚王府的侍衛。不過這個問題倒是不大，只要沒有親眼看著他們從祕道裡出來，就不能拿他們怎麼樣。

靜雯郡主自服下那顆五靈散之後就通體舒泰，連小腹都不那麼痛了，後又聽魏公公說這五靈散是太后延年益壽的神丹，一共只有二十顆，心中對太后就更為感激了，聽了男子的話，立即用力點頭，附和這話道：「是啊，幸虧遇上這位將軍，否則靜雯就會死在刺客的手中了。」

齊正山是認識靜雯郡主的，見果然是她本尊，立即示意侍衛們收了劍，抱拳拱手道：「多謝這位將軍救下府中貴客，不知將軍如何稱呼？」

靜雯郡主代答道：「他是太后娘娘的近衛。」

太后娘娘的近衛比他們這些普通侍衛的軍階要高，齊正山立即改了自稱，「請恕下官方才無禮了。」

男子倨傲地笑道：「無妨，既然遇上了齊總領，那麼郡主就將由齊總領來保護吧。」

男子正說著話，身後又是一串的馬蹄聲，姍姍來遲的靜晟世子帶兵趕到了，大冷天裡趕得滿頭大汗。收到太后的訊息，靜晟世子就帶兵出了城，只是不能一直待在這附近，總得四處巡視一下，不過就是離開了那麼一盞茶的功夫，竟被攝政王府的侍衛們給纏上了，好不容易擺脫了，妹妹卻被齊正山給接到了。

靜晟世子只得向那名男子道謝：「幸虧將軍救下舍妹，否則真是……」

男子對靜晟世子要客氣得多，連道不敢，急忙忙地離去了。靜晟世子則向齊正山告別，帶著妹妹回了軍營。

齊正山瞧著這一行人的背影，心裡頭覺著古怪，於是第二天一大早，就趕到攝政王府的別苑裡，向兩位小主子稟報了昨日官兵們在楚王府別苑裡搜查的情況和這件事，並加上自己的猜測，「屬下覺得，那名近衛一定是與靜雯郡主有染。」他曾遠遠瞧見靜雯郡主騎在馬背上奔出了別苑，是以有些記憶，壓低了聲音繼續道：「屬下的印象裡，靜雯郡主那晚穿的不是這身衣裳。」他就不想想，大冷天的，兩人在山林裡能染出什麼來。

對面的君家兄弟非常配合地流露出男人間心照不宣的笑容來，齊正山越發得瑟，忽地一拊掌，「哎呀，肚子，靜雯郡主的肚子癟了！」

君琰之與君逸之對望了一眼，對這個癟了的意思，心裡都有底，大著肚子自己騎馬跑出去，這孩子多半是沒了，只不過若是臨時救下的，如何會換了衣裳？而且聽齊正山的話，靜雯郡主當時的神情應當不錯，怎麼也不像是野外小產的虛弱樣。為免齊正山胡亂猜測，君琰之忙止了他的話頭，低聲告誡道：「平南侯最是護短，有些事可知不可說。」

齊正山立即表明自己絕不是個大嘴巴，君琰之又誇讚了他幾句，君逸之許諾回城後請他上伊人閣聽曲兒，齊正山心滿意足地走了。

一行人又在攝政王爺的別苑裡多住了兩日，楚王府的別苑已經收拾整理一新了，搜索的官兵們也撤走了，君家兄弟和俞筱晚便來向攝政王妃道別。

恰巧攝政王也在別苑，而且在吳庶妃的屋內逗兒子玩，三人就一同去坐了坐。君琰之兩兄弟隔著簾子坐在外間，俞筱晚則坐在內室。

攝政王沒有一點架子的坐在炕邊上，親手抱著兒子。他已經當了幾回爹，抱孩子有模有樣的，吳麗絹多半是含羞又幸福地看著王爺，偶爾才會溜一眼兒子。攝政王妃坐在炕邊的八仙椅上，一臉溫婉的笑容。王妃所出的小郡主已經有兩歲多了，生得玉雪可愛，抱著父王的腿，努力想爬到父王的膝上坐著。攝政王低頭瞧了瞧她，溫和地微笑，伸手摸了摸女兒稀鬆的頭髮，卻沒幫她坐上來。小郡主的脾氣挺好，並不哭鬧，繼續努力。

吳麗絹看著小郡主笑道：「小郡主生得真是俊，日後咱們王府得多加幾層門檻呢，不然會被媒人踩低了去。」

這話兒聽著順耳，王妃笑道：「妳若是想女兒了，我明日讓人帶來給妳瞧一眼，只是妳現在在坐月子，不能讓她久留。」

有賢妻如此，攝政王抬眼讚賞地朝王妃笑了笑。

俞筱晚覺得他們一家五口相處得和樂融融的，自己坐在裡間有些多餘，只是也不好才來就說要走，面上維持著微笑，聽小公子乳娘向攝政王彙報小公子今日上午的飲食等等。

這廂剛稟報完畢，就聽外面傳來大管家東方浩的通稟聲，良太妃遣了太監過來看望小公子。攝政王淡聲道：「進來。」

一名四十開外的太監躬著身子走進來，奉上太妃賞下的事物，又轉達了太妃的關心，末了看著王妃笑道：「太妃有話對王妃說，既然王妃您在這兒，奴才就省了一趟跑腿。太妃說，王爺有兒有女，若是能再添一位世子就是最好了。」

攝政王妃的笑容斷了那麼一瞬，隨即又含笑應道：「請公公回去稟明母妃，是姒兒無福……」

「說的什麼話！」攝政王打斷王妃的話，然後看向這位公公道：「回去稟明母妃，世子遲早會有的！」

雖然攝政王並沒有皺眉頭，也沒有加強語氣，但是這位公公就是知道王爺有些怒了，忙低頭應下，回宮覆命。

待太監走後，攝政王伸出一隻手握住王妃的手，「母妃就是心急，妳……莫急！」

俞筱晚尷尬得幾乎想將自己塞進地縫裡，偏偏這會子君逸之和君琰之兩個追著那位公公出去了，在廊下說著話兒，她總不能忽然出聲打斷人家夫妻說話，可是在一旁聽著也很不妥，真是兩難。

吳麗絹瞥了王爺和王妃交握的手一眼，忽地將被子推開，跪在炕上。攝政王和王妃皆是一驚，莫名地看向她。王妃連聲道：「快躺進去，天兒還冷著呢，別落下了病根！」

吳麗絹搖了搖頭，柔聲溫婉地道：「妾身有一不情之請，還望王爺和王妃能應允。」

攝政王立時道：「什麼事，妳說。」

「妾身出身寒微，德行遠不及王妃，因而想請王妃代為撫養孩兒，若日後王妃有了世子，再交還給妾身撫養便是。」

攝政王聽著心中一動，看向王妃，目光中詢問的意思非常濃厚，似乎已經被吳麗絹的話給打動了，只是看王妃願意不願意。

攝政王妃怔然了一瞬，便笑道：「孩子自然是在自己生母的身邊撫養最好，王爺也讚妳知書守禮，德行自是足夠。妳現在身子弱，快些躺回去，千萬別落下了病根，妳會生養，日後還要多替王爺生育幾個孩兒才好。」

吳麗絹抬起頭來，柔柔怯怯地看向王爺和王妃。攝政王見王妃不大願意的樣子，就沒勉強，對吳麗絹道：「躺下。」

吳麗絹不敢再多話，乖順地躺下。

君家兄弟返回屋內，對裡間道：「下雪了，咱們得啟程了。」

攝政王看了窗外一眼，蹙了蹙眉道：「開春還下雪，恐會凍傷秧苗。」

攝政王妃便趁機道：「王爺若是擔心，不如宣了大臣們來議政。去歲才經了一場大旱，今年若是再凍死了秧苗，百姓們要如何生活。」

攝政王點了點頭，將兒子交給乳娘，背負雙手出去了。攝政王妃叮囑吳麗絹好生靜養，不要多想，就扶著俞筱晚的手臂出了內室，對君家兄弟道：「下雪路滑，若是路上出了意外可不好，開春的雪不會多大，你們再多住兩日，待雪化了再回去。」

君逸之很擔心俞筱晚的身子，自然一口應下，君琰之也就沒反對。攝政王妃又笑道：「今日過來了，就不先急著回客院，晚兒去我那兒坐坐吧。」

君逸之立即道：「我也去。」

俞筱晚看出攝政王妃是有話要跟自己說，就推了君逸之一把，笑嗔道：「我們要聊天，你去添什麼亂！」

到了攝政王妃住的主院，俞筱晚和攝政王妃兩人都歪在炕上，半晌不語。俞筱晚悄悄端詳攝政王妃的神色，只見她眸光略黯，眉宇間有一絲揮之不去的愁悶，與平日裡端莊高貴的大氣完全不同。

俞筱晚知她在擔憂什麼，於是含笑伸出右手，調侃道：「好久不曾為人扶脈了，都不知醫術退了沒有？皇嬸便行行好，給我試試手吧。」

攝政王妃聞言，噗哧一笑，將手腕放在炕几上，語調略低沉地道：「早就想請妳來扶脈了，只是怕妳身子禁不住。」

俞筱晚邊聽脈邊笑道：「不過是懷了身子，哪有這麼金貴！」沉吟了一下之後道：「脈象上看沒什麼大問題，只是我覺得比以前要差一點，皇嬸現在思慮很重嗎？」

攝政王妃微微一嘆，「怎麼可能沒有思慮？妳今日……也聽到了，兩年了，我都沒有一點訊兒。」

對攝政王妃來說，太后給她施壓，她並未放在心上，可是良太妃卻不同，良太妃是王爺的生母，良太妃的話，在王爺的心裡，分量比太后的重得多。

俞筱晚沉吟了片刻，寫下一張方子，遞給攝政王妃，「皇嬸，您的身子絕對沒有問題。其實心情是很重要的，如果皇嬸不能心情舒展，也會影響懷孕。這張方子裡有調理心情的藥物，皇嬸若是相信我，可以試一試。」想了想，她又笑道：「王爺很疼皇嬸，是皇嬸的福氣。」

攝政王妃臉上微微發燙，嬌嗔地瞪了俞筱晚一眼，「真是跟著逸之處久了，這種渾話也亂說！」

俞筱晚笑道：「哪裡是渾話？」笑了笑，想說的話最終還是沒說出口。

攝政王妃卻似聽到了她的心聲似的，緩緩地道：「人怎麼都這樣呢？以前沒有一點希望的時候可以不爭不搶，可是一旦有了希望，就生出了貪念。」

俞筱晚知道攝政王妃指的是吳麗絹。吳麗絹的建議聽起來是為了王妃好的，帶個兒子在身邊養著，按民間的說法，能給養母帶來兒子。況且正式記名要待小公子年滿六周歲，這期間王妃自己懷孕生子的可能性是很大的。吳麗絹也說，待日後王妃生了世子，再交還給她撫養。再退一步說，若是王妃真的生不了了，這個自小帶在身邊的兒子，自然能培養出深厚的母子感情來，日後過繼到自己名下，當成嫡子撫養是不成問題的。

聽起來真的是全心全意為了王妃，可是這話為何不先私底下跟王妃商量，卻要當著王爺和她這個外人的面說出來？

俞筱晚覺得吳麗絹的目的不純，的確就像王妃說的那樣，有了希望就有貪念了。原先沒有孩子的時候，想必吳麗絹是很安分的，可是後來明明王爺說了先讓王妃生嫡子，給府中的姬妾都服了避子湯，為何吳麗絹卻會懷孕？雖然其中的確是有可能出現意外，但俞筱晚更相信是吳麗絹的手段高明。

現在生了兒子了，大概就想著母憑子貴了吧？以吳麗絹的身分，她應該還沒有大膽到妄想替代攝政王妃的位置，可是讓她生的兒子當世子卻是可以幻想一下的。若王妃將吳麗絹的兒子帶在身邊，俞筱晚懷疑王妃這輩子就真的不能生了。就算孩子是王妃帶大的，有感情，可是府中這麼多下人，這個孩子日後必定會知道誰是他的生身母親，心中的天秤必然會有所傾斜。

俞筱晚忽地想到一件事，前世的時候，吳麗絹是如何搭上攝政王的？吳麗絹母女被張氏趕出曹府，窩居在一處小民居內，雖然吳麗絹姿容絕色，但是攝政王政務繁忙，整日只在皇宮和王府之間穿梭，出行的儀仗更是長達一里有餘，百姓遠遠見到儀仗就要避讓，吳麗絹這樣的平民是如何遇上王爺，讓王爺一見鍾情的？

只可惜當時她沒認真聽丫頭們閒談，現在也沒法調查去。俞筱晚略思索了一下，便笑道：「皇嬸，您一定會有孕的。吳姊姊這般服了避子湯的人都能生兒子，您少說也能生個兩三位公子出來。」

俞筱晚自然不會突然說起服了避子湯也能生兒子這種話，攝政王妃聽出她話語裡的暗示，便閒聊似的道：「說起來，那陣子我府中的一個婆子家中出了點事，她是管熬湯藥的，可能做事不經心，只不過藥渣子都及時處置掉了，因而查不到是不是她弄錯了藥。但是不管怎麼說，能再有個孩子，王爺心裡還是挺高興的，王爺高興，我自然也就高興。」

俞筱晚聽著眸光微動，這事果然是有蹊蹺。攝政王府裡奴僕如雲，揀藥煎藥的必定是分開的，而且每種藥都會有專人負責，煎藥的婆子再不謹慎，也不可能會弄錯什麼。唯一有可能的就是，那個婆子家中出的事有古怪，她受了旁人的威脅或是收了好處，將避子湯中的藥材做了手腳，只不過因為王爺高興，所以王妃才沒再繼續追查下去。

俞筱晚聞言輕嘆了一聲，安慰王妃道：「王爺自然是希望多幾個孩子的，不過庶子終究是庶子，與您生的嫡子不可同日而語。」

攝政王妃聽著只是一笑，俞筱晚拿食指點了茶水，在炕几上寫下兩樣藥材，柔聲道：「聽說避子湯裡去掉了這味藥，加上這一味，就失去效用了。」又指著其中一味藥材道：「去掉的這種，倒是挺值錢的。」

王府中的那名婆子專管煎藥，日子久了，多少會懂些藥理，至少知道藥價。若真動了手腳，想必不捨得將這種值錢的藥材給丟了，不留著自己吃，也會賣掉。

以前孩子沒生下來，攝政王妃要顧著王爺的心情，不方便繼續追查，可是現在不同了，至少掌握了證據，可以將不老實的人敲打一番。

攝政王妃的眸光微閃，朝著俞筱晚笑道：「謝了。」

從頭至尾，沒有提過一句那晚楚王府別苑中的事情。

俞筱晚陪攝政王妃閒聊了一陣子，君逸之就來接她，王妃笑話道：「還怕我吃了她不成？」

君逸之打了個千笑道：「不是怕皇嬸吃了晚兒，是怕晚兒不記得我這個丈夫了。」

小夫妻倆告辭了王妃，乘著小轎回客院。

待雪停了之後，君琰之和君逸之便辭別了攝政王和攝政王妃，帶著俞筱晚回了自家的別苑，一住就是半個月餘，直到京城中的疫症消除了，才返回京城。

這次京城發疫症，死了不少沒有能力尋醫問藥的普通百姓，京城之中的局勢有一段時間特別緊張，百姓們對朝廷的怨言很大，只是不敢直接發作，就將矛頭都指向負責管理此事的楚王爺。聽說時常有百姓到楚王府門口或圍牆處投擲石塊或淤泥，弄得王府裡一片狼藉。好在楚王爺請了御林軍來守護大門，總算沒鬧出什麼大亂子，但也給府內的女眷們添了許多心驚和愁苦。

楚太妃的病在君逸之請來了智能大師，服了智能大師開的處方後，便慢慢好轉了。俞筱晚等人回到府中，立時去給老祖宗磕頭請罪，「老祖宗病重，孫兒不曾在老祖宗榻前侍奉湯藥，實在不孝，還請老祖宗責罰。」

楚太妃看著孫兒孫媳都好端端的，臉色一個賽一個的紅潤，比自己身子骨硬朗還要開心，哪裡捨得責罰？立即讓吳嬤嬤扶起俞筱晚，「妳身子重，再一個多月就要生了，可不能跪久了，快快起來！」又叫起了君琰之和君逸之兩兄弟，正色道：「這段時間最苦的是你們父王，一會兒王爺回府了，你們去給他磕個頭。」

三人連連應下，楚太妃又笑道：「我早就好了，只是不便出城，待在府中也沒閒著，把琰之的親事給定下來了。你母妃早就準備著的，因此我們打算等晚兒坐完月子，五月初讓你們大婚。」

君琰之難得有絲不自然，低著頭道：「全憑老祖宗吩咐。」

楚太妃笑道：「你們男人也不懂這些，到時只記得去迎親就好！哦，還有給賓客們敬酒兼洞房，讓老祖宗早日抱曾孫！」

「老祖宗……」被老祖宗調戲了，君琰之很無奈，俊臉也不由自主地紅了。

君逸之和俞筱晚竊笑不已，楚太妃才想起什麼似的道：「哦，晚兒，親家送了請柬過來，是妳二表兄的喜酒，就是後日，妳這身子不便亂跑了，我替妳擋了。」

俞筱晚忙道：「老祖宗作主就是了。」說著瞥了君逸之一眼，你答應帶我去看熱鬧的，江蘭要嫁給睿表哥了，洞房之夜該是怎樣的精彩啊！

君逸之朝俞筱晚擠了擠眼睛，表示他說到做到，一定會帶她看一場好戲。

「到底是弟妹的表兄，家境又落魄了，若是咱們府中一個人都不去，恐怕親家會寒了心。」一旁的君琰之忽然說道：「不如讓我陪著逸之去。」

俞筱晚跟君逸之皆是一怔，心中閃過電光。曹中妍回曹府了，難道大哥是為了去看她的？

楚太妃不動聲色地喝了幾口茶，才抬起眼來，看著君琰之含笑道：「如此也好。」

君琰之低頭微笑，也不怕別人揣度他的用意。

三人陪著老祖宗閒聊了一會兒，就去前院給楚王爺請安。楚王爺瘦了不少，顯得有些憔悴，這陣子御史們沒少彈劾他，說他辦事不力之類，不過小皇帝和攝政王都表示理解，這事差事本就難辦，替他擋了不少明刀暗劍，因而楚王爺的精神頭還是不錯。

俞筱晚不便在公公的屋內久留，只行了禮問了安，便回了後院，先去給楚王妃請安，而後兩兄弟陪著楚王爺過來，兩兄弟給母妃請安，一家人一塊兒用了晚膳，俞筱晚才與君逸之一同回了夢海閣。

蔡嬤嬤帶著閣中的所有下人在大門處恭迎主子回府，君逸之說了幾句場面話，便回暖閣裡休息了。此時已經進三月，天氣已經暖和了許多，可以不用生地龍了，但火盆還是要的。只是火盆的氣味重，俞筱晚讓初雲將窗戶推開一點，側臉向院子裡望去，正瞧見周嫂在交代丫頭們打掃院落。俞筱晚蹙了蹙眉，回頭問君逸之道：「你不是說派了人查周嫂的事嗎？」

君逸之小聲道：「查了，周嫂跟馬姨娘手下的一個丫頭談過幾次話，我覺得她兩人都有可疑。老祖宗的意思是先放著不動，看陛下對太后是個什麼態度，再決定如何處置了她們。」頓了頓又補充道：「總得有個合理的藉口，不能讓太后抓著了把柄。」

俞筱晚對此沒有異議，贊同地點了點頭，又將視線調轉回來。

忽然發覺進來布茶的初雪臉紅紅的，俞筱晚奇怪地問道：「初雪，妳怎麼了？」

初雪聽到主子問話，臉就更紅了，忙支吾道：「沒，婢子沒怎麼！」

君逸之一身家常天青色的蜀錦對襟長衫，神態悠然地端起茶杯道：「是平安剛來找過妳了吧？」

初雪這會子連脖子都紅了，禮都忘了行，直接挑了簾子跑出去。俞筱晚漂亮的杏眼裡頓時冒出無數星光，興奮地搖著君逸之問：「快說快說，到底是怎麼回事？」

君逸之朝她皮皮地一笑，「還不就是來刺客的那晚，平安救下了初雪，一直抱到安全之地才放下……」

好好的一樁英雄救美，被他一說，就成了色色的話本了！俞筱晚用力白了君逸之一眼，「平安到底是什麼意思？」

君逸之立即呼冤道：「平安可是三番四次地找過初雪了，初雪卻說要等妳生完了孩子再說！初雲也是這個意思，把從文急得不行，天天想著儘快恭喜我喜得貴子！」

初雲跟從文兩個一見面就要吵嘴，俞筱晚早就覺得有貓膩了，聽了這話並不驚訝，反正閒著無事，就開始琢磨怎麼給人作媒了。嗯，不行，她對這兩丫頭多好啊，有事也不瞞著，這兩丫頭有了心上人，居然不告訴她，還得她從相公的嘴裡聽說！不行，不能讓她們太得意了！

初雪和初雲兩個在外間整理行李，忽地打了寒顫，兩個丫頭還不知道，自己已經被少夫人給算計了。

曹中睿的婚期轉眼就到了，曹府的西院裡裝飾一新，走廊上、房間裡都布上了紅綢和大紅燈籠。前陣子曹清儒已經醒過來了，可是並沒清醒，人跟個不懂事的孩子般傻傻的，偏他的破壞力又遠比孩童大得多，喜歡撕書和摔東西、砸東西，得好幾個人眼都不眨地跟著，但曹家已經請不起過多的下人了，張氏自是沒心思服侍丈夫的，藉口辦曹中睿的婚事，甩手不管，服侍曹清儒的任務就全都落在了武氏的身上。

到了大婚這天清晨，武氏早早地起身，指揮丫頭婆子們給曹清儒換上新衣裳，然後親自為他梳了頭，服侍著刷牙淨面，再三哄著，叮囑一會兒見到新人要怎麼做……曹清儒似懂非懂地點頭道：「好，要、要……」

武氏無奈，只得將他指的那只瓷杯送到他手中。曹清儒二話不說就往地上摔，聽到砰一聲，興奮得又蹦又跳又拍手。

君琰之和君逸之白天就到了，先向曹中睿道了恭喜，送上賀儀，便四處閒逛。他二人身分高貴，曹清淮想巴結卻被拒，只得讓他們自便。

君逸之知道大哥要找曹中妍說話，便告訴他曹中妍住在哪兒，朝大哥擠了擠眼睛，「我有些乏了，先找間屋子打個盹，大哥自便吧！」

君琰之輕捶了弟弟一拳，笑著躍入花牆，很快就尋到了曹中妍住的小閣樓前。閣樓前的小花園不大，一眼就能望穿，可以肯定曹中妍此時在屋內。君琰之有一刻的躊躇，若是這樣進屋找她，必然會壞了她的名聲，可若是不進屋，又見不著人……

正躊躇著，就聽到清甜柔軟的聲音道：「琰世子？您怎麼……走到這來了？」

曹中妍驚訝地邊問邊走了出來，手中還拿著一個小繡棚。她身穿著一身水湖藍的半臂衫，下繫一條雪青色百褶裙，春光在她雙頰跳躍出一片明媚的柔光，春風拂起她的裙襬，那麼清新自然，君琰之的心情瞬間愉悅。

他溫柔地一笑，「我大概迷路了。」

「哦。」曹中妍心中奇怪，這曹府還沒他的滄海樓大呢，這也能走迷路的嗎？不過她還是盡職地指著前方道：「前方直走大約十丈遠就是垂花門，出去就是前院了。」

君琰之繼續微笑，「我怕再走錯步，對貴府小姐們的聲譽可就不好了，不如妍兒妳送我到垂花門？」他說著走近幾步，垂眼看了看繡棚上的圖案，笑問道：「在繡荷包？」

「嗯。」曹中妍小臉兒有些暈紅，低下頭輕輕應了一聲，「我先放回去，您稍等。」

待她嬌小的身影進了屋門，君琰之的目光之中便湧現幾絲黯然。荷包面上繡的是翠竹，是給男人用的。竹喻節操高潔，也可祝節節高升——下月初就是春闈了吧？說過不知多少遍，要她不用對他稱「您」，她卻總是謹守著禮儀，不願再親近一步。

曹中妍進去放好繡棚就趕緊出來，怕讓世子爺久候。

從繡樓到垂花門不過十丈的距離，君琰之卻磨磨蹭蹭的，指著路邊的閒花草問東問西。只可惜曹府實在太小，雖然曹清淮掏換了不少南方的花草來裝飾，君琰之也裝作不認識，可仍是很快就介紹完了。垂花門已經就在正前方了，曹中妍略為羞澀地看著君琰之道：「我就送到這兒了，世子爺出了此門直走就成了，府中會有引路的僕人。」

君琰之「唔」了一聲，忽而問道：「在妳三伯家住得習慣嗎？他們待妳有妳表姊好嗎？若是不習慣，去妳表姊那兒住著也成。」

曹中妍忙道：「三伯父和三伯母待我都極好，不敢麻煩表姊了，她都要生孩子了。」主要是，那不是表姊的家。

君琰之微微一笑，繼續誘拐，「的確是快了，妳不想看看小外甥嗎？小孩子很有趣的。」回想著在別苑見到的攝政王的小公子，努力生動地描述了一番。

女孩子都有天然的母性，曹中妍果然聽得兩眼亮晶晶的，遲疑了一下道：「若是小寶寶出生了，我……我去府上拜見表姊就是了。」

君琰之略有些失望，旋即又含著笑道：「好，妳若想去，就使個人來告訴我一聲，我派馬車來接妳。妳表姊要照顧孩子，恐怕忙不過來，坐我府上的馬車可以直接進府，不必投名帖，省事。」

理由如此充分，曹中妍想拒絕的話就有些說不出口，吶吶地應下。君琰之的目光中溫柔又帶著些情愫，她承受不住地垂下了頭，臉頰不由自主地燃燒了起來。君琰之原本還想問問她田智的事，可是此時正好有幾名曹府的下人經過，他只得道了聲「再會」，閃身出了垂花門。

曹中妍這才長長地吐出一口氣，被那樣灼熱的目光盯著，若是她還不知道君琰之對她有什麼心思，就真是白癡了。這樣出色的男子仰慕著她，任何事都為她著想著，說不感動，那是假的，曹中妍覺得心尖上有一根弦輕輕撥動了一下，可是，她有智哥哥……而且，她與琰世子的距離有如天地，根本不可能的。

曹中妍搖了搖頭，拋開無謂的思量，轉向回了繡樓。而君琰之卻是藏在一棵樹上，將她方才的神情盡收眼底，瞧著她進了屋，才尋了個無人的時機，躍下大樹，俊美的臉龐上，看不出心中一絲一毫的沉悶和低落來。

君逸之果然大大咧咧地占據了曹府的一間大廂房，沒骨頭似的歪在榻上，見到大哥走進來，立即兩眼亮晶晶地撲上去，「大哥，怎麼樣？你見到妍兒表妹沒有？」

君琰之淡淡地道：「見過了。」

語調低沉，情緒不高，君逸之立即就了悟了，長嘆一聲道：「其實吧，如果你請老祖宗上門來提親，曹家肯定會一口應下。」說不定曹清淮會興奮得整晚睡不著，「等日後成親了，好好待她，自然也能慢慢收服她的心。」原本，若是晚兒不同意嫁他，他就打算這樣幹的，反正他不會將自己喜歡的人拱手讓出去。

君琰之默了默，微笑道：「這不一樣。」

若是曹中妍心中沒有田智，他也不介意這般強硬，可惜沒有如果，他若強娶了她，只會讓她討厭他。

君逸之只能拍拍兄長的肩，無聲地表示安慰。

因是曹清儒家辦喜酒，到賀的官員不多，而且都是低階的，要討好曹清淮的官員。男賓女賓加上主人家，連六張桌子都沒坐滿。張氏發出了上百份請柬，只有不足一成的官員差了下人送份薄禮過來，包括曹中雅，都只讓美景來點了個卯，本人卻是不到的。

曹中睿和張氏對曹中雅這種翻臉不認親人的作派很不滿，他們還指望著靜晟世子這個貴婿幫曹中睿謀個好差事呢，人都見不著，差事怎麼談？

到了晚間，離席回府的君逸之就帶著俞筱晚悄悄摸進了西院。俞筱晚乍見到跟小孩子一樣，賴在地上不停蹬踹雙腳的曹清儒，大吃一驚，「真變成傻子了？」

君逸之眸光冷漠，嗤笑道：「太后的暗衛親自駕車，怎麼可能失手？妳舅父這輩子就這個樣子，現在才剛開始，妳舅母就不想照顧他了，再過得一陣子，妳小舅母必定也會尋了藉口，甩手不管的。」

俞筱晚點了點頭道：「只要曹家跟韓家的婚期商定了，我讓小舅母送甜雅去敏表哥的任地，小舅母自然不會再回京了，回京也是跟敏表哥一同回來。外祖母有三舅母照顧著，我是放心的。」她的眸光閃了閃，興奮萬分地道：「該洞房了吧？」

君逸之也鬼鬼地一笑，小心翼翼地抱起俞筱晚掠入新房之中，在橫梁上坐好，居高臨下地欣賞好戲開鑼。

成親了！曹中睿心中不知該高興還是氣憤，他根本無法洞房，根本不想娶一個小縣令的女兒，可是家道中落了，他也殘了，能成親就不錯了，但是洞房之夜怎麼過？

曹中睿無奈地摸了摸袖中的銅勢兒，希望真如母親所言，閨女家的不懂這些，用這銅勢兒應付過去。他閉了閉眼睛，推門而入，在喜娘的引領之下，拿喜秤挑起了新娘子的紅蓋頭。

「妳——」曹中睿看清楚喜床上新娘俏麗的小臉之後，頓時發出驚天動地的嘶吼：「江蘭，妳這個賤人，怎麼會是妳！」

江蘭挑起描畫得精美的黛眉，笑盈盈地道：「相公，娘子我叫王蘭，你別弄錯了。」

「妳——我要殺了妳！」曹中睿表情猙獰地朝江蘭撲過去，江蘭靈活地一閃身，就避了開來，曹中睿袖子裡的銅勢兒卻掉了出來。江蘭瞧見便笑得前仰後合，指著曹中睿嘲諷道：「你打算今晚用這個糊弄我？」

曹中睿臉上閃現幾抹羞紅，隨即想到自己會如此也是被眼前這個小婦人害的，他立時又恨得磨牙，「妳居然敢假扮官家千金！」

「我才沒有假扮。」江蘭嗤笑道：「我本就是官家千金，只是年幼被人給拐了，現在父親憑當年的信物將我認了回去！曹中睿，你就認命吧，這世上也只有我肯嫁給你了！」

江蘭說完，才有閒情打量四周，這一瞧不要緊，頓時被眼前寒酸的景象給驚呆了，當初曹中睿買給她住的那個小院子，裡頭的家具都比現在這屋子裡的好得多啊！

「這、這是怎麼回事？你家怎麼變成這樣了？」

站在一旁看戲的喜娘一開始還有興致，可是左等不到賞錢，右等不到賞錢，心裡頭就煩了起來，正趕上江蘭發問，便代為答道：「曹公子的父親早就被貶為庶民了，住這種地方已經是抬舉了，這可是曹大人的官府，特意分了一邊院子給他們的！」

江蘭當初會答應嫁給曹中睿，還不就是看中了曹家的富貴，如今這富貴沒了，男人又是個廢的，她的心頓時猶如被放在火上燒一般，熱辣辣的痛。她痛，就不想看到曹中睿好過，想也不想地抓起一個枕頭朝曹中睿撲打過去，嘴裡不住地罵著「閹雞」、「窮鬼」一類。

曹中睿不防江蘭居然敢反打他，頓時心頭邪火也起來了，伸手推開想來勸架的喜娘，與江蘭撕打在一起。不過他哪是江蘭的對手，很快就被江蘭打得找不著北，抱頭鼠竄。

張氏正扶著曲嬤嬤的手往內室裡去歇息，誰知就聽到新房那邊的喧嘩聲，忙讓曲嬤嬤去問問原由。這處西院表面上分了二進，其實屋子挨著屋子，說話聲音大一點，隔壁就能聽到。張氏張著耳朵聽了片刻，曲嬤嬤只去了一小會兒，就快步跑了回來，「不好了，少爺和少奶奶打起來了！」

張氏聽得一怔，也顧不得搶先見到媳婦會不會掉身分了，極快地來到新房門前，喝令家中的僕人，將抱著打成一團的新郎和新娘給分開。

「這是怎麼回事？有妳這樣當媳婦的嗎？不知道什麼叫三從四德嗎？居然敢打自家的相公！我兒子還是有功名的！」張氏端出當婆婆的架子，開始教訓兒媳婦。

江蘭可是個不吃虧的主，立時雙手插腰反駁回去，「得了吧，一隻閹雞，還功名呢！公爹已經被貶為庶民了，誰還會讓他做官？錢賺不到也罷了，連人道都不能，拿根破棍子就想糊弄我，還想讓我從他？」

身後的僕人們一個個地悄悄吸氣，匯在一起聲音就大了。張氏的腦袋嗡的一下炸開了花，兒子的醜事被這麼多人知道了！

曹中睿一張俊臉變得慘白，自卑地將頭垂到了胸口，彷彿身邊的人都在用同情又鄙夷的目光看著他似的。張氏憤恨地死盯著江蘭，咬牙喝道：「來人啊，把這個不守婦道的賤人給我關到祠堂裡去！」

江蘭冷冷一笑，手握銅勢兒，揮了一個圈，圍上來拿人的幾個婆子就被她給劃拉到了地上。張氏身後的下人再不敢上前了，膽怯地看著嬌俏的江蘭。江蘭得意地道：「還來嗎？想關我？也不看看妳自己的身分！一個庶民，居然敢將官家千金關進祠堂？」

張氏氣得牙齦都要咬出血來了，瞪著眼睛道：「妳少張狂，以為自己有個當縣令的爹就了不得了？我告訴妳，我兩個外甥都是要當官的人了，我勸妳還是老實一點，不然將妳爹爹都給收拾了！而且，妳這叫不孝，告到官府，可是要坐牢的！」

江蘭無所謂地一笑，「收拾啊，妳敢收拾，我就敢將妳兒子沒種、女兒不能生育的事傳得全天下的人都知道！妳只管收拾，只管告官！」說完纖手往下人們堆裡一指，「滾開，老娘要睡了！哪個再留在這屋裡，我就卸了他的膀子！」

一眾下人不待張氏發話，立即一哄而散。

張氏驚得目瞪口呆，還沒從媳婦知道這麼多祕聞，以及女兒的事也被江蘭嚷嚷出去的震驚中醒過神來，就發覺自己已經成了孤家寡人。

「妳──」張氏剛吐出一個字，就被江蘭給瞪得不敢再說話。她也怕這種潑婦，尤其是打不過的潑婦。

「婆婆還是回去歇息吧！」江蘭囂張地指了指曹中睿，「出去的時候，記得把這個廢物給帶走！」

俞筱晚被君逸之抱回府中，躺到床上了，還笑得直打滾，只要一想到張氏和曹中睿那青白相間的臉色，她就無比開懷。讓她們在江蘭的淫威之下屈辱地活著，似乎也是一個頂好的主意呢！

不過這一場大笑，直接導致了俞筱晚腹中胎兒早產，當夜就發作了起來。好在她身子健康，胎兒也有近九個月，折騰了大半日，終於在次日晌午，生下了一個兒子。小寶寶除了瘦了些，小臉皺了些，別的都好，哭聲也十分洪亮。

楚太妃和楚王妃都笑彎了眼，楚太妃霸道地抱著曾孫不鬆手，「乖孫，長得真可愛啊！」楚王妃只能站在一旁，將頭湊過去看，笑咪咪地道：「哎呀，真是跟逸之小時候一模一樣呢！」

俞筱晚躺在床上眨了眨眼，君逸之皺了皺鼻子，附在晚兒的耳邊小聲道：「難道我小時生下來這麼醜嗎？」

其實俞筱晚心裡也覺得寶寶長得醜醜的，小臉紅通通皺巴巴的一團，可是這個詞她自己想一想是可以的，旁人可不能說，就是君逸之也不行，當下就板起臉道：「你嫌我兒子醜？」

「不是！我是說，像我才醜，可是我瞧著像晚兒呢，以後一定是個美男子！」君逸之趕緊大拍馬屁。

俞筱晚這才嬌嗔地「哼」了一聲，放過他。

小寶寶滿月的時候，楚王爺親自給他取名為君若晨，這一輩是「若」字。

小若晨辦滿月酒的時候，小皇帝還親自下旨賜了若晨一個六品都尉的閒職。太后賞了許多的古玩珍寶，賓客盈門，給足了小若晨體面。

賀氏也懷了身子了，對小寶寶就特別喜愛，非吵著要抱抱不可，還是俞筱晚勸她，懷孕之初抱孩子容易小產，她才只好嘟著小嘴作罷，卻擠在俞筱晚的身邊坐著，不停地逗愛睡覺的小若晨，然後突發奇想地道：「等我生了女兒，咱們兩家就結親吧！」

俞筱晚聽得直抽嘴角，曹中慈在一旁笑話道：「西南那邊是這樣的嗎？咱們中原可不成，他們都姓君，是堂兄妹，不能成親的。」

賀氏沒聽出曹中慈的嘲諷，萬分遺憾地道：「這樣啊，真可惜！」隨即又看向曹中慈道：「那妳快些找個人家嫁了，這樣生出來的女兒就能嫁給若晨了。」

曹中慈的臉色紅了白，白了紅，一時氣惱不已，卻又無法反駁賀氏。俞筱晚忙出面打圓場，說個小笑話將尷尬掩過去。之後賀氏被晉王妃叫去，曹中慈才恨恨地道：「這個賀氏，自己善妒就罷了，還喜歡管閒事！」

就在上個月，賀氏傳出喜訊的時候，三舅母秦氏以為晉王府終是要將女兒娶過門了，哪知人家壓根沒動靜，只得到楚王府來向俞筱晚求助。俞筱晚苦口婆心地勸了半晌，無效之後，乾脆祭出殺手鐧，恐嚇道：「賀氏是夷人，最會下毒，慈兒表姊若是嫁過去，被她暗害了都查不出來！就算留條命在，若是不能生育了，又有什麼用？」

這句話總算是戳中秦氏的心窩尖了，嚇得臉色一變再變，回府之後，就立即說動老爺去晉王府退婚。退婚的確是有傷顏面的事情，可若是女方主動，總歸好過被男方拋棄。何況後來君之勉答應將所有責任一力承擔，此次退婚，算是他對不住曹家，對曹中慈來說，已經是極大的便宜了。

只不過，曹中慈已經快十七歲了，京城的貴族子弟一般定婚都早，以她的年紀，很難在上層圈中選婿了。俞筱晚是建議三舅父從本次科舉上榜的進士之中挑選，其中不乏家在外地，家世優厚又未定親的。

不過具體如何抉擇，自然還是三舅父、三舅母說了算，俞筱晚只是委婉地提醒，真的不能再拖了，像君琰之這樣弱冠之年還未定親的，真是鳳毛麟角。

曹中慈明顯不願意談這個問題，轉了話題道：「大伯母和睿弟搬回原來的院子了。」

俞筱晚頓時露出感興趣的樣子，曹中慈便將這當成趣事說了：「那個弟妹可真是個厲害的，成天吵鬧個不停，大伯母吃什麼，她就要吃什麼，不然就砸盤子，只是對祖母還有幾分尊重，別的人可入不得她的眼。可偏大伯母還能忍她，我娘想幫著彈壓一下，大伯母還不讓呢。大伯母也怕家醜外傳，不得已才要搬出去住。要吵要鬧，關起門來，也只是她家的人知道。」

而後將聲音壓得極低地道：「睿弟和雅兒的事，不知哪個沒口德的，傳得整條巷子的人都知道了。自成親之後，睿弟就只知借酒消愁，連大伯母都怨上，說不該聽她的話，將之前的弟妹給怎麼怎麼。我也沒聽清，每回說到這兒，大伯母就急得讓人將睿弟拉進屋去。雅兒的事聽說是傳到靜府了，靜晟世子要休妻呢。」

俞筱晚抬了抬眉，曹中睿恨上張氏了？這可真是好消息，至於曹中雅，靜晟世子明明是知道的，可是私下知道跟滿京城的人都知道又不一樣，休妻……恐怕是認真了。

「那舅父呢？」

「還跟小伯母住在我府中，大伯這個樣子，祖母可捨不得讓大伯母照顧。」

看來外祖母也是明白的，張氏跟曹清儒早沒了夫妻情分。張氏居然為了臉面搬出去，殊不知，在曹府好歹江蘭還要看顧一下外祖母和三舅父、三舅母的臉面，不敢做得太過，搬出去後，以江蘭的潑悍勁兒，張氏只有更多的苦吃。

這樣也好，省得自己動手了。自打懷上孩子之後，俞筱晚就看淡了前世的種種，只想好好地過現在的生活，與相公、兒子享受天倫之樂。張氏和曹中睿這兩個前世的仇人，就讓江蘭來折磨吧。

不多時攝政王妃也來了，俞筱晚自然就去陪著皇嬸說話。

滿月的小若晨白白胖胖的，有一雙與父親極為相似的鳳目，雖然不頂大，但是清澈無底，攝政王妃愛極了小若晨的模樣兒，半開玩笑半認真地道：「憐香這一胎恐怕是懷女兒，日後倒是可以作門親呢！」

俞筱晚但笑不語，往攝政王妃身後張望了一下，「吳姊姊沒來嗎？」

攝政王妃淡淡地道：「我讓她在府中休養。」

吳麗絹生孩子可沒受什麼苦，用得著休養這麼久嗎？恐怕是懷孕的事兒被揭了，讓王妃禁了足。俞筱晚細細瞧了瞧攝政王妃，只見她開心地抱著小若晨逗著玩兒，瞧不出半分異樣來。

攝政王妃逗了一會兒，還有許多夫人等著看小寶寶，她就將小若晨交給一旁的乳娘，淡笑著問：「月底就是太后的壽辰了，妳準備好賀禮了嗎？」

俞筱晚一怔，按說上有太妃和王妃，準備賀禮的事可用不著她來操心，皇嬸忽然這麼問，必定有深意，於是笑道：「多謝皇嬸提醒，是該好好準備呢。」

攝政王妃見俞筱晚明白了自己的意思，便微微一笑，不再多言。

今天是散壽，宮中並沒有大辦，前一天太后在慈寧宮中接受了命婦們的拜賀，壽辰這一天，只宣了宗親之家入宮陪伴，讓俞筱晚煩惱的是，太后特意派了太監過來說要帶小若晨入宮，讓她瞧瞧。

楚太妃安撫俞筱晚道：「不用帶若晨去，我自會與太后分說，妳不必擔心。」得了老祖宗的保證，俞筱晚才安了心。入了宮後，俞筱晚便與賀氏待在一塊兒，賀氏小聲問道：「妳要我帶那麼多解藥幹什麼？」

俞筱晚嘿嘿一笑，「有備無患。」

賀氏盯了俞筱晚一眼，小聲哼道：「別以為我什麼都不懂，煌茅香可不是誰都能弄到的。」她瞄了太后一眼，將嗓音壓得更低，「是不是太后想將蘭家的女孩嫁給堂弟？」

俞筱晚立即看向賀氏，她能想到這裡，又正懷著身子，恐怕是有了同樣的煩惱，果然就聽得賀氏道：「早知道還不如讓妳表妹嫁過來，好歹能安分當個妾室！」

俞筱晚驚訝地問：「難道蘭家的姑娘不是為妾？」

賀氏不答反問：「妳快告訴我，逸之是怎麼推掉的？」

「是之前就有承諾……」俞筱晚告訴了賀氏她和君逸之的事，然後支招：「只要勉堂兄不願意，太后也不可能強逼著娶。」

賀氏皺眉道：「他……他只說不會越過我去……」

俞筱晚同情地看著賀氏，這世間的男子大多如此，覺得敬愛嫡妻，不讓妾室們越過嫡妻去就足夠了，就像之前慈兒表姊的事，若是曹家不退婚，君之勉也會照娶不誤。俞筱晚微嘆了口氣，正色道：「若是妳心裡不願意，就好好跟勉堂兄談一談，就說他若是娶妾，妳心中會很痛，對腹中的胎兒也不好。雖然不一定管用，但總該試一試。」

賀氏點頭道：「妳說的對。」然後又鄙夷，「怎麼那麼多女人上趕著想當妾呢？妳那個表姊現在許給北王世子了，但是之勉說了，就看著妳的面子，日後她怎麼也會是個側妃。不過，還是要被正妃壓一頭。」說著不屑地撇了撇嘴。

俞筱晚微怔，她真是現在才知道這件事。其實以俞筱晚對秦氏和三舅父的觀察，雖然他們也想結門好親事，讓三舅父的官道走得更順一點，卻也不是上趕著讓女兒當妾的人，尤其還是北王世子那種名聲不雅，又沒在朝中任職的人。唯一的解釋就是，曹中慈還真是……不死心，非要嫁入皇家不可。

不過，話說回來，這門親倒是結對了。北王世子現在瞧著不成氣，實則是暗地裡給小皇帝辦事的，日後的前途不可限量。況且，聽君逸之說，那人雖是花心了些，不過對娶回府中的妻子倒也敬重，正經的妾室也會寵愛，不像旁的女子，轉眼就忘，而且北王世子妃是個軟弱的，曹中慈又是個有心計的，日後想必過得不會差。

因此，與賀氏相反，俞筱晚擔心的是北王世子妃，只要曹中慈別生出什麼妄念來，攪和得她也得出面去求情什麼的，她就覺得是菩薩保佑了。

席間大約是人多，太后並沒多說什麼話，都是宗室命婦們捧著太后湊趣兒。用過宴，太后讓旁的人去了偏殿，大殿裡只留了晉王府和楚王府、攝政王府的女眷，當然，惟芳長公主和靜雯郡主自然也陪在一旁。

惟芳長公主的婚期定在六月初，現在已經是四月底了，她只有一個多月的時間就要嫁人了，小臉上有些悻悻的。她並不想嫁給長孫羽，好不容易逮著俞筱晚進宮，就嘀咕道：「好煩啊，把我指給那個傢伙，天天瞧著他跟韓世昭，算什麼事？不能總讓韓世昭出入公主府啊，以後讓我怎麼跟芬兒說話？要不，我去買幾個俊小子當陪嫁？」

噗！一口茶水就這麼噴了出來，惹得正在談笑的太后和晉王妃、楚太妃等人都看了過來。俞筱晚一面埋怨地瞥了惟芳長公主一眼，一面拿帕子拭淨嘴角，紅著小臉起身，朝幾位長輩福了福，極難為情地道：「請太后恕罪，一時嗓子癢，沒忍住。」

太后慈愛地笑道：「這多大的事，要恕什麼罪？」她倆在這廂說話的當兒，楚太妃已經向大殿主位上端坐的太后解釋了今日為何沒帶小若晨過來，太后也沒法子直接駁了自家的姊姊，只要求日後一定要帶小若晨進宮來給她看，這會兒就再趁機問俞筱晚：「聽三姊說若晨的身子不大好？是不是妳懷孕時落下的病根？要不要傳個太醫去請脈？」

俞筱晚不及回答，楚太妃就搶著答道：「小孩子還是少吃藥的好，若晨的身子慢慢養著，府中也有府醫，不敢勞煩太醫們了。這陣子治療百姓們的疫症，他們都辛苦了。」

太后就換了話題問道：「聽說寶郡王妃也是孕吐得厲害，當時是如何治好的？雯兒這丫頭也是這毛病，留不住孩子！」

靜雯郡主的臉色微微一滯，旋又舒展開來，配合地問向俞筱晚。這倒不用俞筱晚回答，快嘴的賀氏就道：「回太后的話，晚兒她不是孕吐，她是中毒啦！不知道是哪個斷子絕孫的傢伙把煌茅香給晚兒聞，那是瀾滄國的特產，這邊的人都不知道，幸虧我知道，讓我解了！」

太后刻意忽略「斷子絕孫」這幾個字讓自己心裡生出的忿悶，驚訝又關切地問道：「原來竟是如此，那晚兒可曾找出幕後之人？」

賀氏又搶著回話道：「沒呢，這東西不好查的，是氣味讓人中毒，隨便在哪裡撒些香粉就在了。不過有我的解藥，晚兒就不會有事了。」然後又看向靜雯郡主，「我不知道妳是不是這樣的啊，不過我可以幫妳配一點解藥先放著。」

靜雯郡主勉強笑道：「多謝世孫妃。」

賀氏彎了彎眼睛，「妳太客氣了。」

太后的唇角顫抖著向上彎去，真心誇讚賀氏道：「真是個好孩子！」又看向俞筱晚，「妳可得好好謝謝她！」

俞筱晚連忙應承，瞥一眼賀氏，滿懷感激的樣子，心中卻驚訝不已，這些話可不是賀氏能說得出來的，難道是勉世孫教的？又為何要教她這樣說？

終之章　往事隨風任歡喜

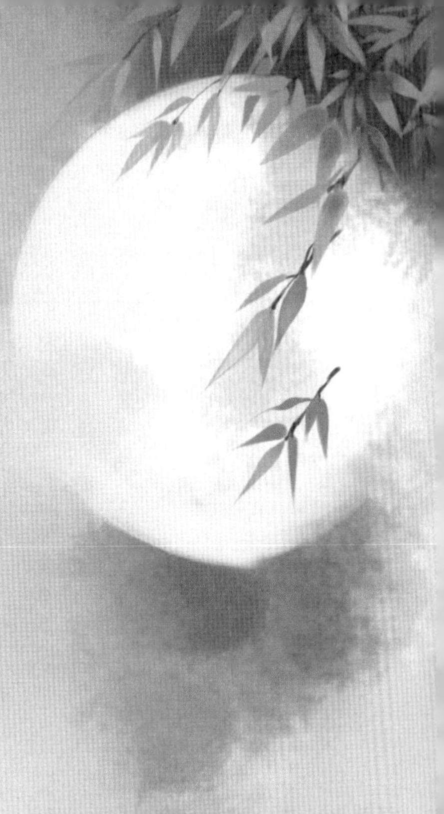

散了宴後，太后坐在空曠的內殿裡，一個人深思著，當初她怎麼就會覺得東昌侯與西南侯是本家，哪位賀小姐不是賀小姐，因而將賀氏指給了之勉呢？若不是這個賀氏……太后狠狠地用指甲掐進自己的手指。本來只要俞氏和逸之傷心胎兒不保，也就沒閒功夫去查什麼藥方了！

不過今日聽了賀氏的話後，太后對自己之前對楚王府的懷疑，開始產生了懷疑。俞筱晚這丫頭的運氣太好了，會不會楚王爺也的確是這般好運氣呢？至少，到目前為止，楚王都是個中庸且膽小的人……或許，真的有些人是上天眷顧的。

太后轉了思量，又想起藥方的事，不知俞氏和逸之從中瞧出了什麼沒？但至少，小皇帝到現在對她還是如同往常一般的恭敬孺慕，她架空了兩位協助打理後宮的太妃，小皇帝也沒有異議，最主要的是，他每日仍然同往日裡一樣，上課、聽政，而沒有將暗衛派出去調查什麼。若真的知道了些什麼，可以當著她的面陽奉陰違，但應當至少要調查一下吧？

魏公公一直如影子般的侍立在太后身邊，太后思量了許久，才將目光轉向他，問道：「依你看，皇帝知不知道當年的事？」

魏公公仔細思索了片刻，才恭敬地回道：「以奴才的拙見，陛下應當是不知的，這次的壽宴，陛下同以往一樣，花心力哄您開心，若是知道了，讓奴才們準備著也就成了。」

太后點了點頭，「你說得有道理，不過不論怎樣，哀家都要未雨綢繆，讓蘭家在朝中站穩腳跟。」

要站穩腳跟，就得結交朝中的官員，就必須要有大量的銀子，這事兄長已經跟她提過幾次了，太后輕敲著几案的手忽地停下，「上回年底之時採買之事似乎很順利？」

魏公公立即恭維道：「您的鳳威無遠弗及，下面的人都忠心於您，自然會順利。」

太后點了點頭，「這樣就好。若是條生財捷徑，那就不必拘於年底的採買了，只是務必謹慎再謹慎。」

魏公公聞言，立即退下去吩咐主管採買的太監總管，可是太后過於自信了，只要她開了貪婪的頭，後面就由不得她來控制。蘭家的胃口越來越大，已經不是謹慎就能防範的事了。

太后的壽辰之後，楚王府就開始籌備世子的婚事。俞筱晚已經出了月子，再不能躲懶，跟在楚太妃和楚王妃的身後忙前忙後。皇室的婚禮十分繁瑣，儘管禮部和內廷都派了人來相助，可是府中的事務還是有許多要她們自己來辦。

這天俞筱晚忙完了回夢海閣，就見君逸之正抱著小若晨在院子裡走過來晃過去。

小若晨喜歡躺在大人的臂彎裡，睜著明亮烏黑的眼睛，好奇地四下張望，若你抱著他停下來，他可是會「哇哇」大哭來抗議的，可是他同時又是個會吃會睡的小傢伙，不足百日就已經能跟周歲的小寶寶比體重了，乳娘抱著他晃不到一個時辰，就累得腰酸腿軟，因而這個重任落在了君逸之的身上。也因為如此，小若晨特別喜歡父親的懷抱，跟娘親反而不親。

俞筱晚覺得很委屈，坐月子的時候不讓她帶孩子，出月子又忙府中的事。若晨，你要理解娘親啊！

「這幾樣是要放在新房裡討吉利的，你送去給大哥挑一下，看他喜歡哪兩樣？」俞筱晚指著幾件擱床頭的求子小擺件，給君逸之派下了任務，然後從他懷裡抱過兒子，親了親兒子嫩嫩的小臉，「若晨乖，娘親來抱你！」

小若晨「哦哦」地揮了揮肉肉的小手，張開無牙的小嘴笑了。

「好。」君逸之接受了任務，將匣子蓋上，便興沖沖地跑去找大哥。

君琰之剛換過一身出行的衣裳，瞧見弟弟來了，便笑道：「陪我去石大人府上吧。」

君逸之瞥了一眼桌上的小紙片，似乎是中榜的邸報？不過他先得完成任務，將匣子打開來，問大哥喜歡哪個？君琰之多少有些尷尬，飛速地瞄了幾眼，憑直覺選了兩樣——好事要成雙。

君逸之將這兩樣拿在一旁，先回去覆命。俞筱晚瞧見大哥挑出的這兩樣小擺件，笑了笑道：「大哥是個心細的人，這兩個花色，孫小姐穿得特別多。」

君逸之立即腆著臉抱住她的纖腰問：「那妳發覺那天我們擺在床頭的是什麼樣的沒？妳喜歡不喜歡？」

俞筱晚好笑地道：「現在還擺著呢，我怎麼不知道是什麼樣的，知道是你用心挑的！」明知道他就是要討賞，偏不讚揚，推了推他道：「大哥不是在等你嗎？」

君逸之只好嘟嘟囔囔地走了，跟君琰之一同到了石大人的府中，然後用力翻了一個白眼，還以為是大大方方地當貴客呢，原來是翻牆而入。

石大人此時正在書房同田智談話，談著談著，自然談到了田智是否已經娶妻。田智微微一怔，而後笑道：「不曾，不過家慈已經替學生挑好了人家，只等放榜之後便上門提親。」

石大人意味深長地笑道：「想必是田生家鄉的姑娘吧？其實女兒遠嫁，做父母的都不會放心，田生前程遠大，不如在京城說一門親事，對你日後的仕途也有幫助。說實話，本官對田生的才能十分欣賞，小女亦是。」

雖未明說，但是意思已經十分明顯，田智卻只是笑了笑，「不瞞大人，其實學生與那位姑娘已經有過口頭婚約，只是等放榜之後行三媒六聘之禮了。至於前程，學士自知才學淺薄，只求將來能勝任陛下委派的官職，不敢奢求聞達。」

石大人的神色瞬間黯然，君琰之的眸光也淡了下去。君逸之悄眼看向大哥，不知該說什麼才好。

兩兄弟趴在橫梁上聽了半晌，石大人已是盡力遊說，可是田智卻只是百般推脫。肯放棄這樣大好的機會，石大人眼中的欣賞之色越發濃厚，只可惜他終不願成為石家的女婿。

「走吧。」君琰之的聲音有些沉悶，頭也不回地掠入夜幕之中。

楚王世子的婚事如火如荼地進行著，不過俞筱晚覺得挺奇怪的，府中上上下下都在開心地辦著喜事，唯有當事人君琰之的情緒有些低落，他的臉上雖然仍是往常那種溫和淡然的笑容，可是怎麼瞧都有幾分蕭瑟的味道。俞筱晚實在是壓不過心中的好奇，就小聲地問君逸之：「我覺得大哥的心情似乎不大好呢，大哥是不是不想娶孫小姐？」

君逸之長嘆一聲，顧左右而言他，「前陣子放榜了，有名叫田智的淮南舉子中了二榜第一百一十七名，被石大人相中了，想招為女婿，誰知道人家給推了，說家中已經在為他說親事了。」

俞筱晚不耐煩地推了推他，「我問你正經事呢，你都不關心大哥的嗎？」

君逸之掐了掐晚兒的小鼻子，「我怎麼不關心了？我還去幫著石大人勸了田智呢，可是人家心智堅定啊，聽說已經請了官媒上門提親了，妳知道女方貴姓？」

俞筱晚眨了眨眼睛，才忽地想起，似乎妍兒表妹的意中人，就是叫田……智？原諒她太久沒提起這個人，早已不記得了。俞筱晚隨即恍然，「啊！大哥他……他……」

君逸之嘆了口氣，「是的。所以啦，他肯定心情不會好的，等大嫂過門了，妳暗暗跟大嫂提上一句兩句的，讓大嫂對大哥溫柔一點，時日長了，大哥就會緩過來了。妳放心，大哥是個有擔當的人。」

俞筱晚點了點頭，一口應下，心裡卻道：有擔當又不是喜歡，孫小姐那般伶俐的人兒，必是會知曉的！

五月十二宜嫁娶，楚王世子君琰之的大婚之日。楚王府賓客盈門，上上下下忙成一團，俞筱晚直到夜間賓客散去，才長吁了一口氣。回屋後，人跟散了架似的往榻上一倒。不多時，君逸之帶著一身酒氣掀了簾子進來，抱著俞筱晚滾到床榻上，一邊用力吻她，一邊撒嬌道：「晚兒，我們也洞房吧，跟大哥比一比，看誰先生孩子好不好？」

俞筱晚笑著抓住他伸進衣襟的大手，啐道：「你沒兒子嗎？」

「有了兒子，就想要女兒了！女兒若是長得像晚兒，一定非常漂亮！」君逸之繼續撒嬌，火熱的唇舌沿著俞筱晚下頜滑至鎖骨。

俞筱晚的呼吸也急促了起來，強撐著一絲理智道：「現、現在不成……要晚上一年……一年後……咱們再……」

只可惜她的要求被君逸之吞下肚裡，一年後再要個孩子的要求被駁回了。

時日過得飛快，一開始整日不睜眼的君若晨慢慢能坐能爬，能扶著牆根慢慢走了。到了這年夏天，已經能用那嫩得掐得出水來的童音，語調綿軟卻理直氣壯地跟娘親爭辯了。

君若晨剛滿一周歲沒多久，俞筱晚就給他添了一個小妹妹，如今他已經三歲多了，小妹妹也已經兩歲，兄妹兩個不知有多要好。此時，君若晨正一手努力拽著娘親的裙襬，一手拿著一根小銀勺，抗議道：「要給妹妹吃冰冰！」

俞筱晚已經勸說得口乾舌燥了，大熱天的，耐心有限，可是跟小孩子說話得溫柔，得講道理，她連運了三回氣，才將燥火壓下，放柔了聲音，第一百零七次解釋道：「妹妹昨日還在拉肚子，不能吃冰冰！你也不能多吃，快將手放開！」

君若晨仰起小脖子，用那雙跟君逸之一模一樣的漂亮鳳目看著俞筱晚，正義凜然地道：「妹妹要吃！妹妹好熱，娘親好壞！」

君逸之剛好回來，俞筱晚立即向丈夫告狀：「你看你兒子，怎麼說都不聽，非要給璃兒吃冰鎮楊梅！」

君逸之呵呵一笑，先進淨房沖了個涼，換了身家常衣裳。進到起居室裡，君若晨還是堅持要給妹妹餵冰鎮楊梅。君若璃的確是熱得白嫩嫩的小臉上出了一層薄薄的汗，君若晨是心疼妹妹，可惜不懂得生活常識。

君逸之幾步來到兒子跟前，蹲下身來，笑嘻嘻地平視著兒子的雙眼，好奇地問道：「晨兒在吃什麼呀？」

君若晨奶聲奶氣地答道：「冰冰。」揮了揮手中的小銀勺，裡面的碎冰已經化成了水，滴滴答答弄濕了他的衣襬。

君逸之又笑問道：「晨兒喜歡吃是不是？」

君若晨用力點頭。

「妹妹說過喜歡吃嗎？」

君若晨可愛的小臉怔了一下，仰頭看向妹妹，遲疑地搖了搖頭，他沒聽妹妹說過。

君逸之便笑道：「那我們一塊兒來問問妹妹好不好？」

君若晨點了點頭，君逸之一把抱起兒子，用銀勺舀了一塊冰，貼到君若璃的小臉上。雖然現在是夏天，可是皮膚上忽然貼上冰塊，君若璃還是很不舒服，小腦袋用力往後仰，小嘴一扁，差一點就要哭出來。

君逸之道：「啊呀，妹妹不喜歡吃冰冰呢！」

君若晨眨了眨眼睛，長而濃密的睫羽搧啊搧的，心裡奇怪極了。冰冰這麼好吃的東西，妹妹怎麼會不喜歡呢？不過妹妹不喜歡，他就不會逼妹妹吃。

君逸之見兒子不再強求女兒吃冰鎮楊梅了，趁機帶他出去玩飛飛，哄得兒子咯咯大笑。俞筱晚抱著君若璃站在走廊上看著。君逸之抱著兒子在樹叢間躍來掠去，君若璃漂亮的小臉上寫滿了羨慕二字，她便學著君若晨的語氣道：「爹爹、爹爹，璃兒也想飛飛！」

君若晨聽見了，立即用小胖手指著妹妹，告訴父王：「妹妹飛飛！妹妹飛飛！」

君逸之便停了下來，用力親了兒子的嫩臉蛋一口，「晨兒乖，知道讓妹妹！」說完跟俞筱晚換抱了君若璃，帶著女兒在樹叢間飛來飛去。君若璃也開心得咯咯直笑，君若晨就目不轉睛地看著，兩隻小胖手還鼓掌叫好。

芍藥在一旁笑道：「小世子真是心疼妹妹呢！」又嘆氣道：「我家那兩個混小子只會打架，我頭疼得不行！」

初雪和初雲立即心有戚戚焉地點頭，她倆已經梳起了婦人頭，當初可是被俞筱晚捉弄了一個月，才鬆口指婚的，如今都已經是有孩子的母親了，還跟芍藥一樣，都是生雙胞胎。如今這六個臭小子天天玩在一塊兒，天天打打鬧鬧的，不過他們六個小傢伙都特別聽君若晨的話，打起架來父母喊不住，可是君若晨一哼，就會立即住手，成了忠心的小跟班。

君逸之抱著女兒玩了一會兒，飛奔起來的時候，風還是有些涼，沒敢多玩，將女兒交給了乳娘。俞筱晚也將君若晨交給乳娘，跟在君逸之的身後進了屋，笑問道：「你猜今日誰來過？」

君逸之挑了挑眉道：「瞧妳這個樣子，肯定是妍兒表妹啦，是不是帶寶兒來了？」

寶兒是曹中妍與田智的女兒，相貌酷似田智，漂亮中帶著一股英氣，不及她娘親的柔美。不過這長相卻非常得賀氏的眼，成天吵著要跟自己的兒子定娃娃親。可田智只是一名從八品的光祿寺監事，這門檻爬得太高不是好事，因而曹中妍從未鬆口答應。

「錯了，今日來的不是姸兒！」俞筱晚笑道：「是舅母來了，想求我幫著說項說項，跟三舅母一家言歸於好。我沒答應，先拖著。」

這三年裡發生了許多事，曹老夫人年紀大了，在兩年之前安樂而亡。俞筱晚那會兒生完君若璃，剛出月子，哭了好幾天。

武氏果真趁送嫁之機去了兒子的任地，不再回京，直到曹老夫人身故，曹中敏丁憂，才一同回到京城。不過，那時韓甜雅已經懷了身孕，故在孝期生下了長子。如今曹中敏還丁憂在家，曹清儒因下人照看不力，摔了一跌，成了跛子，神智仍是不清醒，但相對於之前身強力壯的情況，倒是比之前好照顧得多了。

曹中雅果然被靜家給休了，不過她生得一副好樣貌，又不在乎名聲，很快就改嫁給了一名富商當填房。一開始富商對她新鮮著的時候還好，過了不到一年，富商就開始將主意打到她陪嫁丫頭的身上，現如今最得寵的就是美景，曹中雅反倒要受美景的氣了。

張氏一開始還擺丈母娘的架子，要這富商負擔她們一家子的生活，只是她胃口大，富商給了兩回銀子之後就再不理她了。家中沒有別的進項，秦氏也是個厲害的，搬出去容易，再搬進府就難了，張氏只好自掏腰包，從陪嫁中拿銀子出來貼補家用。可是家裡有個會花錢的江蘭，還有一個天天爛醉如泥的曹中睿，張氏的陪嫁很快就不夠用了。別以為是張氏大方，她並不想負擔江蘭的日常開銷，只是抵不住江蘭的拳頭，為少挨對方兩拳，只能老老實實地掏了。

後來張氏覺得這樣下去不成，便求到了三弟的頭上，讓三弟幫忙給曹中睿謀個差事。因為曹中慈頗有手段，嫁入北王府之後，很快就哄得王爺、王妃的喜愛和世子的疼寵，連帶著曹清淮也沾了光。兼之何語芳找到了自己的歸宿，對方是一名年近三旬才得中舉人的寒門學子，性格忠厚方正，重才不重貌，何語芳生活得十分幸福，聽說已經生了一個女兒，何家對曹中睿的怨恨自然也少了幾分。

曹中睿雖沒革去舉人的功名，可是有被貶的父親，其實並不好謀差事。曹清淮也算是盡了力，幫他在太僕寺謀了個不入流的錄事之職，好歹每月有一筆穩定的收入，若是幹得好，也能慢慢升上去。

可惜曹中睿是個「志向遠大」的人，之前頹廢的時候各種頹廢，可是一旦要入職了，就嫌三叔謀的差事不好，居然連品級都沒有，實在是對不住他京城四大才子的名聲，於報了個到之後，就三天打魚兩天曬網，派給他的事也不理會。上司責備他，他還引經據典地罵人家無德無才，才只能當個小小的九品芝麻官，自然被人給告到了曹清淮處。

曹清淮好意教導他，曹中睿倒好，反將三叔給罵了一頓，說曹清淮對不住他，還謀害了父親。曹清淮氣得鬍子都快捋光了，聲稱再不管曹中睿的事情。那會子曹老夫人還在世，張氏又上門央求了許久，曹清淮雖是答應了幫曹中睿再找找事，可是卻一直拖著，再過得幾個月，曹老夫人亡故，一家子都要守孝，自然不可能再謀差事了。

張氏這個人是你對她好，她覺得是應該的，你對她不好，她就點點滴滴記在心裡。後來因為北王出面說情，曹清淮只丁憂了一年，朝廷就下旨奪情，讓他官恢原職，如今官道走得比較順，三年期滿還順利升了職。

瞧在張氏的眼中，就認定曹清淮是刻薄她們母子，沒少去曹府吵鬧，最後鬧得兩家人幾乎要斷絕關係，還是武氏和曹中敏居中調和，才成了現今這種井水不犯河水的狀態。

因而對於張氏的登門造訪，君逸之滿心不耐，告誡道：「妳別管她家的事，吃力不討好！」

俞筱晚笑道：「我自然不會管，我只是好奇，怎麼好端端的，舅母又要厚著臉皮求上門了？」

君逸之沉吟了一下，問道：「張氏那兒還有適齡的女孩兒嗎？陛下要選秀了。」

俞筱晚這才「哦」了一聲，都忘了，陛下今年滿了十五，虛歲十六，禮部的確早就上表請求挑選皇后了。當然，選秀不僅僅只選皇后，後宮要開始充盈了。

張家的女孩兒，自有張家兄弟送入宮去，輪不到張氏操心。張氏若是為了此事，必然是曹家的女孩兒。可是舅父只有三個女兒，都成親了，小舅父聽說還有一個女兒，也輪不到張氏來舉薦吧？

不過，張氏此人可是無利不起早的，俞筱晚上了心，讓芍藥回去找曹府的老僕問一問。後來，芍藥過來回話，張氏的確是收了個女兒，稱是曹清儒的外室所出，生得極美，想獻進宮去。不過芍藥看了，說那女孩有股妖氣，恐怕不是好人家的女孩。俞筱晚自然將張氏的要求推得一乾二淨，這是後話。

說完話，俞筱晚瞧了瞧外面的天色，催著君逸之換衣裳，「該去給老祖宗和母妃請安了。」

兩夫妻先到了春景院，君琰之已經在中書省任職，此時還未下衙，世子妃孫氏正陪著楚王妃閒聊，見到俞筱晚和君逸之進來，便笑著向他們點了點頭。俞筱晚和君逸之先向楚王妃行了禮，跟孫氏問候了一聲，才依次坐下。

俞筱晚眼尖地發現屋內還有一名小姑娘，十五六歲的年紀，身材嬌小，一直低著頭。孫氏忙介紹道：「這是我的表妹雪兒。雪兒，快來給寶郡王和郡王妃見禮。」

雪兒忙起身，羞答答地行了禮，然後低頭不語。俞筱晚看清雪兒的容貌之後，不由得暗吸了一口氣，轉頭向君逸之望去，在他的眼裡也見到了驚訝。

楚王妃便介紹道：「孫氏賢慧，雪兒是她特意替琰之挑的妾室。」說著深深地看了俞筱晚一眼，妳好好學學人家！

俞筱晚只當沒看懂母妃的眼神，心中只是在想，怎麼會……這麼像妍兒表妹？連氣質都有幾分相似。她抬眼看向對面的孫氏，只見孫氏笑得一臉柔和，完全是賢慧妻子的樣兒，沒有半分勉強似的。

俞筱晚暗捅了捅君逸之的腰，君逸之便蹙眉問道：「大嫂，妳給大哥納妾，可問過大哥的意思？」

孫氏臉色略為一僵，楚王妃聽著這話不像，就代為答道：「這些事當妻子的幫著處置就好，幹麼還要問琰之？況且琰之已經二十六了，膝下連個一兒半女都沒有，孫氏自己不能生，為琰之納妾也是應當的！」

孫氏的臉色又白了幾分，面上卻還保持著優雅溫順的微笑。俞筱晚瞧著心酸，還是那支簪子害的，就柔聲幫腔：「其實媳婦給大嫂扶過脈，只要好生調養上一年半載的……」

「這話妳三年前就說了。」楚王妃毫不客氣地打斷俞筱晚，「妳給攝政王妃治病，倒是兩個月就見成效了，給妳大嫂就這般不盡心，也不知妳是什麼意思！」

孫氏忙笑道：「弟妹盡了心的，只是媳婦沒福氣而已。」

楚王妃原想駁她幾句，看在她主動為兒子納妾的分上，張了張嘴，還是忍了。這幾年楚王妃的脾氣好了許多，沒再那般尖刻地挑剔媳婦了。其實說起來，這兩個媳婦楚王妃都不大滿意，俞筱晚太善妒，不過她生了一雙可愛的兒女，楚王妃卻是疼到心尖尖上的，看她也就順眼了許多；孫氏溫柔孝順，況且處得時間久了，也自然親近了幾分，只是不能生育，卻是楚王妃眼裡的大過，好在她知道要為琰之納妾。

沒治好大嫂的病，俞筱晚不好再說什麼，君逸之卻提醒孫氏道：「有些人不是旁人可以替代的，大哥也不是旁人可以左右的，我勸大嫂還是先問問大哥的意思，別自作主張。」

這話說得極不客氣，孫氏聽得白了臉，手中的帕子也攥得緊緊的。

楚王妃不好罵兒子，就從乳娘手中抱過君若晨和君若璃，放在自己坐的羅漢床上，哄著君若晨道：「晨兒，想不想要堂弟陪你玩啊？」

君若晨能懂什麼，聽到一個玩字就高興地道：「要！要！晨兒要弟弟！」

孫氏羨慕地看著這兩個雪娃娃似的寶貝，在羅漢床上又爬又滾的。一同給老祖宗請過安後，俞筱晚尋了個時機，小聲地道：「大嫂，妳肯定會有孩子的，晨兒還等著帶弟弟去玩呢！」

孫氏的眸光淡了淡，「晚兒，妳的醫術是極好的，醫了我三年都……我也不指望了。」

俞筱晚嘆了口氣道：「去我那坐坐吧，好一陣子沒給大嫂扶脈了，看看要不要改方子。」

孫氏拒絕道：「算了，白浪費藥材！」

「這是什麼話？」俞筱晚二話不說，拉著孫氏就走，硬將她拽到了夢海閣，扶了脈後，又開了一張方子，鼓勵道：「妳這脈象比上回好得多了，堅持下去，一定有效的。妳要知道，皇嬸可是稱我為神醫的。上個月，我讓文伯去南方尋一味藥材，暖宮極有效的，等尋到了，添到這副方子裡，我覺得必定能成。」

孫氏展顏笑了笑，眉宇間卻仍有揮不去的輕愁，「多謝……若我有了身子，必定好好謝妳。」

「咱們妯娌間說這些幹什麼。」俞筱晚輕嗔了一句。

孫氏真不想談這個，就轉了話題問道：「二弟的府第不是已經賜下了嗎？你們打算何時修葺？」

倒不怕俞筱晚以為她在趕人走，府第賜下了就得搬，這是朝廷的規矩。

俞筱晚道：「老祖宗的意思是磨蹭到過完年之後再說。還有大半年呢，修葺也得一兩年。咱們府中人是少了些，老祖宗成天說不熱鬧。」

孫氏笑了笑，覺得話題似乎又要回去了，忙告辭：「我院子裡還有一大堆的事。」

俞筱晚就站起身來送客，又勸慰了孫氏幾句，要她不要著急。

孫氏只笑不語，匆匆地走了，剛回到滄海樓，君琰之就回府了，孫氏忙迎出去，接了夫君進屋，親手服侍著更了衣。

君琰之在二門處遇到了特意堵他的君逸之，已經知道樓裡多了一位小佳人，聽說相貌與氣質都與曹中妍神似，他不禁動了見上一見的念頭，只是想見一見，倒沒別的多餘想法。

更好衣，他便好整以暇地坐到竹榻上，閒適地問及孫氏今日都忙了些什麼。

孫氏含著笑與夫君敘話，心底裡卻一點一點地漫上了酸楚。君琰之絕對是一位好丈夫，他幾乎沒有陋習，下了衙就會回府，也不會像別的男子那般高傲地等待妻子的服侍。他待她很溫柔，會關心她的生活、關心她的感受，遇事也多同她商量。雖然她知道他心裡一直有一個人，可是一開始的她堅定地認為，她總有一天能將其取代，若是……若是她能為他生下幾個可愛的孩子的話。

想到這兒，孫氏便漾起一抹笑來，「今日我家的遠房表妹過來見我，我順便留她多住幾日，要麼……現在讓她來給爺請個安？」

君琰之淡笑道：「既是妳的表妹，應該要見的。」

孫氏將帕子攥得緊了幾分，揚聲讓人傳雪兒過來。

君琰之略帶些期望地看向雪兒，旋即就有些失望了。逸之說她與曹中妍神似……哪裡神似了？雖然這相貌是有七八分相似，可是他卻能一眼分辨出來，或者哪怕是生得一模一樣，他也能分辨出來。

不是就不是，再相似，也不是！

君琰之忽而就明白了，他的心裡妍兒是誰也替代不了的，就算……就算為了傳承香火，他必須得納妾，他也不想對著一個似是而非的妍兒，因為那會褻瀆了妍兒，也侮辱了他！

面對雪兒的羞澀與局促，君琰之淡淡地笑道：「只管將這當成自己家裡，不必拘束。府中的池荷開得最是好，京城聞名，表妹多住幾日再回府吧。」

雪兒訝然地抬起頭，瞥了君琰之一眼，忙又求助般地看向孫氏。孫氏知她的意思，忙看向夫君，君琰之也神色溫和地回望住孫氏，眸光靜謐如子夜，令孫氏只想永遠沉溺其中。她張了張嘴，可是那句「她是我為爺納的妾室」卻怎麼也說不出口。

君琰之淡笑道：「別傻坐著了，用膳吧。」

用過晚膳，雪兒被丫頭們帶了下去，君琰之握著孫氏的手進了內室，輕緩地道：「今兒遇到了逸之和弟妹，她說妳的脈象好了許多，那藥方讓丫頭們去揀藥了沒？」見孫氏不回話，他就繼續道：「弟妹說了，藥不能斷。妳好好地調理身子，別去想些有的沒的。有些事情……若是我想做，當初就能做，當初沒有做，現今也不必做。」頓了頓，又補充道：「我還是喜歡真正的嫡子。」

出於男人的自尊，君琰之自不會在妻子的面前剖白什麼，就像當初不能確定妍兒的感情之時，他也從未對妍兒表白過一般。不過這樣模糊的話，孫氏卻是聽明白了。當初他若想納曹姑娘為妾，以曹家的地位，根本就阻止不了，他所說的當初沒做，現今也不必做，是讓她不必將特意尋來的雪兒納為妾室了。

尤其是最後一句，令孫氏的心中一暖。他都沒有放棄，她為何要自卑自憐？孫氏頓住腳步，君琰之挑眉回望，不明白她怎麼不走了。孫氏溫柔地笑道：「我讓丫頭煎藥去，現在時辰尚早，還來得及服一劑。」

君琰之微微一笑，鬆開了握著她的手的手。孫氏朝他福了福，旋身出了內室，屋外響起她交代丫頭的聲音。君琰之的唇角勾了勾，這才是能陪伴他一生的妻子，堅強、自信，而妍兒……只能是印在他心底的一幅畫了。

對於孫氏願意配合治療，俞筱晚是極為高興的，仔細地寫了幾大張紙，要她注意飲食、起居，還教了她一套五禽戲，可以強身健體。

相較於平靜的楚王府，京城裡卻是熱鬧非凡的，名門世家家主的脖子都等長了，才等到小皇帝終於可以選妃的這一天。禮部的令文早就下發到了各知州處，各省各府的名門世家，都將自己最引以為傲的女兒推舉出來。別說問鼎鳳位，就是僅被封冊為最低等的才人，對整個家族都是巨大的助力。

小皇帝這會子正對著一桌子的畫卷嘆氣，看得太多，已經看花眼了，一開始還有幾個可以令他驚豔，現在真的瞧不出什麼來了，似乎都是一個模子裡出來的，真想換個人來瞧瞧，可偏偏這種事無法假手於人。

呂公公躬著腰，踩著貓兒一樣輕微的步子走進御書房，小聲稟道：「陛下，韓世昭大人求見。」

小皇帝笑道：「宣。」

呂公公出去，引著韓世昭進來，然後退出書房，反手將門關上。

韓世昭的目光在御案上的畫卷上溜了一圈，含笑道：「臣恭喜陛下。」

小皇帝搖了搖頭，笑嘆道：「只是嬪妃的人選，皇后是從八大世家之中選，朕無法自專。」他揉了揉額角，問道：「蘭家那邊怎樣？皇兄那兒呢？」

小皇帝成了親，理論上就可以親政了，攝政王會不會願意將手中的權交出來，太后會不會趁機將蘭家的女兒選為皇后，都是他要防範的事情。

韓世昭輕聲地稟報：「蘭家那邊早就鑽入網中了，只等陛下想何時收網，光是私賣御賜物品，就足夠將其貶為庶民了；攝政王那兒倒是一派平靜，王府裡也同平日一般，並未有過多官員出入。」

難道皇兄對權勢真的沒有興趣？小皇帝微微瞇了瞇眼睛，伸出修長的食指，在御案上輕輕敲了敲，「得讓皇兄儘早表明立場了。」說著笑了笑，「有些事情，還是讓母后出面比較好。」

提及太后，小皇帝的眼神更沉了些，他的母妃如今還不知在天涯海角，他身為人子，如何能讓太后逍遙法外？

小皇帝交代了韓世昭一些近期的事務之後，便擺駕去了慈寧宮。

太后正在替他看畫像，不過太后手中的畫像都是未來的皇后人選，太后含笑道：「皇兒你自己也來瞧一瞧，看誰最入你眼？」

「母后替兒臣挑便是了，兒臣相信母后的眼光。」

太后滿意地瞧著小皇帝笑了，卻不說她看中了誰，又將畫卷交給魏公公，問起他今日的起居。小皇帝恭順地一一回答，然後提到今日來此的目的：「今日皇兄同兒臣議了一回國政，皇兄直言兒臣還是略為稚嫩了，不足以壓服群臣。兒臣的確是如此覺得，因此兒臣打算大婚之後，還是由皇兄主理朝政，待兒臣掌握了御臣之前再行親政。」

太后臉上的微笑頓時凝住，沉聲問：「這是皇兒你自己的意思，還是攝政王的意思？」

小皇帝遲疑地道：「是皇兄建議的，兒臣也覺得有道理。」

太后的胸口憋了一股氣，可是見小皇帝俊朗的臉上還有一團稚氣未褪，懵懵懂懂的，忽然覺得，他有這項認知也是有好處的，只是攝政王必須除去了。小皇帝已經成年，對方一定會有所行動，她必須先發制人，於是太后便笑道：「皇兒心中有成算便好。」

母子倆又說了一輪話，小皇帝才擺駕回宮。待小皇帝一離去，太后立即喚來了魏公公，如此這般地叮囑一番：「切記，必須雙管齊下！」魏公公輕聲應下，退出去辦差。

次日一早，良太妃就將攝政王宣入了她的宮中，顫著聲音道：「太后……她手中有了當年母妃對付端妃的證據……皇兒，咱們不能等了，必須……必須將小皇帝拉下龍椅。」

攝政王只是微微地蹙了蹙眉，淡漠地道：「母妃妳想得過多了，曹清儒如今心智如同孩童，葛太醫早已經不見蹤影……」

「葛太醫在太后的手中！」良太妃失控地叫了起來，「若是讓宗人府給證實了，母妃會怎樣，你應當很清楚！」

攝政王這才正色凝神，仔細思索起來。若是當初被先帝發覺了，要如何處置全憑先帝一句話，可輕可重，但若按著律法來處置，母妃的封冊就會被收回，貶為庶人，終身在宮中服苦役，因而他不能不謹慎。但若說到謀位，攝政王還真沒想過。以前沒有立太子的時候是有過幻想，聽聞立皇弟為太子，他也有過怨氣，但他不是一個喜歡與天抗命的人，謀反這種事，成功的可能遠遠小於失敗，一個不慎，就會遺臭萬年。

況且，誰都不知道，立儲聖旨頒下之後，先帝曾找他促膝長談過一宿，指出他性格上和行事上的幾個短處，明確地告訴他，正是這些缺點，使他只能為相，不能為王。他自幼就崇拜父皇，儘管萬分不甘，卻仍是努力調整情緒，想當一名曠世賢臣，誰知兢兢業業到如今，竟被逼到這個分上。

良太妃見兒子遲遲不表態，急得再三催促，攝政王最後卻只給了她一句話：「容孩兒再仔細思量思量。」

攝政王回到府中，就讓侍衛將王妃請到了前院書房。前院裡的部署是最嚴密的，攝政王妃知道王爺必定是有極重要的事要與她商量，忙收拾打扮停當了過來，見到王爺一副鬱結於心的模樣，心中就打了一個突，陪著小心問道：「王爺，宣臣妾來有何事？」

攝政王拉著王妃坐到自己身邊，將母妃的話原原本本地告知。攝政王妃沉默了片刻，才開口問道：「那王爺打算如何呢？」

「我也不知。」攝政王擰著眉頭，「這些年我雖也在朝中培植了人脈，只是卻沒到可以篡位的地步，輕率行事，只會讓整個王府一夜顛覆，可是我又不能置母妃不顧。」當年的事，他最先沒有參與，但後來知曉了，卻也沒有反對和阻止，「況且，母妃若是定了罪，我也……」

覆巢之下，焉有完卵？

攝政王妃也覺得為難，只能笑著安慰道：「時辰不早，不如王爺先回後院用膳，總不急於這一時。陛下縱使明日便親政了，想將朝政理順，沒個兩三年是不成的。況且，不是說端妃娘娘的脈案都銷毀了嗎？只憑一名潛逃的太醫的供詞，難道就能將母妃入罪？咱們徐徐圖之，想辦法將太后手中的證據給毀了，只憑太后的言辭，是不能給母妃定罪的。」

攝政王聽聞之後，覺得頗為有理，便與王妃一同回了後院。才進二門，就有丫頭喜氣洋洋地盈上來，發覺王妃也在，小臉上的笑容就是一僵。王妃眉頭一挑，向著夫君道：「孔孺人身子有些不爽利，我替她宣了太醫。」然後又朝丫頭淡聲道：「太醫是如何說的。」小丫頭只得小聲稟道：「太醫說是滑脈，有一個多月了。」

攝政王妃的眼簾就垂了下來，她幾年未曾有喜訊，因而前兩個月就將妾室們的避子湯停了，才停了孔孺人就有了一個多月的身子，還真是……有福氣啊！

攝政王的唇角勾了起來，回身對大管家東方浩道：「賞孔孺人妝花緞十四、玉如意一對、百嬰杯一套，全府下人打賞。」又看向一旁的小丫頭，淡聲問：「此等喜訊，妳為何不先報與王妃，而是在此等本王？」

小丫頭一怔，結巴道：「啊，是、是、是因為……」

攝政王面色一凝，冷聲道：「不敬王妃，杖二十，流放北疆！」這等想越過王妃報訊的丫頭，必然是受了孔孺人的指使，只是他現在不可能去處置孔孺人，但是杖責小丫頭，而且還是由他親自處置的，就是側面告誡整個攝政王府的人，不論誰，不論她立了多大的功勞，也別想越過王妃去。

攝政王吩咐完畢，就背負雙手，悠然地往主院而去。攝政王妃跟在他身邊半臂遠處，唇角不自禁地飛揚起來，聽到喜訊卻沒有去孔孺人處，也是打了孔孺人的臉了。想到王爺如此敬重自己，護著自己，可是自己卻不能為他誕下嫡子，攝政王妃的心情頓時又變得沉甸甸的。

「那就依卿家所言，選蘭慧雲為皇后吧。」太后滿意地頷首道。

終於讓太后滿意了，禮部尚書及一眾官員這才鬆了一口氣，躬身退了出去，開始準備冊封大典。

待宮殿之內靜了下來，太后便陷入深思。放出風聲之後，原以為攝政王會立即行動，哪知一晃過了兩個月餘，轉眼入秋了，攝政王那邊還是沒有一點動靜，「難道他之前沒有一點準備？」

魏公公不知如何回答這個問題，垂首聽著，太后又自言自語了幾句，緩緩地道：「去……」

話未說完，就聽得殿外傳來焦急的腳步聲，魏公公的徒弟匆匆跑進來跪稟道：「太后，蘭國公夫人使了送信入宮，言道蘭世子和蘭七公子被抓了。」

「什麼！」太后驚得刷的一下站了起來，「怎麼會……是哪裡派人來抓的？」

「回太后話，是大理寺下的拘票。」

「去，立即到大理寺問清楚，到底是什麼罪名？另外，宣定國公及夫人覲見！」

「稟太后，定國公府已被重重包圍，不許任何人等出入了。」

太后只得另下指令：「宣李大人、秦大人、趙大人入宮。」

小太監硬著頭皮道：「稟太后，這幾位大人都、都被抓入大理寺了。」

太后震驚得無以復加，瞪大眼睛看著眼前跪著的心腹太監，好半晌才緩緩地吐出一口氣，咬牙切齒道：「必定是攝政王！」

魏公公對此卻心存疑惑，「若是攝政王爺，為何不直接對著陛下來，而要對著您呢？他就不怕惹怒了您嗎？」

太后睜大眼睛冷笑，「他他恐怕已經知道哀家手中的證據都已經被毀了，根本不可能將良太妃如何，才這般斬斷哀家的手足，他日後才好對付陛下！」

原本太后是讓葛太醫保留了端妃所有的脈案，可是沒有想到葛太醫竟會毀了脈案，潛逃出京。她派人追殺，卻連個人影都瞧不見，好不容易打聽到葛太醫被押解入京，忙派了暗衛去劫人，到了地兒，暗衛發覺葛太醫已經被人殺死了，只得掩埋了葛太醫的屍體。她恐嚇良太妃，算計著攝政王為了不使當年的事情暴露，必定會對小皇帝不利，極有可能帶兵逼宮。她連救援的人都已經安排好了，只等攝政王殺了小皇帝，她就帶兵殺了攝政王，扶軟弱的康王登基。康王的身子如何，太后是最清楚的，活不過兩年了，但是康王妃年初誕下了嫡子，她就能以太皇太后的身分扶稚兒登基，垂簾聽政了。

所有的一切都規劃得極為美妙，怎奈攝政王不按牌理出牌，直接找上了蘭家！

太后努力沉了沉氣，緩緩在榻上坐下，過了一會兒，平靜地開口：「先去大理寺問清楚抓知存和知儀是用什麼罪名；二則，讓平南侯悄悄調十萬兵在京郊候命，把楚王府和晉王府、越國公府都給我監視進來，一有不妥，就將賀氏和俞氏、姜氏抓入宮來。另外，讓他處理了攝政王，一勞永逸。」

魏公公領命退下，太后又將自己的計畫仔細順了一遍，覺得滴水不漏了，這才好整以暇地等待魏公公的回訊。

魏公公辦事得力，很快就查清了，擦著汗道：「回太后，兩位蘭公子是因私賣御賜物品被捕的，在別的府上的御賜物品上發現了蘭家的字樣，聽說證據確鑿。」

太后驚得從榻上彈了起來，「怎麼可能！不是讓你們千萬謹慎的嗎？怎麼會賞到別的府中去？賞回的物品少了這許多，蘭家怎麼一點也沒察覺？」定了定神，太后又逼問道：「還有，是誰收集證據的？怎麼收集的？何時有人入宮來問過話，你們竟一點也不知嗎？」

魏公公背上直冒冷汗：「奴才也不知。」

「廢物！」太后暴怒，揮臂將手中的茶盞摔得粉碎。

爾後，太后努力讓自己平靜下來，這才意識到一點，之前一直疏忽的一點，那就是，頭一回定國公府賣入宮中的物件是幾十年來的累積，不可能在幾年之內就賞還回去，這麼一來，宮中的庫房裡定然還有不少從定國公府買回的御賜之物。為了區別於別的物件，買回來的時候，她都是讓人在器物上做了暗記，若是被人察覺，光憑這一點，定國公府就別想逃脫，必須將庫房裡的器物一次毀去。

於是太后拋出一連串的指令，「立即讓所有相關的總管到慈寧宮來，另外，讓巽通知平南侯，儘量拖延審訊時間，查明是誰告的黑狀，再給定國公帶句話。若有人問起，一概稱不知。還有，讓他帶話給知儀，若是無法脫罪，就讓知儀認下來。另外，將秦國公夫人宣入宮來。」

必須要保住定國公，否則會被褫奪了爵位去！可是蘭知存也要保住，他是蘭家的象徵，也是蘭家這一輩裡最能幹最聰慧的，那麼……就只有犧牲掉蘭知儀了！

魏公公一路小跑著出去辦差，太后坐在鳳榻上，前後仔細地想了一想，覺得還是應當去問一問知存和知儀二人到底是如何被揭穿的？於是又派另一名暗衛，入夜後潛入大理寺的牢中探問。

蘭家兄弟被捕的消息，給朝野上下帶來了極大的震動，攝政王都驚了一刻，才緩過神來，立即責問主管刑部的內閣大臣秦國公：「此等大事，為何之前從未曾聽秦卿談及過？」

秦國公忙解釋道：「此事臣亦是昨夜才得知的，而且證據確鑿，為防此等違法之徒銷毀證據，故而臣凌晨簽發拘票，今日便要稟報給王爺。只是方才下朝之後，王爺一直在商議江南水務，才耽擱了。」

攝政王幽暗不明的目光盯著秦國公半晌，才漫聲道：「無妨，請秦卿將證據呈上吧。」

秦國公早就準備好了證據，雙手呈給攝政王。攝政王打開來仔細翻閱，幾十張單據上記錄了定國公府何時將何種御賜之物返賣給宮中，再由何人重新賞入定國公府，因內侍疏忽，將何物賜入何府，現今宮中庫房尚餘多少有暗記的器物，以及經手人都是誰誰等等。

攝政王在心中暗暗震驚，三年多的記錄，一件一件清清楚楚，這得布下多大的網，花費多少人力才能辦成？他剛要開口詢問，心中一動，此事不對勁，若是有人察覺到一些蛛絲馬跡，要調查清楚，自然是需要大量人力物力，可這若是一個布好的陷阱的話，那人則只需俯視即可……且看看到底是誰要與太后作對。攝政王立時改了主意，將手中的單據交給其他的內閣大臣傳閱。

眾人逐一閱過之後，皆露出震驚的神色。平南侯已經得了太后的暗示，立即蹙眉問道：「秦國公，這些證據是誰人交予你的，可否讓他現身相見？」

秦國公搖了搖頭，「這些證據是昨夜忽然呈現在老夫書桌上的，並未有人交予老夫。」

「秦公莫不是老糊塗了？」平南侯抓著這一點開始進攻，「宮中的庫房若無陛下或太后的應允，如何能進行調查？此事從未立案，此人是從何處得來的這所謂證據？你居然憑著這些子虛烏有的東西，就將堂堂的吏部侍郎和國公嫡子投入天牢！何況，我瞧著這些紙張似乎都是仿著宮中的單據格式謄抄的？」

秦國公應道：「的確是謄抄的，真的還在送證據的人手中。」

平南侯聽了這話，冷笑幾聲，「國公，未立案而私下調查皇親國戚是何等罪行，您應當比我這個莽夫更清楚才是。該怎麼做，您也應當清楚才是。」

沒經授權就敢查到皇上的家裡，這等同於謀反。雖然沒有明著說，可是逼迫秦國公先放人的意思已經昭然若揭。

秦國公並不心慌，慢吞吞地從懷中又摸出了一塊東西，「這是連同證據一同放在老夫書桌上的。」說完雙手呈給攝政王。

那是一塊嬰兒巴掌大小的權杖，烏黑的面板，鎏金祥雲紋鑲邊，中間一個楷書的金色「紫」字。楷書是所有習字之人最早臨的帖，要模仿一點也不難，祥雲紋也可以以假亂真，但是權杖的材質卻無法模仿，似金非金，似木非木，刀劍不傷，水火不侵，故此權杖雖然還在攝政王的手中，但旁邊的人只一眼就知道這是紫衣衛的權杖，如假包換。

紫衣衛是唯一有權不經任何人授權而可調查朝中所有官員的部門，若是涉及到內宮，也可先行調查，之後稟報。

平南侯的心顫了一顫，怨恨地盯住秦國公。明明有這塊牌子，為何不早拿出來？他此時方察覺自己剛才過於激動了，似乎在強行替蘭家掩飾什麼，別人可都沒說話呢，只有他的問題那麼多，那麼尖銳！

秦國公待權杖象徵性地在各人的手中轉了一圈之後，才問平南侯道：「不知老夫簽拘票，可否？」

他還能說什麼呢？平南侯打了個哈哈，「哈哈，秦公，您老就是如此喜歡開玩笑！原來是紫衣衛調查的，那自當嚴加處置！」

此事再無人敢有異議，大理寺卿立即過來內閣請示，何時開始審理此案？如何知道證人是誰，該傳召誰？

攝政王看向秦國公，秦國公搖了搖頭，表示他根本不知道要如何聯繫紫衣衛，更別提證人了。

攝政王沉吟了片刻，淡淡地道：「先審問蘭家兄弟吧，若是他們兩人願意如實招供，不傳證人亦可。若是他們不願招認，自有證人出現。」

應當是這樣的，紫衣衛一定會暗中監視著審案過程，在該出證據的時候提供真實的證據，該出證人的時候提供可靠的證人。攝政王忽地想到，這其實……是不是說，紫衣衛在暗中給太后留體面？若是蘭家兄弟二人願意將此事一力擔下，只說是自己收買了宮中的侍人，就能將蘭家和太后整個給摘出去。畢竟蘭家是太后的娘家，宮中哪個總管敢不給蘭家人臉面？況且蘭家還給了那幾名大內總管不菲的紅利，而太后一人掌管著偌大的後宮，平日裡出宮就是悠長的儀仗，傳個令要經過幾道人手，被下人蒙蔽了也是常理。

攝政王微微瞇了瞇眼，絕不能如此！這其實是一個極好的機會，只要在審案的過程中暗示挑唆幾句，只要這兄弟倆中有一人不願意承擔下來，就能將太后給拖下馬。只要太后失了勢，當年的事也就……他這兩個月也沒閒著，暗中調查了許久，雖然沒有明確的證據，可是他猜測著，太后的手中亦沒有當年的明證，只是尚有兩分不敢篤定而已。

攝政王拿定了主意，便緩緩開口道：「屆時本王和諸位內閣大臣一同聽審。」他看了看四下，淡笑道：「蘭家到底是皇親，需得公平公正才行。」

眾人都贊同地道：「王爺所言極是。」

審問的方案和人員定下之後，大理寺卿便去安排。

攝政王瞧著不停晃動的珠簾，心中又是一動，忙傳了禮部尚書過來，問及皇后人選一事。禮部尚書如實答了，「已經選定了蘭氏慧雲，下官正在安排大典事宜。」

攝政王抬手止住禮部尚書的後續報告，淡聲道：「蘭家如今涉案，還是暫且緩一緩。」

涉案的只是蘭家的兩位嫡子而已，定國公不是好好的嗎？禮部尚書心裡嘀咕，卻恭敬地應了，退下。

攝政王暗吁了一口氣，希望他猜對了，是小皇帝對太后選蘭家姑娘為后不滿，才弄出的這一齣戲。選誰為后，大臣們可以商議、太后可以拿主意，偏偏小皇帝使不上半分力氣，不過用腳趾頭想也知道，皇上必定不會要一個蘭氏的皇后。希望他幫了陛下這個忙後，能略消減母妃的罪過。

今日的大事已經商議完畢，攝政王正要擺駕回府，又被母妃給請進了內宮。

良太妃興奮得兩眼冒光，「皇兒，這是天大的好機會，只要憑著這一點，將太后和蘭家全數拉下馬，咱們母子就有出頭之日了。有了這樣的外祖家，陛下還有什麼臉面？你只需發動朝中官員彈劾……」

良太妃的話還未說完，攝政王就冷淡地打斷道：「母妃，朝中之事不是您該管的！您在宮中若閒著無事，不如多誦誦佛經，可以靜心養氣，延年益壽！」

「什、什麼？」良太妃激動得站了起來，長而尖銳的指套直指著兒子的鼻尖，「我一片好心全為了你，待陛下親政之後，你若不被賜死，就是會被流放！有這大好機會，你不利用，等著被人反制嗎？我知道你現在聽不進我說的話，你為了那隻不會下蛋的雞，與我日漸生分，你、你這是大不孝！你給我把那個禍水給休了，我不要這樣的兒媳婦！」

怎麼就扯到姒兒身上去了？攝政王無奈地嘆了口氣，越發懶得跟母妃說話，直接起身告辭。這幾年來，兩人只要一談事兒，說不上幾句，母妃就會激動起來。對於母妃總是挑剔姒兒，他自然是非常無奈，雖會護著姒兒，可也不至於為了這個就與母妃生分，真正讓他們生分的是母妃認不清時勢，總想著不該奢望的東西。

攝政王剛一離宮，他與良太妃的談話就由人原原本本地稟報給了小皇帝。小皇帝怔怔地想了一歇，神色慢慢恢復平靜，揮了揮手道：「良太妃那邊的暗衛都撤了吧。」

暗衛領命退下，韓世昭的眸光閃了閃，心道：陛下這是打算放過攝政王了？

而慈寧宮那邊，太后剛敲打完秦國公夫人，就收到了平南侯回覆的消息。聽說是紫衣衛調查的，太后這才真的著了慌。蘭家不保了！若是蘭家失了勢，她的腰桿也會軟上七分！她迅速地想了一歇，立時讓今夜去天牢的暗衛進來，細細地叮囑了一通，才略為安了安心，又拿出那塊可以調動紫衣衛的權杖，交給魏公公，「務必讓他們派一個人來見哀家，哀家倒要問一問，誰給他們的膽子！」

其實太后最想知道的是紫衣衛到底掌握了多少證據？否則，她如何反擊或是堵漏？想了想，吩咐鳳輦，擺駕乾寧宮。

小皇帝剛剛學完政學，吳太師還沒來得及離宮，正撞上了太后的鳳駕。太后此時沒心思問吳太師小皇帝的學業，只敷衍了幾句，將他打發出了宮。小皇帝親自迎了出來，含著笑扶住太后的手臂，「快晚膳了，母后怎麼這會子來兒臣宮中？」

太后開門見山地道：「皇兒，知存和知儀都是你的表弟，現在被投入天牢，哀家知道必定有原因，也不求你將他二人放出來，只要你行個方便，讓蘭家人送些禦寒的衣服進去。入了秋，夜間是很涼的。」

小皇帝忙道：「這算什麼大事，不過，兒臣還未親政，此事也得經刑部尚書和秦國公同意才行。」但他並沒有多做推脫，立時讓呂公公去前宮傳話，請秦國公和刑部尚書網開一面。

太后這才滿意地點了點頭，審視般地看向皇兒道：「母后給你定了蘭慧雲為皇后，皇兒可否滿意？」

小皇帝仰起俊臉笑道：「慧雲表妹嗎？雖有幾年未見了，不過她自小就是美人胚子，蘭家家教嚴謹，想來必定貞靜嫻淑，日後定是極好的皇后。」

太后的眸光微閃了閃，她的疑心極重，除了攝政王，她同時也猜測會不會是小皇帝出手懲治蘭家，才特意來試探，可是談了好一會兒，還是似是而非的感覺，便放棄了。

君逸之一直忙到快子時才從外面回府，俞筱晚因擔心著蘭家的事，一直在等他，服侍著他沐浴更衣過後，小夫妻倆相互抱著躺在床上，俞筱晚就忍不住問道：「怎麼變成這樣了？不是說好由長孫家告到大理寺的嗎？」已經特將有暗記的器物賜了幾件到長孫府中，由他們來告發，再由大理寺和宗人府一同調查，這是最佳的途徑，若是直接將證據交上，怕被太后扣上一頂謀逆的大帽子。

君逸之附耳解釋道：「是陛下的意思。陛下快親政了，紫衣衛來覲見陛下，交給陛下那枚玉佩。陛下覺得調查總要個幾日，怕太后將證據毀去，才決定直接抓人，是借用紫衣衛的名號，沒事的。」

這幾年來，小皇帝的心智越發成熟，也越發深沉，拿到玉佩之後，就迅速制定了方案。兩個月前故意向太后透露出攝政王的野心，誘太后逼迫攝政王，若是攝政王有二心，太后就會幫忙收拾了，然後陛下坐收漁人之利……可惜沒有然後，因攝政王沒有舉動，陛下才又決定直搗黃龍，太后必定會認為是攝政王使的計，必定會再次逼迫攝政王，這又算是對攝政王的一次試探。攝政王再次通過了試探，陛下才決定全心對付太后。

只是，陛下不想讓世人知曉他的身世，畢竟當初冊立太子是以嫡皇子的身分，才讓滿朝文武無一有異議，若是讓世人得知他的真實身分，恐有變數。皇家的祖訓是有嫡立嫡，無嫡立賢，而攝政王的賢名早已經傳遍大江南北，陛下沒有親政，百姓對這位小皇帝可沒一點印象，而且朝中腦子裡一根筋的大臣不在少數。因而，陛下就不能直接對上太后，只能通過懲治蘭家來逼太后先出手。若是太后沒有過激的舉動，陛下不介意告訴太后，他知道了親生母親是誰。這樣的話，太后必定會逼宮。

「我們查到了平南侯當年仰慕太后，對太后極為忠心，若是逼宮，一定是平南侯的兵馬，今日已經有一萬多的兵馬從津阜往京城趕了。」

俞筱晚驚訝地問道：「太后逼宮？她想當女皇嗎？」

「不是還有康王嗎？太后可以垂簾聽政。」君逸之徐徐講了小皇帝的安排後，又疑惑道：「那塊玉佩，我仔細看了花色，是妳的，而且還是被妳大舅父換走了的，只是不知怎麼到了紫衣衛的手中。那名紫衣衛稱那是先帝交給妳父親的，就是怕這幾年京城中萬一有異動，好讓妳父親調動紫衣衛護駕。除了妳父親，誰也不能用，因而他們才收了回來。」

俞筱晚腦中瞬間就閃出一個人來，「你還記得我跟你說過的嗎？在我入京沒多久，勉堂兄曾經夜探過曹府，該不會……」

該不會君之勉就是紫衣衛，而那夜他就已經將玉佩給調換了？這些年來，眾人爭來搶去的，不過是個假貨而已吧？

君逸之認真想了一會兒，「極有可能！後來勉堂兄表現出對玉佩有意，或許是太后下令，他故布迷陣而已！難怪我們一直查不出他到底在為誰辦事，一會兒多管閒事，一會兒又成天地唱大戲，什麼事都不理會！」

俞筱晚點了點頭，心有戚戚焉地道：「總覺得咱們的一言一行，紫衣衛都知道似的。」

「有可能，至少京城中的動作難有逃出他們雙眼的。」君逸之倒不覺得有何奇怪的，正事說完了，開始心猿意馬，輕聲問道：「晚兒，妳今日服了藥沒？」

那語調說不出的曖昧，俞筱晚的小臉瞬間燒了起來，嬌啐道：「都後半夜了，一會兒就天亮了……」因為俞筱晚孕期之中君逸之太難過了，兼之現在兒女雙全，這個慾求不滿的男人就撒嬌說再不生了，纏著智能大師配了一副不傷身的避子湯，天天一回府就問俞筱晚熬了藥湯沒。

君逸之大喜，「那就是服了？反正明日休沐……」

他一面說話，一面就努力行動起來。俞筱晚也不是認真要拒絕，很快在他的撫觸之下，迷了心神。

第二日，俞筱晚直睡到日上三竿才起身，還睏得不行。君逸之倒是神清氣爽，在外廳裡逗著兒女玩。俞筱晚梳洗打扮好了，出了起居室，君逸之就笑道：「方才皇嬸差了人來請我們過府去玩呢，妳若是準備好了，我就讓人套車。」

俞筱晚訝異道：「不年不節的，怎麼約得這般急？」一般辦個小聚會都會提前幾天下帖子，這般急切必定是有事。

君逸之道：「去了不就知道了。」上了馬車，小聲叮囑俞筱晚：「韓世昭說，陛下昨日親口說的，只要沒有不臣之心，兄弟間沒什麼說不開的誤會。況且，當年皇叔也不過十一二歲，能懂什麼？陛下想必會放過皇叔，但多半不會放過良太妃。妳一會兒暗中給皇嬸提個醒，讓她勸皇叔別做傻事，也只有皇嬸能勸得住皇叔。皇叔還是挺孝順的。」

俞筱晚明白君逸之的意思，點頭應下。

到了攝政王府，攝政王妃身邊的許嬤嬤在二門處迎接，路上就暗示道：「這幾日王妃總是覺得困乏，特請寶郡王妃過來扶個脈。這滿京城的婦人，哪個不知寶郡王妃您是最有福氣的。」

俞筱晚眼睛一亮，快步進了正廳，攝政王妃正與懷孕五個月的惟芳長公主在談笑。俞筱晚和君逸之忙給二人請安，「給皇嬸、小姑姑請安。」又一人拉著一個孩子作揖請安。

攝政王妃笑道：「免禮。晚兒，快帶孩子坐到炕上來，天兒越來越冷了。」

一旁的長孫羽調侃道：「喂，你們兩個怎麼只給小姑姑請安，不給我這個姑父請安呢？」

君逸之懶怠理他，俞筱晚卻朝著長孫羽笑道：「小姑姑有了身子，陪嫁面首您還夠用嗎？」

長孫羽的臉立即就垮了下來，君逸之「噗」的一聲，笑得兩眼瞇成一條線，邊笑邊喘道：「可不是嗎？若是不夠用，讓小姑姑再給你添幾個，小姑姑賢慧著呢！」

話說當年，惟芳長公主還真個買了六位俊俏的小倌兒當陪嫁，一個個的白皙臉、柳條身，比女孩兒還要美，成親當晚就鄭重地「開了臉」，介紹給長孫羽，要他日後少同韓世昭來往，「你仔細瞧瞧，他們可都不比韓二那傢伙長得差，你若是嫌少，我日後還會給你添人的！」

這句話成功地將聽牆角的眾人從橫梁上震了下來，一個個笑得手足酸軟，被惱羞成怒的長孫羽暴打一頓後，扔出牆外。不過，這句話也成了調侃長孫羽的利器，不然以這廝的臉皮厚度，隔一千年看能不能讓他臉紅一次。

俞筱晚和君逸之笑得半分不客氣，就連完全不知狀況的君若晨和君若璃都跟著他們，將圓溜溜水汪汪的大眼睛笑成了月牙兒。攝政王妃顧著身分，極力壓抑，只雙肩抖得太過明顯，洩露了天機。惟芳長公主極不好意思地瞥了駙馬一眼，千萬句抱歉都在眸光中了，長孫羽除了抽搐之外，還能如何？

俞筱晚笑夠了，摸著身下的墊子問道：「這才九月初呢，難道王府就開始燒火炕了？」

許嬤嬤又暗示道：「這幾日王妃總覺得身上冷，王爺特意交代了將火炕燒起來，寶郡王妃，您能先給王妃扶個脈嗎？」

攝政王妃有些不好意思地道：「急什麼？」

俞筱晚卻直接扣住了王妃的脈：「反正我都來了。」聽了一會兒，笑得真心喜悅，「恭喜皇嬸，是千真萬確的滑脈，這一回一定是世子！」

惟芳長公主驚喜地道：「真的呀？皇嫂，妳居然還瞞著我，我來了這麼久都不說。」

君逸之和長孫羽也忙恭喜，攝政王妃羞澀地道：「這不是才確定嗎？」月事推遲了幾日，她怕是自己空歡喜一場，又給婆婆數落自己的機會，特意先請俞筱晚過來，不敢請太醫，這會子確定了，笑按著俞筱晚的手道：「妳可真是我的福星。」

俞筱晚笑道：「是您自己有福氣。」

攝政王妃拉過君若晨親了親，笑讚道：「日後晨兒必定是京城第一的美男子，我的孩兒能有他一半的風流神采就好了。」

君逸之笑道：「皇嬸，您謙虛得太過了，皇叔可不會饒妳！」

君若晨和君若璃坐不住，小手小腳不停撲騰，俞筱晚也怕他們爬到王妃的身上去，就請許嬤嬤將兩個寶貝帶到一旁的廳裡去玩。攝政王妃道：「將小郡主和大小姐、兩位少爺帶過來一塊玩吧。」

許嬤嬤領了命退下，不多時，隔壁的花廳就專來小孩子們咯咯的笑聲。大人們在暖閣裡閒話了許久，俞筱晚才尋了個一同去淨房的機會，將君逸之的意思委婉地告訴了攝政王妃。攝政王妃是個極聰慧的女子，攝政王也沒瞞過她任何事情，一聽就明白了，立即隱諱地做了一番保證，畢竟良太妃那個婆婆可沒自己的丈夫重要，攝政王妃沒有絲毫心虛。

用過午膳，攝政王妃便有些乏了，回屋歇息。惟芳長公主是孕婦，也在廂房歇下。攝政王一回府就聽到這個天大的好消息，興奮地拉著君逸之和長孫羽到前院喝酒，到這會子還才酒過三旬。俞筱晚哄著兩個小傢伙睡下，讓乳娘好生服侍著，閒著無聊，就到後園去轉了轉，不意竟在涼亭裡遇到了吳麗絹。

吳麗絹力邀俞筱晚一同坐坐，俞筱晚聽說吳麗絹如今大不如之前受寵，瞧其神色有些憂鬱，也就沒拒絕。才聊了沒幾句，就見小武氏匆匆地趕了過來，因涼亭旁正有一處假山，小武氏沒看到涼亭裡多了一個人來，冷不丁地瞧見俞筱晚，就是一愣，旋即含笑上前蹲身行禮，「寶郡王妃安好，今日怎麼這麼得閒，來王府看吳庶妃？」

吳麗絹忙道：「寶郡王妃是來看望王妃姊姊的。」

小武氏就訕訕地收了口。

俞筱晚知道小武氏如今伴居在攝政王府，論起來，當初攝政王肯讓小武氏住進王府，當個長輩對待，對吳麗絹應當是十分疼寵的，大概就更襯得如今的日子淒涼吧。但這也是吳麗絹心生貪念而起的，俞筱晚沒心情跟怨婦多作交流，只略坐了一會兒，便回了正院。

只是心裡有些疑惑，小武氏的身上有油煙味，她記得吳麗絹的院子裡沒有小廚房，今日有客人登門，廚房裡忙席面都忙不過來，小武氏這時候去廚房添什麼亂？

一會兒提醒王妃一下吧。

到了下晌，前院的酒席收了，攝政王滿面紅光地進了內院，滿眼喜悅地看著攝政王妃。攝政王妃也滿臉幸福地望回去，客人們都識趣地告辭離去。

君若晨和君若璃噘著小嘴，不大高興，跟小夥伴還沒玩得過癮呢。俞筱晚只好哄他們：「過幾日咱們再去玩好嗎？」

君若晨這才笑道：「好，拉勾，母妃說話要算數，不然流鼻涕，醜醜！」

俞筱晚黑著臉問：「這是誰告訴你的？」

君若晨咯咯地笑，說出了初雲兒子的名字。俞筱晚輕笑著幫他理衣裳，忽地，手中的動作一頓，尖叫道：「快！調頭，去晉王府！」

君逸之今日喝高了些，正瞇著眼打盹，被妻子這一嗓子給驚醒了，「怎麼回事？」

俞筱晚舉起君若晨胸前掛的一塊小木牌給他看，大半塊成了黑色，君逸之也緊張了起來。這塊木牌粗獷野性，是賀氏的乳娘用特殊的藥物泡製過的，可以防毒和警示。若是木牌變黑了，就是君若晨接觸過毒物了。她忙又翻看君若璃胸前的那一塊，果然也是黑的。

馬車飛快地馳入了晉王府，俞筱晚和君逸之一人抱著一個孩子，飛快地奔進賀氏的院落，急聲大喊：「堂嫂，快來幫我看看，璃兒中毒了！」

賀氏正要迎出來呢，聽了這話，立即轉頭對奶娘道：「快去幫忙看看。」

賀氏的奶娘毒術極精，只把了下脈，便笑道：「沒事，被這木牌給解了。不過我得再製兩塊了，這毒很霸道，木牌上的藥量不足了。」

俞筱晚這才長舒了一口氣，忙問是什麼毒、怎麼使用。奶娘解釋了一番，這毒不是一種，而是兩種。一種是香料，散發氣味，一種可以下在湯裡酒裡，最好是酒，難以覺察出氣味。兩種毒混和之後，會讓人看起來像是心跳過速而亡，大多數的大夫和仵作驗不出來。

「加在酒中？」俞筱晚急了，忙讓奶娘幫君逸之扶了脈。

奶娘有些嚴肅地道：「是中了毒了，好在酒裡的這種是慢效的。」說著回自己屋內取了解藥，讓君逸之服下。過得一盞茶後又扶了脈，才笑道：「沒事了。」

俞筱晚的心裡不知怎的就想到了小武氏身上的油煙味兒，忙請求奶娘跟他們一同去一趟攝政王府。

見到攝政王妃安然無恙，俞筱晚鬆了一口氣，將君若晨、君若璃在府上中毒的事兒說了，然後問起攝政王。攝政王妃道：「他喝高了，正歇著呢。」

賀氏的奶娘沉聲道：「不能睡，快用冷水潑醒。」

攝政王妃心中一緊，忙讓人用冷水去潑，連潑了兩壺水，攝政王爺才醒過來。奶娘立即讓王爺服下了解藥，因王爺中毒已經有了好一陣子，奶娘還運功為他消了毒，才算是完全解了。

攝政王妃聽了俞筱晚的話，安排下去，很快就將可疑之人及小武氏、吳麗絹母女兩人抓了過來。

不等吳麗絹開口，俞筱晚就喝問道：「是太后指使妳的吧？」

若讓吳麗絹開口說話，她必定會說，若想當王妃，她為何不給王妃下毒？王爺是她的天，王爺死了對她沒有一點好處。因而俞筱晚不給她說話的機會，就直指靶心。

吳麗絹明顯地一怔，眸中閃過幾絲慌亂，隨即又鎮定了下來，清亮的嗓音柔聲道：「我不知妳在說什麼。」

俞筱晚不給她喘息的機會，繼續道：「記得吳姊姊曾說過，妳們在來京的路上被歐陽辰軟禁，那個下流胚子要妳們母女倆一同服侍他對不對？當時他正帶著商隊入京，商隊裡多的是押車的鏢師，妳們兩個弱質女流是如何逃出來的？是不是被太后的人救下的？」

來攝政王府的路上，俞筱晚就已經想過了，唯有那個時機是吳麗絹能接觸到太后的機會。太后想必早就開始物色各式美人往各王府送，吳麗絹麗色傾城，或許恰巧被太后的人瞧見，又見她不情不願地跟著歐陽辰，於是便救了下來。然後，她就成了太后的爪牙。難怪前世的時候，一貧如洗的吳麗絹也能遇上攝政王，一定也是太后提供的方便吧？

攝政王和攝政王妃聽了俞筱晚的話，又看到了吳麗絹眼中的慌亂，還有什麼不明白的？

吳麗絹被俞筱晚突如其來的追問給弄得手足無措，不過她很快就鎮定了下來，字句清晰地道：「寶郡王妃，您怎麼忘了？明明是您鼓勵我入宮參選的，我才有機會服侍王爺的呀！」

俞筱晚微微一笑，面對攝政王和攝政王妃詢問的目光，她鎮定自若地道：「姊姊生得如此美貌，又恰逢時機，我當然會鼓勵姊姊參選秀女，可是最後選不選上、賜給何人，可不是我能決定的。」

攝政王的眼睛一瞇，吳麗絹的臉色立即就白了。

再接下來，就是攝政王的家事了，俞筱晚一家和賀氏的奶娘告辭後，各回各家。

「我一會兒進宮去面聖。」瞇了瞇那雙極漂亮的鳳目，君逸之面露兇狠之色，卻仍然風情無限，「要儘早將太后軟禁起來。」

連累到了他的兒子，他絕不會饒過太后！

他說著就半途下了馬車，直到深夜才回來。他告訴俞筱晚，陛下答應了，會儘早行動。

蘭家私賣御賜之物的證據充分，可是蘭知儀卻不願一力承擔。憑什麼？明明是父親的決定，母親和大哥都有參與，憑什麼要他一個人擔下來？況且這個罪名可大可小，端看坐在龍椅上的那個人怎麼決定。蘭知儀可不是傻子，若真要放過蘭家，這證據就應當呈給太后，讓皇帝私下將蘭家的人訓斥責罰一頓，交到朝堂之上，只能說明皇帝要動蘭家了！

蘭知儀死抵著不認罪，不按手印，一旁聽審的攝政王眸光微閃，唇角甚至帶了幾絲笑意，不急不緩地問了他幾個問題，激動中的蘭知儀頭腦早就廢了，順著攝政王的話，一股腦兒地將事情的始末說了出來，連帶著是經過太后認可的都言明了。蘭知存幾次想打斷弟弟的話，可是蘭知儀卻認為大哥是想讓自己當這個替死鬼，哪裡肯聽大哥的？

直到他嘴快地將事情都交代完了，腦中才轟一聲炸響。完了完了！說他傻，其實他很聰明，只是被嫉妒和權勢蒙蔽了雙眼，這會兒，已經知道無力回天了！所有的內閣大臣都在聽審，話是從他嘴裡說出來的，畫不畫押都不重要了！

蘭知存也頹敗地癱坐到地上。他們蘭家完了，還連累到了太后，日後連翻身的機會都沒了！

君逸之化妝成了小太監，陪著小皇帝在簾後聽審，這會子不禁無聲地笑了起來，花盡心思讓蘭知儀與他們的人結交，這麼些年的迷魂湯可真沒白灌，直接把個聰明人給捧成了傻子。

小皇帝示意呂公公將蘭知儀的供詞拿過來，他親自帶著去慈寧宮向太后攤牌。

「簡直是一派胡言！」太后不屑地將供詞甩到地上，看向小皇帝，換上一副語重心長的口吻：「皇兒，你千萬別被外人給騙了，你是哀家的兒子，哀家就算想幫襯著娘家，也不可能會做令你蒙羞的事情。你想想，知存和知儀在天牢裡關了幾日了？若是旁人要威脅恐嚇他們，咱們怎麼可能知道？」

小皇帝認真地點了點頭，看向太后道：「母后所言極是，只是母后並非兒臣的生身之母，對兒臣有戒心，想將兒臣架空成傀儡也是有可能的。」

太后的臉皮一板，「誰在你面前胡說八道？」

小皇帝淡淡地道：「誰說的都不重要，重要的是，兒臣並未打算將此事公布出去，只要母后日後去皇陵附近的廟宇內，在有生之年為父皇祈福、誦經即可。」

太后冷笑了起來，「皇兒啊，你可能不清楚，一個不孝的皇帝是不會受百姓愛戴的，除非你告訴天下你不是哀家所生，而且哀家還謀害了你的母妃，否則的話，你送哀家去廟宇裡禮佛，是會被天下人唾棄的。」

聰明人之間談話就是輕省，不必太過較真於證據什麼的。太后已經明白，小皇帝知道了真相，可是她賭的就是小皇帝不敢公諸於眾。即使端妃現在在這兒，他也不敢，他敢說他是妃子所出嗎？敢嗎？

小皇帝俊臉一沉，眸中噴出萬丈怒火，他還真是小瞧了太后的臉皮，居然厚到如此地步，可是……這的確是他的軟肋，而太后身後的勢力也容不得他私下處置太后……

正當此時，呂公公在殿外稟道：「啟稟太后、陛下，紫衣衛副統領及屬下求見。」

小皇帝和太后都是一臉驚訝，紫衣衛的副統領怎麼會突然求見？

小皇帝道：「宣。」

太后卻擔心紫衣衛是來暗殺自己的，厲聲道：「不見！」又回頭朝小皇帝道：「這裡是慈寧宮，不是陛下的乾寧宮！」

「太后還是見一見微臣比較好。」殿外傳來一道渾厚而熟悉的聲音，身材高大的紫衣衛副統領昂首闊步走了進來。

雖然紫衣衛副統領仍是上回賀壽之時的裝扮，臉上身上捂得嚴嚴實實，可是太后仍是一眼就認出這是同一個人。想到他不將自己放在眼中，太后就恨得咬牙，冷哼道：「包得這麼嚴實，你不敢見人嗎？」

副統領笑道：「並非不敢，只是習慣使然。」說著就將面罩拿下，露出一張充滿威嚴的英俊面龐。

太后驚得霍然站起來，指著他道：「你——果然……我一直不放心你，果然是你——」

太后簡直不知該說什麼好了，她的直覺是對的，面前這人正是楚王爺。她用了無數方法，一心要探明虛實卻一直沒探明，最後還被人給糊弄過去的楚王爺！

小皇帝也驚得半張了嘴，實在無法想像平日裡平庸軟弱的楚王爺會是紫衣衛副統領，僅次於統領的紫衣衛二號人物。半晌，他才找回自己的聲音，「皇……兄，你……今日為何事求見？」

楚王爺淡淡一笑，抱拳拱手道：「其實八年前先帝就已經預料到了今日，因而特意囑咐臣幾句話，要臣代為轉達。」

聽說是父皇的遺言，小皇帝激動地問道：「快請講。」

楚王爺卻讓開半邊身子，笑道：「還是先讓虎部的香主蔣大娘來解釋一下，當年之事吧。」

楚王爺讓開身後，露出了蔣大娘的面容。太后只看了一眼，就瞪大了眼睛，隨即又瞇了起來，略一思量，頓時面如死灰。

蔣大娘將太后的神色瞧得清清楚楚，呵呵笑道：「太后姊姊不必如此，先帝若要處置妳，當年就會動手了。」

小皇帝疑惑地看著蔣大娘，雖是第一次見面，卻有一種言語無法明述的熟悉感和親近感。

蔣大娘轉了頭，細細看了小皇帝半晌，方溫柔地笑道：「見到皇兒如此俊逸英明，娘親此生足矣。」

小皇帝也驚得站了起來，失去了平日的沉穩，不敢置信地轉頭問太后：「她……」

太后冷哼一聲，「她就是端妃！」又冷笑，「跑出宮這麼多年，還成了什麼紫衣衛，沒少給先帝戴綠帽吧？」說著瞟了楚王爺一眼。

「姊姊何必墮落到如無知潑婦一般搬弄唇舌的地步？想做困獸之鬥嗎？想離間陛下與副統領的信任嗎？」蔣大娘嘲弄地道：「妳恐怕不知道吧？我原本就是紫衣衛！」

蔣大娘這才將當年的事細細述說。她的確是柳家的私生女，因自幼養在府外，童年之時有一段奇遇，成了紫衣衛中的一員。先帝剛登基時，政局不穩，後宮之中多有旁人的暗樁，因此她才會以秀女的身分入宮，卻只是當了一名女官，為的就是方便調查哪些嬪妃是有異心之人。

後來這些妃子清除完了，她才被調去御書房。幾年紅袖添香的服侍，與先帝有了一段情，成為了端妃。只是她自小就在訓練營中長大，習慣了在屋簷上飛來掠去，拘束的妃嬪生活一點也不適合她。她就向先帝稟明希望能轉作暗衛，這樣又能陪伴先帝，又不必受拘束。

先帝本是應允了她的，只是還沒找到適合的時機讓她假死，她就被診出有了身孕。太后和良太妃的那些小動作，怎麼能瞞得過她去？只是一來她不習慣宮廷，二來先帝心中最愛重的其實還是太后，非常希望太后膝下能有一名嫡子，故而才睜一隻眼閉一隻眼，任其作為。

小皇帝聽完後，驚訝道：「父皇早就知道朕不是太后所出？」

楚王爺笑道：「是，先帝早就知道。先帝要臣帶給陛下的話就是：朕之所以冊立你為太子，是因為你有當明君的潛質，而非你是太后嫡出。」

事實上，當年先帝看出攝政王優柔寡斷，不夠殺伐決斷，缺乏帝王氣概，但是的確有才能，二則擔心小皇帝年紀太小，日後被太后捧殺養廢，是以叮囑紫衣衛一面保護好小皇帝，一面又不必太插手兩人之間的競爭，將龍椅留給能者居之。是以當年太后派人暗殺五位大臣，紫衣衛當時以為是攝政王的手筆，也就沒特意去調查阻止……當然，這些話是不能告訴小皇帝的。

楚王爺頓了頓，又笑道：「先帝還說，他與太后是患難夫妻，希望百年之後能死而同穴。」

若要太后與先帝合葬，就必須保留太后的身分，這是先帝在代太后向小皇帝求情。小皇帝看向蔣大娘問道：「母……妃，妳不介意嗎？」

蔣大娘不以為意地道：「這些人跟事都已經與我無關了，當初我生下陛下之後，其實一直以暗衛的身分陪在先帝身邊。」這話便是說，她若要為自己出氣，早就打得太后找不著牙了。

小皇帝沉眸思量了片刻，淡淡地道：「若是太后能主動為父皇祈福，朕自然遵從父皇的遺旨。」

太后冷笑了一聲，正要說話，楚王爺搶著道：「先帝還有一句話要臣帶給太后。」說罷，就用傳音入密告訴太后一句話，又笑道：「先帝說了，要祈福，在宮中的佛堂就好。」

聽了楚王爺的話後，太后的神色忽然變得激動起來，雙手也不住地顫抖。

小皇帝疑惑地看向楚王爺，楚王爺卻半點沒有要為其釋疑的意思，只盯著太后。皇帝也只得作罷，寒暄道：「琰之和逸之都十分出色，皇兄生了兩個好兒子！難怪什麼事都瞞不過紫衣衛去，原來就在你眼皮子底下呢！」

楚王爺躬身一笑，先表了一番忠心，不論他們做了什麼，都是為了陛下，又謙虛了幾句犬子當不得陛下的誇讚。不過，顯然楚王爺對陛下誇讚他的兒子感到十分自豪。

小皇帝又問道：「不知統領是誰？」

楚王極認真地道：「臣也不知，不過，待陛下親政之時，統領會向您宣誓效忠的。」

他們在這廂述完話，太后的情緒已經慢慢平復了下來，神色卻顯得十分疲憊，彷彿一瞬間老了十餘歲，「哀家……甚是思念先帝，懇請陛下應允哀家……在佛堂為先帝祈福。」說罷，目光灼灼地看向楚王爺。

小皇帝神色一動，也看向楚王爺。

楚王爺微微一笑，稟報道：「平南侯擅自調動軍隊練兵，此事可大可小，臣請陛下看在平南侯滿門數代為國盡忠的分上，從輕發落，萬莫傷其性命。」

太后緊張得屏住了呼吸，轉而看向小皇帝。

其實太后與平南侯早年的關係，小皇帝已經知道了，也早打定主意要置平南侯於死地，可此時聽楚王爺求情，只怕也是先帝的意思，心中頓時起伏不定。但他如今早喜怒不形於色，不過片刻間便想到，太后經營數十年，只怕不止這一點勢力，自己尚未親政，在朝中根基不穩，不能操之過急，惹得狗急跳牆便不好了。

小皇帝面上有了溫和之色，「皇兄所言極是。」這便是答應了交換條件，又朝太后孺慕地笑道：「母后不愧為一國之母，此舉可為天下婦人之表率。」

太后板著臉，不發一語地進了內殿，聲音冷淡地飄出來：「哀家累了，諸位請吧！」

小皇帝等人的腳步聲自殿內消失之後，太后才喃喃自語道：「你明知我心裡只有他，卻還要與我同穴，要這樣求得來生嗎？你拿他的命來換我的應允，想讓我感動嗎？不……我不會，到了九泉之下，我定是要大罵你一頓的！」說著說著，兩行濁淚滑下了蒼老的臉龐。

過了幾日，滿京城的人都知道定國公蘭家被抄了，雖看在太后的體面上沒滿門抄斬，但是悉數被貶為庶民，這世上再沒有一個姓蘭的百年世家了。平南侯擅自調動軍隊，雖然是為了練兵，但是仍被御史彈劾，只得交出了兵權。侯爵爵位被削，兵權被收回，一家子都成了閒人。

小皇帝的皇后人選自是重新選定，大婚之後，他接掌了內閣的大權，成了南燕朝最年輕的皇帝。

而這一年的冬天，天氣特別寒冷，不少百姓凍死，宮中的良太妃也因一場大病故去，按制埋於皇妃們的寢陵。

攝政王堅持守孝，丁憂在家，三年之後，小皇帝幾次相請，才又復職內閣。攝政王妃果然誕下了世子，同俞筱晚一樣，兒女雙全了。而經過吳麗絹的事後，攝政王再沒宣過別的姬妾侍寢，只與攝政王妃攜手相對。

只有孫氏的求子之路十分艱辛，俞筱晚和智能大師輪番上陣，也收效甚微，好在君琰之一直不離不棄，終於在十年後喜得貴子，取名君若航。

楚王是紫衣衛副統領之事，仍是只限於幾人知曉，不過君琰之和君逸之兄弟都發覺父王越來越精明，越來越能幹了。這轉變來得不算太突然，可是也足夠讓眾人驚訝。

以前一直找不到人的蔣大娘，忽然就成了楚王府的常客，老要收君若晨為徒。俞筱晚極是高興，想一口應下，哪知被楚王爺知道後，將君逸之叫到書房大罵了一通，還說蔣大娘再敢提這樣的要求就再不許她進王府，這事也只好作罷了。

好在君琰之和君逸之的武功都極高，由他倆來教孩子也足夠了。

君若晨十分聰慧，可惜武功天賦不高，卻對用毒極有興趣。父親主動來教他武功，他多半是敷衍過去，反倒是時常往晉王府跑，跟著孀娘賀氏的奶娘學習製毒用毒。

君若璃習武卻十分積極，進展也極快，而且好為人師，堂弟若航才剛滿周年，扶著牆壁還走得顛顛倒倒，她就開始遊說君若航拜她為師了。

這一天，天色都黑了，君若晨才興沖沖地從晉王府回來，剛一進二門，就撲通一聲摔倒在地，君逸之極其失望地道：「你這武功，怎麼配當我的兒子？」

君若晨的鼻子都氣歪了，「我本來就是你的兒子，還要配當不配當的幹什麼？別以為自己有一身蠻力就有什麼了不起！我不過是看你年紀大了，讓你幾分，若是我將身上的藥粉撒在你身上，你今年都別想抱娘親了！」

「嗤！你這臭小子，反了天了，居然敢這樣對你父王說話！」君逸之氣得抖著手指點他的鼻頭，「我告訴你，你若敢算計我，我就不讓你妍表姨帶茹妹妹過來玩！」

君若晨小臉一紅，扭捏地道：「討厭，父王真討厭！你答應上門提親的，怎麼還說這種話！」

君逸之瞧著兒子那情竇初開的樣子，抬頭看向遠方天空，喃喃地道：「這是怎麼回事？我十一歲的時候還只知道吃肉打架，他怎麼就想到要成親了？」

「那是因為你太風流了，所以遺傳給了你兒子！」

正趕上惟芳長公主和長孫羽在這裡做客，也正趕上他們夫妻倆要回府了，路過二門聽到這話，長孫羽就毫不客氣地嘲笑起來。

君逸之立即看向惟芳長公主道：「小姑姑，妳多久沒給他添陪嫁小倌了？這邪火大啊！」

「嗤！」長孫羽氣瘋了，直接朝君逸之撲了過去。君逸之倒退著飛了出去，兩人邊打邊跑，漸漸成了天邊的黑點。

惟芳長公主和君若晨搖了搖頭，異口同聲道：「兩個瘋子！」

然後對望一眼，同時笑了。

這小傢伙太早熟了一點，惟芳長公主促狹心起，調侃道：「茹妹妹是誰啊？要是長得漂亮，我讓我家穎兒也去提親去！」

君若晨立即跑開了，「討厭！姑奶奶討厭！」

不行，他得趕緊去求娘親將茹妹妹定下來！茹妹妹只能是他的妻子，不能是嬸子！

可惜俞筱晚壓根不理他，一句話拍回：「等你長大再說！」

君若晨抗議道：「我已經長大了啊！」

「至少到十六歲才能叫長大！」

自此之後，君若晨每晚許願：過路的神仙，讓我明年就長到十六歲吧！

糾結的童年啊！

（全文完）

後記　世間本無後悔藥

先吐槽一下我自己的惡劣愛好，每次路過百貨公司的打折櫃檯時，就會走不動，於是一時的衝動總會讓我羞澀的荷包更加羞澀，而且還會為了折後價買上一堆可有可無的東西——但這時往往離發薪資還有十天半個月，於是回家之後我開始無限後悔，下定決心，以後絕不買無用的、多餘的物品。

估計很多美眉有跟我一樣的經驗，當然，這些不過是人生旅途中微不足道的煩惱，真正讓人悔不當初的，往往都是對一生有著重大意義的抉擇，可是有多少人能選擇正確，又有多少人會在抉擇之後開始後悔？偏偏這世間又沒有後悔藥！

這大概就是重生文為什麼會流行的一個原因吧。每個人都有一個重生夢，如果我可以重來一次，我會怎樣怎樣！重生，只是一個美好的想像，是一種為良善被欺騙，溫情被錯待而鳴不平的想像，是人類嚮往善良美好拒絕醜惡一種嚮往，但人心嚮往的都是屏棄世間的貪婪與醜惡，為一切善良美好的事物而振臂高呼……不能美夢成真，就看看這類的小說聊慰一下吧！

本文是我在鬧書荒的時候，準備寫來自娛自樂的，囊括了自己的所有偏好，有小女人情結，不喜歡花癡女主，因此必須是男主先愛上女主，死心塌地地愛上女主；不喜歡虐戀悲情，因此可以小冤家鬥嘴，但必須沒有虐男女主的內容；生活本就累人，想在小說裡找找甜蜜，沒必要讓自己白天累身，晚上累心，因此一直都有種自然的溫馨，讓人不知不覺間感受到甜蜜和幸福……

當然，故事起源於前世，一個柔弱善良的如花少女，在經歷了心若蛇蠍的親人百般算計，虛偽貪婪的愛人無情地背叛之後，香消玉殞。少女絕望的雙眸中為自己錯付了一腔熱情而流下最後一滴悔恨的淚水。如果，如果能重新來過，她一定不會這樣活！

誰又說世間並沒有後悔藥呢？重生！重新來在一切都未發生時的少女，已經洞悉了一切的她，又怎會重蹈覆轍？

她要好好地守護自已善良而又柔軟的心，不再錯付他人！她要將陰謀算計她的親人的偽善外衣一層層地剝下，將他們貪婪醜惡的靈魂在陽光下曝曬而消亡！她要將懷揣著貪念，一心騙取無邪少女情感的感情騙子其醜惡嘴臉上戴著的溫情面具打碎，讓他醜陋真面目展現於人前，讓他骯髒的思想為人所洞悉，令他平步青雲飛黃騰達的美夢徹底破滅！

她要讓遠離那些為了一點微末小利就出賣主子的奴婢，讓他們自嘗苦果！

然而，這一切並不是她重新來過最終的目的，她要用一生的溫情來彌補曾因被矇騙而錯待的親人朋友與侍從，她要尋找真心相待的優秀男子，與他相親相愛快樂地生活！

她要建立一個屬於自已的溫暖的小家，為自已遮風擋雨！她要在仇人豔羨異常的目光中過完自已幸福的一生！

如若再有人要陰謀阻礙這一切，她誓必神擋殺神，佛擋殺佛！

這是一個將悲傷拋在腦後，為幸福而戰的重生故事！看下來，見到卑劣下作的人得到應有的下場，美麗善良的人得到幸福與永恆，不免心中大快。

在寫書的過程中，我一直堅持著自已的設定——外表柔弱無害，內心堅定狡黠的重生少女，配上外表狂放不羈，內心腹黑溫柔的男主，沒有一見鍾情，但有生死相許，情節溫馨不虐，略帶推理懸疑，所有的伏線要到終篇時才能一一揭曉。

相信與我有相同愛好的朋友會真心喜歡這部作品，也希望每一位看到《君心向晚》的朋友能體驗一段古樸悠閒的時光。

漾小說 80

君心向晚❺完

國家圖書館出版品預行編目資料

君心向晚/ 菡笑著. -- 初版. -- 臺北市 :
麥田, 城邦文化出版 : 家庭傳媒城邦分公司發行,
2013.01
冊； 公分. --（漾小說；80）
ISBN 978-986-173-863-5（第5冊：平裝）

857.7 101026576

作者 菡笑
封面繪圖 若若秋
責任編輯 施雅棠
副總編輯 林秀梅
編輯總監 劉麗真
總經理 陳逸瑛
發行人 涂玉雲
出版 麥田出版
城邦文化事業股份有限公司
104台北市中山區民生東路二段141號5樓
電話：（886）2-25007696 傳真：（886）2-25001966
發行 英屬蓋曼群島商家庭傳媒股份有限公司城邦分公司
104台北市中山區民生東路二段141號2樓
客服服務專線：（886）2-25007718；25007719
24小時傳真專線：（886）2-25001990；25001991
服務時間：週一至週五上午09:00~12:00；下午13:00~17:00
劃撥帳號：19863813；戶名：書虫股份有限公司
讀者服務信箱：service@readingclub.com.tw
麥田部落格 http://blog.pixnet.net/ryefield
香港發行所 城邦（香港）出版集團有限公司
香港灣仔駱克道193號東超商業中心1樓
電話：852-25086231 傳真：852-25789337
E-mail：hkcite@biznetvigator.com
馬新發行所 城邦（馬新）出版集團【Cite (M) Sdn Bhd】
41, Jalan Radin Anum, Bandar Baru Sri Petaling,
57000 Kuala Lumpur, Malaysia.
電話：(603) 90578822 傳真：(603) 90576622
Email：cite@cite.com.my
美術設計 洸譜創意設計股份有限公司
印刷 鴻霖印刷傳媒股份有限公司
初版一刷 2013年1月29日
定價 250元
ISBN 978-986-173-863-5